LITTÉRATURE UNIVERSELLE

HISTOIRE GÉNÉRALE

DE

LA PROSE

LITTÉRATURE UNIVERSELLE

HISTOIRE GÉNÉRALE

DE

LA PROSE

PAR

L'abbé V. HUGUENOT

Nouvelle édition revue et augmentée.

TOURS
CATTIER, LIBRAIRE-ÉDITEUR
1881

PREFACE

Cette histoire est le corollaire obligé de mon histoire de la Poésie. En donnant une édition augmentée de l'histoire de la Poésie, j'avais à retoucher le manuscrit qui contenait l'histoire de la Prose, pour donner aux deux ouvrages un plan à peu près identique. J'ai cependant produit dans le dernier moins de citations des auteurs, les morceaux découpés n'offrant pas le même intérêt en Prose qu'en Poésie.

Je ne puis me vanter d'avoir lu tous les chefs-d'œuvre en Prose des pays que j'embrasse ; je me suis borné à ceux de notre langue et des langues classiques, sans me refuser de jeter un coup d'œil sur les autres. J'ai donc dû consulter, conférer et extraire. Je l'ai fait de manière à pouvoir me former toujours un sentiment auquel j'ai naturellement donné la préférence. Le besoin de me renfermer dans un cercle restreint a forcé mon éditeur à retrancher de l'édition de ces deux ouvrages l'indication des sources. Je n'attache pas grande importance à ce détail; car ceux-là même qui tiennent le plus à ces indications sont les premiers à n'en tirer aucune utilité. Qu'il suffise de dire que toutes les citations sont exactes et fidèles.

Dans l'introduction qui précède le corps de l'ouvrage, des notions ont été données non seulement sur la Prose, mais sur le langage et l'écriture. Ces notions m'ont semblé des préliminaires presque indispensables.

INTRODUCTION

Notions préliminaires sur la Prose, la parole, les langues, l'éloquence, l'écriture, les livres, l'imprimerie.

La Prose est tout simplement le langage ordinaire de la vie, correct, régulier, honnête, mais dans toute la liberté et toute l'ingénuité de sa propre nature.

La Prose ne se chante pas comme le vers, elle se parle ou s'écrit.

La parole, don divin fait à l'homme au moment de sa création, mais qu'il eût pu se procurer de lui-même, dans l'état actuel de sa nature, est l'expression de la pensée par l'articulation de sons vocaux, isolés ou combinés ensemble. La langue en étant le principal instrument, on appelle langage cette expression de la pensée. L'histoire du langage est celle de la pensée elle-même qu'on ne détache pas de son image.

Une langue (au figuré) est l'ensemble des mots et des combinaisons de mots qui maintiennent un peuple dans le commerce de la vie.

Chaque langue a son génie qui est celui du peuple qui la parle.

C'est une question de savoir quel fut le premier

idiome et d'aucuns ont voulu voir dans l'hébreu le principe de tous les autres : s'il est possible de retrouver la première source du langage humain, il faut, en effet, la chercher dans l'Égypte et dans la Chaldée où l'écriture fut d'abord connue.

Rien ne prouve cependant que l'hébreu soit autre chose qu'un des premiers rameaux sortis du tronc primordial. L'Histoire sainte nous apprend que la corruption des hommes amena la corruption du langage et, par suite, la diversité des idiomes dans les plaines de la Chaldée. La science moderne a prouvé que les langues vivantes comme les langues mortes pouvaient toutes être ramenées à un petit nombre de sources originelles qui elles-mêmes ont entre elles bien des caractères communs. L'unité primitive du langage est donc un fait scientifique comme un fait historique. Mais cet instrument admirable de la pensée ne fut donné par Dieu à l'homme que dans la proportion de ses besoins et de ses connaissances. Le Créateur nous laissa le soin de la développer à mesure que se développeraient notre génie, notre civilisation, nos lumières naturelles et à mesure que nous méritèrions le secours des lumières divines.

L'unité primitive du langage était une nécessité concordant avec l'unité primitive de la race.

Le temps, le climat, le sol, les aptitudes individuelles, les besoins, les progrès accomplis, les richesses acquises, les habitudes nouvelles, les conquêtes sur la nature, les agglomérations d'hommes, le perfectionnement des sociétés, les troubles, les dissensions, les guerres, le travail, la domination, la liberté, l'oppression, l'esclavage, toutes ces causes diverses et beaucoup d'autres influèrent sur la transformation du langage en idiomes savants, en dialectes inférieurs, en patois grossiers et incultes. Les pérégrinations des peuples et le mélange, à longs intervalles, de races déjà diversifiées, amenèrent de nouvelles excroissances. Les langues tendent donc plutôt à se multiplier qu'à s'unifier ; ou plutôt cela va et vient ; mais le passé s'unissant au présent par l'histoire, le nombre *des idiomes* augmente toujours. Il est devenu difficile de les classer méthodiquement. On les divise cependant géographiquement, par régions du globe ; ou par familles, d'après leurs éléments constitutifs, ou d'après les lois qui président à l'emploi de leurs éléments. Cette dernière méthode, dite classification morphologique est difficile à établir ; la première n'est pas une classification particulière aux langues, c'est une division du globe. La troisième est sinon plus usitée au moins plus admissible en même temps qu'également accessible à tous : mais elle est encore bien compliquée, ou elle reste incomplète, comme dans cette division de Max Muller, qui distingue d'après la généalogie des peuples les langues *Aryennes*, les langues *sémitiques*, les langues *Touraniennes*. Mais, outre que les divisions en *Aryennes* et *Touraniennes* ne sont fondées que sur une antithèse de mots, une de ces familles est trop pauvre, la famille Sémitique, qui ne comprend que l'hébreu et l'arabe ; une autre est trop encombrée, la famille Touranienne ; de plus, les langues de l'Amérique et la plupart de celles de l'Afrique n'y trouvent point leur place.

La science a donc été impuissante jusqu'ici à établir un ordre complet entre les différents idiomes parlés sur la terre. C'est bien la confusion de la Tour de Babel.

La même confusion n'existe pas dans chacune de ces langues prises séparément. Beaucoup n'ont progressé que faiblement ; beaucoup même ont dégénéré, par la faute des institutions et des hommes. Cependant partout, dans tous les temps, l'homme a cherché à donner à son langage plus de force, de précision, de grâce et de beauté.

A mesure que l'homme « croissait et se multipliait » ; à mesure qu'il avançait dans le temps et dans l'espace, plus tourmenté chaque jour par les agitations de sa pensée, il consacra ses principaux efforts à en améliorer l'organe physique.

La Poésie naquit d'abord avec ses rhythmes mesurés, sa cadence réglée qui permettent de fixer facilement dans la mémoire les premières créations de l'esprit. Mais ces créations augmentent et la mémoire ne suffit plus à les retenir ; mais les mouvements de l'âme sont parfois si tumultueux qu'ils ne se plient pas à subir la domination des règles ; ses élans sont si impétueux qu'ils n'acceptent plus les caprices d'une uniformité méthodique ; ils sont si multipliés, si variés que le vers est impuissant à les contenir. Le vers dans les grandes cités et chez les peuples puissants ne se prête plus aux besoins journaliers auxquels suffit l'échange de la conversation dans les agglomérations peu importantes ; là il faut la harangue, le discours public, en attendant que celui-ci soit porté au loin par le moyen d'images extérieures parfaitement ressemblantes.

Le vers enfin n'est pas transmissible avec ses formes dans des langues différentes. Insuffisant en face de la multitude, il perd son utilité pratique, s'il reste encore un agrément, devant la suite des âges et la diversité des races et des idiomes.

L'art s'introduisit vite dans la Prose pour la rendre éloquente, c'est-à-dire propre à frapper les esprits en leur communiquant avec vérité et ressemblance les pensées et les agitations de l'âme, les sentiments et le tumulte du cœur humain.

De l'usage de la parole à l'art, il n'y a pas loin. L'homme est naturellement porté à faire partager ses passions, ses opinions particulières. Il dut chercher dès le principe les moyens d'y parvenir. L'art exista longtemps avant d'être réduit en préceptes, ce qui n'arriva qu'à des âges relativement rapprochés de nous.

L'idiome est le premier élément de l'éloquence, l'art en est le second ; mais ni la langue, ni l'art ne se seraient développés, celui-ci peut-être ne serait pas né, si les générations successives n'avaient pu se transmettre leurs impressions et leurs idées par l'écriture. Si la parole avait été imaginée par les hommes, ce serait leur plus belle invention ; c'est à peine si l'écriture le lui cède en quelque chose. Par elle les vivants conversent avec les morts ; par elle aussi ceux à qui la nature refuse le don d'entendre et d'articuler les sons peuvent néanmoins communiquer entre eux et avec les autres.

Par l'écriture, qui est une seconde voix, la main devient une seconde bouche capable de faire revivre une âme humaine dans les autres âmes, capable de souffler l'éloquence et de mettre l'homme en état de tourner les cœurs à son gré, de vaincre leur résistance, de leur inspirer tels sentiments qu'il lui plaît, de tristesse ou de joie, de haine ou d'amour, de crainte ou d'espérance, de compassion ou de colère, d'être, en un mot, le maître des esprits, l'arbitre des cités ou des empires. La parole n'avait donné que le présent à l'éloquence, l'écriture lui a livré l'avenir.

Les mêmes causes qui poussaient l'homme à perfectionner le langage, à imaginer la versification, lui firent découvrir l'écriture pour répandre ses opinions et perpétuer la mémoire de ses actions. La parole ne suffit pas longtemps à nos pères. La population s'augmentait tous les jours, et se dispersait par le monde. Les monuments, les pierres, les marques symboliques en usage encore aujourd'hui chez les nègres et chez les sauvages de l'Amérique, et que tous les peuples anciens connurent depuis les Hébreux, selon le récit de Moïse, jusqu'aux Phéniciens, d'après le témoignage de Sanchoniaton, tous ces signes imaginés successivement par l'homme ne suffisaient à contenter ni sa curiosité ni son orgueil. Aux étrangers on ne pouvait faire connaître complétement ses pensées par le ministère d'un messager plus ou moins fidèle ; à la postérité on ne laissait que des indications vagues, des monuments, des fêtes dont les générations qui se succédaient oubliaient bientôt le sens et l'origine. Les Chinois inventèrent des cordelettes dont les nœuds, selon des arrangements différents, avaient différents sens. On retrouve cet usage au Pérou. D'autres taillaient des morceaux de bois, comme on fait encore dans quelques professions pour remplacer des registres de comptes.

Mais qui inventa l'écriture, quand fut-elle inventée ? Nul ne le sait. Il est à peu près certain que l'invention n'en fut que graduelle.

Il est naturel à l'homme d'aimer à se représenter les objets qu'il a vus et, si tous, entraînés d'un côté ou de l'autre par nos occupations, nous ne continuons pas à suivre l'inclination naturelle dans cette voie, tous, dans notre enfance, nous avons gravé, dessiné, ne fût-ce que par jeu, des personnages, des plantes, des animaux. Nous avons imité ces mêmes objets avec de l'argile ou d'autres matériaux.

C'est là probablement le premier essai de l'art d'écrire. On peut dire qu'il naquit avec le premier enfant et que la culture de certains esprits, le bien-être et le développement du commerce, de la civilisation et des besoins ont aussi développé peu à peu l'art de la gravure, jusqu'à en faire la peinture et l'écriture, selon que le goût du beau ou les soins de la vie poussèrent le génie humain sur des routes différentes. Les mots *peindre* et *écrire* ne sont-ils pas encore synonymes dans notre langue française ?

Celui qui voulut se rappeler un homme, un objet aimé, ou les rappeler aux autres, s'efforça de rendre sur le sable, ou sur la pierre, ou sur d'autres matières leurs traits et leur image ; celui qui voulut compter les années, nombrer ses créances, ses dettes, les objets qu'il livrait au commerce, tira des lignes, traça des barres à côté de la figure qui représentait le marchand ou le débiteur, à côté de la peinture qui retraçait la ville, le pays d'où la marchandise venait, où résidaient le vendeur ou l'acheteur. Il fallait évidemment beaucoup de temps, d'espace et de travail pour représenter un événement et surtout pour rappeler un discours en dessinant en entier un homme, un animal, une plante, un instrument, etc. On chercha à simplifier, et, tandis qu'on développait la figure pour faire des arts de la peinture et de la sculpture, on la restreignit pour en faire un de l'écriture.

On embellit les traits pour peindre, on les déforma pour écrire. D'un côté on copia la nature, de l'autre on la défigura, toujours pour la reproduire.

On en vint ainsi à l'écriture idéologique à laquelle en sont restés les peuples de l'Extrême Orient.

On sait quelles difficultés elle crée non-seulement pour l'écrivain, mais pour le lecteur lui-même. Les peuples de la Phénicie ne se contentèrent pas de perfectionner cette écriture qui n'avait aucun rapport avec le son de la voix et le langage, et se prêtait peu à rendre les idées purement rationnelles et métaphysiques devenues de plus en plus nombreuses à mesure qu'augmentait le goût pour l'étude et la science (1) .

On travailla donc à remplacer *l'idéographie* par la *phonographie*. Représenter la pensée, c'était un grand point ; pour satisfaire l'activité humaine, il fallait représenter la parole elle-même dans sa sonorité et dans sa précision. Il est à croire que, malgré les recherches, on mit autant de temps à trouver l'alphabet, qu'on en mit depuis à trouver l'art d'imprimer ; ou que plutôt l'invention de l'alphabet fut due au hasard, au génie d'un homme, comme l'invention de l'imprimerie, comme la découverte de la vapeur, comme toutes les grandes inventions, comme toutes les grandes découvertes.

C'est ici qu'il y a lieu plus que jamais de répéter cette célèbre parole : « L'homme s'agite et Dieu le mène. » Cependant il faut bien avouer qu'il existe une certaine ressemblance entre les premiers caractères alphabétiques des Phéniciens ou même des Grecs et les anciens signes qui représentaient simplement les objets matériels eux-mêmes pour rappeler leur idée.

1. Dans quelques pays on ajouta d'abord aux peintures quelques signes pour désigner les passions, les actions, etc., puis on imagina d'exprimer plusieurs choses par une seule figure : par exemple, une échelle signifiait un siège. Ce fut l'hiéroglyphe... La peinture leur devint ainsi un symbole. Les Égyptiens, les Phéniciens, les Mexicains en ont fait usage.

Les Éthiopiens et quelques peuples des Indes imaginèrent une écriture qui représentait les syllabes entières.

Les Chinois ont perfectionné l'écriture hiéroglyphique, mais n'en sont pas sortis. Ils ont rejeté les images et n'ont conservé que les marques abrégées, multipliées à l'infini.

Cette écriture qui s'adresse aux yeux plutôt qu'aux oreilles exige plusieurs années d'étude.

Ainsi l'alpha, ou l'aleph, ou l'a, ressemblait à une tête de bœuf.

Il y aurait donc eu progression lente et continue : mais on peut tout aussi bien dire que les inventeurs ou l'inventeur de l'alphabet choisit parmi les anciens signes idéographiques ceux qui lui plurent davantage pour représenter les articulations qu'il avait à déterminer en même temps que les caractères écrits qui devaient leur correspondre.

Quoi qu'il en soit de la manière dont apparut l'alphabet sur la terre, il fut certainement perfectionné avec amour quand il fut une fois connu, et s'il nous vient, comme on le croit, des peuples de la Phénicie, il se répandit de chez eux dans l'Égypte, la Grèce, une partie de l'Asie et chez les peuples occidentaux.

L'avantage de l'alphabet, c'est qu'il permet en représentant les diverses articulations de la voix, de n'employer qu'un caractère pour exprimer chacun des cinq ou six sons essentiels, primitifs de la voix (1). C'est le rôle du caractère appelé voyelle, de représenter ces sons. Quant aux combinaisons diverses de ces sons essentiels, libres, détachés en eux-mêmes, avec les mouvements du gosier, de la respiration, de la langue ou des dents, toutes choses si bien exprimées par le groupement grammatical des lettres grecques,

1. Ces sons de la voix lui étaient regardés comme si essentiels, si naturels, que les anciens ne prenaient même pas la peine de les représenter. L'écriture hébraïque qui passe pour la plus ancienne connue, ne comporte que des consonnes. A force d'écrire, à force de vanité peut-être, à force de voyages aussi, on perdit le naturel dans le langage, comme dans les mœurs et les usages, et l'on fut obligé d'écrire le son essentiel lui-même qu'on finissait par oublier, tout en le contrefaisant. Une autre cause fut la multiplication des mots, le vocabulaire se grossissant de mots métaphysiques et techniques, de provenance étrangère, etc.

elles furent représentées par ces mêmes voyelles précédées ou suivies d'autres signes qui n'exprimaient que ces combinaisons incomplètes en elles-mêmes, c'est-à-dire le râle du gosier, le clapotement de la langue, l'engrenage, le frottement des dents, le soufflement de la poitrine, le nasillement des narines, enfin le sifflement des dents, de la langue et de la poitrine réunis. Caractères de secours un peu plus nombreux, mais en petit nombre encore, ils furent appelés consonnes, parce que, selon le sens du mot, ils ne forment un son, une voix qu'avec le secours des voyelles. Telle est la composition de l'alphabet dont la grandeur n'est égalée que par la simplicité.

Vanité humaine ! on ignore le nom de celui qui fit la plus grande découverte de l'humanité, puisque Dieu lui-même nous donna la parole !...

Il y eut et il y a encore plusieurs manières d'aligner l'alphabet. Les premiers inventeurs, puisqu'on semble regarder les Syro-Phéniciens ou les Égyptiens comme les premiers inventeurs, écrivaient de droite à gauche ; d'autres descendirent de haut en bas. Nous écrivons, de gauche à droite ; c'était la coutume des Grecs et des Latins, c'est celle de tous les peuples de l'Europe.

Une fois l'écriture connue, on écrivit partout sur les pierres, les briques, les feuilles, l'écorce des arbres, sur le plomb. On se servit de tablettes de bois ou d'ivoire enduites de cire sur lesquelles on traçait les caractères avec le stylet (poinçon dont l'un des bouts était pointu et l'autre plat pour écrire et effacer), sur le papier d'écorce, le parchemin, le fameux papyrus d'Égypte fait avec du jonc du Nil. Le parchemin domina en Europe à dater du VIIe siècle jusqu'à l'introduction du papier de coton inventé par les Orientaux au IXe siècle, et le papier de chiffons au XIIIe siècle (1).

Selon Isidore de Séville, Memphis a, la première, utilisé le papyrus ; mais on ne sait pas à quelle époque. Pline nous apprend que les Égyptiens en faisaient de son temps un grand commerce. Sous les rois Mérovingiens, le papier d'Égypte était presque exclusivement en usage ; mais, au commencement de la dynastie Carlovingienne, le parchemin connu depuis longtemps l'avait tout à fait remplacé. Bien que l'invention du papier de chiffons soit récente et ne date pas de six siècles, on en ignore l'auteur. Cette invention a certainement dérivé de celle du papier de coton.

Malgré ces découvertes précieuses, les copies d'un ouvrage se multipliaient difficilement, il fallait être riche pour former une petite bibliothèque, les lumières d'un pays avaient peine à s'y perpétuer, à plus forte raison, à rayonner chez les peuples voisins ; il suffisait du moindre accident pour faire perdre à l'humanité le fruit de longues années d'étude ; rien ne résistait aux révolutions politiques et sociales, aux désastres des guerres, aux ravages du temps qui n'a épargné aucune des branches de la littérature des anciens. Livres d'histoire, traités de sciences exactes, de politique, de médecine, etc., systèmes de philosophie, de morale, le plus grand nombre des ouvrages des Grecs ont péri ; les livres des Romains ont eu le même sort ; ceux des Égyptiens, des Phéniciens, et de plusieurs autres nations éclairées, ont été engloutis dans un naufrage presque universel.

1. L'instrument dont se servaient les anciens pour écrire était un roseau, le *calamus* des latins, le *calamos* des Grecs. On ne se servit de la plume des oiseaux qu'après l'invasion des barbares. La plume de fer est d'un usage tout moderne.

L'invention de l'imprimerie a été le merveilleux remède à tous ces maux. Elle est de date récente, du milieu du quinzième siècle (vers 1450) ; mais on en peut remarquer les premiers tâtonnements dès les temps les plus reculés. On sait que les Grecs et les Romains avaient des bagues qui leur servaient de cachet ; ils connaissaient même les lettres mobiles. De leur côté les Chinois gravent les signes de leur langue, depuis un temps immémorial, sur des tablettes de bois, qu'ils impriment ensuite avec un frottoir, comme font les peintres de cartes en Allemagne. Il paraît bien certain que l'imprimerie doit son origine en Europe a l'art de ces derniers dont l'origine est rapportée au quatorzième siècle. Ils commencèrent les premiers, en effet, à graver en bois des images des saints auxquelles ils ajoutèrent quelques versets ou sentences analogues au sujet. Peu à peu on en vint à composer des sujets historiques, des livres d'images, et ces impressions vraisemblablement ont amené la découverte de l'imprimerie. Il ne s'agissait plus que de couper les lettres gravées en relief dans ces planches, ou bien de les sculpter séparément, afin de les rendre mobiles, et de pouvoir imprimer à volonté toute espèce de discours. C'est ce qui fut exécuté par Jean Gutemberg.

Jean Gutemberg, issu d'une famille équestre, était né à Mayence, vers la fin du quatorzième siècle, et s'était retiré à Strasbourg où il se maria. Occupé constamment à ses inventions, il était parvenu à monter une presse en 1439. Retourné dans sa patrie, il y continua, malgré les difficultés, l'exercice de son art jusqu'en 1466, et mourut en 1468. Aidé de Fust, riche bourgeois de Mayence, et de Pierre Schoëffer qui devint le gendre de celui-ci, il commença en 1450 à imprimer des livres avec des caractères mobiles. Une

Bible latine fut le premier fruit de cette association. Leur art fut bientôt divulgué par les ouvriers qui s'établirent dans différentes villes. Rome d'abord, ensuite Cologne, Augsbourg, Venise, Milan, Nuremberg, Paris, Vérone, etc., enfin les principales villes de l'Europe connurent un art qui s'est répandu dans le monde entier. Paris se distingua surtout par ses belles éditions, et si les Allemands ont eu la gloire d'inventer l'imprimerie, on peut dire que les Français l'ont portée au plus haut degré de perfection.

Bible latine fut le premier fruit de cette association. Leur art fut bientôt divulgué par les ouvriers qui s'établirent dans différentes villes. Rome d'abord, ensuite Cologne, Augsbourg, Venise, Milan, Strasbourg, Paris, Vienne, etc., enfin les principales villes de l'Europe connurent un art qui s'est répandu dans le monde entier. Paris se distingua surtout par ses belles éditions, et si les Allemands ont eu la gloire d'inventer l'imprimerie, on peut dire que les Français l'ont portée au plus haut degré de perfection.

LITTÉRATURE UNIVERSELLE

PREMIÈRE PARTIE

LITTÉRATURES ORIENTALES

CHAPITRE I

APERÇU DES LITTÉRATURES DE L'EXTRÊME-ORIENT : CHINE, JAPON, INDE ANCIENNE ET MODERNE.

§ 1. — La Chine, sa langue, ses philosophes : Vohi, Lao-Tsé, Confucius, Mengt-tsée, etc. ; ses historiens : Sse-ma-thian, Sse-ma-thian, Sse-ma-tcheng, Sse-ma-kouang, Lieou-ui, Tchou-hi...

Ce qu'on peut dire de la littérature des peuples qui n'ont point laissé de livres ne consiste qu'en une opinion générale qui a été exprimée dans notre *histoire de la poésie* et qu'il est inutile de reproduire à cette place. En dehors des littératures classiques et européennes nous n'avons donc qu'à examiner rapidement le système des littératures de l'Inde et des empires de race jaune.

Les langues de ces contrées appartiennent à deux

tiges principales : l'une qui est de la même famille que les langues européennes dont nous la rapprochons, l'autre qui vient de la source première par un autre canal, comme la race qui la parle a des caractères particuliers différents de la nôtre. Celle-ci est la plus éloignée de nous sur le globe.

La Chine est le centre de la race jaune et de sa civilisation. La langue chinoise offre cette particularité qu'elle est divisée en langue morte ou classique et en langue parlée, et que cette dernière à son tour se divise en langue vulgaire et langue des lettrés ou *wen hoa*. Cette langue des lettrés, comprise d'eux seuls, est une langue intermédiaire entre la langue classique et l'idiome vulgaire qui comprend d'ailleurs plusieurs dialectes et des patois. La langue chinoise est le type principal de la famille des langues monosyllabiques.

Son vocabulaire est fort pauvre ; il se compose de 472 monosyllabes primitifs qui s'élèvent à environ 2000 par les différents sens que leur donne la diversité de l'accent et de l'intonation.

Les Chinois remédient dans leurs écrits à la pauvreté de leur vocabulaire par une foule de combinaisons et d'associations de mots capables de rendre leurs pensées. La construction de ces mots monosyllabiques a besoin d'être sévère ; elle suit donc l'ordre le plus régulier possible, car le moindre dérangement de mots dans la phrase suffit à en changer le sens. L'écriture est aussi compliquée que le matériel de la langue est simple. Mais tout récemment, un missionnaire catholique, Mgr Cosi, vicaire apostolique du Chantong, a imaginé un alphabet de 33 lettres applicable à la langue chinoise et dont les journaux anglais font le plus bel éloge.

Il aidera singulièrement à la diffusion des livres chinois si les habitants du Céleste-Empire ne repoussent pas par routine « cette utile invention d'un barbare ».

Cette langue pauvre, gênée dans tout son matériel, n'en a pas moins fourni une des plus riches littératures du monde depuis trente siècles.

Klaproth, dans son *Asie-polyglotte*, fixe le commencement de la certitude historique pour les Chinois, le peuple qui possède les plus anciennes Annales, au neuvième siècle seulement avant J-C... Cependant le *Chou-King*, rédigé par Confucius d'après des ouvrages antérieurs, est le plus ancien monument de l'histoire nationale de la Chine. Encore c'est plutôt un traité de morale historique, où Cuvier voit même un roman, qu'une histoire proprement dite. Confucius était un philosophe qui vivait au cinquième siècle avant J-C.. Il est le sage le plus réputé de son pays ; il n'en est pas le plus ancien. Il semble qu'en Chine la doctrine d'un premier être régnait aux temps les plus reculés à côté de la forme patriarcale des institutions politiques. Conçu sous la notion d'éternité, d'infini vague, l'Être suprême personnel ne pouvait être désigné par aucun nom. On se servait des mots *Tien* (Ciel) et *Tao* (raison, verbe, parole).

« Le Tao, le Verbe, dit un sage de la Chine, étant le principe, le milieu et la fin de toutes choses, le sage ou *l'Yu* s'y tient constamment comme dans l'invariable milieu : il est content de tout, par ce qu'il a toujours ce qu'il désire... Le sage ne s'applique qu'à connaître la vérité et qu'à croître dans la vertu. » L'empereur (Jao), image du ciel, joue aussi un rôle dans cette croyance : il est le principe qui meut et dirige tout, la nature et l'histoire, sans être réellement Dieu.

La philosophie qui développa ou transforma ces idées cosmogoniques et morales est représentée par différents systèmes. On attribue le plus ancien essai d'organisation philosophique et religieuse à Vohi à qui l'on donne une antiquité fabuleuse.

Dans le sixième siècle avant J.-C., Lao-Tsé (Fils de l'antiquité) fit le premier connaître la doctrine de Tao et forma un système spéculatif mêlé d'éléments étrangers, juifs et indiens, où le panthéisme occupait une grande place. Lao-tsé fut contemporain des prophètes Daniel et Ezéchiel, ainsi que du philosophe Thalès et des sept sages de la Grèce. Il y avait en Chine avant lui des maisons de sages, ou *Yu-Kiao*, comme il y avait chez les Juifs des écoles de prophètes. Les Sophistes y semaient la division au temps de Lao-Tsé. Celui-ci entreprit de rétablir le véritable mystère de l'antique sagesse, la doctrine du Tao ou du Verbe éternel. Il quitta la cour impériale où il était historiographe, et chercha la sagesse en Occident, dans la Chaldée où florissait Daniel, et peut-être jusque dans la Grèce et dans Athènes. Malgré les déceptions que lui faisait éprouver l'indifférence de ses compatriotes, il acheva son livre *de la raison et de la vertu*, qui existe encore et qui est un monument de profonde spéculation à la manière ancienne. Le Tao y est la condition fondamentale de l'existence, le principe et la vérité de toutes choses. Confucius (Cong-fu-Tsé, 550-479 avant J.-C.) établit la même doctrine dans son *Chou-King*. Confucius, dont les descendants subsistent encore en Chine, comme Lao-tsé dont il se proposait le but, voyagea beaucoup. Il remplit de hautes fonctions, mais éprouva toutes les vicissitudes de la vie, jusqu'à manquer parfois du nécessaire, et mourut dans la solitude, après avoir rédigé ou mis en ordre les livres canoniques de la Chine. A l'âge de 35 ans, il était allé trouver Lao-tsé qui lui avait fait comprendre combien il fallait peu compter sur un rétablissement de la doctrine ancienne et sur le redressement des mœurs publiques et privées. Il résolut de prendre d'une autre manière les Chinois devenus incapables de hautes contemplations et de les porter d'abord par ses paroles et par ses exemples à une réforme morale et rituelle. C'est pourquoi, après ses longs voyages, il s'occupa constamment à mettre en ordre les cinq *Kings* ou livres sacrés des Chinois. *L'y-King* est un commentaire sur une espèce d'écriture algébrique attribuée à Fohi ; le *Chou-King* est le traité de morale historique dont nous avons parlé, et qui est tiré des annalistes de la Chine depuis Yao jusqu'à Confucius ; le *Chi-King* est un recueil d'anciens cantiques : le Li-King, un recueil des anciens Rites ; l'Yo-King, un traité de l'ancienne musique. Il composa ensuite un sixième livre sur l'histoire du royaume de *Lou*, sa province natale, que l'on range quelquefois parmi les *Kings*. Confucius jouissait d'un immense crédit. Il eut jusqu'à 3000 disciples. Sa morale était plus pure et plus élevée que celle de ses contemporains, mais elle était tournée vers l'utile.

Son école dégénéra vite. Ses disciples composèrent cependant quelques ouvrages remarquables : le *Ta-Hio* ou la *grande science*, dont le premier chapitre n'est que le texte de Confucius développé dans dix autres par Tseng-tsé : l'*Invariable milieu* rédigé par Tsé-sse, petit-fils de Confucius ; le *Lun-yu*, ou livre des *entretiens*, qui renferme les entretiens du maître avec ses disciples, comme les *entretiens mémorables* de Socrate recueillis par Platon.

Chose singulière d'ailleurs ; le disciple le plus célèbre de Confucius, le second saint de la Chine, Meng-tsé (398-314), venu 80 ans après le premier, était contemporain de Platon et d'Aristote et employait, comme Socrate, l'ironie dans son argumentation. Il s'attachait, en accordant tout à ses adversaires, de tirer de leurs principes les conséquences les plus absurdes et les plus ridicules.

Avait-il, comme ses illustres prédécesseurs, connu la Grèce et ses philosophes, et comme ceux-ci, interrogé la science et les traditions de l'Asie? Rien d'impossible. La correspondance des temps et des doctrines suffirait à le faire croire pour les sages de la Chaldée.

Quoi qu'il en soit, la Chine ne produisit ni d'autres écoles, ni d'autres philosophes vraiment dignes de ce nom.

Tandis que le peuple était livré à un grossier polythéisme, les esprits cultivés s'en tenaient à la morale utilitaire de Confucius, sans songer ni à mieux ni à pire, dégénérant de par la force des choses et la vieillesse des institutions et des systèmes. Un siècle après la mort de Meng-tsé (ou Mencius), une violente persécution s'éleva contre les lettres et les lettrés.

L'an 247 avant l'ère chrétienne, l'empereur Chihoangti, qui bâtit la grande muraille, entreprit d'abolir les anciennes histoires, les anciennes doctrines, en détruisant les anciens livres, particulièrement ceux de Confucius. Ces livres étant écrits alors sur des tablettes de bois, la destruction fut facile. Plusieurs ouvrages périrent complétement; d'autres ne furent retrouvés qu'en partie comme le *Chou-King*.

Cette précaution était bien inutile; la philosophie de Confucius, n'enthousiasmait plus assez pour troubler l'État. « Après Mengt-tsé, dit le lettré Tchou-hi, les semences de la saine doctrine, que ce sage avait fait germer de nouveau, furent étouffées par les mauvaises graines que les différents sectaires répandaient de toutes parts. Ces sectaires, multipliés à l'infini, prévalurent sur les véritables sages, dans l'esprit de la populace et des ignorants; ils firent presque oublier Koung-tsée (Confucius) et la doctrine des anciens, jusqu'au temps où parurent les deux *Tcheng-tsé* dans le *Ho-nan*. Ces deux illustres personnages, tant par leurs discours que par leurs écrits, mirent en vigueur les préceptes de la *grande science* et tâchèrent de porter les hommes à l'accomplissement de leurs devoirs; mais ces deux brillantes lumières ont disparu, et malheureusement pour nous, leurs ouvrages ont été dispersés ou mutilés. » (Vie de Conf.)

En rattachant ensemble les lambeaux des annales de la Chine, pour composer le *Chou-King*, Confucius avait ouvert à ses compatriotes une voie où il fut suivi plus heureusement et plus longtemps.

Le *Chou-King* détruit, nous l'avons dit, par l'empereur Chi-Hoang-ti, qui avait pour but politique d'effacer les traces du gouvernement féodal établi sous la dynastie antérieure à la sienne, fut reconstitué de mémoire par un vieux lettré ou retrouvé sous un tombeau, mais seulement en partie; la moitié de l'ouvrage fut perdue pour toujours.

Ce fut seulement un siècle ou deux avant Jésus-Christ que Sse-ma-thsian travailla le premier à une véritable histoire de la Chine. Aussi, bien des savants ne reconnaissent-ils d'histoire tout à fait certaine à la Chine que depuis l'incendie des livres, vers le milieu du troisième siècle avant l'ère chrétienne.

Vers le temps où Sse-ma-thsian composait son histoire, Sse-ma-than qui occupait, sous l'empereur Wou-ti, de la dynastie des Han, la place de *Taï-sse-ling* ou d'historiographe principal de la cour, mettait en ordre les chroniques écrites par Cong-fu-tsé, et les commentaires et discours historiques de Tso-khieou-ming, contemporain du philosophe; mais il n'en faisait qu'une suite au *Chou-King*, sans prétention de créer une nouvelle histoire.

Sse-ma-Thsian, né à Loug-men, vers la fin du IIe siècle av. J.-C., se chargea de cette grande et difficile tâche. Il a été appelé « l'Hérodote de la Chine ». Comme le célèbre historien grec, en effet, il donna corps et consistance aux chroniques, et rendit scientifique l'histoire de son pays.

Historiographe après avoir été militaire, il fut à même de connaître les originaux, les documents, l'art et la pratique des combats, et composa alors ses Mémoires historiques ou *Sse-ki* qui ont fait sa réputation. Il mit à contribution tout ce que son temps lui fournissait en débris des vieux classiques, ou en compositions spéciales concernant les lois, les sciences, la tactique et les anciens usages. Les *Sse-ki* comprennent 230 livres et sont divisés en cinq parties correspondant à cinq branches de l'histoire : l'administration, les arts, les sciences et les institutions, les affaires étrangères, la géographie. Les *Sse-ki* consistent en biographies se rattachant à chacune de ces cinq branches. Ils ont été continués par l'ordre des empereurs jusqu'à l'an 1643 de notre ère.

On cite parmi les plus célèbres continuateurs de Sse-ma-Thsian, Sse-ma-Tching qui vivait vers la fin du VIe et le commencement du VIIe siècle de l'ère chrétienne, et parmi les autres historiens de la Chine, Sse-ma-Kouang (XIe siècle ap. J.-C.), Lieou-iu, son collaborateur et ami, et Tchou-hi (XIIIe siècle) qui n'a fait qu'extraire du grand ouvrage de Sse-ma-Kouang un petit abrégé.

Sse-ma-Kouang (1018-1086. ap. J.-C.) ne se contenta pas de continuer les *Sse-ki*, il reprit l'histoire au temps où l'avaient commencée Confucius et son contemporain, le chroniqueur Tsou-Liéou-ming. Se basant sur ces travaux primitifs, il composa d'abord un essai en huit livres, puis, sur les instances de l'empereur, un *miroir universel pour les chefs d'États*, où il introduisit le récit critique des actions des princes. Ce n'est donc plus seulement un traité didactique, mais une vaste synthèse en 394 livres, embrassant une période de plus de treize siècles, depuis le règne de Weï-lei-wang, de la dynastie des Tcheou, jusqu'à l'époque où vivait Sse-ma-Kouang.

Ce grand historien qui avait composé encore, entre autres ouvrages, le *Kouwen-Youan*, ou volume de mélanges historiques et politiques, était fils d'un ministre de l'empire, et devint lui-même ministre principal du successeur de Ying-Tsoung, après avoir été son précepteur.

Il employait tous les loisirs que lui laissaient ses fonctions à ses travaux historiques. Il fut aidé, comme nous l'avons dit, par Lieou-iu qui compléta son œuvre en certains points. Cette œuvre monumentale servit, avec le Sse-ki, de thème aux continuations, aux abréviations et compilations des historiens subséquents qui, avec des mérites divers, inférieurs à ceux de ces grands hommes, n'ont point manqué à la Chine jusqu'à nos jours.

Ce vaste empire commence à nous laisser pénétrer ses secrets. Le grand ouvrage de Sse-ma-Kouang a été traduit en français au siècle dernier, par le P. Mailla ; la bibliothèque nationale possède plusieurs exemplaires des *Sse-ki* et un assez grand nombre d'autres ouvrages chinois.

Les travaux des Jésuites du XVIIe siècle ont été repris avec ardeur par Abel de Rémusat, et toute une école de sinologues. De leur côté, l'Allemagne et l'Angleterre poursuivent les mêmes études avec plus d'opiniâtreté encore. Il viendra un temps où il nous sera permis de suivre complétement cette riche littérature et d'en extraire les fruits les plus précieux.

§ 2. — Un mot sur le Japon. — L'Inde. Ses langues : Hindoustanie, Hindie, sanscrite. Idée de la littérature moderne. Littérature moderne. Caractère de la philosophie sanscrite. — Commentaires des Védas, des lois de Manou, etc. ; *Dharmaçatras*, *Brâhmanas*, *Sûtras*, etc. Kapila, Panini, la grammaire et la rhétorique ; Patandjali, Jaimini, Kanada, Gotama ; le Bouddhisme.

On en peut dire autant de l'Inde et du Japon ; mais ici la nationalité plus jeune n'a fourni que peu d'œuvres originales ayant un mérite supérieur. Sous le rapport de la philosophie et de l'histoire, le Japon n'est même qu'une succursale de la Chine. Le bouddhisme et la philosophie de Confucius inspirent toute sa littérature. Ses nombreux livres d'histoire, de géographie, de sciences sont calqués sur ceux de la Chine. Il suffit de renvoyer sur ce sujet à ce que nous avons dit dans *l'introduction* de notre *histoire de la Poésie*. Dans l'Inde, un autre motif ne nous rend pas plus heureux. Cette antique population dont la littérature a été féconde entre toutes s'est interdit l'histoire. Ses institutions et ses mœurs ont répudié cette branche de l'éloquence sans laquelle toutes les autres demeurent inconnues. C'est à peine si, au milieu des innombrables vers de ses épopées et de ses poëmes philosophiques ; — car nous l'avons dit ailleurs, chez ce peuple on écrivait de préférence en vers, — on peut débrouiller le chaos des opinions religieuses et philosophiques qui ont dirigé la vie publique et privée des générations qui se sont succédé sur les rives de l'Indus et du Gange.

Les littératures Hindoustanie et Indie qui ont

continué, dans des idiomes dérivés du langage national primitif, la littérature sanscrite, offrent quelques productions historiques et philosophiques en prose, mais tout y est imité et emprunté des ouvrages sanscrits, persans ou arabes; rien n'y est original. D'ailleurs cette prose ordinaire ressemble beaucoup aux vers dont elle renferme de continuelles citations. La littérature Hindoustanie est celle des Musulmans de l'Inde; la littérature Hindie, celle des Hindous modernes. Les langues que parlent ces peuples d'origine commune sont deux idiomes dérivés du sanscrit, avec un fort mélange d'arabe pour le premier, et par la simple corruption du développement progressif pour le second, qui ont eu des degrés de transformation et comptent différents dialectes.

L'Hindoustanie passe dans l'Asie pour une des plus belles langues. Il y jouit d'une grande réputation d'élégance et de pureté. D'après un proverbe persan, l'arabe, qui a formé les langues de l'orient musulman, serait le plus parfait des idiomes; le turc, la langue des arts et de la littérature légère; le persan, celle de la poésie et de l'histoire; mais l'hindoustanie, réunissant les qualités de toutes serait la plus commode pour l'usage, la plus expressive et la plus polie.

Nous disons en Europe que l'anglais est la langue des oiseaux, l'allemand, la langue des chevaux, l'italien, la langue des arts, l'espagnol la langue des dieux, et du français nous faisons le langage des hommes.

Les avantages de notre langue ne seraient pas sans analogie avec ceux de l'Hindoustanie.

La grammaire de ce dernier idiome est plus simple que le sanscrit, une des filles aînées, sinon aînée, de la langue souche du rameau indo-européen. On y compte deux nombres, deux genres, six cas, et trois voix dans la conjugaison, la voix active, la voix passive et la voix neutre. L'alphabet n'est autre que l'alphabet arabe.

L'alphabet sanscrit usité aujourd'hui n'est pas l'alphabet primitif. Son usage ne date que d'une dizaine de siècles. Le sanscrit que les anciens regardent comme dérivé immédiatement de la langue supposée des Aryas, a eu sa forme primitive dans les livres védiques et a cessé d'être parlé au IIIe siècle de notre ère. Il est resté cependant la langue savante et est toujours entendu et écrit par les Brahmanes et les lettrés qui parlaient toujours le sanscrit ou langue *parfaite*, quand le vulgaire se servait d'un dialecte *inférieur* ou *pracrit*.

Les racines du sanscrit sont monosyllabiques. La grammaire en est plus régulière que celles de nos langues européennes anciennes et modernes, avec lesquelles elle a plus d'une analogie. Le sanscrit a trois genres et deux cas de plus que le latin, le locatif et l'instrumental, c'est-à-dire huit cas. La conjugaison a trois voix, six modes et six temps. Les particules sont abondantes dans le sanscrit bien que les flexions substantives puissent les remplacer. La liberté de sa construction est complète; aussi la variété est-elle grande et facile dans la prose comme dans les vers.

La littérature sanscrite, toute la littérature de l'Inde par conséquent, a son point de départ dans les *Védas* et dans les commentaires qu'ils ont fait naître. Ces livres sacrés et ces commentaires sont même les seuls ouvrages moraux et philosophiques de l'Inde. Ils forment avec les traités de législation qui se rattachent à l'enseignement philosophique, comme celui-ci à la religion brahmanique, une branche fort importante de sa littérature. Connaître la foi religieuse de l'Inde, c'est donc connaître sa philosophie, sa morale et ses lois.

Les plus célèbres lois qui ont suscité les immenses commentaires des *Dharmaçatras* ont été mises sous le nom de Manou, être supérieur, père commun des hommes. Ce n'est que la traduction en préceptes et en maximes des *Védas*. Ce recueil est divisé en douze livres et est écrit en vers.

Les commentaires principaux des Védas sont les *Brahmanas*, composés entre la période des hymnes védiques et celle des grandes épopées et dont on possède encore une partie. Ils ont été continués par les *Sûtras*. Les plus anciens *Sûtras* eurent pour auteur Kapila (VIIe siècle av. J.-C.) regardé comme le créateur du système *Sânkhya*, sorte de rationalisme indien qui voulait soustraire la philosophie à l'autorité des Védas. Le bouddhisme lui emprunta beaucoup, ainsi que le recueil de Manou.

On composa dans la suite beaucoup d'autres *Sûtras* qui ne furent plus seulement des commentaires des Védas, mais des traités de logique. La grammaire et la rhétorique eurent elles-mêmes des représentants distingués, tels que Panini, qui est regardé comme le législateur du sanscrit, et, avant la fin de l'ère chrétienne, Kalidasa, auteur d'un des nombreux traités de rhétorique parus dans l'Inde.

A peu près, vers le Ier siècle avant notre ère, on fixa dans le *Sankhya-Karika*, ouvrage en vers, la doctrine attribuée à Kapila. Amara-Pingha composait, à la même époque, un vocabulaire qui est devenu précieux pour les érudits modernes et qui est le complément nécessaire des œuvres de Panini.

Les travaux liturgiques et philosophiques avaient été poursuivis après Kapila, par Patandjoli qui fonda, quelques siècles av. J.-C., la doctrine du *Yoga* ou de l'union avec Dieu, doctrine qui a certains points communs avec le bouddhisme.

Grammairien en même temps que philosophe, Patandjoli composa un commentaire célèbre sur la grammaire de Panini.

Jaimini, au contraire de Patandjoli, enseignait dans les *Minansa-Sûtras* des doctrines conformes à la tradition religieuse de l'Inde. Il écrivait probablement avant Patandjoli dont les doctrines et surtout celles du bouddhisme excitèrent une véritable révolution religieuse dans les Indes.

Aussi les *Sûmas* de logique révèlent-ils des auteurs moins soucieux de la foi traditionnelle. Parmi ces auteurs on distingue Kanada (IVe siècle av. J.-C.) dont le système, appelé *Vaicéshika*, est basé sur la différence des êtres, et *Gotama*, dont le système s'appelle *Nyâya* et se rapproche beaucoup du sien.

On perdait de plus en plus le respect religieux des premiers âges.

« Dogmatisme, scepticisme et jusqu'au nihilisme complet, dit Rohrbacher, tous les points de vue, tous les développements, toutes les formes de la spéculation ont été épuisées par les Hindous. On compte six différents systèmes philosophiques, qui se distribuent deux à deux : les deux philosophies *Nyaya*, les deux

Mimansa, et les deux *Sankhya*. » Mais il ne faut pas prendre à la lettre cette réflexion du savant historien de l'Église. On doit convenir qu'il n'est pas toujours d'accord en ce qu'il dit sur l'Inde avec d'autres écrivains ecclésiastiques et même qu'aucun de ceux qui ont écrit sur l'Inde ne sont tout à fait d'accord entre eux.

Une seule chose paraît bien assurée, c'est que les divers systèmes philosophiques n'avaient pas une bien grande influence, et que, si le respect religieux diminuait chez de certains esprits, l'immense bouleversement causé par le bouddhisme occupait plus l'attention que les systèmes des philosophes.

Il est vrai qu'on n'est pas encore fixé bien définitivement sur l'époque où apparut cette religion nouvelle ou, si l'on veut, cette branche de religion qui fut entée sur le tronc brahmanique.

On a disserté longtemps pour savoir quelle était la plus ancienne religion, du brahmanisme ou du bouddhisme. Aujourd'hui on attribue généralement la priorité à la première. Dans les Védas on trouve trois divinités principales, Indra, Varuna, et Agni, qui ont chacun une femme, Indrani, Varunani, et Agnani, et 333 millions d'enfants. C'était le culte de la nature ou plutôt de ses forces.

C'était une croyance vague à la Trinité, mais à une Trinité singulièrement altérée. Sous d'autres noms, le créateur s'appelait Brâhm, et le rédempteur Vichnou. Celui-ci pour sauver les hommes devait s'incarner. Il l'avait déjà fait huit fois, d'après les livres sacrés et les épopées, quand arriva sa neuvième incarnation sous le nom de Bouddha, en la personne de Chakia-

Mouni. Ce sage, qui profita de la doctrine des incarnations de Bouddha, vécut selon les uns au XIe siècle, selon les autres au VIe siècle seulement avant l'ère chrétienne. Les Bouddhistes le faisant naître successivement plusieurs fois jusqu'à la fin du IVe siècle, on se demande s'il exista de fait bien longtemps avant cette époque. Il y a des traces évidentes du christianisme dans la légende qu'on lui a composée postérieurement après sa vie. Les bouddhistes étaient connus des grecs, tels que Strabon, Clément d'Alexandrie, sous le nom de philosophes *samonéens*, et les brahmanes sous leur nom de brahmanes et celui de *gymnosophistes* ou philosophes nus. Les volumes qui contiennent la doctrine des bouddhistes sont innombrables et d'un volume prodigieux. Un ouvrage qu'on dit en être l'abrégé sommaire formerait plus de cent volumes.

Convenons que toute cette philosophie, qu'elle soit religieuse ou sceptique, ou aveuglément rationaliste, n'est qu'une fantasmagorie indigne d'occuper l'attention des hommes de *bons* sens et bonne tout au plus à fournir des matériaux aux fabricants de systèmes nuageux et d'utopies panthéistiques.

On a dit que l'Inde avait été le berceau de la philosophie, elle en est tout aussi véritablement le tombeau.

CHAPITRE II

I. — LITTÉRATURES SÉMITIQUES.

Les Égyptiens, les Hébreux, les Arabes.

LITTÉRATURE ÉGYPTIENNE.

L'Égypte a vu naître le premier empire et l'un des plus puissants. Sa langue dont la forme vulgaire s'est perpétuée jusqu'aux derniers siècles sous le nom de copte, était excessivement simple et primitive. Elle était monosyllabique, mais moins rigoureusement que celle de la Chine, et se serait prêtée facilement à la formation de mots composés, comme le prouve la langue copte avec laquelle on essaie de reconstituer la langue primitive devenue la langue sacrée et savante, quand se forma son rejeton vulgaire. Sa structure la rattache aux langues sémitiques ; le long séjour des Hébreux parmi les Égyptiens est de nature à confirmer la commune origine de leurs idiomes particuliers.

Les manuscrits coptes et les recherches de M. Mariette, tout récemment enlevé à la science, ont de nos temps confirmé la supposition que le copte était la langue vulgaire des Égyptiens. Les découvertes épigraphiques du même savant ont, après les illustres travaux de Champollion et de M. de Rougé, aidé à la reconstitution de l'ancien Égyptien.

C'est Champollion qui le premier a non-seulement pu déchiffrer les inscriptions hiéroglyphiques, mais encore reconnu que les Égyptiens avaient pour signes, outre les images conventionnelles des objets, des caractères destinés à représenter les sons et composant une sorte d'alphabet.

Il existe des manuscrits de la langue copte sur lesquels a pu s'exercer la sagacité de Mariette et des savants qui l'avaient précédé dans l'étude de cette langue. Ce sont pour la plupart des versions partielles de la Bible, des livres de religion ou de petits traités sans valeur littéraire. Ils sont écrits avec des caractères grecs, la conquête d'Alexandre ayant fait tomber en désuétude, excepté chez les prêtres païens, les anciens caractères.

Il ne reste plus de l'ancien Égyptien que les inscriptions qu'on découvre sur les monuments. La littérature Égyptienne était riche cependant par le nombre des productions. On attribuait au seul Hermès Trismégiste ou Thoth, qui n'est qu'un personnage mythique, le symbole de la science ou du sacerdoce, plus de trente mille volumes. Il n'en reste plus que quelques imitations ou extraits d'actes faits par les Grecs et auxquels on ne peut accorder une complète confiance.

Les Égyptiens étaient versés dans les sciences et dans les arts. Leur religion, grossière par en bas et pour la populace, était plus métaphysique, plus étudiée pour les classes lettrées et pour les prêtres qui malheureusement conservaient leur science avec un soin jaloux et orgueilleux, comme un moyen de domination.

Leur dogmatisme n'était pas sans analogie avec celui des Indiens. « La Triade Égyptienne, dit M. Charles Lenormant, identiquement semblable à la Triade hindoue, repose sur une croyance panthéistique : les deux principes fondamentaux (Ammon-Ra, et Mouth, la grande mère dans la forme la plus élevée) représentent l'esprit et la matière.... Dans le *Rituel* funéraire, la pièce capitale et le résumé de la théologie Égyptienne, Ammon dit à Mouth : « Je suis l'esprit, toi, tu es la matière. » Plus loin, dans la prière adressée à Mouth, sous la forme secondaire de Neith, on lit ces mots : « Ammon est l'esprit divin, et toi, tu es le grand corps, Neith, qui préside dans Saïs. » De leur union provient Schous, la plus haute manifestation de l'Esprit, la troisième personne de la Triade thébaine. Chous est tellement le même que le logos de de l'Inde et de la Perse, et même de Platon et de Saint-Jean, qu'à Thèbes, dans le temple qui lui est dédié, il est nommé Chous-Toth, c'est-à-dire parole.

» Cette triple unité de Dieu se retrouve ainsi dans toutes les dégradations du théisme égyptien, jusqu'à la triple manifestation corporelle de dieu dans les personnes d'Osiris, d'Isis et d'Horus. »

Cette théologie était développée dans une multitude d'ouvrages. Memphis possédait une bibliothèque célèbre dans le temple de Ptha et, sur la porte de celle de Thèbes, on avait écrit, au rapport de Diodore de Sicile : « Trésors des remèdes de l'âme. »

Les Égyptiens faisaient donc grand cas des lettres

et des sciences. Leurs annales n'étaient pas moins étudiées que leur religion : les ouvrages de leurs historiens servirent grandement aux historiens grecs depuis Hérodote. Il est probable qu'il devait rester encore des débris de cette ancienne littérature dans cette immense bibliothèque d'Alexandrie si malheureusement détruite au temps de Jules César d'abord, et ensuite pendant les troubles du IVe siècle.

Il n'est resté d'un si florissant empire que des ruines gigantesques, il est vrai, et que des signes dont les siècles qui nous ont précédés n'ont pu découvrir le sens. On savait seulement que les Égyptiens, illustres dans la guerre, dans les arts et les sciences, étaient descendus au dernier degré de la superstition religieuse. On savait aussi, qu'au milieu des aberrations sans nom de leur idolâtrie, ils conservaient la croyance à la vie future et à l'immortalité de l'âme, en dehors d'une sagesse devenue proverbiale.

« L'Égypte, dit Bossuet, était la source de toute bonne police. Dieu a voulu que Moïse même fut instruit dans toute la sagesse des Égyptiens. »

LITTÉRATURE HÉBRAÏQUE.

La langue hébraïque. Période hébraïque. Le Pentateuque. Josué. Le livre des Juges. Le livre des Rois. Caractères généraux de la littérature hébraïque. Les Paralipomènes.

Moïse fit sortir les Hébreux d'Égypte, environ seize siècles av. J.-C., sous le règne probablement du Pharaon Mérenphtah. Malgré le dur esclavage auquel ils avaient été soumis, les Hébreux n'étaient point un peuple barbare. Moïse était un des sages de la cour; ses compatriotes avaient conservé leur langue propre et savaient la lire; autrement les prescriptions de Moïse sur la lecture de la loi n'auraient pu avoir d'effet que longtemps après lui et peut-être jamais.

Cette langue était d'un caractère conforme aux mœurs des Hébreux. « Les mots en sont simples, dit l'abbé Fleury, tous dérivés de peu de racines sans aucune composition. Elle a une richesse merveilleuse dans ses verbes, dont la plupart expriment des phrases entières. Être grand, faire grand, être fait grand, sont des mots tout simples, que les traductions ne peuvent exprimer parfaitement. La plupart des prépositions et des pronoms ne sont que des lettres ajoutées au commencement ou à la fin des mots. C'est la langue la plus courte que nous connaissions, et par conséquent la plus approchante du langage des esprits, qui n'ont pas besoin de paroles pour se faire entendre. Les expressions sont nettes et solides, donnant des idées distinctes et sensibles, sans verbiage ni obscurité.

» Le génie de cette langue est de faire suivre les propositions les unes aux autres, sans suspendre le sens, ni s'embarrasser dans de grandes périodes; ce qui rend le style extrêmement clair. De là vient que, dans les narrations, ils font toujours parler directement leurs personnages, et ne craignent point de répéter; surtout ils sont exacts à dire toujours les mêmes choses en mêmes mots. Et voilà ce qui nous fait trouver d'abord peu attrayant le style de l'Écriture; mais c'est, en effet, une marque du bon sens, de la solidité et de la netteté de l'esprit de ceux qui parlaient ainsi.

Quoique les styles des livres sacrés soient fort différents, nous ne voyons point que la langue ait changé, depuis Moïse jusqu'à la captivité de Babylone. Toute leur grammaire consistait donc, comme celle des anciens Grecs, à bien parler leur langue, lire et écrire correctement avec cette différence qu'il ne paraît pas qu'ils l'eussent réduite en art, et qu'ils l'apprissent par règles.

» Leurs lettres étaient celles que l'on nomme aujourd'hui Samaritaines, parce que les Samaritains les ont conservées ; et comme elles ne sont ni coulantes ni faciles à former, on pourrait douter qu'il fût fort commun parmi les Israélites de savoir écrire d'autant plus que les savants sont nommés dans l'Écriture, *sopherim*, c'est-à-dire scribes, suivant les anciennes traditions. Aussi des laboureurs ont bien moins besoin d'écriture que des marchands et des gens d'affaires ; mais il est à croire que la plupart savaient lire, puisqu'il était recommandé à tous d'apprendre la loi de Dieu et de la méditer jour et nuit, et que cette étude était leur unique occupation le jour du sabbat. » *(Mœurs des Israélites.)*

Cette loi était d'ailleurs la merveille de la sagesse humaine. Elle était dûe à Moïse qui avait délivré les Hébreux de la servitude égyptienne et qui, voulant en faire un peuple éternellement adorateur du vrai Dieu et digne de sa mission providentielle, lui avait laissé ce corps de lois sous l'inspiration du ciel.

Moïse est le plus ancien des historiens et le plus grand des législateurs. Il n'a pas seulement donné des lois civiles et religieuses aux Hébreux, il a imposé sa morale au monde. Les deux tables de la loi mosaïque sont autrement connues que les douze tables où furent consignés les premiers bégaiements du droit Romain : Moïse y a résumé les lois de la vie humaine, les règles de notre conduite vis-à-vis du Créateur, de nous-mêmes et de nos semblables. Rien n'y manque et tout y a tenu en dix articles ; rien n'y a été trouvé erroné par aucune conscience droite, rien n'y a été changé par la philosophie la plus méticuleuse ou la plus hostile. Ce sont les plus belles pages présentées par un homme à l'humanité. Elles méritaient d'être gravées sur la pierre, d'être suspendues sous les lèvres et sur le cœur des Hébreux.

Le divin côtoie l'humain tout le temps dans la Genèse qui n'est elle-même que l'introduction d'un ouvrage sublime en cinq parties. Le Pentateuque (du grec πενταтευχος, quintuple) est le nom donné aux livres attribués à Moïse et qui sont les cinq premiers de l'ancien Testament. Ils contiennent l'histoire du peuple Juif depuis la création du monde jusqu'à son entrée dans la terre promise. Le récit de l'historien est coupé, au moment où le peuple Hébreu demeure dans le désert, par le code des lois civiles et religieuses que Moïse, par l'ordre de Dieu, donna à son peuple. Les cinq livres portent le nom de *Genèse*, *Exode*, *Lévitique*, *Nombres* et *Deutéronome*.

La *Genèse* comprend le récit de la création dont elle tire sont nom (Γενεσις, génération) et l'histoire générale de l'humanité jusqu'à la vocation d'Abraham ; puis l'histoire des descendants de ce saint patriarche jusqu'à Moïse. L'*Exode* raconte la sortie de l'Égypte et s'arrête à la dédicace du Tabernacle dans le désert. *Le Lévitique* est principalement consacré à l'exposition de l'organisation du culte. Le livre des *Nombres* contient le récit de ce qui s'est passé dans le désert, excepté les événements de la quarantième année qui sont racontés dans le Deutéronome. Ce dernier livre renferme, en outre, un résumé des lois contenues dans les livres précédents.

Ces noms vulgaires donnés aux livres du Pentateuque, ne sont pas ceux dont se servaient les Juifs, qui les appelaient simplement la loi et désignaient les livres par le premier mot de chacun.

Les rationalistes ont contesté l'authenticité de tout ou de partie du Pentateuque ; mais l'Église les a reconnus comme canoniques et son jugement est sans appel. Cependant, bien qu'elle regarde ces livres comme révélés, il n'est point défendu de supposer que certains passages ne soient pas de Moïse. Il est bien évident, par exemple, qu'on ne peut lui attribuer le récit de sa mort qui termine le Deutéronome.

Moïse, d'ailleurs, tout en étant inspiré de Dieu, s'est appuyé sur les traditions populaires de son temps et sur les récits des patriarches.

Juger sa loi n'est pas de notre domaine ; mais comme écrivain sa puissante originalité est reconnue de tous les critiques raisonnables et impartiaux. La poésie et l'éloquence sont fondues ensemble dans ces monuments primitifs de l'esprit humain.

La poésie se révèle dans de charmants épisodes, des tableaux gracieux ou énergiques, une effusion simple et touchante des sentiments les plus variés, un naturel, une vive simplicité dans le récit, qui sont une preuve du sens droit, du goût nativement pur de l'écrivain, en même temps que de la véracité du narrateur.

La naïveté de Moïse témoigne de sa franchise et de sa droiture; l'élévation des sentiments, de la noblesse de son âme, de la beauté de son caractère, de la sublimité de son éloquence. Cette éloquence, en effet, pour être vive, imagée, orientale, n'est point fardée, boursoufflée, prétentieuse. Elle n'a pas ce luxe immodéré de figures incohérentes ou insaisissables dont sont prodigues les Orientaux. Moïse est même plus mesuré, plus simple que les autres poètes et historiens de sa nation. Parce que Moïse ne discute pas les faits, certaine école a dit qu'il ne les prouvait pas; comme si la discussion des faits n'était pas une démonstration contre leur certitude absolue, et comme si l'ingénuité n'était pas l'argument le plus fort chez un historien pour établir sa véracité !

La science a remué bien des problèmes aujourd'hui; plus elle s'agite, plus elle en revient à la cosmogonie de Moïse. Elle n'a pas réussi à détruire une de ses assertions par des arguments sérieux; les ruines se dressent dans l'Asie et dans l'Égypte pour proclamer la vérité des récits de la Bible.

Moïse mourut avant d'entrer dans la Palestine. Dieu lui permit seulement de contempler de loin la terre promise pour le punir d'une faute.

Josué fut son successeur dans la conduite du peuple hébreu et le continuateur de son histoire.

Osée, à qui Moïse donna le nom de Josué, assista aux derniers moments du législateur des Hébreux, chanta avec lui son dernier cantique et après 17 années de combats et de gloire expira à l'âge de 110 ans (l'an du monde 2570) laissant le récit des actions merveilleuses opérées pendant sa judicature.

L'auteur de l'*Ecclésiastique* en a fait ce magnifique éloge : « Jésus Havé s'est distingué dans la guerre par sa valeur : il a succédé à Moïse dans l'Esprit de prophétie ; il a été grand selon le nom qu'il portait : il a été grand pour sauver les élus de Dieu, pour renverser les ennemis qui s'élevaient contre lui, et pour acquérir à Israël la terre qui était son héritage. »

Après la mort de Josué, les Israélites formèrent une sorte de république que gouvernaient les anciens sous la direction de Dieu. Comme ils n'avaient point de magistrature suprême, Dieu, qui était leur roi, suscitait pour les réveiller de leur assoupissement, les rappeler à leurs devoirs, ou les délivrer de leurs ennemis, des juges extraordinaires, des dictateurs dont le gouvernement durait ce que duraient les besoins ou les désirs du peuple.

Cette administration théocratique et libérale fut abolie quatre siècles seulement après la mort de Josué quand les Hébreux, malgré les sages avertissements de Samuel, voulurent goûter du régime monarchique.

Les principaux événements qui intéressent l'histoire du peuple de Dieu pendant cette longue période ont été consignés dans le *Livre des Juges* et dans le premier livre des *Rois* attribués tous les deux à Samuel, bien que rien n'établisse suffisamment cette opinion.

Le livre des Juges ne contient pas ce qui se passa sous la judicature du grand prêtre Héli et de Samuel : il s'arrête à l'an du monde 2287, et n'embrasse que trois cent dix-sept années.

Le style en est simple, clair, varié par quelques scènes dramatiques, quelques tableaux frais et riants, de saisissants épisodes.

Le livre de Ruth est une suite de celui des Juges, en même temps qu'une sorte d'introduction aux livres des Rois et des Paralipomènes. L'histoire de Ruth se passe au temps des Juges, mais Ruth est la souche d'où sortira David, le chef de cette race royale de Juda.

Ruth vivait, croit-on, sous la judicature de Samgar ou celle de Débora. Son histoire n'est donc reliée à l'histoire générale que par l'idée et le symbole.

Ce charmant épisode n'a d'égal dans aucune langue ; c'est une des marques de la littérature hébraïque d'être orientale et de rester humaine, de mêler la simplicité du ton, les idées du bon sens général à une élocution toute particulière qui ne ressemble point à celle des Grecs et des Latins et qui cependant n'en a pas moins le don d'être aussi commune, aussi universelle.

Il y a assez de ressemblance entre le style du livre de Ruth et celui des premiers livres des Rois pour qu'on ait voulu y reconnaître la même main. Les sentiments sont trop partagés pour que nous recherchions quel est l'auteur de ces deux ouvrages. Il paraît seulement certain que les deux premiers livres des Rois ont été composés bien antérieurement avant les derniers. Ces deux livres qui n'en faisaient qu'un dans les Bibles hébraïques sont une compilation fidèle et intelligente des anciennes annales et des récits des prophètes.

La littérature ancienne des Hébreux comprenait, en effet, beaucoup d'autres ouvrages que les livres sacrés conservés dans la Bible.

Il est parlé, dès le temps de Moïse, d'un livre de

guerre du Seigneur ; plus tard, il est fait mention d'un livre des *Justes*. Les livres des Rois renvoient souvent à des chroniques perdues ; et l'on sait que les prophètes, comme Samuel, Nathan, Gad, notaient les événements dont ils étaient les témoins. Salomon avait écrit trois mille paraboles et mille cinq cantiques. Enfin les prêtres, les anciens ou les docteurs instruisaient le peuple dans les synagogues que possédait chaque bourgade. L'éloquence sacrée florissait donc chez les Juifs ; mais il semble que l'art d'écrire, comme les loisirs de l'étude étaient réservés au corps des prêtres et des prophètes ainsi qu'il en était chez les Égyptiens.

La vanité d'auteur était d'ailleurs inconnue chez les Hébreux ; leurs écrivains n'ont jamais dégénéré de la simplicité, du naturel des bonnes époques. Tandis que les Grecs, les Romains, les modernes tombent peu à peu dans l'afféterie, l'emphase ou la recherche, les historiens et les poètes de la Palestine n'ont qu'un souci, la vérité, qu'un but, la gloire de la nation. Les prophètes eux-mêmes sont naturels dans leur plus grande magnificence ; leurs métaphores les plus hardies jaillissent sans fard sous leur plume inspirée. Si quelque symptôme de décadence se révélait, on ne les trouverait que dans les écrivains qui datent des temps de la captivité, et qui comme Daniel, se ressentaient du milieu où ils étaient obligés de vivre.

Jusqu'à Esdras, on ne connaît certainement le nom d'aucun historien Juif.

Les chroniqueurs sacrés, avec des marques particulières qui dénotent le génie individuel, ont des caractères communs trop frappants pour n'être pas remarqués. Ils abordent immédiatement leur sujet sans ambages, sans préparation ; ils ne raisonnent point et laissent parler les faits qu'ils choisissent avec un rare discernement; leur sincérité est telle qu'ils racontent ce qui tourne à leur confusion. Leur narration est brève, vive et rapide ; ils ne disent que ce qui est nécessaire, n'entrent dans les détails que pour les faits les plus importants et réussissent à émouvoir sans chercher à le faire.

C'est ainsi qu'ils ont raconté les annales de leur petite nation en la reliant dès le commencement à l'histoire du monde. Aucun livre n'a rendu, au seul point de vue historique, autant de service à la science que notre Écriture Sainte. Elle sera toujours la boussole qui éclairera la route des érudits et des chercheurs. Les pierres qui parlent dans les ruines diraient peu de chose si la Bible ne fournissait ses jalons au champ de l'histoire universelle.

L'histoire des Juifs est complète depuis Moïse jusqu'à la captivité. Elle est contenue dans les livres des *Rois* et les *Paralipomènes*.

Les deux premiers livres des Rois racontent ce qui s'est passé sous la judicature d'Héli et de Samuel, sous le règne de Saül et celui de David ; ils embrassent une période d'environ 141 ans. Les deux derniers livres qui n'en faisaient qu'un aussi chez les Hébreux embrassent les temps écoulés depuis la mort de David (1016 av. J.C.) jusqu'à la trente-septième année de la captivité, ce qui, joint à l'égalité du style, a fait conjecturer qu'Esdras avait composé ces deux livres. Les paroles en sont très simples, dit saint Jérôme, mais « si nous recherchons le sens qui est caché sous la lettre nous y découvrirons de petits commencements de l'Église et des guerres qui lui ont été suscitées par les hérétiques ».

C'est encore une compilation faite sur les anciennes annales et les écrits des prophètes, comme l'abrégé succint des Paralipomènes. L'auteur de ce résumé renvoie souvent aux annales des Rois de Juda et d'Israël qu'il analyse.

Les Paralipomènes ou *Paroles des jours,* d'après l'appellation hébraïque, contiennent l'abrégé de toute l'histoire ancienne.

Les faits y sont fortements liés, habilement condensés. Les anciens faisaient grand cas de cet ouvrage qui éclaircissait, selon eux, toute la Bible. Il renferme cependant avec les livres des Rois de légères différences, que les interprètes n'arrivent pas sans peine à concilier. Il est surtout précieux pour l'histoire littéraire, en ce qu'on y rencontre la suite des historiens et des prophètes qui ont écrit les annales des Rois de Juda depuis David jusqu'à Sédécias. L'auteur s'arrête à la fin de la captivité, quand Cyrus rendit la liberté au peuple Juif.

Période Chaldéo-Syriaque. — Esdras, Néhémias, les deux Tobie, les livres de Judith et d'Esther, les Machabées. — Période grecque.

Soixante-dix années s'étaient écoulées, suivant la prédiction de Jérémie, lorsque le roi des Perses rendit son édit de libération. Les Juifs partirent au nombre de près de 50,000 personnes, sous la conduite de Zorobabel. Esdras était du nombre des prêtres qui accompagnèrent Zorobabel à Jérusalem, mais il retourna bientôt à Babylone solliciter la permission de continuer le rétablissement du temple, permission qu'il obtint d'Artaxerxès Longue-main, la septième année de son règne.

Esdras a souverainement mérité des lettres et de sa patrie. C'est lui qui, après tant de désastres, prit soin de réunir les volumes dispersés des livres saints, et qui en dressa le canon tel que nous l'avons aujourd'hui.

Il se consacra à instruire ses compatriotes, à restaurer la loi en même temps que le temple. Il eut le bonheur d'assister à la dédicace des nouveaux murs de Jérusalem par Néhémias, échanson d'Artaxerxès.

Il nous reste quatre livres sous le nom d'Esdras, mais les deux derniers sont considérés comme apocryphes.

Le sentiment commun fait Esdras auteur du premier des livres qui sont sous son nom, et accorde la paternité du second à Néhémias.

Ces deux livres reprennent l'histoire du peuple Juif à la première année du règne de Cyrus à Babylone et la poursuivent pendant environ 112 années, jusqu'au règne de Darius Nothus, fils d'Artaxerxès Longue-main.

Néhémias composa aussi des *Mémoires*, car il en est fait mention dans les *Macchabées*, mais ils sont perdus.

Avec Esdras, la littérature hébraïque entre dans une nouvelle phase ; la civilisation chaldéenne a déteint sur les Juifs. Esdras substitue même les caractères chaldéens aux caractères hébraïques. La plupart des Juifs avaient perdu l'usage de ces caractères; quelques-uns avaient oublié la langue hébraïque elle-même : « Leurs enfants, est-il dit dans le livre de Néhémias, parlaient à demi la langue d'Azoth et ne pouvaient pas parler l'hébreu. »

Il en avait été ainsi pour les Israélites depuis longtemps.

On admet généralement que l'histoire des deux Tobie a été écrite en chaldéen ou en syriaque, langue du pays des Assyriens et des Mèdes où demeuraient ces saints hommes. Le texte hébreu n'est qu'une traduction. Cet opuscule attribué aux deux Tobie renferme la morale la plus sublime et nous offre deux modèles parfaits de religion, de désintéressement, de résignation et de pureté. La doctrine de la Providence y éclate à toutes les pages. Cette touchante biographie est un avant-goût de nos histoires de saints. Les héros de Plutarque ne ressemblent point à ces héros modestes dont les crimes et les vices ne balancent point les vertus et les gestes.

C'est dans la même langue chaldéenne, et quelque temps cependant avant la captivité de Babylone, qu'a été composée une autre biographie non moins célèbre, quoique d'un ordre tout différent, l'histoire de Judith, l'héroïne de Béthulie.

Les exploits de Judith sont connus; l'historien qui nous les a transmis s'est borné à peu près à les raconter. Il conduit sa narration depuis la guerre entre Nabuchodonosor et Arphaxad jusqu'à la mort de Judith; mais la vie de Judith est le centre autour duquel il fait tout graviter.

L'auteur de cet ouvrage est inconnu. Il marque une transition entre la période juive et la période chaldéenne qui se continua par les prophéties de Daniel, dont nous avons parlé ailleurs (*hist. de la poésie*), par l'histoire d'Esther et les livres des Macchabées.

Le livre d'Esther est une compilation composée sur les œuvres de Mardochée, oncle d'Esther, avant la mort d'Esdras, du temps d'Artaxercès Longue-main ou Assuérus. Bien que faite en Perse, elle fut probablement écrite en hébreu ; mais il est non moins probable que les œuvres de Mardochée, ministre du roi de Perse, et les annales qui servirent à compléter la compilation l'étaient en chaldéen. Le ton de cet ouvrage est d'ailleurs assez différent des autres; on y sent plus de recherche, un art moins inspiré, ce qui l'avait fait rejeter par quelques-uns comme non canonique. On sait la poésie pure et harmonieuse qu'en a tirée Racine.

La domination des Perses fut douce aux Hébreux dispersés dans leur empire ; ceux qui étaient revenus à Jérusalem jouirent d'une paix tranquille et d'une liberté suffisante dans la vieille cité de leurs pères.

Mais les héritiers du grand Cyrus furent renversés par Alexandre; la Grèce succéda à la Perse dans le commandement et dans la civilisation. Les successeurs d'Alexandre, en Asie, oublièrent qu'ils étaient venus d'un pays de liberté ; leur domination fut rude pour les Juifs. L'amour de la patrie, de la religion et de la liberté suscita des héros.

La Judée regimba contre la civilisation grecque qui voulait lui enlever ses foyers et son Dieu. La famille des Macchabées fut le centre de la résistance.

Les exploits de Mathathias et de ses successeurs ont été consignés dans les deux premiers livres des Macchabées, ouvrages écrits en chaldéo-syriaque mais dont l'original est perdu.

Le premier livre, le plus parfait des deux, contient l'histoire des Juifs depuis la mort d'Alexandre jusqu'aux premières années de Jean Hyrcan.

Avec les deux premiers livres des Macchabées finit la période chaldéenne. Après les combats sanglants livrés pour la liberté, la civilisation grecque s'infiltra peu à peu chez les Juifs. Ce fut surtout quand la Grèce eut faibli sous les armes romaines. Ses progrès, d'allure moins conquérante, n'en furent que plus redoutables.

Le troisième et le quatrième livre des Macchabées sont écrits en grec dans un style assez élégant, mais enflé. Le grec est la langue de l'auteur de l'*Ecclésiastique*, la langue de Josèphe, de Philon. L'hébreu n'est plus comme langue littéraire qu'une langue morte.

Les efforts des rabbins du moyen-âge pour égaler les écrits des Arabes ne suffiront pas à la ressusciter.

LITTÉRATURE ARABE.

La civilisation arabe fut splendide, mais de courte durée. Elle n'embrassa que quelques siècles qui reçurent plus de lustre de la culture des mathématiques et de la poésie que de celle de l'histoire et du langage usuel. Le génie arabe, génie fantaisiste, ami du clinquant et de la dorure convient peu à la mâle simplicité de la prose. Les Arabes n'ont pas eu d'orateurs; leurs prêcheurs ont moins fait que leurs armes pour la diffusion de leurs doctrines. Leurs écrivains ont été nombreux; mais pas plus que les autres Asiatiques, excepté les Hébreux, ils ne se sont élevés à la conception de l'histoire.

L'histoire de la prose arabe ne commence qu'avec Mahomet qui n'aimait pas les poètes et qui ne laissa place qu'à la prédication de sa religion. Le Koran qui est la Bible du musulman est dû tout entier à Mahomet, ou plutôt c'est une compilation quelquefois habile, quelquefois assez niaise de la Bible de l'Évangile, et avec un amalgame de traditions arabes.

Mahomet prétendait en avoir reçu le texte de l'ange Gabriel. On dit que l'arabe en est pur, mais le style peu clair. Quant à la valeur littéraire du Koran, elle est assez médiocre. Il renferme cependant quelques tableaux vifs, colorés, pleins de mouvements, mais en fort petit nombre et sans suite. Le Koran est divisé en trente parties comprenant cent quatorze chapitres divisés eux-mêmes en versets comme notre Bible. C'est le code suprême des musulmans. Ce fut le seul monument en prose de la langue arabe, jusqu'à l'époque où fleurit la philosophie avec Avicenne et Averroës. Le premier était Perse, le second Maure d'Espagne. Averroës (1120-1198) fut le plus illustre représentant de la philosophie arabe. Ses commentaires sur Aristote furent si célèbres au moyen-âge que saint Thomas crut nécessaire de le combattre. Il a laissé de nombreux ouvrages qui témoignent d'une grande connaissance des lettres grecques en même temps que de son peu de souci de la foi musulmane. L'université de Paris condamna son système en 1240. L'éclat de sa philosophie rationaliste attira sur elle les foules des croyants. Le fanatisme l'eut bientôt étouffée.

La prose arabe n'eut plus pour l'alimenter que les romans, les contes et les récits historiques. Ceux-ci furent innombrables, mais ils n'ont de mérite que pour l'histoire et l'érudition. Quelques romans et quelques contes, comme les *mille et une nuits* réussissent sinon à nous charmer, au moins à captiver notre attention par l'imprévu et le fantastique de leur conception; mais ces productions ne sont pas de nature à s'acclimater en Europe.

La littérature arabe a fait son temps comme la civilisation musulmane.

son peu de souci de la foi musulmane. L'Université de Paris condamna son système en 1240. L'éclat de sa philosophie rationaliste attira sur elle les foudres des croyants. Le fanatisme l'eut bientôt étouffée.

La prose arabe n'eut plus pour l'alimenter que les romans, les contes et les récits historiques. Ceux-ci furent innombrables, mais ils n'ont de mérite que pour l'histoire et l'érudition. Quelques romans et quelques contes, comme les *Mille et une Nuits* réussissent sinon à nous charmer, au moins à captiver notre attention par l'imprévu et le fantastique de leur conception; mais ces productions ne sont pas de nature à s'acclimater en Europe.

La littérature arabe a fait son temps comme la civilisation musulmane.

DEUXIÈME PARTIE

LITTÉRATURES DE L'EUROPE

ANCIENNE ET MODERNE

Notions préliminaires sur les idiomes.

Si les races sémitiques ont laissé peu de traces de leur civilisation, si leurs monuments littéraires se réduisent à des livres sacrés ou à quelques inscriptions récemment découvertes, il n'en est pas ainsi des peuples de race aryenne.

Nous avons indiqué le large champ donné aux lettres dans la vaste péninsule que baigne l'Indus. L'excroissance fut aussi prodigieuse que neuve et peu réglée; l'expansion se manifesta surtout dans les vers et la philosophie. Cette immense culture n'est pas proportionnée à des intelligences jeunes et sans expérience; elle nous est d'ailleurs à peu près inconnue. L'Inde est encore pour nous le pays des songes.

Mais quand la race aryenne quitte les rives de l'Oxus pour s'avancer vers l'occident, elle s'avance vers le climat de son génie. Elle peuple les rivages de l'Hellespont, les îles de la mer Ionienne, elle aborde le Péloponèse, et de ce petit coin de terre, elle se répand par la seule force de l'esprit tout autour de la mer Intérieure, en attendant qu'elle aide les nations latines, renouvelées par le sang barbare, à renaître pour les arts, les lettres et les sciences.

L'influence du génie grec a été aussi grand que le foyer originaire en fut peu étendu.

La littérature grecque a eu pour berceau, pour citadelle ensuite, les pays baignés par la mer Egée, par la mer de Sicile et quelques villes des rivages de l'Asie-Mineure au nord et au sud.

Après la conquête d'Alexandre, elle pénétra en Égypte, dans l'intérieur de l'Asie, comme déjà elle avait envahi la Sicile et l'Italie méridionale. Alors sa gloire se répand davantage, mais sa splendeur, pour être plus éclatante, n'en a que moins de valeur et de fondement.

Les races helléniques étaient naturellement commerciales, elles portaient leurs arts et leur littérature avec leurs marchandises chez les nations avec lesquelles elles trafiquaient. Leur langue admirable répandait ses clartés chez les barbares; leurs colonies ne l'oubliaient jamais. Harmonieuse, déliée, d'une fécondité inépuisable, et d'une incomparable richesse, la langue des grecs avait, avec un fond commun, des variétés nommées dialectes, assez considérables pour être facilement reconnues, mais pas assez tranchées pour en rompre l'harmonie et l'unité.

Ces dialectes s'effacèrent peu à peu dans l'usage ordinaire, mais les traces en demeurèrent longtemps dans les ouvrages des écrivains.

Le grec subit de nombreuses modifications jusqu'au siècle de Périclès ; mais depuis cette époque jusqu'à celle des Pères de l'Église, jusqu'à la période Byzantine, il se conserva plus intact et moins variable qu'aucune autre langue.

« La langue grecque, dit M. Émile Burnouf, prise dans son ensemble, fait partie de ce système de langues, parlées les unes en Europe, les autres en Asie, auquel on donne le nom de langues Aryennes, parce qu'elles se rattachent aux provinces asiatiques de l'Asie et de la Bactriane, et parce que les peuples qui les parlent se sont donnés primitivement à eux-mêmes le nom d'*Aryas*. Ce système renferme six groupes : Le *sanscrit*, le *zend* ou *perse*, le *grec* avec le *latin*, le *slave*, le *germain*, le *celtique*.

» Tous ces groupes sont dans leurs commencements, indépendants les uns des autres. Le sanscrit n'est pas la souche commune d'où ces idiomes sont sortis : il est issu, au même degré de parenté, de la langue centrale et primordiale ; seulement, surtout dans ses formes védiques, il se rapproche évidemment beaucoup plus de cette langue que tous les autres idiomes aryens. Le grec ne procède pas du latin, et le latin ne procède pas du grec ; mais l'un et l'autre, qui sont deux branches égales d'un même rameau, tirent leur origine d'une langue commune avec laquelle les langues survenues plus tard en Grèce et en Italie se sont fondues.

» Les formes de la langue latine sont généralement moins altérées que celles de la langue commune des grecs et ressemblent beaucoup aux formes sanscrites, surtout dans les racines et dans les flexions nominales. Ainsi *serpo*, qui en latin signifie *marcher*, *ramper*, est une forme plus complète que le grec ἕρπω et se rapproche plus que lui du sanscrit *sarpâmi*, je marche. D'un autre côté, les formes grecques ont plus d'analogie avec l'ancienne langue des Perses que le latin.

» Ainsi le perse *histâmi*, je suis debout, ressemble plus au grec ἵστημι, ἵσταμαι qu'au latin *sto* ; mais tous ces mots proviennent également de la racine *stâ* ou *st'à* qui a la même signification. Il semble donc qu'il y ait eu diverses périodes dans les migrations aryennes, que le perse et le grec appartiennent à l'une d'entre elles, le sanscrit et le latin à une autre.

» La langue grecque réunit des qualités réparties inégalement entre les autres idiomes de la même famille. Elle n'est ni synthétique à l'excès comme la langue sanscrite, ni exclusivement analytique comme les langues néo-latines. »

CHAPITRE I

LITTÉRATURE GRECQUE.

Idée générale. Rapports entre la langue, la civilisation et les mœurs.

Le grec a cependant manqué de cette précision, de cette justesse qui ont fait du français la langue de la raison par excellence. Son abondance, sa flexibilité, sa richesse même ont offert trop de facilité aux sophistes d'abord, aux hérésiarques ensuite pour énoncer leurs idées fausses, échafauder leurs vains systèmes. Le mot les a trop aidés à jouer sur les idées. Cette déloyauté de la langue passa dans les mœurs en même temps qu'elle faussait les esprits ; il vint un jour où le nom de grec fut synonyme de sophiste, de fourbe et de trompeur. De ce jour-là, le génie de la Grèce serait mort à jamais, si le christianisme n'était venu le ressusciter avec gloire.

La religion des Grecs n'était pas plus élevée que leur métaphysique n'était solide. L'appui de la philosophie manqua-t-il au culte ; ou le culte à la philosophie, peu importe : La religion des grecs fut un grossier polythéisme ; voilà le fond. Ce polythéisme chez un peuple doué d'élégance, avide du beau et né pour le connaître, l'apprécier et le rendre, s'appliqua exclusivement à l'humanité.

Incapables de s'élever au-dessus de la nature, les Grecs y choisirent ce qu'elle offrait à leurs yeux de plus beau, de plus matériellement achevé : l'homme. Tous leurs efforts tendirent à surfaire la beauté de l'homme, à l'élever à la hauteur de ces hommes mythologiques que leurs poètes et leurs prêtres présentaient comme des dieux. Diviniser l'homme, tel fut leur idéal. Il manquait de gandeur, d'horizon : il n'eut pas suffi aux temps où la science a percé les nuages et lu dans les autres mondes après avoir parcouru le nôtre; il suffisait alors. Le monde ancien n'était pas grand : ses conceptions répondaient aux bornes qu'il se traçait. Mais cette restriction involontaire au génie de la Grèce lui permit de ne se mouvoir qu'à pas sûrs. Si l'esprit n'eut pas de grandes ailes, il apprit à les déployer avec grâce et mesure : l'âme comptait peu chez les Grecs; la divinité demeurait elle-même dans le vague, quand elle ne tombait pas dans les abîmes de la corruption : mais le corps se modelait ; la figure de l'homme atteignit sous le pinceau des peintres, sous le ciseau des sculpteurs, sous le style des poètes, par l'art des écrivains, des orateurs, un fini, une pureté de lignes, une harmonie de contours, une délicatesse de couleur qu'il ne lui fut donné d'obtenir nulle part ailleurs.

PREMIÈRE PÉRIODE.

PÉRIODE NATIONALE DEPUIS HÉRODOTE JUSQU'A LA CONQUÊTE D'ALEXANDRE.

Hérodote et l'histoire. Solon. Les philosophes : Pythagore, Thalès etc. Périclès et son siècle. L'éloquence grecque. Les historiens. Platon et Aristote. Les orateurs : Thucydide, Xénophon, Eschyne, Démosthène, etc.

Dans l'ordre des artistes de la langue, les poètes, en Grèce comme partout, vinrent avant les prosateurs. Ceux-ci ne commencent à paraître avec un éclat persistant qu'avec Hérodote, le père de l'histoire. Les premiers narrateurs des faits héroïques avaient été les aèdes. Les logographes les remplacèrent. C'étaient des chroniqueurs qui recueillaient les faits contemporains, les groupaient sans méthode, ou séparaient, comme Hécatée de Milet, mentionné par Hérodote, les détails géographiques de la suite des faits ; mais ils préparaient ainsi l'avénement des historiens.

Charon de Lampsaque commença à donner à l'histoire des formes régulières.

Hérodote l'amena à son point de perfection. Ce grand homme était né à Halicarnasse, en Carie, et selon Suidas, à Thurium en Italie, l'an 484 avant J.-C. Il passa une partie de sa vie à voyager en Asie, en Égypte, en Grèce, en Italie, interrogeant les prêtres, étudiant les peuples, lisant quand il pouvait lire, rassemblant, en un mot, les matériaux de l'histoire dramatique qu'il voulait écrire.

Son œuvre est divisée en neuf livres, à chacun desquels on a donné le nom d'une des neuf muses. Les quatre premiers traitent de l'histoire en général, et en particulier de celle des Égyptiens, des Assyriens, des Mèdes et des Perses ; les cinq suivants sont consacrés au récit de la guerre d'Ionie et des guerres Médiques, dont Hérodote avait été en partie témoin. Ces luttes épiques lui avaient suggéré l'idée ou du moins le plan de son histoire. Il assembla dans son ouvrage les peuples qu'il avait vu réunis dans les champs de l'Attique ou sur les flots de Salamine.

Dans ce tableau de la grande rivalité qui divisa l'Orient et l'Occident, l'Europe et l'Asie, Hérodote déploie un art déjà consommé bien qu'habilement voilé sous des apparences naïves. Il a pour but de célébrer les exploits des Grecs et de rechercher les causes de la lutte épique qui devait se dénouer après lui, par les conquêtes d'Alexandre. Il disserte peu, ne dogmatise point, il raconte les faits, peint les événements et les hommes, en imitant Homère pour rendre son récit plus dramatique et plus vivant. C'est un poète autant qu'un historien. Malgré les secours que lui fournit l'imagination et qui ont fait douter longtemps de l'exactitude et de la sincérité de ses récits, il est simple, grave, en même temps que gracieux dans son style. Les investigations récentes des voyageurs ont confirmé beaucoup de ses assertions et ses récits ne sont plus considérés comme des fables.

Volney disait déjà au siècle dernier :

« Telle est, disait-il, la destinée singulière d'Hérodote, qu'après avoir été mal apprécié des anciens, le mérite de son ouvrage s'est élevé chez nous autres modernes, à mesure que nous avons acquis plus de connaissances sur les pays dont il a traité. Tous les voyageurs en Égypte s'accordent à dire que l'on ne peut rien ajouter à la justesse, à la correction, à la grandeur du tableau qu'il a tracé ; en sorte que c'est pour avoir été en général trop au-dessus des notions vulgaires, qu'il a eu chez les anciens moins de crédit que des écrivains d'un ordre inférieur. »

La vérité est pourtant plutôt dans l'ensemble que dans le détail. Hérodote met ses personnages en scène comme dans un drame ; il les fait parler comme il les fait agir ; il cherche à nous rendre témoins des événements par la représentation de leur mouvement ; il sème son récit de discours, de dialogues qui contiennent la moralité des faits. Il permet ainsi à son lecteur de tirer les conséquences, de formuler les principes, sans que lui-même s'astreigne ou songe à se livrer à des réflexions générales. Vie, action, mouvement, voilà son histoire.

Sa méthode ne ressemble en rien à celle de Thucydide qui raisonna sur les plus minimes choses et qui fut penseur autant que narrateur, philosophe plutôt que poète, bien qu'il sût peindre et entraîner avec vigueur.

On raconte qu'Hérodote prédit à Thucydide, âgé de quinze ans, la gloire brillante qui l'attendait. Voici dans quelles circonstances : Hérodote ayant lu son histoire devant la Grèce assemblée à Olympie (445 av. J. C.), sa voix avait été couverte par les applaudissements et les bruyants transports de ses concitoyens. Thucydide, témoin d'un si magnifique triomphe, fut pris d'une émulation soudaine et se mit à pleurer.

Hérodote lui fit alors la prédiction qu'on rapporte.

Ce serait donc à Hérodote que l'antiquité serait redevable de son plus complet historien. Cet homme illustre ne fut point seulement le créateur de l'histoire, il fut aussi le créateur de la prose chez les Grecs. Avant lui cette forme usuelle de discours humain n'avait été employée dans les écrits que par quelques législateurs et philosophes.

Encore ceux-ci, fidèles aux traditions Indiennes, auxquelles ils avaient emprunté leurs systèmes, écrivaient-ils assez souvent en vers. Solon, dont la législature (595 av. J.C.) fut le point de départ du grand mouvement intellectuel et artistique qui illustra les siècles suivants, fut un des meilleurs poètes de son temps. Il gouverna les esprits et réforma les mœurs des athéniens autant par ses poèmes que par ses lois et ses conseils. On peut dater des commencements du VIe siècle la naissance de l'éloquence politique et la culture de la philosophie, de la science, de l'histoire ; mais ces différents genres littéraires n'avaient encore aucune règle précise, et leur développement fut très lent jusqu'à Hérodote.

L'enseignement philosophique, quand il n'était pas transmis par des sentences poétiques comme les dogmes de Pythagore, ou dans des poëmes, comme celui de *la nature* (περὶ φύσεως), de Xénophane, était un enseignement oral ou pratique que répandait l'exemple de la vie, ou la tradition selon qu'il concernait la spéculation, ou la conduite des mœurs.

Aussi l'influence des premiers philosophes fut-elle assez restreinte. On a plus parlé des sept sages de la Grèce qu'on ne les a imités. Souvent on ne conservait d'eux que le souvenir d'une anecdote ou d'une parole remarquable.

Leur philosophie était une traînée des Indes venue par l'étude des traditions nationales ou par le canal des populations de l'Asie-Mineure.

Thalès de Milet, l'un des plus réputés parmi les sept sages, n'avait probablement rien écrit. Son successeur, Anaximandre, composa vers 547 un traité de la *nature*. Héraclite, d'Ephèse, écrivit sur le même sujet; mais tandis que Thalès regardait l'eau, et le Milésien Anaximène, l'air, comme l'élément simple et primordial de la matière, Héraclite choisit le feu, comme l'être invariable et primitif. Il est vrai que sa théorie est plus étendue, plus suivie que celle de ses devanciers et que ce feu est une substance idéale d'où s'échappent les rayons de la vie universelle. L'origine orientale de ce panthéisme est visible; Xénophane de Colophon le rejeta. Dans son traité en vers épiques *sur la nature*, il substituait aux divinités mythologiques un dieu unique, abstrait : l'Un, le Tout, (Τό ἕν,το πᾶν; mais il ne se dégageait pas complétement des erreurs qu'il combattait. Ce fut son disciple, Parménide, qui porta sa doctrine à Athènes où elle exerça une immense influence sur la philosophie des écoles athéniennes. Il est auteur d'un traité en vers, toujours sur le même sujet de la *nature*. Son disciple Empédocle fut particulièrement entouré.

Le succès de Parménide et de l'école éléate fut dû en partie aux soins que lui et ses successeurs apportèrent à présenter leurs doctrines, à les traiter sous des formes poétiques et gracieuses.

Les doctrines encore plus abstraites et présentées

sous des formes sèches et rigides des Pythagoriciens ne pouvaient avoir autant de crédit dans la cité où devait fleurir Platon.

L'origine des Pythagoriciens et de leur chef est d'ailleurs assez légendaire. On ne sait trop d'où était Pythagore, bien qu'on le fasse venir de Samos à Crotone, dans la grande Grèce. Il y fonda une espèce d'école moitié sacerdotale, moitié scientifique. Il était apôtre et professeur. Il prêchait et n'écrivait pas. Ses disciples furent appelés à être les législateurs ou les pacificateurs des villes de l'Italie méridionale ; puis l'institution fut détruite, les disciples se dispersèrent et il ne resta plus que des traces indécises de cette école un instant si florissante. Les dogmes des pythagoriciens ne ressemblaient en rien aux théories des philosophes ioniens.

Ceux-là visaient plus à la pratique et n'ont laissé que des idées plus abstraites ou plus nuageuses à la postérité.

Leurs doctrines sur l'émigration des âmes ou la métempsychose et la partie mathématique de leur enseignement sont particulièrement célèbres.

Athènes, où tous les genres littéraires acquirent leur perfectionnement, et où aucun ne naquit, excepté le drame et peut-être l'éloquence politique, ne connut guère, ou n'accepta pas le mysticisme pythagorien. Elle accorda de l'attention aux philosophes et aux savants, alors seulement qu'ils surent flatter les oreilles et caresser ses instincts artistiques.

Cela eut lieu dès qu'Hérodote se fut fait entendre aux jeux olympiques et eut charmé les Grecs par une langue aussi noble, harmonieuse et polie dans sa liberté que l'était celle des poètes dans ses mesures rhythmiques méthodiquement et régulièrement établies.

Presque vers le même temps où l'illustre voyageur rendait compte aux Grecs avec tant de succès de son travail et de ses recherches, un d'eux qui voyagea beaucoup aussi, Hippocrate, surnommé le père de la médecine, comme Hérodote le père de l'histoire, préparait les matériaux de ses savants ouvrages. Nous n'avons point ici à résumer ses doctrines médicales : disons seulement qu'il unissait la science pratique à la spéculation, qu'il connaissait sinon parfaitement, au moins dans une mesure extraordinaire pour son temps, l'homme et l'univers, qu'il avait une grande expérience professionnelle en même temps qu'un génie vaste et fécond.

Il était né dans l'île de Cos, en 460 avant J.-C., et parvint à un âge avancé. Quoique dorien, il écrivit en pur dialecte ionien, dans un style clair et simple, auquel on a trouvé une étroite affinité avec celui de Thucydide.

On a raconté beaucoup de fables sur Hippocrate : on a dit entr'autres choses qu'il aurait arrêté les ravages de la peste d'Athènes dont la description a fourni à Thucydide une de ses plus belles pages. Mais cet historien atteste, au contraire, que l'art des médecins fut complétement impuissant.

Cette peste terrible, qui détruisit une partie de la population athénienne et qui emporta Périclès, eut lieu, en 429, au commencement de la guerre du Péloponèse.

Périclès était alors au faîte de sa puissance. Agé de

66 ans, il avait été choisi comme le chef qui devait guider les Athéniens dans ce duel suprême. Depuis plus de trente ans, il présidait, sous divers titres et dans différentes charges, aux destinées de la République. A l'âge de trente-sept ans, il avait prévu les conséquences futures de la guerre déclarée par les Spartiates aux Athéniens, à l'instigation des Perses. Ce n'était qu'un prélude; il fut court et suivi de vingt-cinq années de paix. Mais c'était le signe d'une envie qui ne se laisserait point apaiser. Depuis les guerres médiques, Athènes s'était élevée peu à peu à côté et au-dessus de sa rivale. Une vaste confédération des villes de la Grèce s'était formée dont Athènes était le centre. Périclès cherchait à étendre la puissance de cette ligue conçue et établie par Aristide, à fortifier la suprématie d'Athènes et à assurer aux Grecs l'empire de la mer Intérieure. Il profita des vingt-cinq ans de paix pour préparer la guerre. Athènes devint, sur la demande de Samos, l'ancienne capitale, la nouvelle tête de la diète hellénique; le trésor commun y fut transporté ; il s'élevait à près de 60,000 fr. Les œuvres de l'esprit furent cultivées avec un soin égal à celles de la politique.

Intelligence supérieure, ami de tous les grands hommes de son temps, Périclès encouragea leurs productions. Les travaux de défense achevés, il fit construire des temples, des théâtres et excita l'émulation des artistes dans toute la Grèce. Calme, prudent, réservé dans les affaires, brave au combat, simple dans la vie privée, il était doué d'une éloquence incomparable. Il demeura aux yeux des Grecs comme le type le plus parfait de l'éloquence ancienne. Contemporain de Phidias et de Sophocle, il marchait leur égal par le génie de la parole. L'idée chez lui dominait l'art; la vérité avait rang sur la passion qui n'était qu'une servante utile, mais soumise.

Homme d'État avant tout, pénétré des sentiments, des besoins de la patrie, il n'exprimait que sa conviction devant le peuple, et sa conviction devenait facilement celle des autres. La calomnie n'eut que fort peu de prises contre lui; il demeura tout-puissant, sans être jamais le premier de droit dans une république égalitaire et démocratique, jalouse de ses prérogatives jusqu'à l'injustice et l'absurdité.

Son éloquence, soutenue par la force des pensées, ne connaissait pas les artifices, il faisait même peu de cas de ce qu'on appela l'action dans les temps postérieurs. Debout à la tribune du Pnyx, il s'y présentait impassible comme une statue, et ce n'est qu'en déroulant avec bienveillance, dévouement et sincérité sa pensée tout entière, qu'il éclairait ses concitoyens et les gagnait à son opinion.

Thucydide nous a conservé la substance de quelques-uns de ses discours, mais il est à croire que l'historien les a arrangés à sa manière, s'il ne les composa tout entiers, comme il en composa d'autres.

Thucydide excellait à prendre la place des personnages qu'il mettait en scène, à imiter leur action, à rendre leurs pensées, à parler pour eux-mêmes. Les discours jouent un grand rôle dans son histoire, non point comme faits, car il est douteux qu'ils aient jamais été prononcés et il est au moins certain qu'aucun ne le fut dans la forme et dans le style exercé où Thucydide nous les donne, mais comme peinture de mœurs, comme développement des pensées politiques et militaires des hommes d'État ou des guerriers, comme représentation scénique et agissante de la vie publique des anciens.

Il ne subordonna point cependant, comme Hérodote, son plan à une idée ; il suivit l'ordre chronologique et s'attacha à être énergique et concis autant que véridique, en un mot, à ne rien dire de trop ni de faux.

Il est plus libre avec la langue ; son allure est franche et originale ; aussi n'a-t-il pas été du goût de tous les grammairiens qui lui reprochaient en outre d'être parfois vide et obscur. On lui a reproché enfin le morcellement de son histoire en années et en deux saisons, l'été et l'hiver. Cette exagération de régularité est, en effet, blâmable ; mais, il faut remarquer, pour excuser Thucydide, qu'il n'avait à raconter qu'une guerre de vingt-sept années, qu'il ne voyait devant lui ni l'humanité, ni même des nations considérables.

Cette dissection de son histoire *de la guerre du Péloponèse*, campagnes par campagnes, ne l'a pas empêché de répandre l'intérêt et la vie dans chacun de ses récits. Il a été éloquent jusque dans les narrations, jusque dans les descriptions. Nous avons parlé de ce tableau célèbre de la peste d'Athènes si souvent imité, mais jamais égalé même par Ovide et par Virgile.

Le septième livre de son ouvrage, où est racontée l'expédition lamentable des Athéniens en Sicile, abonde en récits d'événements militaires et politiques exposés avec un art consommé. Malheureusement le huitième livre ne se soutient pas à la même hauteur. L'écrivain se sentait-il des approches de la mort ; se réservait-il de retoucher un livre qui ne devait pas être le dernier, puisque Thucydide avait l'intention de raconter toute la guerre? Toujours est-il que le ton a baissé et que la diction manque de variété, de précision et d'élégance, sans cesser d'être obscure. On admire surtout dans Thucydide la qualité maîtresse de l'historien, celle de penseur. Il scrute les intentions des hommes, juge les événements, en recherche les causes. Cette philosophie, qu'il a le premier introduite dans l'histoire, l'a mis au-dessus de tous les écrivains de l'antiquité aux yeux de ceux qui n'étudient pas les faits humains pour remplir seulement leur mémoire, mais pour apprendre à vivre eux-mêmes ou à conduire les autres. Il n'y a rien de plus grand que l'histoire ainsi considérée. Ce sera l'éternel honneur de Thucydide de l'avoir compris. Son style court, nerveux et fort sert admirablement sa pensée; il a comme elle sa profondeur.

Ce prince des historiens était né à Athènes, en 413, avant J.-C. Il comptait Miltiade parmi ses aïeux et était lui-même homme d'État et capitaine. Il commandait la flotte athénienne dans la mer Egée et fut condamné à l'exil pour n'avoir pu prévenir la prise d'Amphipolis par le lacédémonien Brasidas. On doit à cette sévérité outrée des Athéniens, plus qu'au fait légendaire rapporté plus haut, l'histoire que Thucydide composa durant les vingt années de son exil. Il mit presque un an à exposer le tableau d'une année, puisque son histoire ne comprend que vingt-et-un ans de la guerre de Péloponèse. Sans ce loisir triste et forcé, la république eût absorbé tous ses instants.

C'est aussi au bannissement, dont les Athéniens

étaient si prodigues pour leurs grands hommes, que nous devons la plupart des ouvrages du continuateur de Thucydide, Xénophon (445-356), fils de Gryllus, disciple de Socrate pour la philosophie, et d'Isocrate pour l'éloquence. Xénophon prit les événements au point où se terminait la narration de Thucydide et les conduisit jusqu'à la bataille de Mantinée (418 av. J-C.), sous le titre d'*Helléniques*. Dans sa jeunesse, il avait pris part comme volontaire à l'expédition de Cyrus le Jeune, dont il était l'ami, contre le roi Artaxercès. Après le massacre des généraux Grecs, il dirigea cette célèbre et unique retraite des Dix-mille dont il se fit plus tard l'historien. En même temps que l'ami de Cyrus, il était celui d'Agésilas, dont il écrivit l'éloge, et l'admirateur des Spartiates auxquels il appartenait de cœur autant qu'à Athènes, sa patrie. Cet attachement dont on le soupçonnait justement fut cause de son exil qui dura trente ans. Il mourut à Corinthe, à l'âge de quatre-vingt-dix ans.

L'exquise douceur et la grâce de son style l'on fait surnommer l'abeille Attique. Il y eut autant de différence entre sa manière d'écrire l'histoire et celle de Thucydide qu'il y en avait eu entre la manière de celui-ci et celle de l'historien des guerres médiques. « Hérodote, nous dit Quintilien, est naïf, doux, et fécond ; Thucydide est concis et condensé : l'éloquence du premier est insinuante, celle du second, passionnée ; l'un excelle dans les entretiens, l'autre, dans les harangues solennelles : Hérodote attire par le plaisir, Thucydide entraîne par sa vigueur. » Pour Xénophon, « les grâces semblent avoir pétri son langage et la persuasion s'être assise sur ses lèvres ».

Xénophon est facile, élégant, caressant. Il parcourt tous les sujets avec une égale aisance : il est guerrier, philosophe, homme d'État, pédagogue : mais il semble qu'il rend plutôt compte des opinions des autres que des siennes. Il n'a point recueilli les souvenirs antérieurs, interrogé les siècles passés, comme Hérodote ; il n'a point demandé aux hommes ou aux événements, comme Thucydide, leur raison d'être et de se mouvoir : il est mêlé aux choses de son temps, il s'identifie à l'esprit des uns et des autres, et il raconte avec un agrément enchanteur ce qu'il a vu, ce qu'il a entendu ; il est le tableau vivant de l'opinion du jour, l'écho des bruits de l'époque, le reproducteur charmant des faits contemporains.

Si une particularité distingue le fond de ses ouvrages, c'est qu'ils sont empreints des idées socratiques. Xénophon avait été formé à l'école du maître de la sagesse antique. Il n'est point précisément un philosophe, ni même proprement un penseur ; mais il n'écrit que sous le joug des *entretiens socratiques*. Les principes qu'il avait puisés à l'école de son illustre maître apparaissent à chaque page des *Helléniques*, de l'*Anabase*, de son roman militaire et pédagogique de la *Cyropédie*, comme de ses écrits philosophiques et de ses traités divers.

La *Cyropédie*, qui a peu d'autorité comme histoire, est peut-être le livre le plus parfait de Xénophon au point de vue littéraire. On reproche à la deuxième moitié de l'*Anabase* d'être traînante et de manquer d'intérêt, à l'œuvre entière des *Helléniques* d'être sèche, dénuée de couleur, de manquer de proportion et de n'être pas suffisamment impartiale.

Xénophon laisse percer une préférence blâmable pour les Spartiates dans ce dernier ouvrage. Il n'aimait pas ses compatriotes, dont il avait eu bien à se plaindre, et fit son premier livre sous l'impression d'un sentiment de mécontentement. Il venait d'opérer sa merveilleuse retraite des Dix-mille. Arrivé en Grèce, il y apprend la triste fin de Socrate que les Athéniens avaient condamné à boire de la cigüe. Il se fait un devoir de le défendre contre les calomnies odieuses qui couraient encore sur son compte, et entreprend son apologie, sous le titre d'*Entretiens mémorables de Socrate*. Il y réfute victorieusement les accusations des ennemis de Socrate, d'après lesquelles il avait cherché à remplacer les divinités nationales par des dieux étrangers et corrompu la jeunesse par ses maximes et ses exemples, et montre ensuite la pureté de sa conduite, la sublimité de son enseignement. C'est le meilleur de ses ouvrages philosophiques; il se divise en quatre livres. Il a laissé d'autres petits traités sur la *République de Lacédémone* et la *République d'Athènes*, sur l'*Économie* rurale et domestique, sur l'*Équitation*, sur la *Chasse*, sur la *Cavalerie*.

Retiré à Sparte dont il admirait la constitution et les vertus, il suivit partout le roi Agésilas, puis partagea son temps entre les plaisirs de la chasse et ses travaux littéraires.

Il ne cessait pas d'emprunter, dans ses écrits, les pensées de Socrate; il prétendait même n'être que son écho en traitant de la cavalerie et de la guerre. Il est douteux que les enseignements de Socrate lui aient appris le métier de la guerre et lui aient suffi pour ramener les Grecs auxiliaires à travers les États de la Perse ; mais il est certain que cet écrivain, dont les ouvrages sont si profondément empreints de l'esprit philosophique de son maître, ne prit la peine ni de les commenter, ni d'en tirer des conclusions nouvelles. Il n'eut pas de système ; il ne fut point maître et se contenta de rester le plus brillant des disciples, et d'être le vulgarisateur des idées socratiques.

Un autre disciple de Socrate, qui ne fut pas historien comme Xénophon, mais qui, tout en se bornant à la philosophie, fut un écrivain non moins remarquable et plus profond, plus splendide, prit à tâche, au contraire, de faire produire ses fruits les plus savoureux à la doctrine de Socrate. Cet homme qui représente la sagesse antique, sous son aspect le plus pur et le plus élevé, a été appelé le *divin Platon*.

Socrate n'avait pas écrit, mais ses disciples prirent soin de nous transmettre la doctrine qu'il enseignait dans ses entretiens. Leurs écrits sont le plus ordinairement présentés sous forme de dialogues en souvenir de ces entretiens mémorables. Platon fut fidèle à ce souvenir plus qu'aux enseignements du maître. Il ne se contente pas de l'interpréter, il le commente, le corrige, le développe par sa propre doctrine et par ses hautes pensées.

Son langage est aussi éclatant que sa philosophie est merveilleuse. La force de son style, la puissance de son imagination unie à la profondeur et à l'étendue de ses pensées en font l'égal des plus grands orateurs et des poètes les plus sublimes, en même temps que le prince des philosophes. Nul ne s'est approché aussi près que lui, parmi les Gentils, de la conception chrétienne de Dieu. Il établit entre l'âme humaine et l'essence divine, prototype du vrai, du beau et du bien, un commerce continuel qui rend l'âme religieuse. La contemplation du souverain bien donnait l'essor à son esprit; il dominait l'antiquité de toute la hauteur de son génie; il était comme un précurseur païen de l'Évangile dont il entrevit le *Juste* persécuté et Rédempteur. Il enseignait dans les jardins d'Académus, et de là vint à son école le nom d'académie.

Nous avons de ce philosophe de nombreux traités, parmi lesquels on cite le *Phédon*, le *Protagoras* le *Banquet*, la *République*, les *Lois*, le *Criton*, l'*Apologie*.

Dans le premier, il prouve l'immortalité de l'âme; dans le second, il flagelle, à l'exemple de Socrate, des sophistes dangereux qui corrompaient les esprits et les cœurs; l'ironie, qu'on a appelée socratique, est terrible dans sa bouche. Le *Banquet* réveille une idée plus douce; elle est approfondie d'une manière ingénieuse et poétique : Platon s'y élève bien au-dessus des conceptions grossières de l'antiquité et du sensualisme pratique et idéal des grecs; par des arguments vifs et pressés, il établit la spiritualité de l'amour dont l'unique et naturel objet est la vertu. Il est moins sensé et se laisse égarer par des utopies funestes dans l'idéal qu'il se forge d'une *république* ou d'un État organisé selon sa conception du juste.

Si son système devenait une réalité, il serait directement contre les doctrines spiritualistes et religieuses de Platon. Ce philosophe le sentit, sans doute, car dans ses *lois* il se réfuta lui-même et indiqua sagement des règles morales et politiques qui conviennent mieux à la nature humaine. Le *Criton* et l'*Apologie* sont consacrés à l'éloge de Socrate. Tous ces traités sont des chefs-d'œuvre. Ils ont de plus cet immense avantage, si rare même aujourd'hui dans les œuvres de philosophie, de ne pas choquer les idées chrétiennes.

Platon fut le plus éloquent, le plus élevé, le plus poétique des philosophes; Aristote, son disciple et le fondateur d'une école qui devint rivale de l'académie, fut le plus savant, le plus complet et le plus méthodique. Il était né à Stagyre, en Macédoine (380 av. J.-C.) et fut choisi par Philippe pour être le précepteur d'Alexandre. Grâce à cette circonstance, il put réunir les matériaux qui lui servirent à composer son Histoire naturelle. Il enseignait dans le lycée, à Athènes, quand son royal élève fut dégagé de sa tutelle. Il a composé de nombreux ouvrages sur toutes les branches de la science de son temps. Ceux qui nous sont parvenus attestent la puissance de son esprit et son étonnante fécondité. Politique, morale, métaphysique, logique, physique, il a tout abordé et laissé sur chaque branche des chefs-d'œuvre de savoir et de méthode. Sa poétique, sa rhétorique et son organon ou logique ont défrayé jusqu'aux temps modernes la philosophie, la critique et les écoles. Dans tous ces ouvrages il y a encore à prendre et l'on peut dire qu'aucun d'eux n'a été remplacé, bien que depuis longtemps et principalement de nos jours on y trouve des lacunes et des erreurs.

Pour ceux même qui l'ont attaqué le plus violemment, ses écrits ont été la base des travaux de même genre. On sait la réputation colossale qu'il avait au moyen âge, la domination exclusive et injuste qu'il exerçait dans l'école. Il était le *maître*, et quand le maître avait dit, tout était dit.

Depuis la renaissance on s'est élevé contre cette tyrannie de l'intelligence; mais la réaction a été aussi exagérée que l'admiration. On revient un peu de ces excès parmi les hommes sérieux et sans parti pris. La scolastique n'est point tout à dédaigner et Aristote peut et doit encore être considéré comme l'un des plus puissants et plus extraordinaires génies qui aient honoré l'humanité.

Il tient avec Platon les sommets les plus élevés de la philosophie. Nos temps modernes ont peu d'hommes à leur comparer.

Aristote a trop écrit, sur trop de sujets ardus, pour que son style ait l'éclat et la splendeur de ceux de Platon. Il brille par la régularité, la justesse, la méthode. Il est essentiellement didactique. Il devait parler comme il écrivait. Il ne méprisait pas pour cela les grâces du langage, car il en a tracé les règles, mieux que tout autre avant lui, car lui-même a surnommé un de ses disciples préférés, Théophraste ou *le divin parleur*.

Théophraste si connu, depuis que La Bruyère a traduit, imité et si heureusement surpassé ses *caractères* moraux, s'appelait auparavant Tyrtame. Ses autres ouvrages se rapportaient pour la plupart à l'histoire naturelle. Né en 371 avant J.-C., il vécut, dit-on, plus de cent ans, toujours adonné à l'étude et à l'enseignement de la science.

Mais déjà Alexandre avait tourné la fortune de la Grèce et changé la face de l'ancien monde.

Les conquêtes de ce vaste génie avaient été préparées par son père Philippe, qui avait rempli les arsenaux, formé des troupes et des capitaines et conquis, par l'or plus que par les armes, l'empire moral de la Grèce.

Les Grecs commençaient alors à dégénérer. Les tristes dissensions, dont la guerre du Péloponèse fut le paroxysme, avaient énervé le patriotisme et détendu les ressorts de l'intérêt commun. Dans toute la Grèce, Philippe et Alexandre ne trouvèrent qu'un ennemi incorruptible et irréconciliable, dénonciateur acharné de leurs projets ambitieux : Ce fut un orateur, Démosthène.

Depuis longtemps la puissance gouvernementale appartenait dans Athènes à la parole.

L'éloquence y naquit du besoin de persuader le peuple pour l'amener à suivre un conseil, à tenter une entreprise, à prendre une résolution quelconque. Dans une cité démocratique où la force était au nombre, à la multitude inconsciente et inexpérimentée, où la liberté était le premier des biens et le premier des dogmes, la direction appartenait nécessairement à celui qui savait faire partager son avis, à l'orateur le plus habile.

A la nécessité se joignit le désir de la popularité, l'ambition de diriger les affaires de l'État.

Sous un régime égalitaire et démocratique, arriver au pouvoir, autrement que par la persuasion, eût été un attentat ou une menace contre la liberté commune et les droits de chaque citoyen.

La parole était donc à Athènes un instrument de gouvernement. Solon avait posé la loi que, devant le peuple assemblé pour une affaire importante, un héraut crierait à haute voix : « Est-il quelqu'un âgé de plus de cinquante ans qui veuille prendre la parole ? »

L'âge ne fut bientôt plus un obstacle : le talent, l'ambition en tinrent lieu. Tous ceux qui aspiraient à gouverner la république, ne pouvant avoir d'influence dans les délibérations que par la parole, attachèrent tous leurs soins à en cultiver l'art. Abandonnés d'abord à eux-mêmes, ils furent bientôt aidés par les rhéteurs qui vinrent de Sicile et s'établirent à Athènes. Cette république démocratique fut, en effet, le centre de l'éloquence comme de tous les arts. Sa constitution donnait toute puissance aux orateurs. Ils y fleurirent plus que partout.

Tant que la république s'appartint, le gouvernement y fut ce qu'on appelle aujourd'hui parlementaire, mais d'une tout autre façon que de nos jours. L'orateur politique parlait surtout dans l'agora, devant le peuple. L'État athénien ne se composait que d'une cité où une partie seulement des habitants jouissait des droits de citoyens. Le reste était étranger ou esclave. Aussi le barreau y fut-il laissé dans l'ombre ; les rares plaidoyers qui ont acquis du renom furent dûs à la politique. Quand la liberté périt, l'éloquence athénienne sombra du même coup. Elle ne fut plus qu'un art cultivé dans les écoles ; d'instrument de combat, elle tourna à jeu et à jonglerie ; d'art utile et pratique, elle devint agrément et déclamation. Si l'éloquence jaillit du cœur humain et des besoins des affaires, l'art prit naissance en Sicile dans les commencements du Ve siècle avant l'ère chrétienne.

Les premières leçons de rhétorique auraient été

données dans cette île par un Syracusain nommé Corase, vers 467.

Il eut pour disciples Tisias, qui fut le maître d'Isocrate, le plus célèbre des rhéteurs grecs, et Empédocle d'Agrigente, maître de Gorgias de Léontium qui enseigna le premier à Athènes. Gorgias vint à Athènes pour implorer le secours de la république en faveur de ses compatriotes durant la guerre du Péloponèse. Ses harangues cadencées et prétentieuses séduisirent les Athéniens, si avides de beaux discours. Non seulement ils secoururent les Léontins, mais ils forcèrent Gorgias à demeurer parmi eux.

Une foule de disciples accoururent pour l'entendre, malgré les attaques de Socrate qui s'indignait avec raison de les voir mettre l'éloquence dans des périodes habilement construites et dans les artifices du langage. Les sophistes naquirent alors, et s'offrirent à plaider le pour et le contre. Le germe de la décadence était dans l'élément extérieur du perfectionnement de l'éloquence. Si l'enseignement des rhéteurs, en effet, fut pernicieux pour le grand nombre, et fut tout à fait funeste après la perte de la liberté, il profita aux grands esprits qui dirigeaient alors la barque de la République. Jusqu'alors désireux seulement d'obtenir les suffrages du peuple, ils se souciaient peu de former leur langage. Leur force était dans l'impression qu'ils inspiraient sur le moment. Ils virent dans l'art des rhéteurs un secours pour ajouter à leur puissance du moment et un gage de gloire jusque dans la postérité la plus reculée. Ils ne se contentèrent plus de préparer, encore moins d'improviser leurs harangues, ils les écrivirent avec un soin quelquefois minutieux. Les uns surent se préserver de l'excès, comme Démosthène, d'autres se laissèrent entraîner comme son rival Eschine qui, plus habile, lui fut toujours inférieur.

Avant ces deux grands hommes dont l'antagonisme a été si mémorable, Athènes vit surgir de son sein des orateurs non moins célèbres de leur temps et parmi lesquels Périclès, nous l'avons déjà dit, eut la gloire de donner son nom au plus grand siècle de la Grèce. Malheureusement, il ne nous reste rien des harangues de Cimon, d'Alcibiade, de Thucydide, de Périclès, dont les noms nous sont plus connus que ceux de la plupart des dix orateurs placés dans le canon d'Alexandrie : Antiphon, Andocide, Lysias, Isocrate, Isée, Lycurgue, Hypéride, Dinarque, Eschine et Démosthène.

Nous avons encore quinze harangues judiciaires d'Antiphon qui passait pour l'inventeur de la rhétorique. C'est un monument historique plus que littéraire à cause des documents qu'elles fournissent sur la procédure à Athènes. Antiphon fut condamné à mort comme traître à la patrie en 411, pour avoir imploré le secours des Lacédémoniens contre le parti démocratique. Il ne reste d'Andocide que quatre discours concernant ses affaires personnelles. Ils sont remarquables par leur simplicité. Il reste peu de chose aussi de Lycurgue d'Athènes, d'Hypérides, auquel les anciens donnaient le troisième rang après Démosthène et Eschine, et de Dinarque de Corinthe qui acquit une grande réputation après la mort de Démosthène.

Lysias, Isocrate et Isée n'étaient que des rhéteurs. Isocrate (437-339), dont les discours ont été si vantés, n'en prononça aucun devant le public.

Il vivait du produit des leçons qu'il donnait à Athènes et de plaidoyers qu'il composait pour les autres. Toute la Grèce accourait à ses leçons. Il reste de lui vingt discours sur différents sujets. Le plus célèbre est son *Panégyrique d'Athènes*. On dit qu'il passa près de quinze ans à retoucher ce discours. Isocrate est, en effet, le limeur de phrases par excellence. Son art était grand, peut-être n'a-t-il jamais été dépassé ; son éloquence était nulle, car rien ne jaillissait de son cœur. Tout occupé de la forme et du choix des mots, il prêtait moins d'attention aux pensées. Froid dans sa composition, il devient de moins en moins attachant à mesure que les générations vieillissent et que les formes de la littérature grecque s'éloignent de nous.

Son grand talent était celui de professeur, il instruisit la plupart des jeunes gens de son temps avec lesquels il échangea une correspondance variée, malheureusement perdue ; ce fut probablement la principale cause de sa réputation.

Les deux orateurs immortels de la Grèce sont Eschine et Démosthène (384-322), rivaux dans la vie, rivaux dans la gloire. Le premier eut plus d'habileté, le second plus de nerf, de vigueur et d'éloquence. Les trois discours qui nous restent d'Eschine ayant rapport à Démosthène ou à son partisan Timarque, il est impossible de séparer ces deux grands hommes. Dans le premier discours, Eschine, accusé par Démosthène et Timarque de prévarication et de vénalité, cherchait à détourner des coups qui ne le menaçaient pas sans raison. Il avait été collègue de Démosthène dans une ambassade auprès de Philippe, roi de Macédoine, et Démosthène, froissé par le roi dans son amour-propre, mécontent d'Eschine plus que de ses autres collègues, avait déchargé son ressentiment contre Eschine, avant de s'attaquer au roi de Macédoine.

Timarque qui soutenait Démosthène dans l'accusation était peu honorable. Sentant qu'il serait convaincu, il se donna la mort.

L'accusation portée contre Eschine ne faisait plus d'effet ; celui-ci prononça un second discours pour se disculper.

Démosthène semblait donc vaincu ; il reprit bientôt sa revanche.

Après la bataille de Chéronée, malgré sa lâcheté comme soldat, il fut chargé par les Athéniens de prononcer l'éloge funèbre des guerriers morts pour la patrie dans cette funeste journée, et la République récompensa son orateur préféré en lui décernant une couronne d'or. Eschine, qui n'avait pas dépouillé sa vieille rancune, attendit que la Grèce fût paisible sous la domination d'Alexandre pour attaquer Ctésiphon qui avait provoqué par un décret l'honneur fait à Démosthène. Il déclare le décret illégal et faux : il s'en prend à la vie privée et à la vie publique de son adversaire qu'il dépeint sous les plus noires couleurs.

Démosthène se présente à son tour pour repasser sa propre vie. Il identifie sa politique avec celle d'Athènes : il sort triomphant de cette joute mémorable à laquelle assistait une foule assemblée de tous les points de la Grèce. Son accusateur, exilé pour n'avoir pas obtenu la cinquième partie des suffrages, se retire dans l'île de Rhodes, où, lisant tour à tour devant ses disciples son discours et celui de Démosthène, il est obligé, devant les applaudissements enthousiastes qui accueillent ce dernier malgré l'admiration provoquée par le sien, de rendre hommage à la supériorité de son terrible rival, et il prononce ces paroles répétées par toute la postérité : « Qu'auriez-vous donc fait, si vous l'aviez entendu lui-même ? »

Démosthène n'était pas arrivé sans travail et sans lutte contre lui-même à ce haut degré d'éloquence. La première fois qu'il parut à la tribune, il fut hué et obligé de se cacher pendant quelque temps. Démosthène mit alors une ardeur infatigable et une énergie opiniâtre à fortifier sa poitrine, à se former à l'art de l'action si important chez les anciens. Il s'exerça au style et à l'éloquence en étudiant Thucydide dont il copia les harangues jusqu'à dix fois.

Il retira de ce commerce assidu avec le plus grand historien d'Athènes une phrase ferme, hardie, nourrie et vigoureuse. L'énergie de l'historien passa dans son âme, il y joignit l'impétuosité d'une nature forte et passionnée.

La grande gloire de Démosthène fut sa lutte mémorable contre Philippe, roi de Macédoine. On vit alors un homme résister seul à la puissance d'un roi habile et redoutable, par la seule force de la parole. Démosthène avait pénétré les desseins ambitieux de Philippe. Il n'eut pas de relâche tant qu'il le sentit machiner des entreprises contre la liberté de sa patrie. Son éloquence tint les Athéniens en éveil et finit par soulever la Grèce.

Philippe, s'étant emparé d'Élatée, ville importante de la Phocide, sous prétexte de venger une injure faite à Apollon, Démosthène osa conseiller à sa patrie de résister par les armes au roi de Macédoine, malheureusement maître des Thermopyles qui lui ouvraient la Grèce. Il fit conclure une ligue entre Athènes et Thèbes et ces deux villes rivales se réunirent contre l'ennemi commun. Le choc eut lieu à Chéronée.

Les Athéniens un instant vainqueurs furent taillés en pièces par le jeune Alexandre.

Dès ce moment la résistance de la Grèce était brisée. Philippe ne chercha pas à s'emparer de Thèbes ni d'Athènes. Il fut plus habile et se fit nommer généralissime des Grecs contre les Perses. Ce titre lui donnait la dictature. Son fils Alexandre en profita pour entraîner la Grèce et la Macédoine dans cette guerre célèbre où il vengea l'Occident de l'Orient mais d'où la liberté ne revint pas.

Démosthène était vaincu; le fer l'avait encore une fois emporté sur l'éloquence. Mais les *Philippiques* et les *Olynthiennes*, harangues prononcées par l'orateur d'Athènes contre le roi de Macédoine, lui ont fait une gloire plus haute et plus noble que celle que la victoire de Chéronée valut à son vainqueur. Démosthène garda le silence, mais sans être dompté. Dès qu'il apprit la mort d'Alexandre, il essaya de réveiller la Grèce et provoqua un nouvel effort qui ne fut pas plus heureux que le premier. Condamné à mort par les Athéniens eux-mêmes, il se réfugia dans le temple de Neptune à Calaurie, où il s'empoisonna pour échapper aux stipendiés d'Antipater.

Il reste soixante-et-un discours de Démosthène. Ses chefs-d'œuvre sont les *Philippiques*, les *Olynthiennes* et surtout l'incomparable *Discours sur la Couronne.*

« La première vertu du style de Démosthène, dit Villemain, c'est le mouvement : voilà ce qui le faisait triompher à la tribune, il fallait le suivre et marcher avec lui. A deux mille ans de Philippe et de la liberté, ses paroles entraînent encore La diction est soignée, énergique, familière ; les bienséances sont adroites et nobles, les raisonnements d'une force incomparable; mais c'est le discours entier qui est animé d'une vie intérieure, et poussé d'un souffle impétueux. »

Avec lui, l'éloquence périt à Athènes courbée désormais sous le joug de la servitude.

Aux dix orateurs attiques on pourrait ajouter une foule d'orateurs de second ordre qui allaient eux-mêmes en dégénérant les uns des autres. Mais leurs noms sont à peine connus et il n'est à peu près rien parvenu de leurs ouvrages à la postérité qui n'a pas sans doute à regretter beaucoup cette perte.

La civilisation grecque se transporte maintenant de la Grèce en Orient et en Égypte. Son centre ne sera plus la république de Minerve, mais la ville bâtie en Égypte par Alexandre, le propagateur conquérant de cette civilisation. En s'étendant, elle enrichit le monde et fit partager ses avantages à de nouveaux peuples ; mais elle amollit dans cette diffusion son nerf et sa vigueur, elle épuisa les sources de sa vitalité.

DEUXIÈME PÉRIODE.

ÉPOQUE ALEXANDRINE ET ROMAINE.

Caractère de cette période. Diffusion de la langue grecque. Phocion, Démétrius de Phalère. Les rhéteurs, les sophistes, les grammairiens : Dion Chrysostome, Lucien, Longin, Aristarque. Les historiens : Polybe, Denys d'Halicarnasse, Diodore de Sicile, Flavius Josèphe, Plutarque.

Après la conquête de la Grèce par la Macédoine, Athènes conservant encore une apparence de liberté avait été gouvernée par ses citoyens. A la mort de Phocion, Démétrius de Phalère prit la direction des affaires de la République qui lui érigea en témoignage de reconnaissance jusqu'à trois cent soixante statues de bronze. Un peuple si prodigue de statues n'est déjà plus digne de la liberté dont il ne connaît que le nom. Démétrius de Phalère chassé d'Athènes en 307 par le fils d'Antigone, Démétrius Poliorcète, se réfugia à la cour de Ptolémée, où il fonda la célèbre bibliothèque d'Alexandrie et conseilla d'entreprendre la traduction des Septante.

La langue des Hellènes avait été introduite dans cette ville par le vainqueur. Dès ce moment elle devint le langage de la cour et de la science. Grâce à la protection des princes, au mouvement commercial de cette grande ville, à la richesse croissante de la nouvelle bibliothèque, Alexandrie prit la place d'Athènes dans la direction du génie grec. Cette direction ne fut plus la même. Le travail ne se fit plus avec l'âme, mais avec le secours des livres. L'érudition remplaça l'éloquence.

Celle-ci fit une apparition à Alexandrie en même temps que la langue grecque. Elle y vint, dit Quintilien, par les disciples qu'Eschine avait formés à Rhodes, durant son exil.

« Transitus vero fuit ab attica ad asiaticam eloquentiam per rhodios oratores. »

Démétrius de Phalère qui avait gouverné Athènes sous le patronage des Macédoniens fut le dernier orateur politique : il charmait les Athéniens par la grâce persuasive de ses paroles. A Alexandrie, il ne s'agissait plus pour lui de se faire entendre sur la place publique. On y suspecta même son éloquence. A la mort de Ptolémée-Soter, le successeur de ce prince le relégua dans la Haute-Égypte où il se donna la mort pour échapper aux tristesses de l'exil (285 av. J.-C.).

L'éloquence se réfugia donc dans les écoles, elle n'y fut et n'y pouvait être que déclamatoire et banale. Elle n'avait plus d'autre but que de composer des phrases pour les amateurs et les érudits. On fut obligé de se créer des occasions de faire des discours inutiles, ou on en composa pour ne point les prononcer. L'éloquence devint un pur exercice de rhétorique auquel les esprits mâles et vigoureux ne trouvaient sans doute que bien peu d'attraits. Cette phraséologie vide et retentissante n'a laissé aucun souvenir jusqu'au moment où Rome, maîtresse de l'univers, ouvrit elle-même des écoles d'éloquence grecque.

Photius a seulement conservé un fragment de Hégésias de Magnésie, rhéteur du temps de Ptolémée Ier, qui passe pour le chef de l'école asiatique. C'est une page de fort mauvais goût où la recherche des figures et des ornements paraît avoir été l'unique préoccupation du rhéteur.

A Rome, les rhéteurs, à défaut des assemblées politiques qui disparaissaient et où les hellénistes n'auraient point eu à se faire entendre, surent créer des réunions privées où les oisifs venaient les applaudir. L'audition d'un déclamateur était un des spectacles goûtés de cette multitude ennuyée, rassemblée là de tous les coins du monde.

Les sophistes se firent un métier de leur art et on en vit courir les villes comme les baladins pour se faire connaître, admirer et payer.

Ces comédiens de la parole étaient plus avides de renommée et d'argent qu'inspirés par le bon goût. Rien n'enflammait leur âme ; ils devaient leurs succès à leur plus ou moins d'habileté à flatter les foules, à correspondre au degré d'intelligence et d'élévation de chacun. Orateurs factices, ils ne produisaient aussi que des discours factices. Quelques-uns d'entre eux ont cependant acquis une réputation qui a traversé les âges : Lesbonase, qui vivait sous Tibère, et surtout Dion Chrysostome, Lucien, et au-dessous d'eux Maxime de Tyr.

Dion Chrysostome, né à Pruse en Bithynie, vécut sous Vespasien, Titus, Domitien, Nerva et Trajan. Philosophe de la secte stoïcienne, il avait pris pour modèles Platon et Démosthène Les dissertations sur ses discours se ressentent de cette fréquentation intime, ils respirent une grande élévation et sont écrits dans un noble langage. Il ne craignait pas d'apprendre leurs devoirs aux princes et d'attaquer la tyrannie. Ses écrits n'étaient que le reflet de son caractère, ils ont fait croire qu'il n'avait pas ignoré les principes de la religion chrétienne, qu'il a néanmoins combattue. Proscrit par Domitien, il vivait chez les Gètes, lorsqu'il apprit la mort de l'empereur. Alors il entre dans le camp des Romains mutinés, les rappelle à l'ordre et réussit à faire proclamer Nerva. Dion Chrysostome était supérieur à son siècle.

Lucien en était mieux le miroir, mais il s'en moqua ; tandis que Dion Chrysostome, effrayé comme plusieurs philosophes des progrès de la décadence, s'efforçait de ramener ses contemporains à des mœurs que le paganisme ne pouvait pas engendrer. Lucien, témoin des désordres, instruit des vices et des travers de ses contemporains, se mit à les attaquer par des satires acerbes et mordantes et fit la guerre aux sophistes eux-mêmes. Jusqu'à quarante ans il avait parcouru le monde, après une enfance difficile, faisant montre et profit de son éloquence. Quand la fortune lui eut souri, il songea à la gloire. Ses *Dialogues* qui se rapprochent quelquefois de la forme oratoire ressemblent le plus ordinairement à des pamphlets comiques où il raille les sophistes, la superstition, les pratiques ridicules de la religion païenne. Il y a en lui un successeur d'Aristophane et un précurseur de Voltaire. Il amuse toujours, bien qu'il prodigue l'esprit. Sa facilité égale son éloquence. Il met à nu les bassesses des hommes et les infamies des dieux, avec une liberté complète; malheureusement il sape les bases de la divinité comme celles des faux dieux, ses arguments se retournent trop souvent contre toute religion vraie ou fausse.

Lucien voyait le présent et le passé du paganisme ; il n'entrevoyait pas les lueurs du christianisme qui déjà rayonnaient sur l'empire. La crudité de son langage n'est pas moins à redouter pour la jeunesse que l'absolu de ses critiques. Lucien naquit à Samosate et vécut vers le milieu du IIe siècle de l'ère chrétienne. On ne cite, après lui, parmi les rhéteurs, que Maxime de Tyr, son contemporain, et Longin (210-275 ap. J.-C.), auteur présumé du *Traité du Sublime*, si toutefois cet éloquent traité ne range pas celui-ci parmi les grammairiens.

La science grammaticale et la grande critique prirent naissance à Alexandrie.

Si cette ville, en effet, ne fournissait ni thème fécond, ni tribune élevée aux orateurs, elle n'en était pas moins un foyer où se réchauffait le monde grec.

Les effets de la conquête d'Alexandre avaient été aussi puissants, aussi rapides que la conquête elle-même.

Ce n'était pas seulement l'armée de la Péninsule qui l'avait suivi dans l'Asie-Mineure et l'Égypte, mais la Grèce entière avec ses dieux, ses arts, ses lettres et ses poètes.

La diffusion de la langue grecque l'enrichit, mais en l'altérant. De nouveaux dialectes se formèrent avec le concours d'un élément étranger et barbare.

Les écrivains s'efforcèrent d'imiter les auteurs des siècles classiques. S'ils restèrent bien loin derrière eux, ils eurent au moins le mérite de les comprendre et de les admirer. Dans l'impuissance de les égaler, on se mit à les étudier, à les commenter, à les louanger.

La critique est un art bien inférieur à la poésie et

à l'éloquence ; mais, quand ont brillé les grands siècles, c'est à peu près le seul champ où il reste à glaner.

La critique de l'école alexandrine n'eut pas l'ampleur de la critique contemporaine, elle s'attacha plus au détail qu'à l'ensemble, aux formes grammaticales qu'aux aperçus généraux et philosophiques. Quelques esprits cependant s'élevèrent au-dessus des vues communes. Nous avons nommé Longin, dont le traité du *Sublime* est court, mais clair, substantiel, et renferme des considérations d'un ordre supérieur.

Un critique plus célèbre encore et dont le nom est resté synonyme de bon critique est Aristarque, grand admirateur d'Homère et auquel on oppose, pour signifier un persifleur quand même, le macédonien Zoïle, dont la tâche unique semblait être de dénigrer Homère et Platon. Zoïle représentait une école dans laquelle sombra la critique alexandrine. « Il avait été, dit Pline, disciple de Polycrate, auteur d'une harangue calomnieuse contre Socrate. On le surnommait le chien rhéteur, il avait la barbe longue et la tête rasée jusqu'à la peau, son manteau ne descendait que jusqu'aux genoux. Tout son plaisir était de médire, et son unique occupation de chercher les moyens de se faire haïr. » Le portrait n'est pas flatté : Zoïle s'était fait des ennemis. Repoussé de la cour de Ptolémée Philadelphe, il revint en Grèce pauvre et malheureux et fut, dit-on, précipité d'un rocher, comme un ennemi de la société, parce qu'il dénigrait Homère. Il était né à Amphipolis, vers l'an 249. Aristarque qui vécut dans le IIe siècle fut aussi chassé d'Égypte par Évergète II qui bannit d'ailleurs tous les lettrés en 139 av. J.-C.

Il fut un des travailleurs les plus infatigables et l'un des hommes les plus éclairés de son temps. Il forma toute une génération de grammairiens dont l'occupation principale fut, comme pour lui et pour son maître Aristophane, de donner un texte bien pur des anciens prosateurs et des anciens poètes.

Aristophane (né à Byzance) avait même dressé un catalogue des écrivains de premier ordre dignes d'être cités par les grammairiens pour faire loi dans chaque genre. Ce catalogue est devenu célèbre sous le nom de canon d'Alexandrie. S'il n'eût été accepté trop absolument, il aurait eu l'avantage d'empêcher la décadence du goût et du langage. Mais la démarcation établie par Aristophane eut le malheur d'être regardée comme inattaquable et de faire négliger les meilleurs passages des auteurs classés au second rang et dont les œuvres se perdirent.

Aristophane passe aussi pour l'inventeur des accents et de la ponctuation. Cette innovation toute matérielle n'en a pas moins une utilité qui fait honneur au grammairien d'Alexandrie.

Les ouvrages d'Aristophane, de Zoïle et d'Aristarque sont perdus. Celui-ci avait composé, dit-on, plus de huit cents ouvrages. Il avait édité et commenté la plupart des poètes. On voit que ces temps ressemblaient assez au nôtre. Les scholiastes ont rapporté quelques observations grammaticales d'Aristarque qui ne suffisent pas à donner une idée de ce grammairien. Nous sommes obligés d'accepter le sentiment des anciens.

Longin s'est placé pour nous beaucoup au-dessus d'eux, peut-être par cette seule raison que nous possédons son *Traité du Sublime.* On lui attribue un grand nombre d'ouvrages ; il fut, d'après le philosophe Porphyre, un homme d'un jugement remarquable, d'un sens exquis ; mais on ne sait rien de sa vie, ni de ses autres écrits ; on ignore même où il naquit et quelle fut sa nationalité. On lui a contesté la gloire d'avoir composé le *Traité du Sublime* que Boileau vante avec l'exagération d'un traducteur qui aime sa traduction, mais où l'on s'accorde à reconnaître un style concis, clair, animé, une entente parfaite du sublime et de ses lois. « Longin, dit Boileau, ne s'est pas contenté, comme Aristote et Hermogène, de nous donner des préceptes tout secs et dépouillés d'ornements. En traitant des beautés de l'élocution, il a employé toutes les finesses de l'élocution. »

Hermogène nommé ici par Boileau fut le plus célèbre des rhéteurs de la période gréco-romaine à laquelle appartenait aussi Longin. On prétend qu'à quinze ans, professant devant Marc-Aurèle, il le ravit d'admiration. Si son talent fut précoce, il n'en jouit pas longtemps. Il aurait perdu la mémoire et à peu près l'esprit dix ans après.

Il laissa un grand ouvrage de rhétorique qui servit de thème aux professeurs et que les Latins commentèrent.

Si nous ajoutons à ces noms ceux d'Hérodien, de Timée, de Julius Pollux, savants philologues, nous avons nommé les principaux érudits de cette longue période qui embrasse plus de cinq siècles.

Tous leurs ouvrages, sauf deux ou trois, ont disparu ; leur gloire en subit le contre-coup ; leurs noms mêmes sont ignorés du plus grand nombre. Ils durent cependant avoir une valeur très grande et très réelle, pour être remarqués par-dessus tous les autres, quand c'était le goût principal et l'occupation singulière d'étudier les anciens auteurs, d'interroger leur génie et leur langue. Le double écueil de ces sortes de livres est de rencontrer ordinairement l'aridité et la sécheresse et de ne jamais intéresser le commun des hommes.

Les périodes de décadence et d'érudition ne plaisaient au vulgaire, faute d'éloquence et de poésie, que par les productions légères de l'imagination, ou par l'histoire qui a ce privilège de plaire à tous, aux savants et aux ignorants, alors même qu'elle est privée des ornements du style et de la vie communicative de l'éloquence. Elle doit sans doute cet avantage à ce que, parlant aux hommes qui sont, elle ne met devant eux que les hommes qui ont été et tels qu'ils ont été, c'est-à-dire tels qu'ils sont et seront dans l'avenir.

Cette correspondance entre le lecteur et l'écrivain fait naître plus tôt les annalistes et les fait aussi durer plus longtemps.

Il est facile d'observer ce phénomène dans la littérature grecque. La langue des Hellènes n'a plus d'orateurs, ses poètes sont rares et se traînent dans l'imitation, ses érudits sont froids et inanimés, son histoire est encore debout : les noms qu'elle présente depuis Polybe, le neveu de Philopœmen, jusqu'à Zozime, font encore grande figure dans le tableau des lettres.

Quelques-uns, comme Plutarque, y tiennent une place privilégiée.

Les exploits épiques d'Alexandre devaient nécessairement éveiller le génie des écrivains. Leur attention première et la plus vive se porta de son côté. On n'était plus au temps des épopées, mais le merveilleux des conquêtes macédoniennes enflamma les esprits. On ne chanta pas Alexandre comme au temps d'Homère, mais on n'écrivit point sa vie, on ne dépeignit point ses traits avec le calme et le sang-froid de l'implacable vérité. Cet enthousiasme eut au moins l'avantage d'élever les historiens au-dessus du niveau de leur siècle.

Malheureusement, les historiens d'Alexandre n'avaient plus ce patriotisme ardent qui excusait les défauts d'impartialité qu'on rencontre quelquefois chez les historiens de la Grèce républicaine.

L'horizon s'est élargi ; mais la patrie a disparu. Il n'y a plus de citoyens d'Athènes ou de Sparte, mais des écrivains mercenaires. L'adulation ou la cupidité remplacent l'amour de la liberté et de la patrie. Les premiers historiens d'Alexandre, ses contemporains, enflèrent tellement ses exploits déjà si prodigieux, qu'il en fut indigné lui-même. Les plus célèbres furent Anaximène de Lampsaque qui composa une histoire emphatique et prétentieuse en douze livres, et le philosophe Callisthène, neveu d'Aristote.

Celui-ci rachetait l'enflure de son style par une franchise qui lui valut d'être condamné à mort par Alexandre, sous prétexte d'une prétendue conspiration dans laquelle il aurait trempé.

Anaximène avait conduit l'histoire grecque jusqu'à la bataille de Mantinée et écrit la vie de Philippe et d'Alexandre. Callisthène, qui avait beaucoup écrit, s'était exercé aussi sur les mêmes sujets. L'histoire d'Alexandre en tenta beaucoup d'autres. Nous ne citerons que pour mémoire Jérôme de Cardie dont les *Mémoires historiques* ont fondé la réputation, et Érathosthène. Nous avons hâte d'arriver à Polybe, le plus grand historien militaire de l'antiquité. Il appartient proprement à l'époque gréco-romaine.

Né à Mélaogopolis, vers 205, il fut élevé par les leçons de son père et les exemples de son oncle à l'école de la liberté. Aux funérailles magnifiques que la Grèce fit au dernier des Grecs, il porta l'urne qui renfermait les cendres du héros. Ayant obtenu le droit de rester à Rome après la guerre contre Persée, il y fit l'éducation de Scipion, le futur vainqueur de Numance.

Ses relations avec la famille des Scipions lui permirent de prendre connaissance des registres conservés au Capitole. Il voyagea ensuite en Afrique, en Espagne, dans les Gaules, et recueillit partout de précieux renseignements pour ses ouvrages. Il en écrivit cinq : une histoire de *Numance* ; une vie de Philopœmen; un *Commentaire de la Tactique ;* un traité sur l'*Habitation sous l'Équateur* et son *Histoire générale*.

Les cinq premiers livres de ce dernier ouvrage et quelques fragments sont tout ce qui nous est parvenu des œuvres de Polybe. Son histoire universelle embrassait les guerres puniques et les événements qui se sont passés dans les diverses parties du monde depuis l'an 220, jusqu'à l'année 167 avant Jésus-Christ. Elle était divisée en quarante livres et s'ouvrait par une étude des causes de la première guerre punique.

Ces raisons, il ne les demande ni à la superstition, ni à la vanité nationale des Romains ; il les cherche dans les règles de la politique, de la sagesse, de la conduite guerrière. Il écarte les fables populaires, la protection de divinités auxquelles il ne croyait pas, pour tout rapporter à l'habileté ou au crime des hommes, à une divinité supérieure dont la Providence dirige tout selon ses fins. Homme d'état, guerrier, philosophe, il raconte et juge les événements en homme expert et consciencieux. Il aime mieux se taire que de parler sans certitude. L'exactitude et la véracité sont ses plus grands mérites.

Il attachait une fort grande importance à la tactique et aux considérations militaires, mais il faut bien convenir que la guerre, dans l'antiquité, décidait des nations plus qu'aucune autre cause. Lui seul, parmi les historiens de Rome, en a compris la mission, en a éclairé la marche providentielle. S'il avait eu la plume brillante des Tite-Live, des Hérodote, l'éloquence virile de Thucydide, il eût été le Bossuet de l'antiquité, le plus grand de ses historiens. Son style, en effet, simple et sobre comme il convient à l'histoire, se ressent du mauvais goût qui dominait du temps de l'auteur. Il est pâle, froid, obscur quelquefois, et pèche souvent contre la pureté du langage. Aussi ne fut-il pas goûté de tous ses contemporains qui considéraient principalement la forme dans les historiens. Mais il ne mérite pas le jugement sévère et peut-être intéressé de Denys d'Halicarnasse, d'après lequel il n'entendait rien à l'art d'écrire.

Denys d'Halicarnasse eut la prétention de compléter l'histoire de Polybe en la faisant remonter jusqu'aux origines de Rome. Venu dans cette capitale du monde en l'an 30 av. J.-C., il y travailla vingt-deux ans à « *ses antiquités romaines* ». Il s'arrête où commence Polybe. Son ouvrage a vingt livres dont les onze premiers subsistent seuls avec quelques fragments des autres. Il chercha à marcher sur les traces de Polybe et s'attacha comme lui à l'exactitude; mais son plan combattait ses désirs. Il voulait prouver que Rome était une colonie de la Grèce, afin d'éteindre toute espèce de rivalité entre les deux peuples, et certainement il dut sacrifier la vérité à sa thèse en traitant des origines de Rome, dans la recherche desquelles il n'avait le plus souvent pour le guider que des fables inacceptables. Il est à regretter que les derniers de ses livres, les plus dignes de croyance, aient été détruits. Là, sa critique était plus impartiale et plus favorisée. Denys d'Halicarnasse ne fut guère plus remarquable sous le point de vue du style que son maître Polybe. Ses défauts ne furent pas moindres ; il est prolixe et manque lui-même d'élégance et de pureté.

Diodore de Sicile, au contraire, qui l'avait précédé, manqua moins de style que de critique. Il était né à Argyrium et se fixa à Rome où il fut le contemporain de Salluste et de Tite-Live. Il expose dans l'introduction de sa *Bibliothèque historique*, qui lui coûta 30 ans de travail, les mêmes principes qu'avait exprimés Polybe avec moins de développement. Il rapporte l'influence de la Providence, les causes génératrices des événements à tous les hommes, à tous les peuples de la terre. Il trace en traits assez sûrs ce vaste cadre, mais il oublie sa conception si philosophique et si élevée quand il aborde la narration des faits.

Il suit alors l'ordre chronologique sans plus se soucier de la liaison des événements et des causes. Il commence par l'histoire des temps mythologiques où il n'a pas assurément la prétention de rapporter la vérité des choses ; il se contente d'être fidèle en suivant les témoignages anciens ; et il est encore plus fidèle qu'exact en racontant l'histoire des deux autres époques de sa division : celle des temps postérieurs à la guerre de Troie jusqu'à Alexandre, et celle des années comprises entre la mort de ce conquérant et les événements contemporains. Il puisa, en effet, dans les archives que lui fournissait Rome en abondance. Mais il ne sut pas ou ne put pas, faute de moyens, peser suffisamment les divers témoignages. La plus grande partie de sa *bibliothèque* et la plus intéressante assurément, la dernière, a été perdue.

Le style de Diodore de Sicile est diffus, sa marche peu ordonnée, sa narration froide, monotone et souvent embarrassée : mais il est clair, facile, imagé quand il parle des fables et des poètes, ailleurs simple, dépouillé d'artifice, toujours honnête et sans affectation. Sa *bibliothèque* comprenait quarante-quatre livres, où il résumait les travaux antérieurs sur l'Égypte, la Perse, la Grèce, Rome et Carthage, tous les pays dont s'occupait alors l'érudition.

Personne ne songeait à un petit peuple qui devait effacer tous les autres par sa gloire morale et religieuse. Englobé dans le vaste empire des Perses, dans celui d'Alexandre ensuite, le peuple Juif avait passé inaperçu pour les Romains qui avaient ajouté l'empire de l'Asie à leurs possessions déjà si vastes. La révolte de ce peuple sous Vespasien attira l'attention sur lui : mais elle ajoutait seulement la colère au mépris.

Un Juif, Flavius Josèphe, né à Jérusalem, l'an 37 de l'ère chrétienne, entreprit de faire connaître sous un jour plus favorable sa patrie aux vainqueurs, dans la langue la plus florissante et la plus vantée. Il écrivit en grec ses *antiquités judaïques*, ouvrage précieux, quoique fardé et parfois mensonger, à cause de la liaison historique qu'il établit entre l'ancien et le nouveau Testament ; et, après la ruine de Jérusalem, l'histoire de cette terrible catastrophe. Ici, il raconte ce qu'il a vu, car après avoir essayé inutilement de détourner ses concitoyens de leur folle entreprise, il combattit vaillamment pour la défense de sa patrie. Les malheurs de Jérusalem avaient fait une impression si grande sur son âme, qu'en déroulant les péripéties de cet épouvantable drame, il écrivit un des chefs-d'œuvre de la littérature ancienne. Il est à la fois énergique, sombre, lugubre, saisissant, élégant et animé.

Fait prisonnier après le sac d'une ville qu'il défendait, il fut traité avec douceur par Vespasien et accompagna Titus au siège de Jérusalem.

Il avait aussi composé un petit ouvrage de polémique, sa *réponse* à Appion, où il réfute les objections de celui-ci contre son livre des *antiquités judaïques*. Cet opuscule fut fort utile aux apologistes chrétiens.

D'autres auteurs juifs suivirent ses traces, comme d'autres marchèrent sur celles de Diodore de Sicile et de Denys d'Halicarnasse. Un biographe les éclipsa tous; il est vrai qu'il dut le meilleur de sa gloire à ses œuvres morales. Les livres de Plutarque se divisent, en effet, en deux parts presque égales : les *vies des hommes illustres* où il rapproche et compare d'après l'analogie des caractères les grands hommes de la Grèce et de Rome; les *traités de morale* qui sont comme le résumé des enseignements de la sagesse antique. Les vies ne sont point des histoires proprement dites; ce sont des portraits qui peignent les hommes, des tableaux qui les représentent plus que des récits qui nous renseignent sur leurs actions. Plutarque est moraliste même dans ses biographies. Ces *parallèles* un peu artificiels n'auraient pas grande valeur historique si les trois cents ouvrages où Plutarque a puisé et qu'il a habilement compilés n'avaient pas disparu; car il s'attache moins aux événements sérieux qu'aux menus détails, aux particularités anecdotiques.

Il descend dans la vie privée, pénètre les replis de l'âme de ses héros, et cette attention continuelle donne à ses tableaux l'attrait d'une histoire de la vie commune, d'une étude psychologique, en même temps qu'elle nous découvre les mœurs, le caractère et les habitudes des anciens. Nul auteur grec n'est demeuré plus populaire; la célèbre traduction d'Amyot n'a fait qu'augmenter une faveur déjà grande.

Dans cette galerie de tableaux, Plutarque n'est pas toujours difficile sur le choix des témoignages : il accepte de confiance ce qu'ont dit ses auteurs ; plus occupé de la peinture morale que de la vérité historique, il va jusqu'à se contredire lui-même. Pour avoir une idée juste des hommes, d'après ses parallèles, il faut prendre chacun dans son ensemble.

Comme méthode, il est forcé, trop symétrique et monotone. « Peut-être, dit M. Villemain, pour justifier ce système de composition adopté par Plutarque, faut-il se souvenir qu'il était grec, et que dans l'esclavage de son pays, il trouvait une sorte de consolation à balancer la gloire des vainqueurs, en opposant à chacun de leurs grands hommes un héros qui fût né dans la Grèce. »

Ses écrits philosophiques ne sont comme les autres qu'une habile et judicieuse compilation. Il reproduit les pensées des philosophes qui l'ont précédé, principalement de Platon ; mais il en fait un choix sensé, les agrémente par des citations et des anecdotes et en rend la lecture facile et attrayante par une exposition lucide. Il se laisse emporter cependant par le mauvais goût des rhéteurs de son temps : il est parfois déclamatoire et emphatique. J.-J. Rousseau à qui plaisaient ses qualités et ses défauts a fait une pompeuse éloge de sa manière d'écrire l'histoire.

« Plutarque excelle par les mêmes détails dans lesquels nous n'osons plus entrer. Il a une grâce inimitable à peindre les grands hommes dans les petites choses....

» Voilà le véritable art de peindre. La physionomie ne se montre pas dans les grands traits, ni le caractère dans les grandes actions : c'est dans les bagatelles que le naturel se découvre. Les choses publiques sont ou trop communes ou trop apprêtées, et c'est presque uniquement à celles-ci que la dignité moderne permet à nos auteurs de s'arrêter. »

Cet éloge a quelque chose d'outré et de paradoxal ;

car la manière de Plutarque pour être bonne n'est ni la seule, ni la meilleure. A ne prendre les hommes que par leurs petits côtés, on ne voit pas leur rôle dans le mouvement social. Le premier but de l'histoire est pourtant de nous faire assister à la marche de l'humanité, dont les individus ne sont que des éléments insignifiants s'ils sont considérés isolément.

Le style de Plutarque ne manque pas seulement de simplicité, il pèche aussi contre la pureté, contre la concision même. Mais « personne n'a possédé au plus haut degré, dit M. Villemain, l'imagination de style ».

Né à Chéronée en Béotie, cinquante ans après J.-C., Plutarque vécut en plein âge chrétien et n'a pas l'air de se douter qu'une religion nouvelle éclairât l'humanité. Prêtre d'Apollon, il constata le silence des oracles, et ce fut tout. Il ne va pas plus loin que l'horizon du paganisme.

Aucun auteur ancien n'a été plus lu que Plutarque par les modernes : il n'a laissé de place que pour les plus grands noms, il a fait oublier tous les historiens de second ordre venus avant ou après lui.

L'école païenne se continua après sa mort dans Arrien, Appien, Dion Cassius, Hérodien et Elien, et jusque dans Zozime, écrivain du ve siècle de l'ère chrétienne, qui composa, sous le règne de Théodose le Jeune, une *Histoire romaine* où il expose, avec une hostilité systématique contre le christianisme, les causes de la décadence et de la ruine des Romains. C'était le pendant de l'histoire de Polybe.

Arrien était né à Nicomédie en Bithynie, vers

l'an 105 ap. J.-C.. Elève du philosophe Epictète, il prit Xénophon pour modèle.

Calquer les titres des ouvrages de Xénophon n'était pas l'égaler. Cependant Arrien est neuf par les détails qu'il donne sur les opérations militaires. Précis, sans être obscur, simple par artifice plus que naturellement, il est généralement clair et serait plus agréable s'il ne se traînait toujours sur les pas de son modèle. L'imitation servile lui enlève toute originalité : Nous possédons son *Histoire de l'expédition d'Alexandre*, ses *Indiques* et quelques ouvrages de moindre importance.

Appien fleurit à Rome sous Trajan et les Antonins. Il était né à Alexandrie et avait composé en vingt-quatre livres une histoire de Rome qui s'étendait de Romulus à Auguste.

Il se proposa Polybe pour modèle et établit ses divisions d'après l'ethnographie au lieu de suivre l'ordre chronologique.

Cette innovation qu'il croyait excellente morcela son histoire. Dans les dix livres qui nous sont parvenus de cet historien, il se montre connaisseur militaire et excelle dans la composition de ses discours. Il s'était distingué dans sa jeunesse comme avocat et devint, dit-on, gouverneur d'Égypte.

Cassius né en Bithynie, comme Arrien (155 ap. J-C.), descendait par sa mère de Dion Chrysostome dont il ajouta le nom de Dion à celui de Cassius. Fils du sénateur Romain Cassius Apronianus, il fut lui-même sénateur sous Commode et plus tard gouverneur de Smyrne, consul, proconsul en Afrique et en Pannonie, et enfin collègue d'Alexandre Sevère dans le consulat.

Il étudia donc l'art d'exposer les affaires de l'État en

les pratiquant. Comme Appien, il se proposa Polybe pour modèle et écrivit en quatre-vingt livres une *histoire Romaine* depuis les origines jusqu'à l'an 229 de J.-C., qui nous reste en grande partie et qui est un des plus précieux monuments de l'histoire romaine dont elle éclaire les obscurités. Son témoignage toutefois ne doit pas être accepté de confiance, sa critique est souvent en défaut; il manque aussi d'impartialité. Quant à son style, il est inégal, froid, décoloré et sent la décadence.

Hérodien (IIIe siècle ap. J-C.) qui continue cette grande école d'historiens est au contraire d'une probité, d'une véracité à toute épreuve. Après avoir été mêlé aux événements de son temps, il entreprit de les raconter. Il commença son travail à la mort de Marc-Aurèle et le continua jusqu'à l'avénement de Gordien III à l'empire. Il essaya d'imiter Thucidyde, mais il n'atteignit ni sa force, ni son énergie. Sa narration est claire, élégante; les harangues qu'il met dans la bouche des personnages vraisemblables et souvent éloquentes. Mais il ne se garde pas assez de la prétention et d'une affectation roide et ennuyeuse. On lui reproche de plus d'avoir dédaigné ou ignoré la chronologie et surtout la géographie.

La géographie était devenue une science nouvelle et complète depuis Strabon qui n'a été apprécié à sa juste valeur que dans les temps modernes. Né vers le milieu du Ier siècle avant J.-C., il avait composé des Mémoires historiques qui ne nous sont point parvenus. Comme Hérodote, il avait voyagé pour écrire et il entreprit la description ethnographique et physique des contrées qu'il avait visitées. Écrivain d'une grande valeur, il a le mérite exceptionnel d'avoir vu presque tout ce qu'il décrit. Aussi ses renseignements, remarquables par la précision et le nombre des détails, sont-ils consultés avec avidité par la science moderne. Sur bien des points, ils jettent un plus grand jour sur la vie des peuples et les révolutions des États que les écrits même des historiens. Les Latins n'ont point cité la *géographie* de Strabon ; les Grecs n'en parlèrent que plus de deux siècles après sa mort et sans y attacher beaucoup d'importance.

Plutarque et Josèphe citent ses Mémoires historiques dont la géographie n'était qu'un chapitre ou un complément. Il était natif de la Cappadoce et mourut l'an 24 de l'ère chrétienne.

Josèphe cite un autre savant d'Asie qui avait composé une *histoire de la Babylonie* dont l'historien Juif tira profit pour sa réponse à Appien ; c'est l'astronome chaldéen Bérose (fin du IVe siècle av. J.-C.) dont les ouvrages sont malheureusement perdus, comme ceux de son disciple Abydène qui écrivit sur le même sujet, et l'*histoire universelle de l'Égypte* de son contemporain Manéthon, prêtre égyptien qui florissait sous le règne de Ptolémée-Philadelphe. Il ne reste de ce dernier écrivain que des fragments célèbres conservés par des écrivains postérieurs comme Josèphe, et qui ont fait douter longtemps de sa critique et de sa véracité, à cause de l'antiquité fabuleuse qu'elle semblait accorder aux dynasties Égyptiennes. Les recherches contemporaines ont aidé à lever des difficultés plus apparentes que réelles. On a absous Manéthon du reproche d'inexactitude et de crédulité ; on est à peu près parvenu à concilier sa chronologie avec celle de la Bible.

Ainsi en est-il souvent de beaucoup de critiques légèrement élevées par le scepticisme railleur ou la vanité prétentieuse d'hommes qui veulent savoir ce qu'ils n'ont pas vu mieux que ceux qui ont été les témoins oculaires des événements qu'ils rapportent ou qui ont pu en constater la vérité sur des documents primitifs et authentiques.

Voilà donc, en tout cas, à quoi aboutissent les efforts des hommes. Ils ne vivent que par les écrivains et par les monuments. Le temps, qui fauche l'humanité avec une rapidité effrayante, abat peu à peu les monuments de son génie. Pierres, marbres, livres tout s'en va en poussière : il ne reste plus qu'un souvenir qui diminuant lui-même ne laisse bientôt plus de vestiges.

Après tant de monuments lapidaires ou écrits par la plus intelligente race de la terre, nous en sommes non-seulement à ne plus connaître les travaux de la plupart de ses écrivains, de ses sculpteurs, de ses architectes, mais à n'avoir que de vagues notions sur les anciens peuples de l'Orient, à n'être pas sûrs même du genre de vie des Hellènes.

La littérature païenne de la Grèce, en si grand déclin depuis Alexandre, disparut peu à peu sous le souffle du christianisme et n'eut plus de racines après la conversion de Constantin. Mais en même temps que la race issue des contemporains de Périclès perdait de plus en plus son antique fécondité et sa magique éloquence, une nouvelle branche en naissait au soleil de l'Évangile qui devait lui rendre pendant plusieurs siècles l'éclat des anciens jours.

L'âge de la Patrologie grecque fut un âge d'or comme celui de la suprématie d'Athènes.

TROISIÈME PÉRIODE

LE CHRISTIANISME. — LES APOLOGISTES ET LES PÈRES.

L'école d'Alexandrie. — Origène. — La persécution, les hérésies et les schismes. — Les néoplatoniciens, la controverse, les orateurs de la chaire. Athanase, Basile, Grégoire de Nazianze, Chrysostome, etc., etc.,

La littérature chrétienne fut d'abord barbare. Les premiers chrétiens, plus occupés de répandre la doctrine du Christ que de faire de belles phrases, savaient mieux mourir qu'écrire.

Le christianisme ne venait pas dans une société nouvelle, mais dans une société vieillie qu'il allait transformer; il ne débuta pas par des poésies ni des récits de fables, mais par l'enseignement ou la prédication de la doctrine, par l'histoire pour appuyer cette doctrine sur des faits, pas la controverse pour défendre les faits et la doctrine en attendant qu'il put couronner l'œuvre.

Les apôtres étaient de pauvres artisans peu au courant des secrets de l'art; l'Esprit-Saint parlait et opérait pour eux; l'apôtre des nations cependant était versé dans les lettres sacrées et profanes. Il savait, quand il le jugeait utile, employer les artifices du langage. Son discours devant l'Aréopage est connu de tout le monde.

Saint Luc, qui nous a transmis ce discours, fut le premier historien de l'Église, par ses actes des apôtres. Ce livre comme son évangile sont écrits en grec. Saint Luc était médecin et son style témoigne d'une culture intellectuelle avancée; mais l'Evangile est surtout admirable par le rayonnement divin de ses pensées.

Les auteurs du premier siècle dont il nous reste quelques écrits sont saint Luc, saint Barnabé, saint Clément de Rome, saint Ignace d'Antioche, saint Polycarpe, Hermas et Papias. Leurs œuvres extrêmement simples ne sont que des exhortations sous forme de lettres, sauf le *Pasteur* d'Hermas qui est un petit traité de morale en trois parties : les *Visions*, les *Préceptes* et les *Comparaisons*.

Il séyait encore au christianisme d'être humble et prudent, il n'avait pas encore attiré l'attention des philosophes. « Il est à remarquer, dit Mœhler, que dans ce petit nombre d'ouvrages nous trouvons déjà les principales formes sous lesquelles l'activité scientifique se développa plus tard. Les épîtres de saint Ignace nous offrent les premières traces d'une apologie de l'Église contre les hérétiques; celle de saint Barnabé, un essai de dogmatique spéculative; dans le *Pasteur*, nous trouvons une première tentative d'une morale chrétienne; dans l'Épître de saint Clément de Rome, le premier développement de la science d'où naquit plus tard le droit ecclésiastique, et enfin dans les actes du martyre de saint Ignace, le plus ancien ouvrage historique. C'est ainsi que dans les expressions de l'esprit d'un enfant est renfermé ce germe de toutes les connaissances possibles. » (*Patrologie.* I. p. 57).

Au IIe siècle, la littérature chrétienne se développe en même temps que la nouvelle religion se répand dans l'empire. Les lettrés se sont joints aux pêcheurs d'hommes, les philosophes vont se laisser guider par eux pour ouvrir des écoles où la morale du Christ et la foi au Dieu crucifié seront enseignées à côté de l'idéalisme de Platon.

Le christianisme profite alors de la sagesse des gentils, de l'histoire, de la fable et de l'érudition pour interpréter les divines Écritures. Les chrétiens sont écoutés maintenant des puissances de la terre. Leur vie et leur caractère parlent d'ailleurs pour eux. « Ils ne se distinguent, dit Justin, le premier en date des apologistes, dans sa *Lettre à Diognète*, des autres hommes ni par leur pays, ni par leurs langues, ni par leurs usages civils. Il n'habitent pas des villes à eux et ne se servent pas d'un langage qui leur soit particulier : rien d'extraordinaire ne se fait voir dans leur manière de vivre... Tout pays étranger est pour eux une patrie, toute patrie est pour eux un pays étranger... Ils sont dans la chair, mais ils ne vivent point selon la chair. Ils habitent la terre, mais leur domicile est au ciel. Ils obéissent aux lois existantes, mais leur vie vaut mieux qu'elles.

Il y a dans ce monument primitif de la littérature chrétienne un mélange de profondeur dogmatique et de simplicité, d'enthousiasme noble et de mysticité sainte relevé par un style grave, chaleureux et plein de clartés.

Justin reçut la couronne du martyre l'an 167 de l'ère chrétienne. Il eut pour disciple Tatien natif d'Assyrie et philosophe aussi versé dans la doctrine des Grecs que dans les sciences de l'Orient. L'idée d'une Divinité unique lui parut si admirable qu'il s'empressa d'embrasser la religion chrétienne. Il écrivit après la mort de saint Justin un ouvrage intitulé : *Oratio contra græcos*, où il prend violemment les Grecs à partie, pour leur prouver qu'ils se sont appropriés les plus belles inventions des barbares. Tatien était plus instruit des choses profanes que des dogmes chrétiens ; l'esprit du christianisme ne l'avait pas pénétré. Il conçut une si vive admiration de son éloquence, qu'il s'égara et devint le chef de la secte des encratiques. Les ouvrages qu'il écrivit alors se sont perdus.

Athénagore suivit dans la défense du christianisme une méthode tout opposée à celle de Tatien.

Au lieu d'irriter les adversaires par des diatribes et des railleries, il s'adressa à Marc-Aurèle et tenta de le gagner par la mansuétude et des moyens d'insinuation sans bassesse. Il répond aux reproches faits aux chrétiens d'être athées, incestueux, et de se repaître de la chair des enfants ; il montre qu'au contraire ils ont une croyance sensée et salutaire, et qu'ils mènent une vie pure, chaste et consacrée au service des hommes. Il réunit un grand art à une raison élevée et à une digne éloquence. Athénagore a aussi composé un traité de la *Résurrection des morts*. On ne sait rien de précis ni sur sa vie, ni sur sa mort.

La vérité s'était donc fait entendre aux oreilles des empereurs dans un langage digne d'elle et des maîtres du monde. L'élan était donné. Les esprits d'élite accouraient en foule se ranger sous les bannières du Christ. Du sein de la persécution, ces voix faisaient retentir leurs revendications, leurs avertissements et leurs plaintes à des princes aveugles ou despotes, à des peuples ignorants ou superstitieux, avec une force, une puissance de conviction et de désir, dont la source miraculeuse était la foi ardente en Jésus crucifié. L'amour de Dieu avait pris la place laissée vide, lorsque périt avec l'esprit d'indépendance, l'amour de la patrie. On combattit pour une autre patrie plus grande, plus riche, plus accessible à tous, plus désirable. L'enthousiasme s'ouvrit d'autres horizons ; l'éloquence jaillit à flots pressés de tous les cœurs. La raison donna des formes à la foi, la foi lui rendit la flamme.

Les premiers apologistes étaient des transfuges de la philosophie et du paganisme. Ils mirent au service du christianisme les trésors de science qu'ils avaient puisés dans les écoles, ils enseignèrent eux-mêmes la science en l'illuminant des clartés de l'Évangile.

C'est ainsi que naquit cette célèbre école chrétienne d'Alexandrie, qui laissa loin derrière elle le souvenir de l'école profane des Ptolémées, et qui, destinée d'abord à l'instruction des cathécumènes, devint bientôt par le talent et le génie de ceux qui la dirigèrent, un foyer de lumières, une académie religieuse d'où sortirent les évêques, les docteurs, qui répandirent aux quatre vents la gloire de l'Église.

Le premier qui l'illustra fut saint Pantène (216). Originaire de Sicile, il avait embrassé la philosophie stoïcienne avant d'être chrétien. Il mourut sous le règne de Caracalla avec une grande réputation de science.

Son disciple, Clément d'Alexandrie, (... 217) quitta aussi la philosophie, pour se reposer dans la foi catholique. Après de nombreux voyages entrepris pour s'instruire, il enseigna à Alexandrie jusqu'en l'année 202, où la persécution l'obligea à fuir. Sa mort arriva vers 215 ou 217.

Clément d'Alexandrie joignit une vaste érudition à un style toujours plein et souvent éloquent. Il eut la gloire de former Origène qui lui succéda à la tête de l'école d'Alexandrie.

Origène, 105-253, est un des hommes les plus extraordinaires dont l'histoire nous ait conservé le souvenir. Il naquit à Alexandrie. Saint Léonide, son père, se charga de lui donner les premières leçons de l'éducation chrétienne. Souvent il s'approchait de son jeune fils pendant qu'il dormait et lui découvrant la poitrine, il la baisait avec respect comme un sanctuaire où résidait l'esprit de Dieu. Origène n'avait pas encore dix-sept ans, qu'il étonnait déjà par l'étendue et la précision de ses connaissances. Elles embrassaient l'Écriture Sainte, toute la philosophie, la dialectique, l'arithmétique, la géométrie, la musique, la rhétorique, l'histoire de toutes les sectes philosophiques. A l'âge de dix-huit ans, il reçut de Démétrius, évêque d'Alexandrie, la direction de l'école de cette ville, à laquelle saint Clément avait donné tant de lustre. Bientôt sa réputation éclipsa celle de tous ses prédécesseurs. La cour impériale, les évêques d'Orient et tous les philosophes d'alors témoignèrent un égal désir de l'entendre.

Origène occupait sept sténographes qui écrivaient à la fois sous sa dictée.

Les plus belles vertus du christianisme honorèrent constamment sa vie. Il fut confesseur de la foi dans les temps de persécution, et sut inspirer à un grand nombre de chrétiens le désir de mourir pour J.-C. Quelques erreurs qui lui échappèrent, sur l'éternité des peines et sur d'autres points, donnèrent lieu dans la suite à des sectaires de s'appuyer de son autorité. C'est de là que leur vient le nom d'Origénistes.

Pour lui, il mourut dans la communion de l'Église, à Tyr, en 253.

Origène avait composé une immense quantité d'ouvrages. Le nombre en est si grand, ont dit saints Jérôme et Vincent de Lérins, qu'il est devenu très difficile non-seulement de les lire tous, mais de les recueillir. Ceux qui nous restent forment de nombreux volumes.

Le plus célèbre est le traité contre Celse. C'est une apologie de la religion chrétienne que Bossuet appelle le plus exact et le plus savant des ouvrages d'Origène. La fécondité de cet homme étonnant ne l'empêchait pas de rendre ses pensées avec une énergie et une aisance qui feront l'admiration de tous les siècles.

On lui a reproché, non sans raison, sa prédilection pour le sens allégorique dont l'usage produisit chez ses imitateurs des écarts d'esprit et de méthode inimaginables. Origène se conforme à l'esprit général de son temps ; cette méthode était usitée chez les païens comme chez les chrétiens. Le juif Philon l'avait appliquée pour expliquer les traditions de son pays et on sait jusqu'à quel excès d'extravagance allèrent plus tard dans cette voie les exégètes juifs.

Il faut ajouter encore, pour excuser Origène, qu'il était toujours sur la brèche, professant, prêchant, composant des œuvres d'érudition colossales, comme cette édition en six langues de l'Écriture Sainte qui eût suffi à la vie d'un seul homme, et défendant néanmoins la religion chrétienne contre les attaques des philosophes et les erreurs des hérétiques.

Il ne suffisait plus, en effet, d'écrire aux Empereurs pour implorer leur protection ou leur justice. La pierre était devenue montagne. L'Église du Christ agitait les fondements de la société ; sa doctrine interprétée par les philosophes attirait forcément l'attention des savants restés gentils. En face de l'Église et à côté de l'opposition par le glaive, s'élevait l'opposition par l'esprit. On combattait le christianisme tantôt en usant d'une discussion sérieuse ou ironique, tantôt en essayant de spiritualiser, de purifier le paganisme pour le consolider, comme le fit sur le trône l'apostat Julien, si ce ne fut pas un des motifs qui inspira dans ses ouvrages Marc-Aurèle (161-180) persécuteur des chrétiens, pour raison d'État, malgré ses principes stoïciens, malgré les secours qu'il reçut de la Légion fulminante.

Mais les écrivains les plus remarquables qui aient écrit contre les chrétiens sont l'épicurien Lucien, dont nous avons parlé déjà comme écrivain profane, et le philosophe Celse que réfuta si excellemment Origène. Celse composa dans un langage amer et passionné, un *discours de la vérité* où il s'efforce de prouver que la doctrine chrétienne est un mélange d'extravagances judaïques, d'erreurs nouvelles et de préceptes moraux empruntés aux grecs. Pour Lucien, le christianisme n'est que jonglerie et fanatisme comme les autres religions.

Arrien, Fronton, Marc-Aurèle, Crescens, traitaient aussi de fanatisme, de folie maniaque ou de simple habitude, le mépris que les chrétiens professaient pour la mort.

Origène fit prompte et bonne justice de ces attaques, de ces insultes et de ces railleries. La vérité qui avait trouvé des interprètes éloquents dans les premiers apologistes grecs, auxquels nous avons à ajouter Mélitor, évêque de Sardes, Apollinaire, Théophile, évêque d'Antioche, Hermias, et peut-être saint Irénée, évêque de Lyon et grec d'origine, devait rencontrer dans Origène, dans les apologistes africains, des adversaires vaillants du paganisme sophistique et des hérésies naissantes dont le génie des Pères devait combattre victorieusement l'excroissance.

Si les chrétiens, en effet, profitaient de la tranquillité qui leur fut laissée depuis Caracalla (211-217) jusqu'à la mort de Philips Arabs en 249, pour étudier les Écritures et se perfectionner dans les sciences sacrées, les philosophes du paganisme ne restaient point oisifs et se servaient contre eux d'armes mieux aiguisées.

Puis, arrivent les hérésies et les schismes contre lesquels vont surgir de nouveaux combattants.

Au troisième siècle, l'école néoplatonicienne s'attaqua plus habilement au christianisme. L'influence de la religion nouvelle avait pénétré les païens eux-mêmes qui devenaient plus religieux. Au lieu de calomnier, ils recherchèrent dans l'ancienne philosophie et surtout dans Platon, qui avait eu des intuitions si merveilleuses, ce qui pouvait se rapprocher de l'élévation des doctrines du Christ, de la pureté de sa morale, pour raffermir le paganisme chancelant. Plutarque, Apulée, Epictète avaient prêché et tâché de pratiquer la vertu. Il restait à en établir le système pour qu'il convînt à tous. Il ne s'agissait plus de calomnier le christianisme, mais de s'assimiler ce qu'il avait de bon, comme les chrétiens s'assimilaient ce qui, dans les philosophes, s'harmonisait avec leurs principes.

D'après la nouvelle école platonicienne d'Alexandrie dont Ammonius Sakkas, mort en 243, et apostat du christianisme passe pour le fondateur, il n'y avait dans les différentes philosophies qu'une seule et unique philosophie qu'on devait en extraire pour l'unifier, dans les différents cultes que des manifestations diverses de la même divinité qu'il fallait présenter également à tous dans son unité en purifiant la croyance populaire.

C'était le paganisme tendant la main au christianisme pour une fusion et favorisant ainsi l'hérésie et le schisme qui ne naissaient que trop déjà de la paix passagère et de l'infirmité humaine, en attendant qu'une paix plus entière, un plus grand éloignement des temps apostoliques en fissent un danger plus considérable que l'idolâtrie elle-même.

Le principal philosophe de cette école fut Plotin, disciple de Sakkas, né à Lycopolis, en Égypte (205-261), qui traça dans cinquante-quatre livres les principes de ce système idéaliste.

Porphyre, son disciple, mort à Rome en 304, voyant que les tentatives d'amalgame étaient inutiles, dérogea de la méthode du maître et de ses principes ; il fit un pas de plus vers le panthéisme et le paganisme et composa un ouvrage en quinze livres contre le christianisme.

Il s'efforce de prouver, suivant saint Augustin, que la théorie païenne renfermée dans les sentences des oracles est conforme à la raison et que les impuretés mythologiques ont leur explication dans un sens physique et allégorique.

Plusieurs néoplatoniciens regardaient J.-C. comme un sage dont la doctrine conforme à celle de Platon aurait été altérée par ses disciples. Hiéroclès, dans *ses discours véritables aux chrétiens*, ose rabaisser J.-C. jusqu'à le mettre au-dessous d'Apollonius de Thyane (303). Hiéroclès fut gouverneur de Bithynie, puis d'Égypte. On voit quelle importance pouvait avoir son ouvrage.

Jamblique de Chalcis (mort en 333) puis les rhéteurs et les sophistes, Libanius, Himerius et Thémistius et une multitude d'autres ajoutèrent à ces raisonnements des arguments tirés des écritures orphiques, d'Hermès Trismégiste, de leurs oracles, du juif Philon.

Ces spéculations exerçaient un puissant empire sur les sectes chrétiennes et même sur quelques docteurs orthodoxes qui cherchaient à en ôter les éléments hostiles à la vérité. Elles étaient, en effet, présentées sérieusement, souvent de bonne foi, par des hommes sérieux, considérés, dont quelques-uns, comme Libanius, avaient enseigné les lettres aux meilleurs esprits de leur temps.

Ces hommes étaient les Athanase, les Basile, les Grégoire de Nazianze, les Chrysostome. En prononçant leurs noms, nous avons nommé les plus pures gloires de la littérature religieuse, les plus illustres représentants de l'éloquence grecque dans l'ère moderne.

Leur lutte contre le paganisme expirant fut courtoise, elle fut presque pacifique. Il n'en fut pas de même contre les hérésies, pour Athanase du moins ; car de son temps l'hérésie prit corps et puissance en devenant l'alliée du pouvoir impérial.

Nous ne pouvons point parler de toutes ces hérésies qui furent innombrables et le seul mot, mot général, que nous en dirons, nous ne le répèterons point quand nous aurons à traiter des apologistes et des Pères Latins.

Les fausses opinions sont inévitables dans une société dont le Fondateur est destiné « à être un signe de contradiction. » (Luc. II. 34). La venue du Sauveur a produit un ébranlement profond dans les esprits, et, dans la conscience humaine, une fermentation qui ne cessera jamais. A ces causes s'ajoute la corruption humaine pour faire comprendre la formation des hérésies, sinon leur utilité indirecte pour éprouver l'Église et la vertu de ceux qui la composent. L'hérésie naquit aussitôt que le christianisme.

Dès le temps des apôtres, dès le temps de J.-C. lui-même avec Judas, des ennemis s'élevèrent dans son sein, abrités sous son toit. Les épîtres des apôtres attestent clairement que l'Évangile fut défiguré par leurs premiers disciples.

Les hérésies devinrent plus nombreuses et plus fortes à mesure que le christianisme étendit ses rameaux et vit son tronc devenir plus vigoureux. La conséquence est toute naturelle.

Au moment de la chute morale du paganisme, elles devinrent plus redoutables ; après sa chute officielle, elles attirèrent seules l'attention des peuples, des princes et des docteurs.

En Orient où elles pullulèrent, tandis qu'en Occident on put aisément les compter, les hérésies suscitèrent des défenseurs habiles et astucieux, souvent puissants par leur crédit ; mais ils rencontrèrent, nous l'avons dit, chacun le sait, des athlètes inébranlables, infatigables, à qui ne manquèrent ni la grâce d'en haut, ni la victoire. Leur triomphe fut celui de la vérité.

La transition est marquée entre les apologistes et les Pères par saint Hippolyte, écrivain plus fécond que profond et éloquent ; par saint Grégoire, le thaumaturge, dont il nous reste plusieurs ouvrages dogmatiques ; par saint *Denis d'Alexandrie*, disciple distingué d'Origène, ainsi que saint *Pamphile* qui fit son apologie, tandis qu'un autre saint, Méthodius, évêque de Tyr, mort martyr en 311, l'attaquait très vivement à propos de la doctrine qu'il avait émise sur la résurrection des corps et sur la création.

On cite une foule d'autres écrivains dont les ouvrages sont perdus. Il paraît que saint Denis d'Alexandrie brillait par-dessus tous les autres par ses talents comme par sa vertu : car il reçut de l'admiration de ses contemporains le surnom de *Grand* et fut appelé par saint Athanase le *Maître de l'Église catholique*.

Mais ce titre glorieux, Athanase le méritait seul ; il illustra le siège d'Alexandrie, il fut le bras droit de l'Église, son soldat invincible. Né à la fin du IIIe siècle (296-373) d'une famille distinguée d'Alexandrie, il fut, encore bien jeune, un des plus remarqués au concile de Nicée (315-326) par sa science et sa pénétration. Il n'était alors que diacre ; mais peu de mois après le concile, il fut élevé à la dignité de patriarche de sa ville natale. Dès lors, il s'opposa avec force aux innovations d'Arius. Également doué des plus belles vertus et des plus rares talents, versé dans la connaissance des écritures et des sciences profanes, courageux jusqu'à l'héroïsme, attaché à l'Église d'un amour ardent et inaltérable, il supporta pour elle toutes les adversités, il lutta pour elle jusqu'à la mort. Rien ne l'abattit, ni les menaces, ni l'exil, ni les prières, ni les intrigues, ni les subtilités, ni les flatteries, ni les promesses. Après quarante-six ans d'épiscopat, qui furent quarante-six ans de combats énergiques, il mourut paisible et triomphant sur son siège d'Alexandrie, le 2 mai de l'année 373.

Il avait été alternativement exilé et rappelé par Constantin, Constance, Julien et Jovien, déposé par le conciliabule de Tyr (335) et rétabli par les conciles de Rome et de Sardique (247). Il était resté en communion avec l'Église de Rome et était devenu l'idole de son peuple qui, à chaque retour, le recevait en triomphe.

Il reste de lui des *commentaires sur la Bible* et un grand nombre d'autres écrits, la plupart contre Arius.

Plus vigoureux qu'éclatant, plus logique que pathétique, cherchant l'orthodoxie plus que les ornements, il arrive à son but par la force du raisonnement, l'enchaînement des preuves, la simplicité, la lucidité de l'exposition. Il excelle à démasquer l'erreur, à saisir le point précis des difficultés, à déjouer les subtilités, à débrouiller les sophismes. Sa conviction le rend quelquefois sublime, quelques-unes de ses pensées ont inspiré Bossuet. Si on peut lui reprocher quelque chose, c'est parfois la sécheresse et l'abus des termes spéciaux de la théologie.

Tel n'est pas le défaut des Pères qui lui succèdent dans l'ordre des temps, Grégoire de Nazianze et Basile-le-Grand. Ce sont de fins lettrés, des âmes tendres sans faiblesse, des esprits délicats et élevés en même temps. Ils n'ont pas connu les combats théologiques dès leur jeunesse ; ensemble ils ont vécu d'une vie profane quoique honnête avant de devenir les lumières de l'Église ; ensemble ils ont étudié la philosophie païenne, goûté les lettres grecques, entendu les leçons des rhéteurs les plus célèbres de leur temps. Leurs âmes ne se sont point séparées sur la terre ; ni Dieu ni la postérité ne les ont séparés.

Avec des rayonnements divers, leurs écrits furent éclairés d'une même lumière ; leurs génies avec un feu différent eurent un foyer commun, un même point de départ ; ils défendirent une même doctrine, et tous deux, proclamés saints par l'Église, ont été acclamés dans l'histoire comme les plus parfaits des écrivains grecs de l'ère chrétienne, de même que saint Jean Chrysostome en a été reconnu pour le plus éloquent.

Grégoire, fils de saint Grégoire, évêque de Nazianze, en Cappadoce, naquit à Azianze, bourg voisin de la ville, en 328. Il étudia les lettres et la philosophie, d'abord à Césarée en Palestine, puis à Alexandrie et enfin à Athènes où il contracta sa liaison célèbre avec Basile, son compatriote. Ordonné évêque du bourg de Sasima, en Cappadoce, il devint le coadjuteur de son père. Plus tard, il fut élevé au siège archiépiscopal de Constantinople où il avait opéré de nombreuses conversions parmi les Ariens. L'empereur Théodose s'était déclaré son protecteur, mais il l'abandonna bientôt devant les attaques envieuses des évêques d'Égypte. Grégoire se démit de ses fonctions et retourna dans la Cappadoce, pour y vivre dans la solitude et se livrer à la composition des beaux ouvrages qu'il nous a laissés. Il était à la fois écrivain élégant et pur, orateur discret et éloquent, poète délicat, gracieux, et il ne laissait pas d'être un homme aimable et un prélat des plus vertueux. Il perce dans ses œuvres un sentiment de piété tendre et quelquefois de chrétienne mélancolie.

L'âme rêveuse et avide d'infini, comme l'avait Augustin, et comme l'avaient les hommes de notre siècle à son aurore, il se plaisait sur le rivage de cette mer aux flots retentissants, si souvent célébrée par Homère : « Je me promenais seul, dit-il, vers la fin du jour, et le rivage de la mer était le lieu de ma promenade, car c'est par de telles récréations que j'ai coutume de me délasser de mes travaux. Je marchais donc, et tandis que mes pieds me portaient, mes yeux contemplaient la mer. Elle n'offrait pas alors un spectacle agréable, elle qui en présente un si charmant lorsque, pendant le calme, elle se colore de pourpre, et vient se jouer contre ses bords d'une manière douce et gracieuse. Mais ce jour-là, un grand vent soufflait et les vagues se soulevaient en mugissant. On voyait les flots, comme c'est l'ordinaire dans les tempêtes, s'élever dans le lointain, grossir peu à peu, s'abaisser ensuite, et venir expirer sur le rivage. Ailleurs, les flots heurtaient les rochers voisins, et l'onde, repoussée par eux, jaillissait en écume et en rosée légère. Là, des cailloux, des algues, des céryces et de légers coquillages étaient poussés et vomis sur la côte. Quelques-uns de ces objets étaient de nouveau ressaisis par le flot qui s'en retournait, tandis que les rochers, quoique battus par les vagues, demeuraient immobiles et aussi inébranlables que si la mer eût été paisible.

Je tirai de là une utile leçon de sagesse, et ce spectacle devint pour moi un enseignement. Cette mer, dis-je alors en moi-même, n'est-ce pas la vie des hommes avec toutes les choses humaines ? Car il y a aussi dans les ondes de cette vie beaucoup d'amertume et d'inconstance. Ces vents fougueux, ne sont-ce pas les tentations et les accidents imprévus dont elle est assaillie ? Et parmi les hommes qui sont tentés, les uns ressemblent à ces légers coquillages qui se laissent entraîner dans la mer, tandis que les autres ressemblent au rocher, et se montrent dignes de ce rocher immuable sur lequel nous sommes fondés. »

Nous retrouvons les mêmes sentiments, les mêmes sujets traités dans les écrits de son illustre ami Basile. Lui aussi a peint la mer, le spectacle de la mer. Les mêmes tableaux, souvenirs de sa jeunesse, sans doute, avaient frappé son âme et voici comment il s'exprime :

« Il est beau de contempler la mer lorsqu'un temps calme polit ses ondes blanchissantes. Il est beau de la voir quand un doux zéphir, ridant sa surface, montre aux yeux ses reflets de pourpre et d'azur ; lorsqu'au lieu de battre avec furie ses rivages, elle semble les saluer par de pacifiques embrassements. La mer est belle, parce qu'elle est le réservoir des fleuves, qui entrent de toutes parts dans son sein, pendant qu'elle demeure elle-même dans ses limites. La mer est belle, parce qu'elle réunit les continents les plus éloignés les uns des autres, en offrant aux nautoniers une route facile à travers ses flots, et un commerce dont rien ne ferme les passages. »

Ainsi jaillissait la poésie, trésor commun de ces deux âmes tendres et nobles. Saint Basile ne la puisait pas seulement dans le spectacle de la nature; il la recueillait sur la lèvre des prophètes, dans les Saintes Écritures dont il aimait à emprunter les figures plus pittoresques et plus hardies que celles des Grecs. Mais il mêle aux fortes images de la poésie Hébraïque ce sentiment d'amour pour l'humanité, cette douceur dans l'enthousiasme qu'avait fait naître la loi nouvelle.

Ses discours font aisément concevoir le prestige de sa parole. Faible de corps, consumé par la souffrance et les austérités, il était soutenu par un zèle ardent dans ses travaux apostoliques.

« St. Basile, dit M. Villemain, écrivain mâle et sévère, est digne, par la pureté de son goût, des plus beaux temps de l'ancienne Grèce. » L'éminent critique semble le préférer à saint Grégoire qu'il admire surtout comme poète et à qui il reproche de ne pas joindre habilement le dogme et la morale et de faire des digressions sans mesure et sans intérêt. Basile (328-379), surnommé le Grand, naquit à Césarée, en Cappadoce, étudia à Constantinople et à Athènes où il se lia avec Grégoire et Julien l'Apostat, enseigna la rhétorique en même temps qu'il exerçait la profession d'avocat, renonça au monde, puis fut élevé sur le siège épiscopal de Césarée, où il mourut laissant après lui la réputation de l'écrivain le plus accompli de la Grèce chrétienne.

Après un si grand homme, il semblait que la sève de l'éloquence chrétienne devrait être épuisée. Mais la liberté religieuse produisait pour le génie grec des effets encore plus prodigieux que la liberté politique. Elle n'était pas d'une ville ou d'un pays seulement, mais de tout le monde hellénique. L'Asie versait à son tour à la Grèce les trésors de l'éloquence. La large traînée de lumière qui partait d'Athanase se termine en un globe enflammé. Cet astre éclatant fut Jean, surnommé *Bouche d'Or*, le plus éloquent des Pères de l'église grecque. Né à Antioche, il étudia sous Libanius, fréquenta le barreau, puis abandonna cette carrière pour se vouer uniquement à l'étude des écritures et à la pratique des vertus chrétiennes. Ordonné prêtre, par saint Flavien, évêque d'Antioche, après qu'il avait épuisé sa santé, en menant la vie d'anachorète sur les montagnes de Syrie, il acquit un tel ascendant sur les foules par son éloquence, qu'il rendit à la fois de signalés services à ses concitoyens et à l'empereur. Élevé sur le siège patriarcal de Constantinople, il s'attira la haine de l'Impératrice Eudoxie, par sa hardiesse apostolique et la véhémence des blâmes qu'il infligeait à ses désordres. Chassé de Constantinople, il mourut accablé de fatigues sur le chemin de l'exil.

La critique a observé que saint Chrysostome commence ordinairement par un exorde assez étendu sur son sujet ou sur une circonstance du moment, il procède avec calme, dissipe les nuages avec une douce clarté, puis, s'insinue dans les esprits avant de pénétrer jusqu'aux cœurs. Les avenues préparées, il s'élance, s'épanche tout entier, lance des éclairs, presse, interroge, argumente, s'interrompt lui-même, il va, revient et paraît oublier sa matière pour un autre objet que lui suggère une circonstance inattendue, un souvenir subit et l'inspiration du moment, jetant avec une sorte de profusion les trésors de l'imagination : descriptions vives, tableaux animés et pittoresques, oppositions frappantes de vérité et d'énergie, mouvements pleins de chaleur, et quelquefois de ce saint enthousiasme qui du ciel tombait dans l'âme des prophètes, traits édifiants empruntés à l'histoire des temps antiques ou des événements contemporains, figures hardies, similitudes et comparaisons prises le plus souvent dans les spectacles de la nature, dans les arts et les sciences, dans les usages de la vie civile, entremêlant aux discussions les plus lumineuses les exhortations les plus pressantes; remuant avec une égale souplesse les deux ressorts qui toujours agissent avec force sur le cœur de l'homme, l'espérance ou la crainte; unissant le reproche à la prière, le raisonnement au pathétique, l'autorité d'un juge à tous les épanchements d'une tendresse vraiment paternelle.

On trouve cependant, dit un historien de l'Église, le style de saint Jean Chrysostome un peu asiatique ou trop diffus : mais en même temps, et jusque dans ses longueurs, il y a tant d'esprit, tant d'agrément, qu'entraîné dans la lecture par un charme inexprimable, on ne peut se résoudre à en rien omettre. La prédication de Chrysostome, dit de son côté M. Villemain, savante, mais populaire, saisit presque toujours ses auditeurs par des images présentes et liées aux incidents.

Ce sont ces qualités plus hautes, dit le même critique, ou plutôt, c'est la réunion de tous les attributs oratoires, le naturel, le pathétique et la grandeur, qui ont fait de saint Jean Chrysostome le plus grand orateur de l'Église primitive, le plus éclatant interprète de cette mémorable époque.

C'était, en effet, une époque mémorable que celle des Athanase, des Grégoire, des Basile et des Chrysostome. Alexandrie, Antioche, la Cappadoce, Constantinople avaient été pendant un siècle le théâtre des plus brillants exploits oratoires.

Ces sublimes génies n'étaient point les seuls cependant à glorifier l'Église. Autour d'eux gravitaient des astres qui, pour être moins éclatants, n'en versaient pas moins une pure lumière. Des écoles d'Alexandrie, de la Cappadoce, de Constantinople était sortie toute une légion d'écrivains et d'orateurs chrétiens dont la lignée ne disparut pas tout entière après la mort des Pères illustres qui les dominent par la supériorité du génie. Grégoire de Nysse, Astère, Synésius, saint Ephrem, saint Epiphane, Théodoret, saint Cyrille et saint Nil méritent une place d'honneur même après eux. Mais peu à peu ces écrivains tombent dans l'incorrection et le mauvais goût. L'obscurité est leur principal défaut ; il est celui de toute l'école Alexandrine. Eusèbe, Pamphyle, (268-338) évêque de Césarée, et Théodoret, évêque de Cyr en Syrie (387-458) méritent une attention spéciale de la postérité pour avoir créé l'histoire ecclésiastique. Eusèbe en a été surnommé le Père, il était un des hommes les plus érudits de son temps. On lui a reproché d'avoir penché vers l'arianisme.

Son histoire ecclésiastique n'est qu'un recueil de mémoires authentiques liés avec soin et analysés avec discernement ; le style en est simple et noble, sans ornement, il s'élève de temps en temps et se revêt d'une certaine pompe oratoire.

Théodoret eut le malheur aussi de n'être pas exempt de la tache d'hérésie ; il écrivit en faveur de Nestorius. mais il n'eut pas sitôt ouvert les yeux à la vérité, qu'il se réconcilia avec saint Cyrille et souscrivit aux anathèmes lancés contre Nestorius.

Comme historien, Théodoret ne fit que continuer la narration d'Eusèbe, depuis l'an 374 jusqu'en 427 ; mais son style est supérieur à celui de cet écrivain.

On possède de lui dix homélies sur la Providence, qui sont un des meilleurs ouvrages que l'antiquité nous ait laissés à ce sujet, pour le choix des pensées, la noblesse des expressions, la force et la suite du raisonnement.

On a dit que ces ouvrages et ces éloquents discours convertissaient peu les foules devenues croyantes, mais restées corrompues. Si l'observation est vraie pour un grand nombre dans les villes importantes, l'histoire est là pour affirmer combien d'heureux du siècle abandonnaient, à la voix de l'Évangile, leurs charges, leurs richesses, les honneurs, pour s'ensevelir dans la solitude ou pour se mettre à leur tour au service de Jésus-Christ et des pauvres dans le sacerdoce.

Dans cette même ville de Constantinople qu'on

peint comme si légère, si fière d'entendre Chrysostome et si prompte à oublier ses discours, l'illustre patriarche comptait dans la première charge de la ville.

Après ces noms glorieux, il faudrait citer encore saint Proclus, archevêque de Constantinople, en 434, et défenseur zélé de la vérité catholique contre les erreurs de Nestorius ; saint Basile de Séleucie qui lui est bien supérieur par l'éloquence et à qui Bossuet a fait l'honneur de le citer plusieurs fois ; saint Isidore de Péluze célèbre par l'agrément et le nombre de ses lettres (10,000 dit-on dont il reste 2,012) sur l'exégèse.

L'éloquence florissait dans ce siècle comme par enchantement. La corruption des hommes, la décrépitude et les malheurs de l'empire allaient bientôt l'éteindre. Après le cinquième siècle, après la chute de Rome, les belles-lettres tombèrent de toute leur hauteur jusqu'à terre. On eût dit que la force qui retenait l'Empire soutenait en même temps l'éloquence et la poésie. Rome n'était plus, l'Empire d'Orient était à l'intérieur déchiré par les factions, troublé par les hérésies, et à l'extérieur pressé par les barbares du Nord, de l'Ouest et du Midi qui l'emportaient par lambeaux. Nous sommes à la fin du ve siècle, sur le seuil du Bas-Empire.

CINQUIÈME PÉRIODE. BAS-EMPIRE.

Nous ne parlerons pas de l'éloquence de cette longue et triste période qui se continue pendant près de dix siècles jusqu'à la chute de Constantinople en 1453 ; il n'y en a pas. Nous ne dirons qu'un mot des historiens qui se soutinrent quelque temps pour tomber dans la chronique, comme dans les temps barbares. Ces temps n'eurent qu'un mérite, conserver les faits du passé, tâcher de conserver la langue ; mais ils se noyèrent dans le minuscule et dans les détails. Ils furent, comme on est aujourd'hui, par stérilité et par impuissance, déchiffreurs, éditeurs, annotateurs de vieux textes. Nous devons à cette manie le bonheur de posséder de nombreux chefs-d'œuvre de l'antiquité; nous ne lui devons aucun trait de génie, ni même de talent ordinaire. Tout était bas alors comme la société elle-même.

L'histoire de l'Église pourtant ne faisait que de naître avec Eusèbe. Celui-ci n'avait pas été continué seulement par Théodoret, qui fut aussi distingué comme controversiste, que comme historien ; Socrate, né à Constantinople, vers la fin du VIe siècle, et Sozomène, mort en 450, poussèrent l'histoire d'Eusèbe, le premier jusqu'en 439, le second jusqu'à l'année 415 seulement. Socrate paraît honnête, quoique imparfaitement éclairé sur le dogme catholique : il s'est imposé à tort d'être froid, extérieurement indifférent, pour paraître impartial, et de bannir les ornements du style; mais il a compris les devoirs de l'historien. Sozomène qui écrivit avec plus de soin et d'élégance ne fut pas même un compilateur, il fut le plagiaire de Sozomène, qu'il suivit pas à pas, en lui ajoutant cependant quelques développements utiles.

Théodoret, au contraire, qui leur est bien supérieur sous tous rapports et qui ne poursuivit son histoire que jusqu'à 429, paraît avoir pour but de compléter l'un et l'autre.

Malgré les soins donnés à la forme, l'œuvre de Sozomène marquait déjà la décadence. Dorénavant, on se contentera de compiler, d'entasser et peu à peu l'on ne prendra même plus souci du style.

Ces trois historiens dont la traduction latine a été réunie par Cassiodore en corps d'ouvrage, sous le nom d'histoire tripartite, ont été continués au VIe siècle par Evagre d'Épiphanie dans la Célé-Syrie. Cet écrivain mieux renseigné sur les choses profanes que sur les événements religieux, ce qu'il faut attribuer à ses charges à la cour, commença son histoire eclésiastique à l'an 431 et l'étendit jusqu'à l'année 594. Ses témoignages sont ordinairement véridiques, ses renseignements sérieux, son style est encore élégant et poli, mais il est lâche, diffus et se traîne péniblement.

Il est le dernier historien de l'Église qu'on puisse nommer dans une histoire de la littérature. Photius cite un certain Philostorge, auteur au Ve siècle d'une histoire dont il donne l'analyse ; mais son livre était un pamphlet dirigé contre les catholiques en faveur des Eunoméens, il ne rencontra pas d'estime.

Quant à Photius, il n'est pas permis d'ignorer le nom de cet homme qui a joué un si grand rôle dans l'histoire de l'Église, comme consommateur du schisme grec ; ce fut d'ailleurs un érudit et un savant ; il a composé une *Bibliothèque*, monument précieux composé des extraits de deux cent soixante-dix ouvrages qu'il lut pendant son ambassade en Assyrie, et de notices littéraires qui témoignent de la pureté de son goût plus que de son talent d'écrire.

Stobée (fin du VIe siècle) et Suidas (Xe siècle) sont avec lui les compilateurs les plus célèbres et en qui se résume l'érudition bibliographique du Bas-Empire.

Photius mêla la science profane à l'érudition ecclésiastique. Cependant il préféra toujours traiter des choses religieuses.

La science profane baissait d'ailleurs comme la science ecclésiastique et plus rapidement encore. Les historiens qui se présentent les premiers ont encore quelque valeur, comme Procope qui écrivit au VIe siècle l'*Histoire de son temps*, ce qui ne prouve guère en faveur de son impartialité; Agathias son continuateur, dans le même siècle; Ménandre qui continua Agathias à son tour; et Théophylacte qui composa vers le commencement du VIIe siècle une *Histoire universelle*, œuvre élégante, d'après Photius, mais recherchée et affectée. Puis viennent des compilateurs ignorants, des chroniqueurs qui n'ont qu'un mérite pour la postérité, celui de se continuer scrupuleusement les uns les autres, des annalistes crédules, sans critique, sans érudition trop souvent, qui mêlent les niaiseries à l'histoire. De terribles bouleversements ont lieu à Constantinople; le schisme, la conquête des Francs, le contre-coup des invasions mongoles, les étreintes de plus en plus violentes des Turcs. Depuis le Xe siècle, malgré la protection donnée aux lettres par la plupart des empereurs, la création d'écoles, d'académies, la langue ne se préserve pas de la corruption et de la barbarie! La fin approche. Ainsi périt insensiblement la belle langue dans laquelle chantait Homère, et qui servait à Démosthène à faire retentir le tonnerre de sa parole. La vie des idiomes est plus longue que la vie des hommes qui les parlent : elle n'est pas éternelle.

CHAPITRE II

LITTÉRATURE ROMAINE.

Caractère général de la littérature romaine.

Il y a deux phases dans la littérature latine comme dans l'histoire romaine. La république fut l'œuvre du génie latin. La vertu des premiers habitants de l'Italie explique la force et la grandeur de la république. La simplicité des mœurs disparaît après la première guerre punique. Rome, après avoir conquis le monde, subit l'influence des vaincus, principalement des Grecs, dont la civilisation avait déjà transformé l'Asie après la conquête d'Alexandrie. Tout devient grec à Rome dans les mœurs, dans les usages, dans la religion, dans le langage et dans les lettres.

L'âge grec, en paraissant, porte le coup de grâce à la république; l'empire lui est substitué. Avec le règne des empereurs commencent une ère nouvelle et un peuple nouveau qui est fourni par l'univers connu. Rien ne met plus ce fait en évidence que l'histoire littéraire de cette double époque. La littérature est dans l'empire romain plus que partout ailleurs l'expression vive de la société; car l'histoire politique de l'empire n'est guère que le tableau de révolutions de palais, ou le récit des luttes de la civilisation contre la barbarie.

PREMIÈRE PÉRIODE.

Les écrivains de la République.

Pendant les cinq premiers siècles de la république, les Romains ne s'occupèrent que de la conquête de l'Italie. La guerre et la culture absorbaient leurs loisirs, ils ne songeaient point à cultiver les lettres. Les rares et grossiers monuments qui restent de ces âges primitifs sont du domaine de la philologie plus que de la littérature, qui ne commença que sur la fin de la première guerre punique, dès le premier contact avec les Grecs. La Grèce introduisit des idées nouvelles, mais sa prépondérance intellectuelle étouffa le génie latin et lui ôta toute originalité en attaquant l'esprit républicain lui-même.

Les écrivains antérieurs au siècle d'Auguste rejetèrent les traditions nationales pour imiter les écrivains d'Athènes, traduisirent les chefs-d'œuvre de la Grèce qui les avait vus naître ou les avait formés dans ses écoles. Les premiers poètes sont grecs d'esprit ou d'origine, Rome n'eut point de philosophie propre, ses plus grands hommes choisirent parmi les doctrines de la Grèce celles qui concordaient le mieux avec leur caractère. L'éloquence fut un peu moins esclave du génie étranger. Elle était née de la situation après l'établissement de la république. Mais on ne recueillit point les harangues des Tribuns ou des Consuls ; les historiens latins ont composé eux-mêmes les discours qu'ils leur prêtent. Caton le censeur, les Gracques, Marius et Sylla, Licinius Crassus et Marc Antoine, l'aïeul du rival d'Octave, acquirent de leur temps une grande réputation d'éloquence. Il est probable qu'ils mettaient encore moins d'art dans leurs discours que les premiers orateurs d'Athènes; on ne parlait pas si naturellement un langage poli sur le Forum que sur l'Agora. Les premiers annalistes, parmi lesquels on cite, après les pontifes, depuis l'an 360, Fabius Pictor, auteur de la première histoire latine de Rome, Caton le censeur, pour son livre des *Origines*, Sylla, pour ses Mémoires malheureusement perdus, ne produisirent, au jugement de Cicéron, que des essais informes et tout à fait grossiers. L'éloquence de Rome républicaine se résume dans trois grands noms : Hortensius, César et Cicéron; le même César, Salluste et, si l'on veut, Cornélius Népos, forment tout le groupe de ces historiens.

Nous possédons les *Commentaires* de César et la plupart des œuvres de Cicéron, mais nous n'avons ni les discours d'Hortensius, son rival, ni ceux de Jules César.

Quintus-Hortensius Ortalus (114-50 av. J.-C.), quoique rival de Cicéron, se montra toujours son ami et lui en donna la preuve lorsque Clodius menaça Cicéron de l'exil. Il parut dans l'assemblée du peuple en habits de deuil et faillit périr sous les coups des satellites de Clodius. Au retour de Cicéron de l'exil, Hortensius le fit entrer dans le collège des Augures. Au moment où Hortensius brillait avec le plus d'éclat dans l'éloquence, il quitta la tribune, et se relâcha de cette assiduité au travail, admirée de Cicéron lui-même. La gloire que son rival acquit pendant l'année de son consulat sembla lui rendre un peu d'énergie, mais il ne put reprendre son rang au barreau. Quintilien vante surtout l'action dans Hortensius, « action qui lui valut, dit-il, les plus grands succès, et ce qui le persuade, ajoute-t-il, c'est que ses écrits ne répondent pas tout à fait à sa haute réputation, bien qu'on l'ait regardé longtemps comme le premier orateur de son siècle, qu'ensuite il ait été le rival de Cicéron, et que sur la fin de ses jours il ait du moins occupé le second rang. Ainsi il faut bien qu'il y ait eu dans sa manière de prononcer, des charmes que nous ne trouvons point dans la lecture de ses ouvrages. »

Caius Julius César ne fut pas un moins grand orateur. Nous invoquerons encore à son sujet l'opinion de Cicéron : « César est peut-être de tous nos orateurs celui qui parle la langue latine avec le plus d'élégance, et il ne doit pas seulement cet avantage aux impressions reçues dans la maison paternelle. Sans doute, elles ont commencé l'ouvrage ; mais il n'est arrivé à cette admirable perfection que par des études variées et profondes, suivies avec une grande ardeur et un travail infatigable. » Quintilien n'en fait pas un moindre éloge. C'est surtout comme orateur qu'il l'a considéré. César débuta par le barreau. Aulu-Gelle fait mention de trois de ses discours : l'un contre Dolabella, l'autre pour les habitants de la Bithynie, et le troisième pour appuyer la loi *Pautia*. Mais c'est comme historien seulement que les modernes peuvent le juger. César publia un assez grand nombre d'ouvrages sur la grammaire, l'astronomie, la religion, l'histoire et la littérature. Tous ses écrits sont perdus à l'exception de quelques-unes de ses lettres et de ses commentaires sur la guerre des Gaules et sur la guerre civile. Les commentaires sur la guerre des Gaules comprennent huit livres, mais le dernier n'est pas de César, il a été écrit par Hirtius, son lieutenant. Ces mémoires renferment seulement un espace de six ans, depuis l'an 696 de Rome, 58 ans avant J.-C., jusqu'à l'an 702, 52 ans avant notre ère.

Les commentaires de César sur la guerre civile ne sont divisés qu'en trois livres. Toutefois le récit comprend à peine l'espace de deux années.

Malgré les reproches faits à César d'après Suétone par Arsénius Pollion sur le peu d'exactitude de ses récits, les modernes se sont plu, pour la plupart, à reconnaître sa véracité. Tout le monde est d'accord que César est remarquable par une élégante simplicité et par une pureté exquise. « Oui, dit Cicéron qui ne le traite pas souvent avec complaisance, il a écrit d'excellents commentaires. Le style en est simple, pur, gracieux et dépouillé de toute pompe de langage ; en voulant fournir des matériaux aux historiens futurs, il a peut-être fait plaisir à de petits esprits qui seront tentés de charger d'ornements frivoles ces grâces naturelles ; mais pour les gens sensés, il leur a ôté à jamais l'envie d'écrire ; car rien n'est plus agréable dans l'histoire qu'une brièveté correcte et lumineuse. »

Le style de ses discours n'était pas moins remarquable si nous en croyons les anciens, tant ce grand homme portait l'empreinte de son génie. Ses facultés étaient aussi nombreuses que puissantes et étendues.

Il porta la peine de son ambition et de ses sanglants triomphes ; il périt assassiné en plein Sénat par son ami Brutus et des conjurés qui voulaient châtier dans sa personne le destructeur de la liberté.

Sa mort enleva un protecteur à un écrivain qui s'est placé au premier rang des historiens, Caius Sallustius Crispus, (86-35 av. J.-C.) l'auteur illustre de *la conjuration de Catilina* et de *la guerre de Jugurtha*, deux monuments que nous avons la fortune de posséder dans leur entier. Le plan de la première composition est parfaitement conçu ; le style en est concis, rapide, énergique ; les discours qui s'y trouvent sont forts de logique et d'éloquence, et l'ouvrage est précédé d'une admirable introduction sur les mœurs de Rome, à l'époque de la conjuration de Catilina.

Le second ouvrage rapporte la guerre que les Romains firent à Jugurtha, roi de Numidie, en l'an 643 de Rome, trois ans avant J.-C.

Ce second ouvrage de Salluste offre une matière plus large et de plus magnifiques développements que la guerre de Catilina ; il a été composé sur des renseignements puisés par l'auteur lui-même sur les lieux, aux sources les plus certaines. Un style vigoureux et coloré, des peintures de mœurs d'une extrême vérité, des portraits tracés de main de maître en font un chef-d'œuvre du genre historique.

Salluste écrivit encore un ouvrage en cinq livres renfermant l'histoire des années 675 à 687, et selon d'autres, les événements passés entre la guerre du roi des Numides et la conjuration de Catilina. Il n'en reste que des fragments considérables, surtout celui du troisième livre découvert dans un manuscrit de la bibliothèque du Vatican. On a encore attribué à Salluste deux discours ou plutôt deux lettres à César, mais les érudits ne sont pas d'accord sur leur authenticité.

Les anciens n'ont eu qu'une voix sur le mérite de Salluste, et les modernes n'ont pas été moins frappés des beautés de cet écrivain. On veut cependant que ses harangues soient trop longues, et qu'il ait trop de digressions Quant à la diction, quoique remplie d'expressions surannées, elle est concise, nerveuse, grave, digne et réfléchie, comme celle de Thucydide, à qui on l'a quelquefois comparé.

Il n'y a nulle comparaison à établir entre cet écrivain et Cornélius Népos, sinon celle d'une commune amitié avec Jules César. Écrivain élégant et correct, Cornélius Népos n'avait pas de génie. Il était également l'ami de Cicéron et d'Atticus dont il écrivit l'histoire. On ne sait rien de précis sur sa vie. Il mourut probablement dans les premières années du gouvernement d'Auguste. Il composa un grand nombre d'écrits historiques, dont il ne reste plus que les vies des généraux célèbres, au nombre de 22. Encore lui en conteste-t-on la propriété. Il est probable que l'ouvrage qui nous reste sous ce nom est un abrégé de l'œuvre originale de Cornélius Népos, fait par Emilius Probus, grammairien du siècle de Théodose. Cet abréviateur s'est approprié les expressions et la manière de Cornélius, en se permettant quelques modifications, comme Justin fit pour Trogue Pompée. Ainsi peut-on expliquer le disparate du style et les erreurs qui se sont glissées dans ce livre. Toutefois les biographies de Caton l'ancien et d'Atticus respirent à un tel point le parfum de la plus pure latinité, qu'on y reconnaît sans peine des productions authentiques de Cornélius Népos. On lui avait attribué aussi le petit écrit « *Des hommes illustres* » et de prétendues lettres de la mère des Gracques; mais le livre est d'Aurélius Victor, et l'authenticité des lettres n'est pas prouvée.

Nous apprenons par les lettres de Cicéron, que Cornélius Népos n'aimait pas les écrits moraux et purement philosophiques. Cicéron, au contraire, qu'on a dit avoir essayé l'histoire et qu'on sait avoir composé de mauvais vers, fut le philosophe le plus illustre de Rome, en même temps que son plus brillant orateur et son plus magnifique écrivain.

On peut dire, sans crainte d'exagération, qu'il fut le plus grand nom de la littérature romaine et, qu'en utilisant les travaux des grecs, en traduisant même et commentant quelques-uns de leurs ouvrages dont il connaissait à fond le merveilleux langage, il sut rester lui-même et être dans une littérature d'imitation, un orateur et un écrivain profondément original et supérieur aux Grecs eux-mêmes en une multitude de points.

Cicéron a prodigieusement écrit; mais il ne nous est parvenu qu'une partie de ses ouvrages. On les divise en quatre classes: 1° les Harangues, parmi lesquelles on admire surtout les Verrines, les Catilinaires, le pro Milone, le pro Marcello, le pro Ligario, les Philippiques ; 2° les livres de Rhétorique, dont le plus beau est l'*Orateur* ; 3° les traités philosophiques, dont les plus estimés sont les traités des devoirs, des biens et des maux de la nature des dieux ; les Tuscalanes, la République ; 4° ses Lettres qui fournissent les matériaux les plus précieux pour l'histoire du temps.

Parmi les ouvrages perdus, on regrette surtout l'*Hortensius* ou *de Philosophia* et *le traité de la gloire*.

Le nom seul de Cicéron rappelle encore toute la splendeur de l'éloquence. Il porta l'harmonie du discours à la plus étonnante perfection. Il abonde en expressions magnifiques et en périodes cadencées : dans les sujets les plus simples, son style est plein et coulant, jamais brusquement coupé, il semble même qu'il prodigue alors avec plus de profusion les richesses inépuisables de son élocution, afin de relever par cet artifice la sécheresse et l'aridité de ses pensées.

Ce style harmonieux, mais simple et naturel tout à la fois, est soutenu par des qualités éminentes. Tous les discours de Cicéron attestent une profonde connaissance de l'art. Il commence, en général, par un exorde régulier ; il met beaucoup de soin à préparer son auditoire et à gagner son affection ; sa méthode est claire et ses arguments sont distribués dans le meilleur ordre.

Longin en parlant de Cicéron, s'exprime ainsi : Il est grand dans son abondance, comme Démosthène, dans sa précision. Je comparerais celui-ci à la foudre qui écrase, à la tempête qui ravage ; l'autre à un vaste incendie qui consume tout, et prend sans cesse de nouvelles forces...

Cicéron était né à Arpinum, l'an 106 av. J.-C... La gloire de son consulat ne l'empêcha pas d'être sacrifié à la rancune d'Antoine, ou plutôt à ses propres intrigues. Il mourut dignement en tendant sa tête au fer des meurtriers envoyés par le triumvir.

Cicéron, dit Tite-Live, vécut soixante-trois ans, en sorte que, si sa mort n'avait pas été violente, on ne pourrait la regarder comme prématurée. Il fut également illustre, et par la fécondité de son génie, et par l'éclat des avantages qui furent la récompense de ses immortelles productions. Sa vie fut longtemps heureuse, mais ce long bonheur fut quelquefois empoisonné par de grandes disgrâces. Il souffrit l'exil, il vit tomber le parti qu'il avait embrassé, il perdit sa fille. Sa fin déplorable et cruelle mit le comble à ses infortunes. De toutes ses adversités, il ne supporta que sa mort en homme de cœur. Cette mort, au reste, à en juger sainement, ne fut point indigne : il devait s'attendre à être traité par son ennemi vainqueur aussi cruellement qu'il l'eût traité lui-même à sa place. Si l'on met néanmoins dans la balance et ses vertus et ses vices, on jugera que ce fut un grand homme, une âme forte et élevée, digne d'une éternelle mémoire ; et que, pour louer dignement Cicéron, il faudrait être Cicéron lui-même. »

Tite-Live qui parlait ainsi était digne cependant de raconter la vie et la mort du plus illustre des orateurs romains et cet éloquent morceau seul nous en est une preuve. Mais quoique admirateur des héros de la république et peut-être républicain lui-même dans le fond de l'âme, par le temps où il vécut, par l'amitié dont l'honora Auguste, Tite-Live appartient proprement à la période impériale. Il n'en est pas une des moindres gloires.

II. — PÉRIODE IMPÉRIALE.

La transition ne s'opéra pas brusquement entre la république et l'empire; Auguste la ménagea habilement. Rien ne fut changé aux apparences: le nom même d'*empereur*, devenu synonyme du plus haut titre de puissance, n'était qu'un nom donné par la Rome républicaine à ses généraux vainqueurs. La mort de César avait instruit Octave. Mais en conservant à la république son extérieur et ses formes, il s'empara de toute la puissance. L'avantage de sa politique, celui qu'amenait d'ailleurs le fait des conquêtes successives des temps passés, fut d'établir l'unité dans l'empire. La distinction qui séparait Rome et les provinces tendit de plus en plus à disparaître. Les mêmes idées et les mêmes sentiments pénétrèrent dans toutes les parties de l'empire romain. Auguste soumit les provinces à une organisation régulière : il commença à y introduire une législation, un culte, des usages conformes à ceux de Rome. La langue latine devint la langue officielle de l'Empire; elle fut parlée dans toutes les contrées par les envoyés de Rome; et, si la langue grecque parlée à Rome même resta d'un usage ordinaire en Orient, la langue latine fut la seule langue policée de l'Occident. L'éloquence latine fleurit alors en Afrique, en Espagne, dans les Gaules, comme à Rome et dans l'Italie.

La politique obtint alors la disparition des nationalités ; la langue gagna à ce résultat d'être plus répandue, plus cultivée dans l'universalité du genre humain, mais elle perdit plus vite sa pureté, son élégance, enfin sa politesse. Plus jeune de bien des siècles que la langue des Hellènes, la langue latine mourut bien des siècles avant elle. Son âge littéraire n'avait guère duré plus de cinq siècles.

En même temps que la politique avait opéré son travail d'unification, les mœurs s'étaient profondément modifiées. En soumettant les peuples, Rome avait subi inconsciemment l'influence des vaincus. La Grèce d'abord lui avait imposé ses idées et sa civilisation.

Le règne moral de la Grèce qui avait imprimé son caractère aux dernières années de la République s'affirme encore dans les premiers temps de l'Empire. Les Césars sont formés par les Sophistes d'Athènes ou par leurs disciples latins, comme Claude par Tite-Live. La philosophie grecque s'assied même un instant sur le trône avec les Marc-Aurèle et les Antonins. Nous avons vu en étudiant la littérature grecque en quel honneur elle fut en Occident pendant le deuxième siècle de l'ère chrétienne.

Ce renouveau des lettres arrête un instant l'empire en décadence. Mais la philosophie est impuissante à se maintenir et à prescrire les mœurs.

Bientôt l'Orient s'empare du trône avec des princes abrutis par le luxe et les voluptés de l'Asie, pénètre dans les mœurs générales, au spectacle des excès monstrueux donnés par les détenteurs de la puissance et de la richesse ; l'État tombe dans l'anarchie, les rênes du gouvernement ne sont tenues vigoureusement qu'à des intervalles éloignés; le chemin se prépare pour la barbarie.

Nous sommes témoins, au point de vue littéraire, du même spectacle en Occident qu'en Orient.

D'une part, la tyrannie en étouffant la liberté éteint l'inspiration ; la corruption en étiolant les esprits leur enlève toute vigueur et toute originalité; le mélange des races produit l'altération des idiomes, les nobles instincts disparaissent, le goût s'altère, la culture des lettres n'est plus que le passe-temps des oisifs, l'amusement des rhéteurs, l'organe de l'adulation, un objet de luxe ou un misérable instrument de fortune. D'autre part, la lumière venait de l'Orient en même temps que les ténèbres, une religion faite pour donner naissance à l'héroïsme et à la vertu en même temps que des doctrines perverses et des mœurs voluptueuses.

A la place de l'éloquence profane, qui se meurt d'inanition, est enfantée, par une foi vive et une noble indépendance devant la plus ignoble et la plus cruelle des tyrannies, une éloquence puissante et fière qui n'empêche pas la langue de dégénérer, mais qui alimente, vivifie, élève jusqu'au ciel l'esprit penché vers les abîmes de la corruption et de la servilité la plus abjecte.

ÉLOQUENCE PAÏENNE.

§ 1. — Les historiens : Tite-Live, Quinte-Curce, Trogue-Pompée, Justin.

Les premières années de l'Empire cependant furent les plus glorieuses parmi celles qu'embrasse l'histoire des lettres romaines. Les contemporains d'Auguste étaient situés sur le versant des deux âges de la République et de l'Empire profitant de la liberté et de l'exaltation de l'une, de l'ordre et de la tranquillité de l'autre. Tite-Live, dont nous avons cité le récit qu'il fit de la mort de Cicéron, est l'écrivain qui nous représente le mieux par ses écrits et par son caractère, la physionomie de cette époque à double face et à double vue sur le passé et sur l'avenir.

Par ses instincts, par ses affections, par le fruit de ses travaux sur la république, il était républicain ; par son temps, par son amour de l'étude, par les caresses d'Auguste, par ses fonctions de précepteur de Claude, il subissait affectueusement l'empire.

Tite-Live préférait d'ailleurs à la forme du gouvernement Rome et les Romains en faveur desquels il montre une partialité qui rend défiant plus qu'elle n'indispose à son égard. Les Romains lui rendirent en louanges le zèle qu'il avait pour leur grandeur.

Sénèque ne croit pas pouvoir mieux exprimer le plaisir qu'il a goûté à la lecture d'un ouvrage qu'en disant qu'il l'a cru de Tite-Live. Tacite le trouve surtout remarquable par l'éloquence et la véracité. Pline-le-Jeune écrit à Népos : « N'avez-vous jamais lu qu'un citoyen de Cadix, charmé de la réputation et de la gloire de Tite-Live, vint des extrémités du monde le voir, le vit et s'en retourna. Tite-Live fut pris pour modèle par un écrivain distingué, plutôt romancier qu'historien, sur la vie duquel on n'a aucun renseignement, Quintus Curtius Rufus. Quinte-Curce a peu de critique, encore moins de conscience, il est plus curieux de bien dire que de dire vrai. Aussi, son style élégant, pur, fleuri, est-il souvent déclamatoire et sent-il la recherche. Si son histoire d'Alexandre était plus respectueuse de la vérité et des faits, il tiendrait une place honorable à côté de Tite-Live qu'il imite avec bonheur. Il plaît, il attache, son art est porté au plus haut degré; il devait vivre aux premières années seulement de la décadence.

Mais Tite-Live, son modèle, malgré quelques reproches de détails qu'on lui fait justement, est un écrivain d'âge mur et de premier ordre. Le fait et la pensée priment chez lui le style dont il prend cependant un souci extrême. Les Romains n'ont à lui comparer que Salluste et Tacite.

Titus Livius naquit à Padoue, d'une ancienne famille, l'an 695 de Rome, 59 ans avant J-C., sous le consulat de J. César, et de M. Calpurnius Bibulus. L'histoire fournit peu de détails sur sa vie. Il s'était exercé dans plus d'un genre, et avait composé des ouvrages philosophiques ainsi qu'une lettre à son fils sur l'éloquence. Mais son plus beau titre à l'immortalité est son *histoire romaine* en cent quatre ou cent quarante-deux livres, qu'il mit vingt-un ans à écrire et dont il nous reste 35 livres incomplets. Cette grande composition s'étendait depuis la fondation de Rome jusqu'à l'an 743. Elle a été divisée en décades. La première décade qui est entière, c'est-à-dire les dix premiers livres, comprend l'histoire de Rome depuis sa fondation jusqu'à l'année 460, (292 avant J-C.) La troisième décade commence à la seconde guerre punique, vers l'an 534, c'est-à-dire après une lacune de 74 ans, et s'étend jusqu'à la fin de cette même guerre en 557. La quatrième décade partant de l'année 551, contient un espace de 23 ans. Le reste offre de nombreuses lacunes. C'est à la cinquième décade dont nous n'avons pas la moitié que s'arrête ce que nous possédons encore de l'histoire de Tite-Live. La portion de la cinquième décade part de l'année 574 et renferme un espace de douze ans, jusqu'au séjour que le roi Prusias fit à Rome. Tite-Live avait puisé aux meilleures sources ; il avait compulsé les livres de censeurs, les annales des pontifes, les actes publics, les correspondances, différents édits, tous les monuments qu'il pouvait avoir à sa disposition, tels que les inscriptions, les lois. Sa véracité n'est jamais suspecte, non plus que son impartialité. S'il raconte quelques fables ridicules, il les donne comme elles lui ont été transmises. Il peint le caractère des personnages ; les discours qu'il leur prête répondent toujours à l'idée qu'on a d'eux ; sa narration est vive et variée, son style a du nombre, de l'harmonie, et n'est pas sans vigueur. Ami d'Auguste, il rendait néanmoins justice à ses ennemis.

Quintilien a dit : « Je ne ferai point de tort à Hérodote en lui comparant Tite-Live ; car, non-seulement celui-ci met une douceur et une netteté admirable dans ses harangues au-dessus de ce que l'on peut dire, tant elles sont bien proportionnées au sujet qu'on y traite et aux caractères des personnes qu'on y fait parler. Pour ce qui est des passions, particulièrement de celles qui sont moins violentes, aucun historien, pour en parler modestement, ne les a mieux maniées. C'est pourquoi les diverses perfections qui sont en lui se peuvent regarder comme un sujet équivalent de la merveilleuse brièveté de Salluste, digne de servir de modèle à tous les siècles ; car ces deux écrivains sont plus égaux que semblables. »

Après la mort d'Auguste, Tite-Live retourna à Padoue où il mourut à l'âge de 76 ans, la quatrième année du règne de Tibère, avant le mois de septembre de l'année 770 de Rome, 17 ans après J.-C., le même jour qu'Ovide.

Sous le même règne d'Auguste vivait un autre historien moins célèbre, mais dont les ouvrages n'auraient pas été moins utiles, s'ils ne s'étaient malheureusement perdus, c'est Trogue-Pompée. Son grand'père avait reçu de Pompée le titre de citoyen romain, au temps de la guerre de Sertorius ; de là son surnom de Pompée. On croit que l'historien naquit au pays des Voconces, dans la Gaule narbonaise, au territoire de Vaison. Son ouvrage était une histoire générale en 44 livres, ayant pour titre : *Histoires philippiques ;* elle partait de l'époque de Ninus et allait jusqu'à Auguste. Il ne nous en reste que l'abrégé qu'en a fait *Justin* sous le même titre et avec la même division.

Vopiscus compte Trogue-Pompée parmi les auteurs les plus éloquents ; Justin l'appelle *l'homme de l'ancienne éloquence ;* Pline, qui le cite fréquemment, le qualifie d'*auteur d'une* exactitude sévère, et en même temps, il cite de lui un fragment qui donne à croire que Trogue-Pompée était auteur d'une *histoire des animaux* où Pline aurait largement puisé. Son abréviateur Justin vécut sous le règne des Antonins, mais on ne sait absolument rien de sa vie. Par ce résumé clair et précis, Justin fait peu d'honneur à son jugement, sa naïveté est par trop primitive.

L'histoire générale fut abordée aussi par Caius Velleius Paterculus (19 av. J.-C....), il était issu d'une famille distinguée originaire de Naples. Il suivit Tibère dans sept campagnes, parvint à la dignité de questeur, puis à celle de tribun du peuple, enfin à celle de préteur. On ne connaît pas l'époque de sa mort. Il avait écrit un abrégé de l'histoire de la Grèce, de l'Orient, de Rome et de l'Occident, qui ne nous est pas parvenu en entier. On s'étonne que Quintilien ne dise pas un mot de Paterculus ; les modernes du moins lui ont rendu plus de justice. Ils sont d'accord, pour louer Paterculus de l'élégance et de la précision de son style. Quelques-uns l'accusent d'adulation et d'infidélité, au moins pour Auguste ou Tibère. « Il y a dans son abrégé, dit la Harpe, plus d'idées et plus d'esprit que dans celui de Florus ; et ses portraits surtout, tracés en cinq ou six lignes, sont d'une force et d'une fierté de pinceau qui le rendent, en ce genre, supérieur à tous les anciens, peut-être même à Salluste si admirable dans cette partie. »

Valère Maxime écrivit aussi sous Tibère ; mais tandis que Valérius Paterculus a loué Séjan vivant, le premier l'a, au contraire, attaqué après sa mort. On ne sait comment il parvint à se concilier la faveur de Tibère. On ignore l'époque et les circonstances de sa mort. Nous n'avons de lui qu'un ouvrage intitulé : *Des dits et faits mémorables*, et partagé en neuf livres. C'est un recueil d'anecdotes, de faits historiques, de maximes, le tout mêlé de traits de superstition et de merveilleux racontés sérieusement. L'auteur a essayé de mettre un certain ordre dans cette multiplicité d'historiettes détachées, en les classant par *livres* au nombre de neuf, et en subdivisant les livres en *chapitres*; mais il n'a pas entièrement réussi à éviter la confusion des matières. Son ouvrage est dédié à Tibère par un prologue qui est un petit chef-d'œuvre de basse adulation. On lui reproche la flatterie peu honorable à laquelle il n'a pas rougi de descendre; mais on reconnaît en général qu'il y a utilité à le lire, à cause du nombre des faits qu'il rapporte et qui ne sont point consignés dans d'autres historiens. La diction de Valère Maxime est défectueuse, sans élégance; il manque de critique et de goût.

Comme lui, tous ceux qui écriront maintenant sous la tyrannie terniront leurs qualités par la faiblesse du caractère, cette servilité complaisante qui ôte à l'homme le droit d'écrire l'histoire et de raconter des événements sur lesquels il n'a pas le courage d'exprimer son sentiment.

Ces temps d'avilissement moral virent pourtant surgir un profond et saisissant historien que l'on taxerait plutôt d'exagération que de condescendance coupable dans la peinture de ses contemporains; ce fut Cornélius Tacite.

Tacite est un des écrivains les plus étonnants de l'antiquité. Moins pur et moins abondant que Tite-Live, moins rapide que Salluste, il est plus grave et plus majestueux que l'un et l'autre. Son imagination est vive et impétueuse, ses descriptions courtes et colorées. Il est le peintre de l'histoire. Il en rend les tableaux d'une manière imprévue et frappante. Par un seul mot il donne les traits d'un homme; sobre de détails, il choisit ceux qui sont de nature à étonner l'imagination, à inspirer l'effroi et la terreur, à buriner sa pensée dans les esprits.

Il recherche peu l'harmonie dont il connaît les secrets. Son style n'a pas la pureté du siècle classique, mais il est d'une énergie virile, d'une force qui convient à son but.

Sa précision le rend quelquefois obscur, mais cette précision même a des charmes. On est frappé de ses pensées soudaines, brèves, rapides, à peine énoncées et pourtant si pénétrantes.

« Son *Histoire*, dit Marmontel, où il annonce de si tragiques événements, n'est pas aussi attachante que ses *Annales* par la raison que dans celles-ci ce sont les hommes encore plus que les choses qu'il creuse et qu'il approfondit. Avec quels traits il peint la violence et l'atrocité de ce Métellus, l'accusateur de Thraséas ! Quel charme il prête à l'éloquence de la fille de Soranus ! Comme il est toujours l'ami ardent de la vertu, l'ami tendre de l'innocence dans le malheur, et l'ennemi austère et inflexible du crime heureux. Or, c'est ce caractère de moralité répandu dans l'*Histoire* et surtout dans les *Annales* de Tacite qui en fait le prix inestimable.

Nul homme, depuis que l'on a peint le sentiment et la pensée, n'a plus profondément gravé dans ses écrits l'empreinte de son âme. C'est, selon moi, de lui que l'on doit apprendre à quel degré de chaleur et d'intérêt le style de l'histoire peut être poussé, sans rien perdre de son impartialité, et sans rien ôter à l'écrivain de son intégrité de juge. »

Sa *Description des pays*, *des mœurs*, *des usages des Germains* est remarquable par les traits de morale, les vues politiques, les tableaux pleins d'énergie et de vérité qu'on y trouve, au milieu de détails présentés d'une manière pittoresque, et rehaussés par un coloris vif et brillant. Ce livre si court, sur un vaste sujet, est d'un homme qui abrège tout parce qu'il voit tout, dit Montesquieu. Il se distingue encore par la précision et la rapidité du style. La *Vie d'Agricola* « est, dit Thomas, le modèle de tous les éloges historiques. Dans cet ouvrage, dit encore Thomas, Tacite a réuni la philosophie à l'histoire, et l'histoire à l'éloquence : on retrouve à chaque ligne l'âme d'un citoyen qui porte tout le poids du malheur de la vertu, et qui, en peignant les maux de sa patrie, les éprouve une seconde fois. Toute la fin est d'un pathétique tendre, mais en même temps plein de noblesse. Il semble que Tacite, fatigué des émotions douloureuses et profondes que lui a données l'indignation du crime et le spectacle de la cour d'un tyran, cherche, pour écarter ces images, à se reposer sur les sentiments les plus doux de la nature : c'est la sensibilité d'un grand homme qui tout à la fois vous attendrit et vous élève ». « Cette vie d'Agricola, dit la Harpe, est le désespoir des biographes : c'est le chef-d'œuvre de Tacite qui n'a fait que des chefs-d'œuvre. »

C. Cornelius Tacitus avait suivi le barreau et cultivé la poésie, même dans un âge avancé, menant de front les affaires et les lettres. Né vers 54 ap. J.-C., il avait épousé, vers 77, la fille d'Agricola, consul subrogé sous Nerva. En 97, il remplaça Virginius Rufus dont il fit le panégyrique. On ne sait rien de plus sur sa vie, sinon qu'il était intimement lié avec Pline-le-Jeune dont la correspondance en fait foi. On suppose que Tacite mourut dans un âge fort avancé. L'empereur Tacite au troisième siècle se glorifiait d'être un de ses descendants.

Son ami, Pline-le-Jeune (61-115), était un des écrivains les plus distingués du deuxième siècle. C'était un homme d'esprit dans toute la force du terme. Ses lettres sont un des monuments de l'antiquité, malgré leur recherche et leur affectation. Il était le neveu de Pline l'ancien (27-79 ap. J.-C.), écrivain remarquable, mais plus connu comme savant et naturaliste. Celui-ci fut le représentant le plus brillant de la science romaine, qui compte encore Columelle, auteur d'un traité d'agriculture, Pomponius Mela, géographe assez ordinaire, mais écrivain clair et précis, et, si l'on veut, un autre Espagnol, le célèbre philosophe Sénèque.

Sénèque avait avant Pline agité les questions d'histoire *naturelle* dans un traité en quatre livres intitulé : *Questions de la nature,* plus curieux par le style, plus précieux comme jalon dans l'histoire des sciences, que pour la science elle-même qui est trop souvent jointe à l'erreur.

Sénèque (m. 65 ap. J.-C.), fils d'un rhéteur célèbre de même nom, contribua beaucoup à hâter la décadence du goût. Il prodigua les ornements du langage sans discernement et sans mesure. Son style est chargé d'antithèses, constamment pointilleux. L'élévation de sa doctrine ne fit qu'augmenter sa pernicieuse influence sur les lettres en lui donnant une autorité méritée. Ce fut en vain que Quintilien (42-120 ap. J.-C.), le plus illustre des rhéteurs Romains, essaya de réagir contre le courant de la décadence, lui-même ne prêchait pas suffisamment d'exemple Ses préceptes sont excellents ; son livre de l'*éduca-*

tion de l'orateur, est l'ouvrage le plus complet et le plus parfait que l'antiquité ait produit sur la matière, mais le style soigné, orné, est souvent rude et incorrect. Comment en aurait-il été autrement de ceux qui suivaient le courant sans le combattre? De tous ceux qui après les maîtres cultivèrent l'éloquence et l'histoire on ne peut s'arrêter, parmi les historiens seulement, qu'à Suétone, à Florus et un peu à Aurélius Victor.

Florus, né en Espagne, avait été frappé du spectacle qu'offrait l'étonnant développement de la ville de Rome. Épris d'enthousiasme pour la gloire de la cité, il en fait plutôt le panégyrique qu'il n'en raconte l'histoire dans un style élégant, coloré, pompeux, emphatique. La forme rythmique de son style a fait croire qu'il était le même que le poète de son nom.

L'écrit de Suétone est d'un autre ordre. Il est célèbre à cause des scandales qu'il raconte.

Suétone (70 ans av. J.-C.) s'est appliqué à dévoiler la vie privée de ces princes. Il pénétra dans l'intérieur de leur palais et y recueillit les anecdotes les plus scandaleuses. Il y a sans doute avantage pour la postérité à connaître ces incroyables scènes de débauche, qui lui donnent une juste idée des mœurs romaines. Mais, on ne peut trop blâmer la licence extrême des expressions de Suétone qui ne sont pas plus chastes que les actions dont il nous rend témoins. Le style de cet historien est simple, il va jusqu'à la négligence; on lui désirerait aussi plus d'animation et de couleur, un peu moins d'indifférence, en face des crimes et des hontes de son siècle, un ton moins monotone. Suétone eut de nombreux imitateurs : de tous ces documents contemporains, il ne nous est resté que la collection de l'*histoire Auguste*, compilation due à six auteurs et plus précieuse qu'agréable.

Les œuvres d'Aurélius Victor sont plus remarquables. Ses abrégés, ses vies des hommes *illustres*, relèvent un instant la dignité de l'histoire, qui ne sortira plus désormais des compilations et des résumés.

Parmi ces abréviateurs on n'a pas oublié Eutrope (IVe siècle) pour son résumé d'histoire romaine, « Breviarum rerum romanarum » qui embrasse les temps écoulés depuis la fondation de Rome jusqu'au règne de Valens, à qui le livre est dédié. Le plan en est bien conçu, l'exposition claire; le style assez élégant ne manque pas de distinction.

Eutrope avait pour compagnon d'armes Ammien Marcellin dont la réputation paraît plus grande.

Né à Antioche, en 320, Ammien Marcellin resta comme Eutrope attaché à la religion des Romains. Après avoir suivi les légions impériales aux diverses extrémités de l'Empire, il s'établit à Rome où il composa son *Histoire des empereurs* en trente-et-un livres dont les 13 premiers sont perdus. Ceux qui nous restent s'étendent de l'année 352 à l'année 378. Ammien Marcellin y raconte les événements dont il a été témoin ou qu'il a recueillis de la bouche de ses contemporains. Il a le mérite d'une impartialité non douteuse; mais il a perdu, pour écrire, la simplicité, la pureté, le naturel des grands siècles; il est surchargé d'ornements, dur, boursouflé. Cependant, il a de la force et de la magnificence. Ammien Marcellin termine dignement cette longue galerie d'auteurs païens dans laquelle nous ne rangerons plus que pour rappeler leurs noms Claudius Mamertinus et Eumène nés dans les Gaules, Symmaque, préfet de Rome au IVe siècle, qui se distinguèrent parmi les rhéteurs; Cornelius Fronto, Aulu-Gelle, Censorinus, Macrobe et Apulée dont le dernier a composé le roman connu « de l'âne d'or », et dont les autres, surtout Fronto, Aulu-Gelle et Macrobe acquirent de leur temps une réputation pour leurs ouvrages grammaticaux et didactiques. Les remarques d'Aulu-Gelle sur la philosophie et la littérature, dans ses *Nuits attiques*, ont encore leur valeur.

Depuis longtemps, la parole n'était plus à Rome et au paganisme : elle était à l'Église et au christianisme. Seulement dans le sein de la religion chrétienne, malgré le déclin général de la langue et de l'Empire, le souffle de l'inspiration divine, l'ardeur de la foi nouvelle et de la charité évangélique avaient maintenu l'éloquence, pendant trois siècles, à un ton digne des meilleurs âges de la littérature latine.

TROISIÈME PÉRIODE. — ÉLOQUENCE CHRÉTIENNE.

Les apologistes : Tertullen, Cyprien, Arnobe, Lactance, Minutius, Félix, Naterne.

Nous avons fait connaître ailleurs le développement du christianisme et indiqué les causes générales des mouvements imprimés aux lettres chez les chrétiens. Le mouvement — chez les Grecs et les latins — fut inspiré par les mêmes causes. Nous ne reviendrons pas sur ce sujet. Converti un peu plus tard au christianisme, l'Occident commença aussi un peu plus tard à se manifester par la défense de la nouvelle religion. L'Afrique donna la première le signal et fut la plus féconde en grands hommes. C'est à cette terre, possédée maintenant par la race musulmane, que nous devons les Tertullien, les Cyprien, les Augustin, les plus grands noms parmi les Apologistes et les Pères.

Le premier et le plus puissant apologiste de l'Église latine fut Tertullien. Septimius Florens Tertullianus (150 ou 160-245) naquit à Carthage. Il était encore fort jeune quand il perdit son père. Ses progrès furent prodigieusement rapides dans l'étude des langues, du droit, de la philosophie ancienne et de l'éloquence. Jusqu'à l'âge de 30 ans, il resta attaché au paganisme ; mais la constance des martyrs le convertit à la religion chrétienne. Malheureusement après avoir défendu avec ardeur la vraie doctrine, il donna dans les erreurs de Montan et forma une nouvelle secte qui se jeta dans le rigorisme le plus exalté.

Il nous reste de Tertullien trente ouvrages que nous diviserons en trois classes : ses écrits apologétiques contre les païens et les juifs, ses traités de controverse contre les hérétiques et ses ouvrages de morale pratique.

Le plus considérable et le plus éloquent de ses appels aux païens en faveur des chrétiens persécutés est son *Apologétique* publiée dans les dernières années du IIe siècle. Il l'adressa au proconsul pour lui faire comprendre tout ce qu'il y avait de criminel et d'insensé dans sa haine contre les chrétiens.

L'Apologétique fut accompagnée d'un autre ouvrage

adressé *aux nations*. Les mêmes idées y sont présentées sous une forme plus populaire. Au moment où il publiait sa fameuse Apologétique contre les païens, Tertullien composa son livre contre les Juifs pour montrer les rapports qui existaient entre le judaïsme et la loi naturelle, entre la révélation mosaïque et celle de J.-C. Il faut ajouter à ces écrits apologétiques le petit traité qui a pour titre : *du témoignage de l'âme*. Il y fait appel à la conscience et trouve au fond de l'âme humaine la notion de Dieu telle que le christianisme la conçoit et c'est ce qui lui fait dire que l'âme est naturellement chrétienne (naturaliter christiana).

Les traités de Tertullien contre les hérétiques ne sont pas moins remarquables que ses écrits apologétiques. On admire surtout son livre des *Prescriptions*, où il a réfuté à l'avance toutes les hérésies, en posant puissamment le raisonnement général contre lequel elles devaient échouer.

Il réfuta ensuite séparément les principales erreurs de son siècle. Il composa dans ce but son livre sur l'*âme* (de anima), son traité de *Carne Christi*, un autre ouvrage intitulé : *de resurrectionne carnis*; le *Scorpiaque*, dont le titre signifie : Antidote contre la piqûre du scorpion, enfin son traité contre Praxéas.

Ces derniers ouvrages, sauf celui des Prescriptions, ayant été écrits lorsqu'il était déjà sorti de l'Église catholique, on ne doit pas s'étonner des erreurs qu'ils renferment.

Ses traités de morale pratique sont ses livres de la *Couronne*, et de la *Fuite*, où il représente l'occasion du martyr comme une grâce divine à laquelle il n'est pas permis de se soustraire ; ses traités de la *monogamie, à son épouse, de l'exhortation à la chasteté* où il condamne les secondes noces d'après les textes de l'Ancien et du Nouveau Testament ; son traité du *jeûne*, où il attaque vivement les catholiques pour défendre les sectaires qui avaient multiplié les jeûnes et qui les avaient rendus beaucoup plus austères.

La morale de Tertullien est raide et exagérée. Sa force l'empêchait d'avoir égard aux faiblesses de la nature, son imagination l'entraînait hors des bornes.

Balzac dit que son style est de fer, mais qu'avec ce fer il a forgé d'excellentes armes. Selon M. de Châteaubriant, de fréquents barbarismes, une latinité Africaine, déshonorent ce grand orateur. Mais tous ces défauts sont si admirablement rachetés par la beauté des images, la profondeur et l'énergie des idées, la puissance et le pathétique des mouvements, qu'on n'est pas étonné que Bossuet se soit glorifié d'être le disciple d'un aussi grand homme.

Ce fut aussi à Carthage que naquit de parents chrétiens (vers 200-258) Thascius Cœcilius Cyprianus. Après avoir professé la rhétorique, il se convertit au chistianisme et fut élu évêque de Carthage en 248.

Il fut persécuté sous l'empereur Dèce et forcé de quitter Carthage ; mais il y rentra bientôt et étouffa les hérésies qui s'y étaient répandues en son absence. Il eut une querelle assez vive avec le pape Étienne au sujet du baptême donné par les hérétiques, et soutint contre le pape que ce baptême n'était pas valide. Sous l'empereur Valérien, il fut exilé et peu de temps après souffrit le martyre.

Ses écrits comprennent des ouvrages apostoliques, et des discours ou traités qu'il a publiés sur divers sujets de lettres.

Les premiers se composent du livre des Témoignages, du traité de la vanité des idoles et du livre contre Démétrien. Dans ces trois ouvrages dogmatiques se révèle le caractère du génie de saint Cyprien, qui était beaucoup moins spéculatif que pratique.

Ses lettres, selon l'expression de Mœhler, nous offrent un tableau complet de l'esprit et de la vie, de la discipline et de l'administration de l'Église.

Talent souple, abondant, plein de sentiment, de chaleur et de grâce, saint Cyprien a de la véhémence dans les mouvements; il s'enthousiasme aisément pour les grandes œuvres opérées par le christianisme.

Cyprien subit la couronne du martyre en 258.

Cette terre féconde d'Afrique enfanta encore avant Augustin, Arnobe, et peut-être Lactance. Arnobe (IIIe siècle) de Sicca, dans la province consulaire, professa la rhétorique dans sa ville natale, avec la plus haute réputation. Pressé par de secrets avertissements du ciel, il abjura le paganisme pour la religion de J.-C. Il n'était encore que catéchumène, quand il publia son ouvrage contre les Gentils. Les conjectures les plus probables en rapportent la publication à l'an 303 de J.-C., vers la 28e année du règne de Dioclétien.

Les raisonnements de l'auteur ont de la force, sont présentés avec grâce et animés par les dons d'une imagination brillante. Il relève par beaucoup de sel le récit des aventures des divinités du paganisme. Mais il a parfois des expressions emphatiques et des phrases embarrassées. Il lui est échappé aussi quelques méprises sur les mystères.

Arnobe eut pour disciple à Sicca, en Numidie, Lucius Cœcilius Firmianus Lactantius, qui fut choisi par Dioclétien, vers 290, pour enseigner les lettres à Nicomédie. Lactance (250 - 325), embrassa le christianisme vers 300, et se voua tout entier à la défense de sa nouvelle religion. Constantin l'appela, dix-huit ans après, dans les Gaules, et lui confia l'éducation de son fils Crispus. On croit qu'il mourut à Trèves en 325.

Lactance a laissé plusieurs ouvrages, tous en latin : le plus célèbre est son traité des *Institutions divines* en sept livres, où il combat le polythéisme et la philosophie païenne pour élever le christianisme sur leurs ruines. Ses autres ouvrages traitent de l'Œuvre de Dieu, de la Colère de Dieu ; on lui attribue aussi un traité de la Mort des Persécuteurs, découvert seulement au XVIIe siècle.

Il surpasse par la régularité et la pureté du style, par la beauté et l'élégance de l'expression, tous les Pères de l'Église ; aussi le surnomma-t-on le *Cicéron chrétien*. Le fond de ses écrits ne répond pas à leur forme, car il ne parle pas des mystères de la religion avec l'exactitude voulue pour l'exposition de la doctrine.

Dès ce moment, une ère nouvelle commença pour l'éloquence. La religion élevait, selon l'expression de Marmontel, non pas une chaire, mais un trône. Les circonstances favorisaient ces inspirations.

« On ne pouvait espérer dans l'Occident, remarque M. Villemain, cette succession de grands génies dont s'honore l'Église orientale. La décadence de Rome et de l'Italie, la civilisation récente et toute latine de la Gaule et de l'Espagne n'offrait pas à l'imagination autant de secours que les lettres Grecques mêlées à l'Évangile.

Cependant en face de l'hérésie s'élevèrent là aussi de courageux athlètes et d'éloquents défenseurs du dogme catholique. Les Gaules eurent leur Athanase, dans Hilaire de Poitiers ; l'Italie son Basile et son Grégoire dans saint Ambroise et saint Paulin de Nole, et si l'Occident n'eut pas de Chrysostome, l'Orient n'eut ni Jérôme, ni Augustin.

Hilarius naquit à Poitiers, vers le commencement du IVe siècle de parents nobles et païens. Il embrassa la religion chrétienne après l'avoir profondément étudiée, et fut élevé à l'épiscopat par ses concitoyens vers 350. Les ariens qu'il combattait le firent exiler en Phrygie : mais il reparut au concile de Séleucie (359), pour démasquer les mêmes adversaires, et revint dans son évêché.

Les œuvres de ce saint docteur se composent de 12 livres sur la Trinité, d'un traité des Synodes, de commentaires sur saint Mathieu et sur les Psaumes, de trois écrits à l'empereur Constance, et de poésies chrétiennes.

Saint Jérôme a appelé saint Hilaire « le Rhône de l'éloquence latine, *eloquentiæ Latinæ Rhodanus.* » Et, en effet, sa dialectique vigoureuse et abondante, vive, pressante, impétueuse dans sa marche, soutenue par le nombre et la pompe des périodes, par l'harmonie éclatante de l'expression, se précipite et roule avec majesté, renversant, entraînant toutes les résistances, comme les flots du plus rapide de nos fleuves.

Ces lumières ne sont pas sans ombre. Saint Hilaire tombe dans la recherche, il s'embarrasse dans ses phrases, et trop souvent devient obscur. Ses défauts comme ses qualités venaient de l'impétuosité de son inspiration. Ceux de saint Ambroise viennent au contraire de sa douceur, de son onction, de l'harmonieuse placidité de son style.

Ambroise était fils du préfet des Gaules. Il gouvernait lui-même la Ligurie, quand le peuple de Milan, charmé de ses vertus, l'élut évêque d'une voix unanime, quoiqu'il fut à peine chrétien. Il fut en quelques jours ordonné prêtre et sacré évêque (374).

Son épiscopat fut signalé par la condamnation des ariens au concile d'Aquilée, et par l'interdiction de l'Église à l'empereur Théodose, souillé du sang de Thessalonique.

Saint Ambroise a laissé plusieurs ouvrages, parmi lesquels on distingue ses traités des Devoirs et de la Virginité. Son livre de *la foi*, avec ses traités sur le Saint-Esprit et sur l'Incarnation, forment l'ensemble de sa controverse contre l'arianisme.

Saint Ambroise, dit M. de Châteaubriand, est le Fénelon des Pères de l'Église. Il est fleuri et, à quelques défauts près qui tiennent à son siècle, ses ouvrages offrent une lecture aussi agréable qu'instructive (*Génie du Christianisme*).

Malgré l'affectation trop fréquente dans ses écrits, il n'est pas indigne d'être étudié. Il a de l'imagination et du feu ; son âme exhale des sentiments vifs et naturels, qu'il ne peut étouffer entièrement sous les pensées fausses et les phrases recherchées. Fénelon était frappé de son génie. (Villemain. Essais sur l'oraison funèbre).

Les hymnes qu'il avait composées devinrent si célèbres qu'au lieu de dire une hymne, on disait une Ambroisienne. Nous en avons plusieurs d'une simplicité noble et touchante. On lui attribue communément de *Te deum*, qu'il aurait composé avec saint Augustin, après qu'il lui eut administré le baptême. On prétend que, dans l'enthousiasme d'une piété tendre et sublime, les deux docteurs prononcèrent alternativement les versets de ce majestueux cantique.

La douceur de son caractère fait contraste avec la rigidité de celui de saint Jérôme, le plus savant des Pères de l'Église latine. Véhément, emporté même, trouvant encore dans la vie dure et pénitente qu'il menait au désert un aliment à sa véhémence déjà trop passionnée, Jérôme donna parfois à son zèle un accent d'âpreté et de virulence sanglante. Il était né à Stridon, en Pannonie, sur les frontières barbares et vécut de bonne heure à Rome, où il étudia sous Donat et reçut le baptême. Après avoir voyagé dans la Gaule et en Asie, il visita les saints lieux et fut ordonné prêtre par Paulin, évêque d'Antioche. De retour à Rome (378), il devint secrétaire du pape Damase et fut en même temps chargé d'expliquer publiquement et de traduire les Écritures. A la mort de Damase, il retourna en Palestine et s'enferma dans un monastère à Bethléem. Saint Jérôme a laissé un grand nombre d'écrits ; les uns historiques, les autres polémiques, dans lesquels il combat les hérétiques de son temps : Vigilance, Jovinien, Pélasge ; mais son plus beau titre est sa traduction latine de la Bible, faite sur l'hébreu, connue sous le nom de Vulgate et adoptée comme canonique par le concile de Trente.

« Comme écrivain, dit l'abbé Guillon, saint Jérôme n'étonne pas moins par son abondance que par son énergique concision. Vif, impétueux, entraînant, son style prend la teinte de son caractère. Il n'a pas toujours la pureté et l'élégance châtiée du beau siècle de la littérature latine. Saint Jérôme eût dédaigné de s'asservir à une correction méthodique et régulière; ses expressions n'en sont que plus mâles et plus grandes. Les questions les plus arides perdent sous sa plume leur sécheresse naturelle et les ouvrages les plus sérieux ne sont pas les moins agréables. Il traite ses matières, quelquefois avec la pompe et toute le chaleur de l'éloquence, toujours avec la vigueur d'une dialectique consommée. La véhémence, la précipitation, si l'on veut, avec laquelle il écrivait, ne nuit presque jamais à la solidité de son raisonnement, ni à la clarté de ses discussions, parce que la pénétration de son esprit allait droit au point de la difficulté. Ce mérite se fait sentir plus particulièrement dans tout ce qu'il a écrit sur l'Écriture sainte.

C'est là que ce torrent tombe de la montagne, roule avec calme dans le vallon ses eaux limpides et abondantes. On voit qu'il a fait effort sur lui-même pour n'être pas orateur. Son génie le trahit, et à défaut du nombre, des périodes, de la magnificence des images, des ornements des discours, et d'un certain luxe d'érudition, qu'il déploie jusque dans ses lettres, avec une sorte de complaisance, ce même génie se concentre dans une concision pittoresque, dans une élocution sententieuse, variée par les tours et les mouvements. »

Il eut avec saint Augustin une controverse qui fut un moment très vive, mais elle se termina comme elle le devait, par une réconciliation sincère entre les deux grandes lumières de l'Église latine.

Aurelius Augustinus (354-430) était né à Tagaste, en Numidie, d'un père païen et d'une mère chrétienne, sainte Monique. Il mena d'abord une jeunesse fort dissipée, et partagea longtemps les erreurs des Manichéens. Sa facilité était prodigieuse. Il professa la rhétorique, à Tagaste, à Carthage et enfin à Milan. Dans cette dernière ville, il eut occasion de connaître saint Ambroise qui, réunissant ses efforts à ceux de la mère d'Augustin, réussit à le convertir. Il se fit baptiser à l'âge de 32 ans, quitta son école et retourna à Tagaste où il distribua ses biens aux pauvres pour se consacrer au jeûne et à la prière. Quelque temps après, en 391, il fut ordonné prêtre, malgré sa résistance, par Valère, évêque d'Hippone, et il devint lui-même, en 395, évêque de cette ville. Il vécut en commun avec les clercs de son église, qu'il préparait au saint ministère, et forma ainsi les premiers séminaires. Il combattit, soit par ses discours, soit par ses écrits, les Donatistes, les Manichéens et les Pélagiens.

Ses principaux ouvrages sont : la *cité de Dieu*, son chef-d'œuvre, les *Traités sur la grâce et le libre arbitre*, qui l'ont fait surnommer le docteur de la grâce, ses *Rétractations*, où il juge les écrits et les opinions de sa jeunesse, ses *Confessions*, où il raconte l'histoire de ses erreurs et de sa conversion ; des traités sur l'écriture, un commentaire sur les Psaumes, des sermons, des lettres, etc... On a aussi de lui un grand nombre d'écrits contre les hérétiques de son temps.

— Augustin, dit un critique, est large et sublime dans sa manière de traiter un sujet. Il ne s'arrête jamais à un seul côté des choses, à des aspects particuliers ; il ne sépare pas une vérité de ses rapports avec d'autres vérités ; il saisit du regard tout ce qui de près ou de loin correspond à ce qui l'occupe, et son esprit se fait l'invariable loi de considérer les diverses parties avec toutes leurs liaisons et toutes leurs dépendances. Chaque fois qu'il aborde une question, il s'élance au sommet de la vérité éternelle, et de ces hauteurs, qui ne sont accessibles qu'au génie aidé de la foi, il voit et juge l'ensemble des choses.

Augustin a sa montagne du haut de laquelle il embrasse tout ce qui sort de son sujet, comme on se place sur un point élevé pour découvrir et reconnaître tous les aspects, tous les mouvements, toutes les harmonies d'un grand tableau de la création.

Profondeur, netteté, logique, science morale, se trouvent réunies dans ses écrits.

L'éloquence y répand souvent ses vives couleurs ; une onction véritable vous y pénètre ; on y sent remuer les entrailles d'Augustin. Le vol de l'aigle Africain devient quelquefois si audacieux, que nous ne le suivons plus qu'avec une sorte d'épouvante, il nous conduit à des hauteurs auxquelles on se sent pris de vertige, comme à l'approche de la Majesté de Dieu. Ceux qui ont beaucoup lu Bossuet reconnaîtront que le grand évêque de Meaux avait soigneusement étudié le grand évêque d'Hippone. L'élévation sur les mystères, cette œuvre capitale du génie de Bossuet, nous semble avoir son idée première, son germe magnifique dans plusieurs chapitres de la seconde moitié des *Confessions*, comme le discours sur l'histoire universelle est né de la Cité de Dieu. —

Le livre des *Confessions*, nous apparaît à la fois comme un poème intime, une belle page de philosophie.

On trouve dans les écrits de saint Augustin des jeux de mots, des antithèses et des subtilités. Mais, comme le remarque Bossuet, ces minuties sont peu dignes d'être relevées ! Que saint Augustin ait ses défauts, comme le soleil a ses taches, je ne daignerais ni les avouer, ni les nier, ni les excuser ou les défendre.

Saint Augustin a plu surtout aux contemporains, par le caractère humain et rationnel de ses écrits les plus dogmatiques.

« On aurait de la peine, dit M Saisset (préface de la *Cité de Dieu*), a citer un seul des innombrables écrits de saint Augustin où ne se montre par quelque endroit l'alliance entre la foi du chrétien et la raison du philosophe; mais nulle part il n'a pris soin de la consacrer avec autant de force, de grandeur et d'éclat que dans le livre qui passe à bon droit pour le dernier mot de son génie, la célèbre *Cité de Dieu*. Il y a de tout dans ce monument grandiose et irrégulier; mais quiconque se plaira au vrai centre de perspective ne manquera pas d'y reconnaître l'œuvre suprême où saint Augustin, après toute une carrière vouée à réunir les esprits et à pacifier les âmes, entreprit d'accomplir pour jamais l'union de la philosophie spiritualiste avec le dogme chrétien, Voilà ce qui fait la grandeur de la

Cité de Dieu. On y a signalé avec raison le premier essai en grand d'une philosophie de l'histoire ; elle est à nos yeux quelque chose de plus : c'est une philosophie du christianisme. »

Les premiers Pères, y compris saint Ambroise, avaient combattu directement le paganisme. Saint Augustin fit l'épopée de la religion chrétienne. Des païens de la fin du IVe siècle attribuant les désastres de l'Empire à l'abandon de la religion nationale, Augustin avait excité Orose, prêtre Espagnol, à composer son histoire du monde en sept livres, histoire connue principalement au point de vue apostolique. Lui-même donna le sceau à l'apologie historique de son ami, en composant son magnifique ouvrage de la *Cité de Dieu* qui fut commencé en 413 et achevé en 427. Il y démontre l'erreur des écrivains païens et les vraies causes des malheurs de l'Empire, puis l'inconstance de la religion comme de la philosophie païenne et compare enfin la Cité de Dieu avec la Cité du monde.

L'Empire, en effet, s'en allait à la dérive. Tout le monde le voyait; mais les plaintes ne guérissaient pas le mal. Quelques années seulement allaient passer et un prêtre de Marseille, Salvien (mort en 484), pourrait justifier par l'événement dans ses sept livres du *gouvernement de Dieu*, le dogme de la Providence et la doctrine chrétienne, en démontrant que les calamités de l'Empire devaient être attribuées à la corruption des derniers Romains et à la décadence des mœurs chrétiennes elles-mêmes.

Rien n'égale l'énergie de ses peintures et la force presque brutale de son éloquence durcie par la barbarie.

Salvien avait, avant son livre du *gouvernement de Dieu*, composé un autre ouvrage en quatre livres contre *l'avarice*, où sa liberté est si grande qu'il crut prudent de se cacher sous le pseudonyme de Timothée.

« Qu'est devenue, dit-il à l'Église universelle, cette beauté qui faisait votre gloire, lorsque tous les fidèles n'étaient qu'un cœur et qu'une âme et que personne ne s'attribuait en propre ce qu'il possédait ? O douleur ! Vous n'en conservez plus que la parure, vous n'en avez plus la réalité. » Salvien comparant les Romains aux barbares est obligé d'avouer que ceux-ci sont bien supérieurs aux premiers et qu'il n'y a d'impudiques parmi les Goths et les Vandales que ceux qui sont romains. L'Empire était donc envahi ; la barbarie simple encore, mais ignorante et grossière, vivait côte à côte sur le même sol avec la civilisation lettrée toujours, mais corrompue et décrépite.

Cet état de transition ne pouvait longtemps durer. Le monde allait se repétrir dans le sang et les désordres. C'est un vrai miracle comme quoi, au milieu des envahissements des barbares, l'Église possédait encore des esprits supérieurs, capables de se dominer assez pour montrer leur génie dans cette abomination de la désolation.

Tandis qu'Augustin voyait avec douleur les Vandales dévaster l'Afrique, Paulin de Nole, était renversé de son siège, puis rétabli par les barbares.

Paulin (353-431) était né à Bordeaux, d'une illustre famille, et fut consul avec le poète Ausone, sous lequel il avait étudié l'éloquence. Il se dégoûta des richesses et de la félicité mondaine, reçut le baptême, et se retira quelque temps à Barcelone, vendit de vastes domaines pour en distribuer le prix aux pauvres, et fut fait prêtre aux acclamations du peuple et partit pour l'Italie. Paulin vit saint Ambroise à Florence, passa à Rome, et se rendit à Nola, où il établit près du tombeau de saint Félix, une espèce de monastère, composé d'un petit nombre de personnes. Élu évêque (en 409) par les habitants il se vit en présence de la plus affreuse calamité. Nola fut prise d'assaut et saccagée. L'évêque tomba dans les mains des barbares, mais ils lui rendirent la liberté par respect pour ses vertus. Alors il employa ses biens à racheter les autres captifs et à soulager les maux de la guerre.

Paulin a laissé des poésies pieuses, des lettres, des discours, une histoire du martyre de saint Geniès d'Arles.

Les écrits de saint Paulin ont du mouvement et de la chaleur, mais son style est dur et négligé ; il semble même mépriser les règles.

Ce symptôme de décadence n'est pas extraordinaire pour le temps où il vivait.

Les lettres de saint Paulin de Nole étaient adressées aux hommes les plus célèbres de son temps parmi lesquels il est juste de distinguer avec le poète Ausone, son ami, Sulpice-Sévère, qui naquit en Aquitaine. Jeune, riche, célèbre, éloquent, il abandonna comme Paulin, les lettres profanes, la carrière de la rhétorique et du barreau dont il tenait la palme, et, dans tout l'éclat de sa renommée, il renonça au siècle.

Nous sommes redevables à Sulpice-Sévère, d'un abrégé d'histoire ecclésiastique. Elle renferme, d'une manière fort concise, ce qui s'est passé de siècle en siècle, depuis le commencement du monde jusqu'au consulat de Stilicon, l'an 400 de J.-C. Cet ouvrage a fait donner à Sulpice-Sévère le nom de Salluste chrétien, parce qu'en l'écrivant il s'est proposé cet historien pour modèle.

Il composa aussi la vie de saint Martin, à la sollicitation de plusieurs de ses amis.

Les ouvrages historiques de Sulpice-Sévère, sont bien enchaînés, son plan est régulier, sa marche sûre, il fait planer l'action de la Providence sur tous les événements, à l'exemple de Paul Orose, dont nous avons déjà parlé.

« Paul Orose, dit un Père, voulut prouver à son temps si triste (il écrivait au moment de l'invasion des barbares) que d'autres temps avaient été aussi malheureux, plus malheureux encore. Par là, il fut conduit à embrasser la condition du genre humain dans son ensemble, se plaçant comme Bossuet sur un sommet (de speculo), Orose voit les nations et les âges défiler à ses pieds, sous la main de Dieu.

Au point de vue du style, son abrégé ne manque ni de mouvement ni de chaleur. Mais Orose et Sulpice-Sévère, marquent la fin de la littérature romaine. Rome tombait elle-même sous les coups des barbares et tout était tellement préparé pour sa chute qu'elle passa presqu'inaperçue. Son histoire meurt avec elle.

Après être descendue des historiens aux abréviateurs, on en était arrivé des abréviateurs aux chroniqueurs. C'est ainsi que Gemmade, prêtre de Marseille, mort vers 495, a laissé un ouvrage intitulé des *dogmes*, et un catalogue des *hommes illustres* ou écrivains sacrés. Sa chronique va de l'an 381 à 461. Il ne manque pas de critique, ses observations sont judicieuses ; mais son style est dur et barbare. Il est pourtant encore intelligible. On n'en peut toujours dire autant des autres écrivains de cette époque.

Quelques-uns ne manquaient ni de talent, ni de vigueur; mais les temps tourmentés où ils vivaient, dérangeaient leurs études ; les bouleversements multiples, les guerres incessantes ne leur donnaient ni le loisir ni le goût de s'attacher à une forme, à une élégance qui n'était plus comprise. Le mélange des peuples et des races produisait un tel amalgame d'idiômes, que le latin incapable déjà de se soutenir dans la paix, n'était plus dans la foule qu'un vêtement en lambeaux. La langue latine n'était plus qu'une langue morte. Il fallait attendre que le temps permît au phénix de renaître de ses cendres.

CHAPITRE III

LITTÉRATURE FRANÇAISE.

Formation de la langue et origines littéraires.

« La nation gauloise aime passionnément deux choses, disait Caton l'ancien : bien combattre et fièrement parler. »

Ce double caractère qu'attribuait à nos ancêtres le censeur romain, s'est transmis fidèlement dans leurs fils jusqu'à nos jours.

La conquête des Francs changea le nom de la nation, mais n'en refit pas la trempe. Il y eut cependant un bouleversement dans les idées, dans les mœurs et dans la langue : bouleversement dû plutôt à la décadence de la civilisation romaine, à l'union destructive de la barbarie et à la dégénérescence qu'à l'arrivée des nouvelles races et au mélange du sang gaulois et teutonique. Le fond resta gaulois : mais les circonstances changèrent ; il y eut une refonte de tous les éléments qui concourent à former une civilisation, une nationalité et une solide indépendance.

La langue se refondit comme le reste; le latin littéraire négligé avait, dès le sixième siècle, cédé la place au latin parlé dans la foule. « La culture des lettres, s'écrie Grégoire de Tours, s'éteignant ou plutôt dépérissant dans les villes gauloises,... pendant qu'il ne pouvait se trouver un grammairien savant dans la dialectique pour retracer toutes les choses, soit en prose, soit en vers, la plupart en gémissaient souvent, disant : « Malheur à notre temps! car l'étude des lettres a péri parmi nous, et l'on ne rencontre plus personne qui puisse mettre par écrit les événements présents. » Ces plaintes et d'autres semblables, répétées chaque jour, m'ont décidé à transmettre au temps à venir la mémoire du passé; et, bien que parlant un langage inculte, je n'ai pu taire cependant ni les entreprises des méchants ni la vie des hommes de bien. »

Ce latin vulgaire manié par saint Grégoire avait encore une vigueur et une fraîcheur sauvage qui n'étaient pas sans attraits. Mais les guerres incessantes, les continuelles incursions des Francs pour établir leur domination toujours discutée, les ruines matérielles et morales amoncelées ne laissèrent plus debout qu'une seule force intellectuelle, l'Église. Le latin vulgaire se changea en une langue d'origine latine et de forme barbare qu'on appela *romane*.

C'est de ce patois grossier que devaient sortir les deux idiomes romans.

Le premier monument qui nous reste du roman est le serment de Louis le Germanique prononcé à Strasbourg (en 841) devant l'armée de Charles-le Chauve.

« Pro deu amur et pro christian poblo, et nostra commun salvament, d'ist dy en avant, in quant Deus savir et podir une dunat, si salvare eo cist est meon fradre Karl et in aduida et in codhuma, cosa, si cum on perdreit son fadre dist, in o quid il mi altre si faget, et ab Luther nul plaid nunquam prindrai, qui meon vol cist meon fradre Karl in damno sit (1) ».

Ce travail de recomposition du langage n'en est qu'à ses principes ; cependant la lenteur avec lequel il s'opéra dans la suite, la comparaison de ce mélange de mots encore latins et d'autres mots qui ne le sont déjà plus avec les textes du XIIe et du XIIIe siècles, donnent lieu de conjecturer que l'élaboration datait alors d'au moins déjà deux ou trois siècles, et, qu'à la mort de Grégoire de Tours, elle avait peut-être déjà commencé. On est d'autant plus porté à le croire que les progrès ont dû être plus lents d'abord, et s'accélérer plus tard par la vitesse acquise.

Les lettres que Charlemagne s'était efforcé de faire sortir des cloîtres s'y étaient de nouveau réfugiées sous ses faibles successeurs. Le monde laïque négligeait l'étude, la langue rustique était abandonnée à elle-même. Le roman vulgaire finit par chasser le tudesque de France, et nous venons de voir que les

(1) Traduction littérale : *Pour l'amour de Dieu et pour le peuple* chrétien, et notre commun salut, de ce jour en avant (dorénavant), autant que Dieu le savoir et le pouvoir m'en donnera, je porterai secours à cestuy mon frère Charles et lui serai en aide en chaque chose, comme un homme, par le droit (de justice), son frère secourir doit (et, en tant qu'il ferait de même pour moi) ; et (au contraire) de Lothaire, nul accord jamais ne prendrai ; accord qui, de ma volonté, à cestuy mon frère Karl, dommageable soit.

soldats de Charles-le-Chauve ne comprenaient déjà plus celui-ci. Ce fait ne s'explique que par l'expulsion des Germains eux-mêmes du territoire gaulois; car l'idiome vulgaire n'était encore à cette époque que le romain en décomposition. Modifié sans relâche par le travail instinctif et inconscient des masses, cet idiome nouveau ne nous offre pas d'autre monument avant le xe siècle où la cantilène de sainte Eulalie nous apparaît comme son expression encore peu modifiée.

Au milieu du travail de la reconstitution sociale sur de nouvelles bases, celles des croyances catholiques et des institutions féodales, la langue populaire était demeurée incertaine et flottante comme la société elle-même.

Cependant elle avait pris une telle importance qu'au concile de Mouzon, en 994, l'évêque de Verdun, Aimon, dut parler en langue romane pour être compris de tous les prélats. Le latin n'était donc plus qu'une langue morte, même pour les clercs.

La langue nouvelle compte en France deux principaux rameaux dont la division fut dûe à la nature autant qu'à la division politique qui créa un royaume méridional à côté du royaume Franc du nord. Les peuples du midi parlèrent le Provençal ou la langue d'oc; les peuples du nord le roman Wallon, ou la langue d'oil (1).

Parlée dans une contrée plus favorisée par le climat, plus éloignée de la Germanie, plus rapprochée des

(1) Ces deux mots signifient: oui. Ces deux termes d'affirmation dérivent l'un du pronon *hoc;* l'autre de *illud.* On appelait aussi l'Italien la langue du *si,* du mot qui a la même signification chez nos voisins.

sources de la vieille civilisation romaine, et soumise par le voisinage à l'influence de la civilisation arabe, la langue d'oc se développa avec plus de rapidité que le roman Wallon. Mais sa littérature n'eut qu'une durée éphémère; et elle ne produisit que ses poètes ou troubadours, chanteurs gracieux de choses futiles et légères. La prose ne lui doit aucune œuvre.

Il n'en fut pas ainsi de la langue d'oil qui servait d'instrument à des peuples moins vieillis, plus sérieux et plus graves. Le remûment des races dans le nord ralentit considérablement les progrès du langage populaire et c'est ce qui explique que les premiers monuments écrits de notre idiome national nous viennent d'un pays habité par une race étrangère à la nôtre, de la Normandie ou de l'Angleterre. La langue française était tranchée déjà, sa voie était tracée nettement quand Rollon, ou Raoul le Danois, obtint de Charles-le-Simple, en 912, la libre possession de la Normandie; mais les conquérants, peu nombreux en réalité, adoptèrent la langue des vaincus, en leur apportant, avec des lois et une administration certaine, cette paix et cette tranquillité sans lesquelles il n'est point d'étude féconde, ni d'institution durable.

En conquérant l'Angleterre, les Normands y introduisirent les clercs de leur duché, et ceux-ci leur langage dans la confection des actes publics.

Le danois était trop barbare encore et ignoré des clercs, le latin n'eût pas été la langue des vainqueurs et n'eût pas fait sentir leur puissance; le français était mieux approprié à l'idée, au désir des conquérants, au besoin de la situation. Il fut en Angleterre, comme en Normandie et en France, le langage officiel. Enfin, en Normandie même, ce n'étaient pas les Normands occupés à défendre le pays ou lancés dans des expéditions aventureuses, qui cultivaient les lettres et les arts, mais leurs sujets neustriens.

« Dès le commencement du XIe siècle, la Normandie paraît, non pas poétique comme la Provence, mais docte et lettrée pour le temps. Il y avait des écoles nombreuses où l'on enseignait le latin et la langue vulgaire, le *roman*, qu'on appelait aussi le *normand*. Ce soin des étrangers pour l'apprendre dût servir à la perfectionner. Les princes de race danoise, qui régnaient en Normandie, avaient un esprit singulièrement politique. On voit Rollon et ses descendants, aussitôt qu'ils sont établis dans la Normandie, *éloigner d'eux les sujets danois*, les renvoyer sur les bords de la mer, en faire des garnisons pour maintenir le pays vaincu, et vivre eux-mêmes au milieu de leurs nombreux sujets, dont ils prennent la religion, la langue et les mœurs. Cette influence fut si rapide, qu'à Rouen, capitale des nouveaux conquérants, on ne parlait que la langue romane. » (Villemain).

Cette politique fut étendue encore par Guillaume le Conquérant, qui imposa la langue wallonne aux Anglo-Saxons. Les lois qu'il leur dicta sont venues jusqu'à nous dans cet idiome, avec diverses prières traduites en langue vulgaire d'après ses ordres.

L'Angleterre offre même ceci de particulier, qu'on y enseignait le français dans les couvents, tandis que la langue nationale attendit chez nous les temps modernes pour être l'objet d'un enseignement public. C'était une conséquence de la conquête. Les Anglo-Normands nous présentent donc les premiers essais de traduction, comme les premiers essais de poésie.

I. — **Le moyen-âge** : les premières traductions ; les chroniqueurs : Villehardouin, Joinville, Henri de Valenciennes. — L'enseignement. — Froissart ; Enguerrand de Monstret ; Juvénal des Ursins et les historiens du xve siècle. — Comines.

La prose, comme il arrive toujours, ne fut cultivée qu'après les vers. On commença par les traductions pour continuer par l'histoire.

Après les prières revenues d'outre-Manche (1), la plus ancienne traduction française que nous connaissons est une traduction des *Livres des Rois et des Machabées*, par un auteur anonyme. On place vers le même temps, la traduction d'un poëme composé par Marlbode, un évêque de Rennes.

La langue vulgaire s'élevait de plus en plus au-dessus des besoins de la vie domestique. Au douzième siècle, les progrès déjà sensibles dans la seconde moitié du siècle précédent, prirent un véritable essor. Les traductions se multiplièrent, l'art se réchauffa sous les rayons du soleil de l'Orient, l'histoire nationale

(1) Voici la traduction en vulgaire de l'oraison dominicale au temps de Guillaume le Conquérant, mort en 1087 : « Li nostre Père qui'ies es ciels, sainte fiez seit li tuens nums, avienget li tunens regnes, seit feit la tu e voluntet si cum en ciel et en la terre, et nostre pain cotidian dun a nus oï, et pardune a nus les nos detes, eissi cum nus pardununs a nos deturs, ne nus meine en tantatium, mais deliure nus de mal. Amen.

naquit des croisades, avec Villehardouin et Joinville.

Le premier naquit vers 1167, d'une des plus nobles familles de Champagne, il prit la croix à la voix de Foulques, curé de Neuilly, sous le pontificat d'Innocent III. Ses Mémoires sont le récit de l'expédition célèbre qui, entreprise pour la délivrance de Jérusalem, eut pour résultat la fondation d'un empire français à Constantinople.

Geoffroy de Villehardouin « mareschaus de Champaigne » fut acteur aussi bien que narrateur, et sa modestie sans affectation, sa simplicité naïve, en même temps qu'elles ajoutent au charme d'un sujet presque épique font de sa « conquête de Constantinople » un monument précieux et unique pour la vérité de l'histoire. Brave chevalier, diplomate habile, orateur disert, il raconte avec chaleur, précision et clarté.

Les croisés devaient se rendre à Venise et de là dans la Terre-sainte sur les vaisseaux de la République. Alexis fils de l'empereur Isaac, à qui son frère avait arraché la couronne après lui avoir fait crever les yeux, se trouvait alors à Venise. Il réussit à détourner les croisés de leur route. On s'embarqua pour Constantinople, l'an 1203, dit Villehardouin, « après l'incarnation nostre-Seignor Jésu Crist. Et li jors fu bels et clers, et li venz dols et soés : et il laissent aller les voilles al vent. Et bien tesmoigne Joffrois, li mareschaus de Champaigne, qui ceste œvre dita (qui aine n'i menti de mot à son escient, si con cil qui a toz les conseils fu), que one si bele chose ne fu veue. Et bien sembloit estoire qui terre deust conquerre, que tant que on pooit veoir à oil, ne pooit on veoir se voiles non de nés et des vaissiaux, si que le cuer des homes s'en esjoïsoient mult » (1).

Le récit de la mort du marquis Montferrat, chef de la croisade, termine les Mémoires de Villehardouin, qui fut peut-être le héros le plus remarquable de cette expédition. « Le héros de ces temps est le chevalier chrétien. Tel est Villehardouin. Mais c'est un chevalier, moins l'imaginaire recherche de perfection de la chevalerie d'alors... Il est chrétien, mais sans théologie, d'une foi simple et naïve....

« Ce qu'il faut chercher dans les récits de Villehardouin, c'est donc la loyauté du chevalier et la simplicité du chrétien. C'est cette sincérité d'un narrateur qui ne parle que de ce qu'il a vu, ou qui nomme et compte ses témoignages quand il raconte sur ouï-dire. C'est une morale qui voit dans les revers le châtiment des fautes; dans le succès, la récompense de la droiture et du courage. Esprit pratique, allant droit au but, si Villehardouin n'a pas la profondeur de vues que nous demanderons à l'historien d'une société plus avancée, il n'a pas non plus les illusions qu'on ne s'étonnerait pas de rencontrer dans un historien de son époque.....

Si ses chroniques ne sont pas le plus ancien monu-

(1) « Le jour était beau et clair, et le vent doux et suave. Et ils mirent les voiles au vent. Et témoigne Geoffroy, maréchal de Champagne, qui dicta ces Mémoires (qui jamais n'y mentit d'un mot à son escient comme ayant assisté à tous les conseils), que jamais ne fut vue si belle chose. Et il semblait bien que cette armée devait conquérir du pays ; car tant que la vue pouvait s'étendre, on ne voyait que voiles de nefs et de vaisseaux et les cœurs des hommes étaient pleins de joie. »

ment de la prose française, et s'il existait déjà quelques traductions et opuscules ignorés, c'est du moins le premier ouvrage qui ait été marqué des qualités qui font durer les livres. L'esprit et la langue en sont si conformes au génie de notre pays, que la lecture en est encore facile après tant de changements survenus dans la syntaxe et le vocabulaire de notre langue depuis plus de cinq cents ans (1). »

Henri de Valenciennes (XIIIe siècle) essaya de continuer l'œuvre de Villehardouin ; mais il est moins simple, moins net, moins exact et moins clair. Son allure est moins franche, ses opinions moins libres et moins dégagées.

Il faut attendre un siècle pour rencontrer un chroniqueur digne de rivaliser avec le maréchal de Champagne.

C'est alors, sous le grand règne du roi saint Louis, que le caractère naïf de la vieille prose française se retrouve dans un des ouvrages les plus populaires de notre langue : l'histoire de S. Loys, par Joinville.

La vie du sénéchal de Champagne est inconnue jusqu'à l'époque où il accompagna saint Louis dans sa première croisade. Il naquit vers l'an 1223 et fut élevé à la cour de Provins et de Troyes. A l'appel de saint Louis, il vendit ses biens pour équiper dix chevaliers et suivre son roi dans la croisade.

Plus délicat, moins belliqueux que Villehardouin, Joinville pleure au souvenir de son épouse et de ses enfants ; il s'attendrit en quittant le sol de la

(1) Nisard, précis de l'histoire de la littérature fr. éd. de 1878 p. 23 et 24.

patrie. « Et en brief tens, le vent se feri ou voille et nous ot tolu la veue de la terre, que nous ne veisme que le ciel et yaue ; et chascun jour nous esloigna le vent des païs où nous avions esté nez. En ces choses vous montré-je que celi est bien fol hardi qui se ose mettre en tel péril, à tout autreu chatel ou en péché mortel ; car l'on se dort le soir là où l'on on ne seet se l'en se trouvera ou fons de la mer le matin. » (1)

Avec cette humeur pacifique Joinville fut bientôt guéri du goût des aventures, si tant est qu'il l'ait jamais eu.

Cinq années passées en Orient avec la peste, la faim, la soif, la guerre et les maladies pour cortège, suffirent pour attiédir son courage. Il ne voulut pas se croiser de nouveau quand Louis IX entreprit la dernière croisade. Il survécut à son maître jusqu'au règne de Louis le Hutin dont l'épouse, Jeanne de Navarre, l'excita à dicter ses Mémoires. Joinville mourut dans une extrême vieillesse dans les premières années de XIVe siècle duquel date peut-être la composition de son touchant ouvrage.

Joinville avait aimé saint Louis ; il avait pénétré dans son intimité, et son récit est échauffé de cette affection naïve et sincère. Il est plus doux, plus répandu,

(1) Et en peu de temps, le vent frappa dans les voiles, et nous enleva si bien la vue de la terre que nous ne vîmes que le ciel et l'eau ; et chaque jour le vent nous éloigna du pays où nous étions nés ; et par là vous fais-je voir que celui-là est bien fou et hardi qui s'ose mettre en tel péril avec le bien d'autrui ou en péché mortel ; car on s'endort le soir là où l'on ne sait si l'on ne se retrouvera pas le matin au fond de la mer. »

plus varié, plus causeur, moins ferme, moins fier, moins épique et non moins chrétien, non moins chevaleresque que Villehardouin.

Sans avoir fait de grands progrès, comme on pourra s'en convaincre par la comparaison des deux narrations ci-jointes, la langue est devenue plus souple, plus gracieuse, plus variée dans l'expression ; sa vivacité s'accroît, sa liberté devient plus grande, son originalité resplendit davantage.

Les chroniques de Villehardouin sont les Mémoires d'un homme de guerre et d'action, l'histoire de saint Loys est la causerie naïve du familier d'un roi qui fut un saint en même temps qu'un grand prince.

Villehardouin qui peint moins, qui observe peu, qui ne raisonne pas du tout, excelle dans le récit épique, dans l'exposé des coups de mains, le narré des combats ; chevalier intrépide, il va droit à son but. Joinville ne va nulle part sans jeter un coup d'œil autour de lui, sans questionner, sans mesurer, sans réfléchir. Pour le premier, les jours sont comptés et sont voués à la lutte ; pour le second, ils coulent de façon plus discrète et se prêtent aux douceurs de la paix. Il y a entre les deux écrivains la différence qui se trouvait entre le XIIe siècle et le XIIIe siècle, entre une époque où une forme sociale est à peine établie et celle où elle est dans sa parfaite assiette.

La civilisation féodale était sous saint Louis à son apogée. L'université de Paris jetait tout son éclat ; saint Thomas dominait le moyen-âge de son génie, comme saint Louis, véritable roi de France, dominait le pouvoir féodal. On ne sait pas ce que serait devenu cette société qui avait ses grands docteurs, qui bâtissait ces superbes cathédrales dont l'art et l'audace nous émerveillent, si les guerres civiles, les guerres étrangères, des défauts inhérents peut-être à l'ordre social d'alors, n'étaient venu accélérer une décadence que rien encore ne faisait prévoir.

Un si grand roi, un si grand siècle méritaient mieux qu'un chroniqueur ; mais la langue était encore trop imparfaite. L'œuvre de Joinville est déjà un prodige pour l'époque et pour l'avancement de la langue. La France était la seule nation dont la littérature indigène pouvait présenter une telle œuvre.

Le roi qui la gouvernait alors était admirable :

« Avant que le bon seigneur roy se couchast, il avoit souvent de coustume de faire venir ses enfants devant lui, et leur recordoit les beaux faits et dits des roys et autres princes anciens ; et leur disoit que bien les devoient savoir et retenir, pour y prendre bon exemple. Et pareillement leur remontroit les faitz des mauvais hommes, qui par luxures, rapines, avarices et orgueilz avoient perdu leurs terres et leurs seigneuries ; et que mauvaisement leur en estoit advenu. « Et ces choses, disoit le roy, vous en gardez » de faire ainsi comme ils ont fait, et ce que Dieu n'en » preigne courroux contre vous. » Il leur faisoit à semblable apprandre les heures de Nostre-Dame, et leur faisoit oir chacun jour et dire devaux eulx les heures du jour selon le temps affin de les accoustumer à ainsi le faire quand ilz seroient à tenir leurs terres. C'estoit ung très-large aumosnier. Car partout où il alloit en son royaume, il visitoit les pauvres églises, malladreries, et les hospitaulx, et s'enquéroit des pauvres gentilzhommes, des pauvres femmes veufves, des pauvres filles à marier. Et par tous les lieux où il savoit avoir nécessité, et estre souffreteux, et leur faisoit largement donner de ses deniers, et à pauvres mendiants foisoit donner à boire et à manger. Et luy ay veu plusieurs foiz lui-mesme leur couper du pain, et leur donner à boire. En son temps il a fait faire et édifier plusieurs églises, monastères et abbaïes. »

Impossible de faire un portrait plus simple, plus vrai, plus vivant, du père, du monarque et du chrétien. Le règne de Louis IX fut le plus grand qu'ait eu la France ; son époque fut une des plus nobles et des plus heureuses.

En vain, depuis la Renaissance et la Réforme, fut-il de mode pendant trois siècles de mépriser le moyen-âge et de le regarder comme un temps de barbare ; il faut rendre cette justice à notre siècle, qu'il a été plus impartial et meilleur juge des grandeurs nationales. L'érudition est venue au secours de la poésie et des arts pour montrer ce que le XIIIe siècle en particulier recélait de richesses intellectuelles, à quel degré de civilisation et de culture il était parvenu.

Il n'est pas un des progrès dont nous soyons fiers aujourd'hui qui ne fut alors en voie de se réaliser et dont nos pères n'auraient joui avant nous, sans les troubles et les dissensions des siècles postérieurs.

L'enseignement des hautes études se faisait sur une grande échelle : l'enseignement primaire était plus avancé qu'on ne veut le dire, comme on s'en convainc tous les jours en scrutant les témoignages de cette époque ; les bases étaient posées solidement pour initier la nation, selon les besoins et les progrès de la langue française, à l'étude de cette langue elle-même.

Le XIVe siècle fut aussi stérile pour la prose que pour la poésie; un chroniqueur le remplit tout entier, et, Flamand de nation, il voyageait en France et en Angleterre en amateur plutôt qu'en ami des Français dont il parlait la langue. Spectateur désintéressé de nos luttes et de nos calamités, il raconte les principaux épisodes de notre histoire tourmentée.

La chronique de Froissart (1333-1419) se ressent de la vie du chroniqueur et de la manière dont il a recueilli ses matériaux. Froissart, bel-esprit, poète galant, sans souci, sans demeure fixe, sans ferme attache, bien qu'il eût débuté sous l'égide de Robert de Namur, seigneur de Montfort, suivait les fêtes, les guerres, les carrousels, les combats, écoutait les grands, le populaire, interrogeait tout le monde, recueillait tout, écrivait tout de façon fort curieuse, mais sans se donner la peine de démêler le vrai du faux, les bruits de la réalité, le cancanage du récit fidèle. Il écrivait autant pour lui et pour ses hôtes que pour la postérité à laquelle il ne pensait guère. Il retouchait donc sa légende suivant les lieux et les circonstances pour plaire ou pour se montrer reconnaissant, mais non pour être plus exact, plus impartial et même plus judicieux.

Sa chronique, la plus considérable et la plus remarquable qui existe, offre des données, un canevas enjolivé, pour l'histoire ; elle ne fournit pas de documents certains, positifs et suivis. Ce long roman à faits divers, à points de vue multiples, a plus de valeur comme peinture des mœurs, comme tableau de l'époque où vivait le chroniqueur. Froissart a parcouru tout l'Occident où il a vu plus « de deux cents hauts princes. » Il est allé en Flandre, en France, en Angleterre, en Écosse, en Italie trouvant des aventures et cherchant des nouvelles. Fils d'un peintre en armoiries, trouvère goûté, il aimait le voyant et peignait avec de vives couleurs. S'il était mauvais historien, citoyen douteux, moraliste composite comme son siècle, il était un narrateur consommé, un nouvelliste charmant par le choix et la variété de ses récits, le pittoresque de ses tableaux et l'arrangement heureux des plus menus détails. Son style est facile, net, naturel, quoiqu'il manque de force. Homme d'imagination et de plaisir, tant soit peu égoïste, il ne semble pas s'émouvoir ; mais il voit si clairement, il rend avec tant d'expression ce qu'il voit, qu'il n'aborde pas un sujet touchant par lui-même sans en tirer les émotions qu'il recèle. Quoi de plus dramatique que l'épisode des six bourgeois de Calais ? La réponse du roi d'Angleterre avait été apportée à l'héroïque gouverneur de la ville :

« Lors se partit des creneaux messire Jean de Vienne, et vint au marché et fit sonner la cloche pour assembler toutes manières de gens en la halle. Au son de la cloche vinrent hommes et femmes, car moult désiroient à ouïr nouvelles, ainsi que gens si astreints de famine que plus n'en pouvoient porter. Quand ils ouïrent ce rapport, ils commencèrent tous à crier et à pleurer tellement et si amèrement, qu'il n'est si dur cœur au monde, s'il les eust vus ou ouï eux demenest, qui n'en eust eu pitié. Et n'eurent pour l'heure pouvoir de répondre ni de parler, et mesmement messire Jean de Vienne en avoit tellement pitié qu'il larmoyoit moult tendrement. Une espace après se leva en pied le plus riche bourgeois de la ville, que l'on appeloit sire Eustache de Saint-Pierre, et dit devant tous ainsi : « Seigneur, grand'pitié et grand meschef seroit de laisser mourir un tel peuple.... (Quand le dévouement de Saint-Pierre est imité par cinq de ses concitoyens, ils paraissent devant le roi d'Angleterre.)

« Si vous n'avez pitié de ces gens, lui disait Gautier de Mauny, toutes autres gens diront que ce sera grand'cruauté, si vous estes si dur que vous fassiez mourir ces honnêtes bourgeois, qui de leur propre volonté se sont mis en notre mercy pour les autres sauver. » A ce point grigna (grinça) le roi les dents et dit : « Messire Gautier, souffrez (taisez)-vous ; il n'en sera autrement, mais qu'on fasse venir le coupe teste. Ceux de Calais ont fait mourir tant de mes hommes que il convient ceux-ci mourir aussi. » Adonc fit la noble roine d'Angleterre grand'humilité, qui étoit durement enceinte, et pleuroit si tendrement de pitié, que elle ne se pouvoit soutenir. Si se jeta à genoux par devant le roi son seigneur, et dit ainsi : « Ha, gentil sire, depuis que je repassai la mer en grand péril, si comme vous savez, je ne vous ai rien requis ni demandé ; or vous prie-je humblement et requiers en propre don, que pour le fils de sainte Marie, et pour l'amour de moi, vous veuillez avoir de ces six hommes mercy. »

« Le roi attendit un petit à parler, et regarda la bonne dame sa femme qui pleuroit à genoux moult tendrement ; si lui amollia le cœur, car enuis (avec peine) l'eut courroucie, au point ou elle estoit ; si dit : « Ha, dame, j'aimasse trop mieux que vous fussiez autre part que cy. Vous me priez si acertes que je ne le vous ose esconduire (refuser) ; et combien que je le fasse enuis (avec peine), tenez, je les vous donne, si en faites votre plaisir. » La bonne dame dit : « Monseigneur, tros grands mercis ! » Lors se leva la roine et fit lever les six bourgeois et leur oster les chevestres (cordes) d'entour leur cou, et les ammena avec li (elle) en sa chambre, et les fit revestir et donner à disner tout aise, et puis donna à chacun six nobles et les fit conduire hors de l'ost (armée) à sauveti ; et s'en allirent habiter et demeurer en plusieurs villes de Picardie. »

Cette langue est claire et expressive, elle n'a plus besoin d'être traduite; elle est à peu près ce qu'elle sera jusqu'au XVIe siècle où la renaissance l'alourdira de son bagage pédantesque. Si elle manquait de richesse, elle suffisait à la chronique et peut-être, avec son développement naturel et gradué, eût-elle suffi à tous les genres.

A la mort de Froissart, les calamités qui désolaient la France étaient loin d'être finies. La nationalité même était menacée. Il ne s'agissait plus de fêtes, de tournois, de luttes singulières, de grandes batailles où se mesurait la fleur de la chevalerie ; la France était à l'agonie. La folie de son roi, la division des grands vassaux, le désarroi des populations, tout concourait à sa perte.

Dans ces tristes circonstances, Enguerrand de Monstrelet (1390-1453) et Juvénal des Ursins continuèrent nos annales. Le premier est un chroniqueur exact, bien que partial, mais il est diffus et, comme dit

Rabelais, « baveu comme un pot à moutarde. » Le second (1388-1473), magistrat distingué, puis prélat non moins remarquable, célèbre pour avoir présidé l'assemblée qui révisa le procès de Jeanne d'Arc et réhabilita l'héroïne, a raconté plus honnêtement et plus loyalement l'histoire de Charles VI et des choses mémorables *advenues pendant quarante-deux ans de son règne* (1380-1422).

Christine de Pisan (1363-1420) avait écrit avec non moins de vérité le « *Livre des faits et bonnes mœurs du roi Charles* V ». Un autre poète, plus célèbre qu'elle, Alain Chartier, qu'on surnommait de son temps excellent orateur, noble poète, renommé rhétoricien, et père de l'éloquence », composa celle de Charles VII dont il était le secrétaire; il y montre plus de patriotisme que de talent. On cite de lui un autre ouvrage en prose « le Quadrilogue » invective honorable contre les abus du temps et en faveur de la patrie française.

Jean Molinet a laissé une *chronique* maniérée qui s'étend de 1474 à 1504. Enfin Chastelain et Olivier de la Marche (1426-1501) furent les historiographes des ducs de Bourgogne pour lesquels leur partialité n'est pas déguisée.

Ce dernier ne manque pas de valeur ; ses *Mémoires* et son *état de la maison de Bourgogne* sont particulièrement précieux en ce qu'ils servent à contrôler et à compléter *Comines*, partisan du duc de Bourgogne, que Louis XI sut s'attacher en le payant assez cher.

Ce détail de la vie du plus grand chroniqueur du XVe siècle ôte à la considération qu'il pourrait mériter comme homme, mais elle le rendait apte à démêler les secrets de la politique de son maître, à en pénétrer les intentions, à les expliquer clairement à la postérité.

Comines marque la transition entre la chronique et l'histoire. A la fin du xve siècle, la France jouissait d'une paix relative au moins à l'intérieur ; la politique avait remplacé la guerre, l'art des négociations le hasard des batailles. Comines est de son temps ; il cherche la raison des choses, voit la portée des événements et est un historien, ou, si l'on veut, un chroniqueur politique. Où les autres avaient regardé et rapporté, il s'enquit et critiqua.

Il fut lui-même un politique de l'école de Louis XI, dissimulé, peu fidèle, vendant ses services, fomentant des troubles quand il crut en retirer profit après la mort de Louis XI. Mais Anne de Beaujeu n'était pas en vain la fille du rusé monarque. Elle découvrit ses trames et le fit enfermer à Loches, dans une des cages appelées les *fillettes* de Louis XI ; puis, il fut traduit devant le Parlement qui le condamna à dix ans d'exil. Il reparut cependant à la cour pour tomber de nouveau en disgrâce et finir peu considéré et encore moins aimé dans sa retraite d'Argenton où il mourut à l'âge de soixante-quatre ans, en 1509.

Les Mémoires de Comines se composent de huit livres. Les six premiers comprennent ce qui s'est passé depuis son arrivée à la cour du comte de Charolais, jusqu'à la mort de Louis XI ; (1464 à 1483) ; les deux derniers moins complets, et d'un genre tout différent sont un récit abrégé des guerres de Charles VIII en Italie en 1494 et en 1495.

Comines est un analyste et un psychologue, il s'occupe plus de l'homme que des faits, du machiniste que de la machine. Il s'étudie à saisir le fil des événements, à dénouer une intrigue et, à force de sagacité et de persévérance, il touche les plus secrets ressorts. Froid, insensible, indifférent, il dit la vérité, mais ne cède ni à la pitié, ni à l'amour, ni à la haine. Il admire le succès lors même qu'il est dû à de mauvais moyens qu'il ne loue pourtant pas; il est appréciateur plus judicieux que moral, à moins qu'on ne veuille voir un retour vers une doctrine plus chrétienne et plus sage dans quelques phrases de ses derniers livres sur l'influence Providentielle.

Comme homme, Comines est loin d'être admirable; comme écrivain, il n'est ni touchant, ni gracieux, ni aimable; mais il est saisissant, et pénètre dans l'âme comme un glaive froid. Son expression est nette, précise, assurée, toujours simple et en même temps élevée. Ce n'est pas encore la maturité de la langue qui apparaît à nos yeux; mais elle s'annonce et il n'y a pas à s'y tromper.

Il veillait auprès de Louis XI dans ses derniers moments; il voit le vieillard s'éteindre, il en profite pour juger son homme.

« Est-il donc possible de tenir un roy, pour le garder plus honnestement et en étroite prison, que luy-même se tenoit? Les cages où il avoit tenu les autres avoient quelque huit pieds en carré, et luy, qui estoit si grand roy, avait une petite cour de chasteau à se pourmener; encore n'y venoit-il guères. Mais se tenait en la galerie, sans partir de là, sinon par les chambres : et alloit à la messe, sans passer par ladite cour. Voudroit-on dire que ce roy ne souffrist pas aussi bien que les autres, qui ainsi s'enfermoit et se fesoit garder, qui estoit en peur de ses enfants et muoit de jour en jour ses serviteurs qu'il avoit nourris, et qui ne tenoient biens, ne honneur que de luy, tellement qu'en nul d'eux ne s'osoit fier, et s'enchaisnoit de si estranges chaisnes et clostures ? »

« Il fallait, dit M. Villemain, qu'il y eut dans ce spectacle de Louis XI mourant quelque chose de bien tragique et de bien misérable ; car cette âme politique de Comines finit par être remuée. Et après nous avoir décrit les angoisses de Louis XI, ce moine auquel il demanda la vie pour des reliques, ce médecin dont il subit les insolences, dont il paye les menaces, après nous avoir tranquillement, froidement traînés à travers les supplices anticipés, tout l'enfer en cette vie que se faisaient Louis XI et d'autres princes, il arrive à cette conclusion :

« Mais, à parler naturellement, comme homme qui
» n'a aucune littérature, mais quelque peu d'expé-
» rience et sens naturel, n'eust-il pas mieux valu à
» eux et à tout autres princes et hommes de moyen
» estat, qui ont vescu sous ces grands, et vivront
» sous ceux qui règnent, eslire le moyen chemin, en
» ces choses ! C'est à sçavoir moins se soucier, et
» moins se travailler, et entreprendre moins de
» choses, et plus craindre à offenser Dieu et à persé-
» cuter le peuple, et leurs voisins par tant de voies
» cruelles, que j'ai assez déclarées par ci-devant, et
» prendre des aises et plaisirs honnestes ? Leurs vies
» en seroient plus longues ; les maladies en vien-
» droient plus tard : et leur mort seroit plus regrettée,

» et de plus de gens, et moins désirée : et auroient
» moins à douter, à la mort. »

« Ce dernier trait semble du Bossuet.

Comines a d'abord été le peintre le plus expressif et le plus intelligent de la politique et de l'habileté de Louis XI. Puis, s'élevant, par son bon jugement, à la haine du vice et de la tyrannie, il arrive à ces paroles dignes d'un prédicateur éloquent. On ne peut donc pas dire que l'histoire de Louis XI manque de moralité : seulement la moralité y vient un peu tard. »

C'est un peu tard, vraiment, et l'éloquent professeur prononce un mot à effet en comparant ici Comines à Bossuet.

Ce qu'il y a à conclure c'est que la ligne est plus directe de Comines à Bossuet que des auteurs du XVIe siècle à ce maître en notre langue. La Renaissance fut un temps d'arrêt pour la prose française qui, on le voit, se suffisait pour trouver l'éloquence dès le XVe siècle. Elle était bien alors claire, nette, franche, précise et elle ne traînait pas après elle une surcharge étrangère et un bagage inutile. Elle était pauvre, dit-on ; les ouvriers plutôt étaient mauvais, et, à mesure qu'ils seraient venus, ils l'auraient enrichi de son propre fonds, par un développement plus lent, mais plus sûr, plus naturel et non moins profitable. Comines, comme écrivain, termine dignement le moyen-âge. Le latin dépérissait de plus en plus ; mais le français escomptait les chances de sa mort. Que fallait-il ? Continuer sur la route ouverte.

Que fit la Renaissance ? Elle ressuscita non-seulement le latin, mais l'art païen, et quand le français voulut revivre, il s'étaya des étrangers anciens et modernes;

il dut se refaire une voie, il ne retrouva qu'au dix-septième siècle et bien incomplètement la voie tracée par le génie de la nation.

La prédication au moyen-âge. —Les prédicateurs des croisades : saint Bernard, XIVe et XVe siècle. — Maillard, Menot, Gerson.

Jusqu'au XVIIe siècle, la prose française fut donc trop imparfaite pour détrôner le latin comme langue savante. Si les poètes du moyen-âge s'exercèrent à peu près dans tous les genres connus, les prosateurs n'abordèrent que la chronique.

Cependant il fallait instruire le peuple et, l'enseignement oral, à l'église d'abord, à l'école ensuite, dut se faire en français. Les prédicateurs qui écrivaient leurs sermons les écrivaient en latin, il est vrai, mais il les prononçaient nécessairement dans l'idiome vulgaire quand ils ne parlaient pas devant des moines et des ecclésiastiques. Les membres du clergé eux-mêmes, au moins avant la fondation des Universités, ne comprenaient pas tous le latin à l'audition, et dans les monastères il y avait plus de frères lais ignorant la langue savante que de moines érudits. A tous la connaissance des principaux dogmes et de la morale du christianisme était cependant nécessaire pour vivre selon la loi de l'Évangile, et nous savons qu'en ces temps de foi on attachait beaucoup plus d'importance que de nos jours aux enseignements de la religion. Dès le huitième siècle, on commentait la *Bible* avec la langue vulgaire, et, après le concile de

Tours tenu en 873 prescrivait de traduire les écrits des Pères en roman ou *theostique* pour qu'ils fussent compris de tout le monde.

Que fut alors cette prédication populaire, il est assez difficile de le savoir ; les monuments manquent là encore plus qu'ailleurs pour cette raison déjà donnée que ceux qui ont écrit leurs sermons n'écrivaient qu'en latin, même quand la prose française prenait déjà tournure et que la réputation de notre langue était européenne.

On ne trouve jusqu'aux croisades ou aux prédications de Pierre l'Ermite aucun souvenir historique de l'éloquence chrétienne. De ces prédications même qui soulevèrent les nations de l'Europe il ne reste rien que d'informe. Saint Bernard a laissé beaucoup de sermons courts, clairs, substantiels et dont le latin n'est pas sans élégance. Quant à la version française qui nous est parvenue, on ne doute plus qu'elle ne soit une traduction de sermons latins. On ne peut donc la considérer que comme l'expression de la pensée du saint, mais comme celle de son langage : le style en est rude et barbare. On n'a plus les discours qu'il prononçait devant les foules et qui les électrisaient. Ceux qui nous restent étaient adressés à ses moines. Traduits en français moderne ils apparaissent comme des morceaux d'où la rhétorique n'est pas absente. Ces discours, au nombre de trois cent quarante, sont de courtes instructions d'une ou deux pages chacune sur les fêtes de l'année, sur la Vierge Marie, le cantique des cantiques et divers sujets de religion. Saint Bernard est tour à tour doux, véhément, insinuant, attendrissant. La piété déborde de son cœur, la foi rayonne dans son intelligence. Nul n'a mieux parlé que lui de la Vierge Marie : « C'est avec raison, dit-il, qu'on la compare à un astre : car de même que l'étoile envoie ses rayons sans être altérée, la Vierge enfante un fils sans rien perdre de sa pureté. Le rayon ne diminue pas la clarté de l'étoile, de même que le fils n'enlève rien à l'intégrité de la Vierge. Elle est donc cette noble étoile de Jacob dont le rayon illumine l'univers entier, dont la splendeur éclaire les hauts lieux et pénètre les abîmes. Elle parcourt la terre, échauffe les âmes plus que les corps, vivifiant les vertus et consumant les vices. Elle est cette étoile brillante et élevée au-dessus de la mer immense, étincelante de vertus, rayonnante d'exemples. Oh ! qui que tu sois, qui comprends que dans le cours de cette vie tu flottes au milieu des orages et des tempêtes plutôt que tu ne marches sur la terre, ne détourne pas les yeux de cette lumière si tu ne veux pas être englouti par les flots soulevés. Si le souffle des tentations s'élève, si tu cours vers les écueils des tribulations, lève les yeux vers cette étoile, invoque Marie. Si la colère ou l'avarice, ou les séductions de la chair font chavirer ta frêle nacelle, lève les yeux vers Marie. Si le souvenir des crimes honteux, si les remords de ta conscience, si la crainte du jugement t'entraînent vers le gouffre de la tristesse, vers l'abîme du désespoir, songe à Marie, dans les périls, dans les angoisses, dans le doute, songe à Marie, invoque Marie : qu'elle soit toujours sur tes lèvres, toujours dans ton cœur ; à ce prix, tu auras l'appui de ses prières, l'exemple de ses vertus. En la suivant, tu ne dérives pas ; en l'implorant, tu espères ; en y pensant, tu évites l'erreur : si elle te tient la main, tu ne peux tomber ; si elle te protège, tu n'as rien à craindre ; si elle te guide, point de fatigue ; et sa faveur te conduit au but, et tu éprouves en toi-même avec quelle justice il est écrit : « Et le nom de la vierge était Marie ».

Cet esprit de mansuétude, cette onction pénétrante se retrouve jusque dans les sujets où le saint s'abandonne aux mouvements les plus impétueux de son âme. Il était vraiment le disciple du Dieu dont il disait : « Ne fuir mies, ne dotteir mies. Il ne vient mies à armes. Il te requiert ne mies por dampneir, mais por salveir. Ne le fuis pas, ne tremble pas. Il ne vient pas avec des armes ; il ne te cherche point pour te punir, mais pour te sauver... »

Saint Bernard avait étudié l'éloquence dans les écrits des Pères de l'église, de saint Augustin surtout. Il hérite de leurs défauts, l'affectation des mots, l'abus des antithèses.

Mais la plus grande source de sa puissance était dans la sainteté de sa vie et la dignité de son caractère. Sa réputation d'homme de Dieu le précédait, les âmes étaient conquises à sa parole avant qu'il eût parlé.

La chronique a rendu légendaire celui qui fut de son temps le conseiller et l'arbitre des clercs, des rois, des papes et qui a été proclamé *le dernier Père de l'Église*. Il était tellement absorbé dans ses pensées, qu'il oubliait ce monde et le bruit qui le remplit. Il lui arriva un jour de marcher tout le long du lac de Genève sans s'en apercevoir. Il faisait des papes, admonestait les rois, gouvernait les populations à son gré et, quand il revenait de ses laborieux voyayes, il s'ensevelissait profondément à Clairvaux, dans la *valle d'absinthe*, et y réfléchissait sur la gloire de Dieu et la vanité des choses d'ici bas. Il faut venir jusqu'à Bossuet pour trouver un homme dont l'éloquence ait eu un si magique éclat.

Saint Bernard ouvrait avec trop de magnificence le moyen-âge, pour qu'il n'ait pas laissé d'écoles et pour qu'il ne se soit pas formé après lui dans ses monastères ou parmi les clercs séculiers des orateurs heureux de marcher sur ses traces. Tout nous montre que le XIIIe siècle fut une époque de splendeur à tous les degrés. Quelle que fût l'uniformité, la sécheresse de leur méthode écrite, les illustres professeurs des Universités ne pouvaient être sans un don singulier de la parole ? Comment auraient-ils autrement retenu ces milliers d'écoliers qui se pressaient autour de leur chaire ? Mais ces professeurs faisaient leurs cours en latin et les prédicateurs du menu peuple ne devaient pas chercher à faire des compositions étudiées. Les paroles des Franciscains et des Dominicains, ces prêcheurs par excellence, se dispersaient comme eux, par les villes et les bourgades et ne sont point venues jusqu'à la postérité.

La décadence qui frappa le XVe et le XVIe siècle eut son contre-coup dans la chaire. Les prédicateurs imitèrent les subtilités de l'école et firent un mélange burlesque du sacré et du profane, du sérieux et du comique. A la fin du XVe siècle Maillard, Ménot, etc. dont les noms nous ont eté transmis comme ayant eu une grande réputation de leur temps, n'étaient pas dépourvus, surtout le premier, de force et de hardiesse, mais ils tombaient dans une puérilité et un mauvais goût dont l'exagération paraîtrait impossible s'ils n'en restait des monuments.

On ne craignait pas d'amalgamer le latin et le français, de faire accompagner les citations de l'Écriture de citations du *Roman de la Rose*, les noms des saints de ceux de divinités païennes. « *Et ecce Magdalena* se va dépouiller et prendre tant en chemise et *cœteris indumentis*, les plus dissolus habillements qu'un quelqu'un *fecerat ab œtate septem annorum...* »

La chaire, dit Massillon, semblait disputer, ou de bouffonnerie avec le théâtre, ou de sécheresse avec l'école ; et le prédicateur croyait avoir rempli le ministère le plus sérieux de la religion, quand il avait débité, ou quelques termes mystérieux et barbares qu'on n'entendait plus, ou des plaisanteries qu'on n'aurait pas dû entendre.

Ce faux genre dura jusqu'au commencement du XVIIe siècle. Il ne régnait pas moins au barreau et dans les assemblées politiques. La magistrature organisée par saint Louis, les États-Généraux convoqués pour la première fois par Philippe-le-Bel, avaient fourni à l'art oratoire un théâtre nouveau. L'éloquence se développa peu à la tribune.

Au barreau, elle suivit le mouvement général. Il ne reste des derniers plaidoyés du moyen-âge que la harangue de Gerson renfermant les *remontrances* qu'il adressa à Charles VI et à son conseil en 1405 ; et deux discours prononcés à l'occasion du meurtre du duc d'Orléans.

La harangue de Gerson est un réquisitoire énergique et élégant contre les abus qui désolaient le triste règne de Charles VI. Il existe aussi quelques sermons de Gerson adressés aux *simples gens*, et où on retrouve les mêmes qualités unies à une piété douce et tendre.

Les discours de Jean Petit, avocat du duc de Bourgogne et de l'abbé de Cerisi, religieux bénédictin qui plaida la cause du droit et de la justice, sont de curieux monuments de ce genre d'éloquence. Jean Petit n'hésite pas à faire du meurtrier un héros digne de tous les éloges ; l'abbé de Cerisi, mieux servi par sa cause, trouve aussi des accents plus émus. Tous les deux hachent leurs discours de divisions et de subdivisions, embrouillent leurs sujets de subtilités bizarres et invoquent les raisons les plus inattendues pour se tirer d'affaire. On se demande comment les juges pouvaient débrouiller ce chaos, et comment, au barreau comme à l'église, il se trouvait des auditeurs pour subir le choc épouvantable de ces harangues aussi confuses qu'interminables.

La chronique seule représente dignement la prose française au moyen-âge ; telle est la conclusion à tirer avant d'aborder la Renaissance.

TEMPS MODERNES. — LA RENAISSANCE. — XVIe SIÈCLE.

Cachet de la Renaissance. — Marguerite de Valois, Rabelais, Calvin, Théodore de Bèze, François de Sales, Michel de l'Hopital, la satire Ménippée, Montaigne, Charron, La Boetie, Amyot : Brantôme, et les auteurs de Mémoires. — Les historiens, Henri IV.

Au XVIe siècle la prose ne fait pas en réalité de grands progrès mais elle devient d'un usage plus général. La Réforme oblige à adresser à la société laïque des discours philosophiques et religieux dans le langage laïque; elle répudie la liturgie romaine et fait lire les offices en français; les guerres d'Italie donnent le goût des lettres aux gentilshommes et aux dames de la cour trop frivoles pour connaître bien les lettres latines, trop mondains et trop dissolus pour aborder d'autres genres que les contes, les romans et la poésie galante, mais trop amis de la nouveauté pour ne pas se mêler d'écrire à la façon des beaux esprits d'Italie. La Ligue mêle la politique à la religion, les discoureurs aux batailleurs, échauffe les esprits, domine la foule plus par la parole que par la force; sous l'influence des nouvelles modes quelques esprits philosophiques confient les idées des anciens et les leurs à la langue française, et par dessus tout, l'imprimerie donne un essor prodigieux à la production des livres.

Le germe des révolutions est dans toutes les provinces, dans toutes les classes. On révolutionne le langage comme le reste. Jusqu'alors le peuple avait créé les mots ; il le faisait lentement, sans intention, mais judicieusement ; au seizième siècle les érudits se mêlent de les forger et, non contents de les déduire du latin par les lois de l'idiôme en formation, ils calquent le vivant sur le mort, le français sur le latin et le grec qu'ils écorchent sous prétexte d'enrichissement et d'anoblissement. Les théories ont toujours tout couvert. Ce qui en est sorti après l'épuration du dix-septième siècle, on le sait ; ce qui serait advenu sans cette torture violente imposée à la langue du xve siècle, on le conjecture moins sûrement, chacun selon sa manière de voir.

Les guerres d'Italie avaient été le grand canal qui avait introduit l'antiquité en France. Les mêmes guerres y introduisirent la raffinerie, la galanterie, la politique machiavélique et la corruption florentine.

Catherine de Médicis fit un système gouvernemental de l'immoralité de la cour.

Sans accepter tout ce que dit Brantôme, qui se complaît à grossir le mal pour rendre ses tableaux plus séduisants ou plus coupables, il est impossible de ne pas être frappé de la licence extrême des mœurs à cette époque. Le paganisme s'était introduit dans les cœurs avec les livres des anciens. Comment expliquer autrement que la reine Marguerite de Navarre ait pu publier ses nouvelles et qu'elle ait trouvé non-seulement des lecteurs, mais des admirateurs enthousiastes et des imitateurs plus graveleux qu'elle, comme son valet, Bonaventure Desperriers.

La sœur de François Ier composait ses nouvelles dans ses voyages et leur donna une grâce et une naïveté dignes de sujets moins honteux. Elle avait pris le *Décaméron* pour modèle et elle ne cherche pas à voiler Boccace. Son imagination nageait dans les peintures obscènes, n'élevant pas l'écrivain en salissant la femme. Toutes les atténuations des Réformés qui jouirent de ses faveurs ne suffiront pas à laver sa souillure. Bonaventure Desperriers alla plus loin qu'elle encore dans ses *Nouvelles recréations et joyeux devis* qui contiennent quatre-vingt-dix contes beaucoup moins agréables pour le narré que ceux de sa souveraine.

François Ier qui ne repoussait pas de semblables ouvrages, mais dont l'esprit chevaleresque se plaisait aux récits héroïques des vieux romans, essaya de ressusciter les compositions du moyen âge. Par ses ordres, Nicolas d'Herberay fit une traduction de l'*Amadis Espagnol*, que le prince avait lu à Madrid pendant sa captivité. Le traducteur s'en acquitta avec talent ; il eut plus tard quelques imitateurs ; mais on ne donna plus en ce genre que des traductions ou des imitations.

Le seul roman original du XVIe siècle est la composition bouffonne, burlesque, railleuse et satirique de François Rabelais.

Rabelais naquit, vers 1483, d'un hôtelier de Chinon en Touraine. Il garda de sa première enfance le goût des verres et du vin qu'il célèbre sans cesse dans sa chronique de Gargantua. D'autres disent qu'il naquit d'un apothicaire ; car la vie de cet homme célèbre a été tellement travestie, qu'elle est fort peu connue. Après avoir commencé infructueusement son éducation dans l'abbaye de Seuillé, près Chinon, puis, dans celle de la Baumette, à Angers, il entra dans le couvent des Cordeliers de Fontenay-le-Comte en Poitou, et il y acquit rapidement une érudition immense et la connaissance de la plupart des langues vivantes, des langues classiques et de l'hébreu. Ordonné prêtre, il s'ennuya bientôt de l'état monastique, obtint de Clément VII la permission de changer d'ordre, mais quitta tout à fait l'habit de moine. A quarante-deux ans, il eut la fantaisie d'étudier la médecine, et se rendit à Montpellier où il reçut le bonnet de docteur, exerça avec succès, et traduisit les œuvres de Galien et d'Hippocrate, que publia à Lyon le célèbre éditeur Etienne Dolet. Son libraire ne faisant pas fortune à vendre ces traductions, Rabelais composa, pour le dédommager, la *Chronique Gargantuaire*, esquisse de son futur ouvrage. L'écoulement en fut d'une rapidité inouïe. Rabelais se remit à l'œuvre et donna bientôt sa *Vie inestimable du grand Gargantua, père de Pantagruel*, et *des songes drôlatiques de Pantagruel*.

Pantagruel parut en 1533, sous le pseudonyme d'Alcofribas Nasier, anagramme de François Rabelais. La réputation de Rabelais le fit choisir comme secrétaire et médecin par Jean du Bellay, évêque de Paris, qui partait pour Rome en qualité d'ambassadeur. Ce fut une bonne fortune dont Rabelais profita pour étudier Rome et ses monuments. Il ne resta que six mois à Rome et eut le temps d'y apprendre l'arabe et de se faire remarquer par son esprit et rechercher pour son éloquence facétieuse. Rappelé en France au bout de six mois, il se trouva de passage à Lyon, sans argent pour payer l'hôtelier. On raconte à ce sujet une anecdocte dont nous ne garantissons pas plus la vérité que celle de tout ce qui est rapporté de cet excentrique personnage, mais que nous rapportons parce qu'elle a donné lieu au dicton proverbial du *quart d'heure de Rabelais*. Rabelais donc, pour être défrayé durant son voyage et pour ne pas se faire connaître, se serait habillé de la façon la plus bizarre, et après avoir réuni autour de lui un nombreux auditoire par ses discours charlatanesques, aurait dit d'un air mystérieux : « Voici un poison très subtil que je suis allé chercher en Italie pour vous délivrer du roi et de ses enfants. Je le destine à ce tyran qui boit le sang du peuple et dévore la France ». Rabelais aurait été aussitôt dénoncé, garotté et conduit sous bonne garde à Paris où il aurait rendu compte de sa mission à François Ier fort réjoui de l'aventure.

Quoi qu'il en soit de cette aventure vraie ou supposée, Rabelais revint à Lyon reprendre ses travaux de philologie et de médecine, commença la publication de Gargantua, puis, retourna à Rome et eut bien soin d'obtenir la protection du Saint-Siège avant de rentrer en France où François Ier brûlait les hérétiques.

Rabelais, sceptique, moqueur, licencieux, attaqua toutes les institutions de son temps avec une hardiesse excessive, et une grossièreté de langage sans exemple. Il ne ménagea personne et n'eut aucun souci de la morale, mais peu désireux d'être roué ou brûlé, il sut toujours éviter de toucher au dogme et, à force de ruse et de protection, il réussit à ne pas encourir la colère de la Sorbonne. Le quatrième livre de Gargantua fut cependant arrêté par la censure et peu s'en fallut que Rabelais ne se repentit de l'avoir écrit.

Devenu vieux, et désireux de se reposer, il obtint du cardinal du Bellay une prébende en l'église collégiale de Saint-Maur-les-Fossés et la cure de Meudon. Il passa ses dernières années occupé du soin de sa paroisse et s'acquit une réputation de bonhomie qui doit avoir une raison d'être. Aussi nous paraît-il impossible d'admettre le récit de ceux qui le font mourir en prononçant des plaisanteries blasphématoires. Ses amis le font mourir sinon en catholique fervent au moins d'une manière digne et conforme à son âge comme à son état. Il n'est pas admissible que Rabelais, qui n'attaqua pas le dogme dans ses plus grands écarts et au plein de sa vie, l'ait tourné en ridicule au moment de la mort et quand il avait accepté les charges d'une paroisse.

Son nom n'en est pas moins le symbole de la débauche d'esprit. Nul homme ne se permit tant de sans-gêne avec la langue et, si nous lui donnons une aussi grande place, ce n'est pas parce qu'il *fustigea* les excès et les ridicules de son temps, en les attaquant partout, dans la magistrature, l'Université, la cour, l'Église, etc.; ce n'est pas seulement parce qu'il eut une verve intarissable, mais surtout parce que, tout en s'en défendant, il est l'héritier direct du vieil esprit gaulois qu'il sut allier à l'esprit des anciens, et que nul au XVIe siècle ne contribua plus que lui à l'enrichissement de la langue française. Rabelais — c'est maintenant un fait incontesté — est le premier qui ait observé dans la prose des règles invariables, et qui en ait arrêté la syntaxe, tout en lui laissant ses idiotismes. Peu d'écrivains ont importé dans notre langue tant de richesses durables. Il sait merveilleusement

prendre tous les tons, et dans tous les genres il est toujours original. M. de Chateaubriant a beaucoup vanté le *grand style du curé de Meudon.* « Son fran-
» çais, sans doute, dit Sainte-Beuve, malgré les mo-
» queries qu'il fait des *latinisants* et des *grécisants*
» d'alors, est encore bien rempli et comme farci des
» langues anciennes, mais il l'est par une sorte de
» nourriture intérieure, sans que cela lui semble
» étranger, et tout, dans sa bouche, prend l'aisance
» du naturel, de la familiarité et du génie. »

« A ces titres, Rabelais mérite qu'on le range, comme l'a fait Pasquier, parmi les *pères de notre idiome,* et son principal ouvrage, rempli de tant de fatras et d'ordures qui faisaient souhaiter à Voltaire qu'il *fût réduit tout au plus à un demi-quart,* restera comme un des monuments de la langue française. » (1)

On a beaucoup discuté sur le fond lui-même de cet ouvrage.

A prendre au pied de la lettre Rabelais, qui était madré et voulait en bon médecin faire avaler la pilule sans qu'on s'en aperçût, il ne songeait qu'à guérir les malades par une bonne potion de rire. Il écrit en tête de son livre :

— La vie très horrifique du grang Gargantua, père de Pantagruel, jadis composée par M. Alcofribas, abstracteur de quinte-essence.

AUX LECTEURS.

« Amys lecteurs, qui ce livre lisez,
Dépouillez-vous de toute affection ;

(1) Frédéric Godefroy. — *Histoire de la littérature française au* XVIe *siècle.*

Et le lisant ne vous scandalisez.
Il ne contient mal ne infection.
Vray est qu'icy peu de perfection
Vous apprendrez, si non en cas de rire :
Aultre argument ne peut mon cueur eslire.
Voyant le deuil qui vous mine et consomme,
Mieulx est de ris que de larmes escripre ;
Pour ce que rire est le propre de l'homme. »

Les contemporains de Rabelais ont vu autre chose dans son livre et la postérité y a voulu tout voir, même ce qui n'y est pas, et ce qui n'y saurait être.

« Dans le livre de Rabelais, dit Nisard, il y a une partie de fantaisie pure, de facétie, de libertinage d'esprit, de farce ; il y a une autre partie d'obscénités, vrai cloaque qui ne peut avoir de qualification en littérature ; il y a enfin une troisième partie philosophique, évidemment écrite dans un but d'allusion satirique, pleine de bon sens, et d'un style très supérieur en originalité réelle, en maturité, à celui des deux autres parties. Il faut rire de la première partie, si l'on peut, et si l'on en comprend toutes les finesses, mais sans se mettre à la torture pour y découvrir un sens sérieux qui n'y est pas. Il faut glisser sur la seconde, qui souille la vue, et ne peut chatouiller qu'une intelligence grossière ou affadie. Enfin, il faut admirer la troisième, l'étudier, en faire son profit, en retenir les pensées durables, en méditer les richesses du style, en apprendre par cœur certains aphorismes d'un sens supérieur et d'une pratique éternelle. »

J'ajouterai qu'il faut y étudier la vivacité, la légèreté, la désinvolture, la nature et le piquant de la phrase, l'à-propos, la précision, la diversité des mots qui nous révèlent la richesse non-seulement de la langue rabelaisienne, mais de la vieille langue française vraiment trop dépréciée, et appauvrie par les maladroits émondements de ses prétendus enrichisseurs eux-mêmes. Rabelais n'était nullement en quête des mots : ils accouraient pressés se ranger sous sa plume :

« Puis, affin que toute sa vie feust bon chevaulcheur, lon luy feit ung beau grand cheval de boys, lequel il faisoit penader, saulter, voltiger, ruer et dancer tout ensemble ; aller le pas, le trop, l'entrepas, le gualop, les ambles, le holin, le traquenard, le camelin et l'onagrier. »

Voilà bien une abondance superflue dans une seule phrase prise au hasard entre mille, et pas un de ces mots n'a la mine étrangère.

Aussi comme Rabelais se moque avec aisance et avantage — bien qu'il ait quelquefois péché suivant le goût du jour — des gréciseurs et des latiniseurs !

Ronsard ne lui pardonnait pas ses railleries, et tâcha de s'en venger dans une épitaphe qu'il fit après la mort de Rabelais.

« Or toy quiconque sois qui passes,
Sur sa fosse repan des tasses,
Repan du bril (1) et des flacons,
Des cervelas et des jambons ;
Car si encore dessous la lame
Quelque sentiment a son âme
Il les aime mieux que les lis,
Tout soient-ils fraischement cueillis.

(1) Du cristal et du verre.

L'épigramme n'est pas bien aiguisée et ne doit pas piquer le mort à qui la postérité a donné raison contre ceux « dont la muse en français parla grec et latin » selon l'expression de Boileau.

Si Rabelais a conquis à la langue française la fécondité, la souplesse, la vivacité, on a dit que Calvin avait contribué puissamment à lui infuser l'énergie et la force. Il fut, en effet, sobre de style, et sa phrase est remarquable par le nerf et la précision, comme ses compositions le sont, en général, par l'ordre et la méthode : « Donnons-lui, puisqu'il le veut tout, dit Bossuet, cette gloire d'avoir aussi bien écrit qu'homme de son siècle : mettons-le même si l'on veut, au-dessus de Luther ; car encore que Luther eût quelque chose de plus original et de plus vif, Calvin, inférieur par le génie, semble l'avoir emporté par l'étude. Luther triomphait de vive voix ; mais la plume de Calvin était plus correcte, surtout en latin ; et son style, qui était plus triste, était aussi plus suivi et plus châtié. Ils excellent l'un et l'autre à parler la langue de leur pays : l'un et l'autre étaient d'une véhémence extraordinaire ; l'un et l'autre, par leurs talents, se sont faits beaucoup de disciples et d'admirateurs ; l'un et l'autre, enflés de ces succès, ont cru pouvoir s'élever au-dessus des Pères, l'un et l'autre n'ont pu souffrir qu'on les contredît et leur éloquence n'a été en rien plus féconde qu'en injures. »

« Point de mots inutiles, dit de son style M. Saint-Marc-Girardin, il procède par des traits vifs, qui conviennent à son argumentation pressante et supprime les articles dès qu'ils ne lui sont pas indispensables. Ce style nerveux, qui s'accorde si bien avec la rapidité de son caractère et qui en est l'expression, l'élève au-dessus de presque tous les écrivains qui le précédèrent, et l'égale même à quelques-uns de ceux qui le suivirent. Les expressions sont antiques, mais toujours fortes : sa véhémence est exempte de déclamation : son érudition, de pédantisme. Souvent une de ses phrases renferme et voile le sens d'un long paragraphe. Economie de mots bien digne d'éloges, dans un siècle où leur abondance semblait, à presque tous les écrivains, la preuve de l'étendue de l'esprit. »

On remarque surtout les qualités de Calvin, comme écrivain, dans l'*Institution chrestienne*, son principal ouvrage publié en 1535, alors que l'auteur n'avait que 26 ans, et qu'il donnait comme un traité complet de théologie : « Mon but a esté, dit-il dans son Avertissement au lecteur, de tellement préparer et instruire ceulx qui se voudront adonner à l'estude de theologie, à ce qu'ils aient facile accès à lire l'Escriture Sainte, et à profiter, et se bien advancer à l'entendre, et tenir le bon chemin et droict sans chopper. Car je pense avoir tellement compris la forme d'enseigner que j'ay suivie, pourra aisément juger et se résouldre de ce qu'il doibt chercher et l'Escripture, et à quel but il faut rapporter le contenu d'icelle. »

La doctrine de Calvin est assez connue pour qu'il n'y ait pas à l'apprécier. Sa vie ne l'est pas moins : hérésiarque et despote à Genève, il fit beaucoup de mal à la France qu'il agita par ses livres; mais il ne fut jamais populaire, et s'il n'est pas permis d'aller contre les témoignages qui en font un écrivain soigné et au-dessus de son époque, il est au moins téméraire de lui assigner une influence littéraire bien grande.

Son influence fut toute religieuse et politique : la nature de ses ouvrages n'en permettait la lecture qu'à un petit nombre d'érudits qui les lisaient plus pour le fond que pour la forme; les guerres de religion les empêchèrent de se répandre longtemps; le triomphe du catholicisme les éloigna pour toujours de la cour et des cercles lettrés de la France. Si les protestants nous avaient donné de grands prosateurs au seizième siècle et au dix-septième, on pourrait saluer le génie de Calvin comme littérateur; mais il n'en est pas ainsi. Il n'eut dans les lettres qu'un disciple ou un ami, Théodore de Bèze, et l'historien des *Églises réformées* n'a d'illustration que parce qu'il a raconté avec partialité, avec un zèle farouche, les exploits de sa secte.

Il serait plus juste de reporter à un autre écrivain religieux mais catholique, évêque de cette même ville de Genève que Calvin tint sous sa main tyrannique, la part de légitime influence qui lui revenait non point pour la force, la précision qu'il aurait donnée à notre langue, mais pour la grâce, l'élégance, la douceur, l'onction chrétienne, la suavité évangélique, la poétique ingénuité qu'il sut répandre dans des écrits qui ont été lus et qui sont encore lus par toutes les âmes chrétiennes partout où l'on comprend la langue française.

Calvin était froid, rigide, comme sa doctrine. Il manque d'élégance, de coloris; ses ouvrages s'imposaient peut-être aux esprits assombris; ils ne plaisaient à personne. Ceux de François de Sales tiennent aussi de la personne du saint, ils sont gracieux comme il était aimable.

Son style est facile et abondant, son imagination

riche et fraîche ; il aime à se servir des comparaisons ; ses lettres surtout, qu'il n'écrivit point pour la postérité, offrent un charme indéfinissable par l'abandon, une naïveté qui n'exclue pas l'esprit, la tendresse qu'elles respirent et qui fait place quelquefois à une énergie auguste et sainte. Deux ouvrages principaux ont marqué la vie si remplie du saint, son *Introduction à la vie dévote* et son *Traité de l'amour de Dieu.*

L'*Introduction* a pour but de démontrer que la dévotion n'a rien d'incompatible avec les relations mondaines. Elle fut composée, dit-on, à la prière de Henri IV. Il n'y a pas, après l'Imitation, d'ouvrage spirituel qui soit mieux goûté. Il a été traduit dans toutes les langues.

Ce n'est pas précisément l'écrit d'un philosophe ni même celui d'un théologien, c'est le parfum d'une âme élevée et tendre profondément remplie des trésors de la charité chrétienne. Il fait aimer la religion et la vertu par l'idée douce et attrayante qu'il en donne :

« La dévotion, dit saint François de Sales, est le vray sucre spirituel, qui oste l'amertume aux mortifications et la nuisance aux consolations : elle oste le chagrin aux pauvres et l'empressement aux riches, la désolation à l'oppressé et l'insolence aux favoris, la tristesse aux solitaires et la dissolution à celui qui est en compagnie ; elle est de feu en hyver et de rosée en esté ; elle sçait abonder et souffrir pauvreté, elle rend également utile l'honneur et le mépris.....

« La dévotion est la douceur des douceurs, c'est la perfection de la charité. Si la charité est un laict, la dévotion en est la cresme ; si elle est une plante, la dévotion en est la fleur ; si elle est une pierre précieuse, la dévotion en est l'éclat ; si elle est un baume précieux, la dévotion en est l'odeur, et l'odeur de suavité qui conforté les hommes et réjouit les anges. »

Le *Traité de l'amour de Dieu* est tout à fait métaphysique et n'a pas la portée littéraire de l'*Introduction*. Le saint n'y est pas complètement débarrassé des subtilités de l'école; Bossuet lui reproche de n'être pas toujours sûr dans l'exposition de ses principes. Bien qu'écrit avec la même plume qui avait écrit l'*Introduction* et les *Lettres*, il est plus abstrait et d'une lecture plus ardue.

L'humilité avec laquelle il aborde un si grand sujet est admirable :

« Je ne fay pas pourtant, dit-il, profession d'estre escrivain ; car la pesanteur de mon esprit et la condition de ma vie exposée au service et à l'abord de plusieurs, ne me le sçauroient permettre. Pour cela, j'ay donc fort peu escrit, et beaucoup moins mis en lumière. »

Il y a loin de ces bas sentiments de lui-même à l'orgueil de lettré que manifestait Calvin. « Rien, dit Bossuet, parlant de cet hérésiarque, ne le flattait davantage que la gloire de bien écrire, et Westphale, luthérien, l'ayant appelé déclamateur : « Il a beau » faire, dit-il, jamais il ne le persuadera à personne; » et tout le monde sait combien je sais presser un ar- » gument, et combien est précise la brièveté avec la- » quelle j'écris. »

Il n'est pas étonnant qu'avec un tel caractère et une si grande vertu, François de Sales ait ramené à la vraie religion tant d'âmes égarées dans l'hérésie (70,000 dit-on). La prédication avait fait avec lui d'immenses progrès. Il parle simplement en bon français et son but est évident : il ne tend pas à faire des phrases, mais à convertir au Seigneur ou à garder dans les voies du salut.

Saint François de Sales se plaisait au milieu des populations qu'il avait évangélisées, et s'il avait une autre affection dans ce monde, elle était portée sur une autre âme sainte qu'il dirigeait selon Dieu et pour laquelle son amitié est demeurée célèbre. L'intimité mystique des deux saints nous a valu une correspondance tour à tour noble, gracieuse, spirituelle, au sens religieux de ce mot, et dont tous les termes témoignent d'un parfait amour de Dieu et de ses œuvres. Unissant dans une seule affection ses chères montagnes et la pieuse veuve, il lui écrivait de la vallée de Chamonix :

« J'ay vu ces jours passés des monts espouvantables, tout couverts d'une glace épaisse de dix et douze piques de haut. Mais, ma chere fille, ne vous diray-je pas une chose qui en fait frissonner les entrailles de crainte, chose vraie ! Devant que nous fussions au pays des glaces, environ huit jours, un pauvre berger couroit çà et là sur les glaces pour recouvrer une vache qui s'estoit esgarée, et, ne prenant pas garde à sa course, il tomba dans une crevasse et fente de glace de douze piques de profondeur. On ne sçavoit ce qu'il estoit devenu, si son chapeau, qui à sa chute lui tomba de la teste et s'arrêta sur le bord de la fente, n'eust marqué le lieu où il estoit tombé. O Dieu ! un de ses voisins se fit devaler avec une corde pour le chercher, et le trouva non seulement mort mais presque tout converti en glace ; et en cet estat, il crie qu'on le retire vivement, autrement qu'il mourra du gel. On le tira donc avec son mort entre les bras, lequel après il fit enterrer..... »

L'éloquence profane n'eut pas son François de Sales : elle ne fit pas les mêmes progrès que la chaire, au XVIe siècle. On ne sut pas sortir, au barreau, du genre burlesque et du pêle-mêle des divisions et des citations païennes ou chrétiennes.

Mais un orateur politique de ces temps a plu beaucoup aux nôtres, plus par son esprit de conciliation, sa conduite indépendante au milieu des partis en lutte, et ses instincts de liberté que par une réelle éloquence. Il y a pourtant de la force, de l'élévation et quelquefois de la profondeur dans les discours de Michel de l'Hôpital.

S'il est exagéré d'y trouver des modèles d'éloquence politique, on ne peut s'empêcher d'admirer l'esprit assez ferme et assez pondéré pour prononcer ces paroles nobles et hardies : « Sire, n'écoutez pas ceux qui prétendent qu'il n'est point de la dignité royale de convoquer des états. Qu'y a-t-il de plus digne d'un roi que de donner à tous ses sujets permission d'exposer leurs plaintes en liberté, publiquement, et en un lieu où ne peuvent se glisser l'artifice et l'imposture ? Dans ces assemblées, les souverains sont instruits de leurs devoirs. On les engage à diminuer les anciennes impositions ou à n'en pas mettre de nouvelles, à retrancher ces dépenses superflues qui ruinent l'État ; à n'élever aux dignités que des sujets dignes de les remplir : devoirs négligés aujourd'hui, parce que les rois ne voient et n'entendent que par les oreilles d'autrui. »

Voilà certes des remontrances qui font honneur à l'homme et ne déparent pas un discours.

L'Hôpital était profondément versé dans la connaissance des lettres anciennes, mais il abuse de son érudition et cède trop souvent à la manie de citer à tout propos du grec et du latin.

S'il fut l'homme de la liberté, il fut un peu aussi l'homme du doute, de ce doute modéré, concentré, qui ne se produit à l'extérieur que par une sorte d'indifférence réfléchie pour toutes les opinions tranchées. Il ne fut ni ligueur, ni réformé; il ne fut pas même monarchiste. Il navigua platoniquement entre les divers partis, cherchant honnêtement, on le suppose, à remettre l'accord, non pas en ramenant à la vérité, chose élastique aux yeux des hommes de centres, mais en amenant à des transactions difficilement compatibles avec la rigueur de la doctrine chrétienne et la fermeté des convictions.

On peut rattacher à son école les auteurs de la satire *Ménippée*. Ils poursuivirent du moins un but quelque peu analogue; mais ils eurent la fortune d'attaquer la Ligue quand elle avait dégénéré tout à fait en faction. Ils travaillèrent donc sciemment ou non à une œuvre vraiment nationale.

Les États généraux s'étaient rassemblés à Blois, sur la convocation du duc de Mayenne, le 10 février 1593, pour élire un roi. La satire *Ménippée* voulut détruire la Ligue et faire triompher le parti national représenté par Henri de Navare, légitime héritier de la couronne des Valois. La Ligue poursuivait toujours un but religieux en refusant d'admettre sur le trône de saint Louis un prince hérétique. Malheureusement le duc de Mayenne avait des projets ambitieux, et le roi d'Espagne Philippe II n'en poursuivait pas de moins dangereux pour la France. La Ligue étant entre leurs mains, la royauté, d'une part, était en péril, de l'autre, la religion. Aussi, dans ces temps difficiles, ne sait-on qui absoudre; celui-là seul qui sonde les reins et les cœurs peut s'assurer des intentions.

La satire *Ménippée* contribua plus que les armes à la destruction de la Ligue, qu'elle tua par le ridicule. L'idée en était venue à Pierre le Roy, chanoine de Rouen et aumônier du nouveau cardinal de Bourbon, qui se réunissait souvent avec quelques savants chez un autre chanoine, devenu conseiller-clerc au parlement de Paris en 1573. Il communiqua son plan à Nicolas Rapin, lieutenant de la prévôté, à Passerat, successeur de Ramus au collège de France, à Florent Chrestien, ancien précepteur de Henri IV, et enfin à Pierre Pithou, jurisconsulte des plus éminents. Tous cinq travaillèrent de concert à cette satire, et Pithou y mit la dernière main. Tous les soirs, dans leurs réunions, ils s'étaient mutuellement excité la verve, et cette satire, qui répondait si parfaitement aux préoccupations du moment, produisit un effet merveilleux. On la réimprima quatre fois dans un mois. On la vante plus maintenant qu'on n'en fait la lecture; cependant le soin que les auteurs ont mis à généraliser leurs caractères et leurs portraits ont conservé à quelques parties l'attrait de la nouveauté.

« Dans ce livre, chaque acteur a une part de vérité contemporaine qui marque sa date et son nom, et une part de vérité abstraite et philosophique qui lui donne quelque chose d'éternel. C'est par là que la satire *Ménippée* est autre chose qu'un admirable pamphlet, car les pamphlets ne peignent des gens que les costumes et les dehors. La *Ménippée*, qui est une comédie, perce jusqu'à l'homme, et, sous les ridicules du jour, elle montre et fait ressortir les passions éternelles de notre nature. »

Il y avait un mauvais côté dans cette moquerie, c'est que le ridicule rejaillissait facilement des hommes sur les institutions, de la Ligue sur la religion.

La Réforme ne réussit qu'à une chose en France, à semer le doute dans les esprits. Le scepticisme envahit la société; la philosophie s'en fit l'écho par la voix de Montaigne et de Charron. Le temps n'était plus où l'on ne reconnaissait qu'un maître, Aristote. Les tendances étaient à s'affranchir de tout joug.

L'autorité d'Aristote avait été bien exagérée, l'exclusivisme de l'école était grotesque. Mais on tomba d'un excès dans un autre, et, en se débarrassant de la scolastique, on ne sut pas la remplacer. On « erra, comme dit l'Écriture, dans des voies qui n'en sont pas ».

Montaigne nous plaît moins qu'il ne plaît à notre siècle et qu'il n'a plu surtout aux coryphées du voltairianisme. Il est le précurseur en ligne droite de Bayle, de Voltaire, de Jean-Jacques, de toute l'école athée ou simplement sceptique; son esprit n'est pas l'esprit français. Il appartient plus à l'ancien monde qu'au nouveau; il est plus païen que chrétien, plus ami de l'antiquité que de sa patrie, et au fond il ne sait ni ce qu'il est, ni ce qu'il veut. En réalité, ce n'était pas un mauvais homme; il ne désirait pas l'erreur, et je crois qu'il cherchait la vérité ; il ne se plaisait pas au mal, et je me plais à penser qu'il avait un vague amour pour la vertu; mais sans principe arrêté, sans volonté aucune, — ce fut là son grand malheur et peut-être son seul septicisme, le scepticisme d'un esprit irrésolu et indécis, — il touchait à tout et n'aboutissait à rien. Il pensa habilement, ou plutôt il choisit habilement les pensées d'autrui et fit un geai philosophique le mieux paré qu'on puisse voir; mais si l'on cherche dans ses écrits une suite et une méthode, on perd son temps; si on attend une conclusion, on en est pour ses peines.

Ses *Essais* ne sont ni l'exposition d'un système, ni la conception d'un esprit supérieur; c'est une anthologie de la philosophie antique modernisée.

Montaigne est une abeille qui va de droite et de gauche, attirée par tous les parfums, mais ne puisant ses sucs que dans les fleurs fortes et cultivées, et déposant le miel qu'il en compose, tantôt dans une ruche et tantôt dans une autre, sans prendre soin toujours de séparer le miel de la cire, la nourriture de son casier.

Il s'est rendu pleine justice à lui-même, en appelant modestement ses extraits personnifiés des *Essais*. Ce sont bien des essais, essais d'homme mûr, ayant goût sain et bon flair, mais incapable d'achèvement.

Il ne faut point trop l'en blâmer; il vivait dans un siècle en plein désarroi et presque noyé entre le paganisme, la Réforme et le catholicisme, entre l'antiquité, le moyen-âge et l'avenir incertain. Il fut le premier, avec Amyot, qui mit en bon français le bon latin et le bon grec. Ce mérite seul est un titre de gloire.

« Sa vie, a dit M. Villemain, nous offre peu d'événements : elle ne fut point agitée ; c'est le développement paisible d'un caractère aussi noble que droit.

« Les *Essais* ne furent pour Montaigne qu'un amusement facile, un jeu de son esprit et de sa plume. Heureux l'écrivain qui, rassemblant ses idées comme au hasard, et s'entretenant avec lui-même, sans songer à la postérité, se fait cependant écouter d'elle. On lira toujours avec plaisir ce qu'il a produit sans effort. Toutes les impressions de sa pensée, fixées à jamais par le style, passeront aux siècles à venir. Quel fut son secret ? — Il s'est mis tout entier dans ses ouvrages. Il jouira donc mieux que personne de cette immortalité que donnent les lettres, puisqu'en lui seul l'homme ne sera jamais séparé de l'écrivain, et que son caractère ne sera pas moins immortel que son talent. »

Je ne vais pas si loin, mais j'accorde qu'il était bon homme, et qu'il était, comme il le dit lui-même, « de bonne foy ». Il mourut chrétien.

Quand il sentit sa fin approcher, il fit dire la messe dans sa chambre. Au moment de l'élévation, il se souleva, les mains jointes, et expira, le 13 septembre 1592. Il était né au château de Montaigne, en Périgord, le 28 février 1533.

Dans le Périgord aussi, à Sarlat, était né son ami et protégé Etienne de la Boétie, dont on ne le sépare pas et qu'on a beaucoup surfait à cause de l'amitié qui le lia à Montaigne, des éloges que cet ami lui décerna sans mesure, et d'un *Discours sur la servitude vo-*

lontaire, amplification juvénile où les philosophes et certains libéraux ont voulu voir un chef-d'œuvre.

La Boétie mourut jeune; ses commencements promirent beaucoup; mais vraiment il ne produisit guère, et l'on ne comprend pas le bruit qui s'est fait autour de son nom. Il fait tomber la responsabilité de la tyrannie sur quelques ambitieux subalternes et il n'a peut-être pas tort, s'il n'entend pas par tyrannie toute royauté.

« Ce ne sont pas, dit-il, les bandes de gens à cheval, ce ne sont pas les compaignies de gents à pied, ce ne sont pas les armes ; mais on ne le croira pas du premier coup, toutes fois il est vray. Ce sont toujours quatre ou cinq qui maintiennent le tyran, quatre ou cinq qui tiennent le pays en servage. Misérables ! chargés pendant leur vie des malédictions du peuple ; après leur mort, des vengeances de l'histoire et de la justice du Ciel. De ma part, je pense bien, et ne suis pas trompé, qu'il n'est rien si contraire à Dieu, tout libéral et débonnaire, que la tyrannie, qu'il réserve bien là-bas, à part pour les tyrans et leurs complices, quelque peine particulière. »

Ce discours sur la *Servitude volontaire* fut l'occasion de sa liaison avec Montaigne. Celui-ci fut frappé d'idées qui étaient les siennes et de ce style imité des anciens ; il désira faire sa connaissance, et depuis ce temps leur intimité fut parfaite.

La Boétie avait composé des Mémoires que nous ne possédons plus et dont on sait à peine le sujet. Il y traitait de l'édit de janvier 1562 qui avait accordé aux calvinistes l'exercice public de leur religion. Il est donc plaisant de voir M. Léon Feugère s'extasier avec quelques autres des beautés que doivent renfermer ces Mémoires « quoique nous manquions de tout renseignement à cet égard». «On doit supposer, dit-il, que la sûre raison, le style énergique de la Boétie ne lui avaient pas fait défaut dans un sujet qui convenait si bien à la nature de son talent. » Cet *on doit supposer* est charmant.

Montaigne au moins avait une excuse en outrant ses éloges, son amitié sincère pour ce jeune homme et les espérances qu'il fondait sur ses hautes qualités. Cette affection partagée lui a fait écrire une belle page sur l'amitié.

Cette page est une des rares où Montaigne est complètement lui-même. Il oubliait ici les anciens pour songer à son ami. Le sentiment personnel le fait être lui-même.

L'éducation de Montaigne donne à comprendre pourquoi partout ailleurs il est le pilleur habile des grecs et des latins. Elle avait été assez singulière. Confié dès son enfance à de savants précepteurs, il savait à six ans le latin et commençait à apprendre le grec, quoiqu'il ne connût pas encore le français. Aussi appelle-t-il le latin sa langue maternelle : « Quant au latin, qui m'a esté donné pour maternel, j'ay perdu par desaccoustumance la promptitude de m'en pouvoir servir à parler, ouy (1) et à escrire, en quoy aultrefois je me fesois appeler maistre Jehan. »

Ses *Essais* n'eurent d'abord qu'un demi-succès. Tandis que le cardinal Duperron les appelait avec beaucoup d'enthousiasme et peu de sens *le bréviaire des honnêtes gens*, Joseph Scaliger traitait Montaigne d'*ignorant hardi*. Ces opinions extrêmes se reprodui-

(1) Même.

sirent au dix-septième siècle ; mais le dix-huitième vit dans les *Essais* ce qu'on y voit de nos jours avec indulgence pour les bonnes intentions de l'écrivain, c'est-à-dire les origines du sophisme philosophique. Montaigne était indolent de tempérament et d'habitudes ; il ne creusait point ses sujets et laissait percer ses hésitations, au lieu de les détruire. « S'il a douté en apparence de toute doctrine, c'est qu'il s'est effrayé des fatigues qui eussent été nécessaires pour la bien asseoir. Ce qu'il y a de plus fâcheux que ses incertitudes, c'est la complaisance qu'il paraît y trouver » (1).

Madame de Sévigné paraît l'avoir apprécié à sa juste valeur quand elle écrit à sa fille : « Je vous dirai que Montaigne est accommodé avec moi sur beaucoup de chapitres ; j'en trouve d'admirables et d'inimitables, et d'autres puérils et extravagants, et je ne m'en dédis point. »

Mais madame de Sévigné, qui parlait si judicieusement de Montaigne, s'égarait singulièrement sur son continuateur et son disciple, l'abbé *Charron*, dont elle prisait fort la lecture. Très réputé de son temps comme prédicateur, Charron fit connaissance avec Montaigne quand celui-ci était maire de Bordeaux et qu'il était lui-même chanoine dans cette ville. Il se fit estimer du clergé en publiant un traité théologique intitulé *les Trois vérités* et où il combattait avec méthode et fort correctement l'athéisme, les erreurs des païens, le schisme et l'hérésie. Mais il se mit à imiter Montaigne en publiant le *Traité de la sagesse*, et il quitta complètement les voies de l'orthodoxie. La publication de ce traité fit scandale ; il fut obligé de s'amender.

(1) Gérando, *Hist. comp. des syst. de philos.*

La valeur philosophique de cet écrit n'est que très ordinaire.

L'abbé Charron, ecclésiastique vertueux, mais esprit peu ordonné, comme le prouve la contradiction qui existe entre sa foi et les dangers de son ouvrage pour la doctrine catholique, n'est pas non plus profond et créateur. Il se traîne péniblement sur les traces de Montaigne et ne fait qu'alourdir ce que son devancier avait présenté d'une façon neuve et piquante. Il accentue son pyrrhonisme et pose nettement le doute systématique comme le meilleur moyen d'arriver à la vérité.

En somme, son scepticisme, quoique plus avancé que celui de Montaigne, procède des mêmes sources. Il appartient bien à cette époque de rébellion et d'enfantement qui s'insurgea contre tout ce qu'avait produit le moyen-âge : religion, littérature, philosophie. Aristote n'était plus à la mode, et ce n'était pas un mal, si l'on songe au despotisme intellectuel qu'il exerçait depuis trois siècles. Mais au nom de la liberté de l'esprit on détruisit la liberté; au nom de la raison on attaqua la religion, tout en ébranlant les droits de la raison elle-même. Les doctrines de la Réforme sur le libre-arbitre sont bien plus désolantes que n'était ridicule l'engoûment pour Aristote. Il était exagéré d'admettre tout parce que c'était la parole du maître ; mais il ne l'est pas moins de se jeter dans le fatalisme religieux pour se débarrasser de l'autorité de l'Église, ou de demeurer suspendu dans le vague pour échapper au joug de la scolastique.

Voilà tout ce que sut faire pourtant au seizième siècle la réforme religieuse comme la réforme philosophique.

La philosophie, la littérature et la langue eurent le caractère de ce siècle tourmenté ; elles furent inconstantes, indéfinies, irrégulières. On y fut tout à la fois ou tour à tour Grec, Latin, Italien, même Espagnol, rarement Français. Un homme seul y fut complètement dans son rôle, ce fut un traducteur, Amyot. Il transporta, comme il devait le faire, les idées d'un ancien, le plus célèbre biographe et le meilleur moraliste de l'antiquité, dans la vieille langue nationale, qu'il enrichit, à bon escient, d'imitations venues ici en leur temps et lieu, de tournures helléniques et de mots rangés d'eux-mêmes sous la bannière française.

Jamais avant et après lui aucun traducteur ne se fit pour la seule traduction une réputation égale à la sienne. Il a été suivi, jamais surpassé, difficilement imité. La naïveté de son vieux langage a un parfum d'antiquité qu'on ne pourra plus reproduire ; il s'est si complètement identifié son modèle qu'il semble être Plutarque lui-même.

Ce n'est pas un Français imitateur ; c'est un ancien pensant l'antiquité en la rendant, telle qu'elle est, dans une langue moderne. Là est le secret du charme conservé par la traduction d'Amyot, car sa fidélité comme traducteur est fort contestée. Convenons que, s'il eût pris moins de liberté avec le texte grec, il eût été moins naturel.

Tout en s'excusant de ses défauts, il ajoute : « Car encore puis-je bien asseurer, quelque dur ou rude que soit le langage, que ma traduction sera beaucoup plus aisée aux François, que l'original grec à ceulx mesmes qui sont le plus exercitez en la langue grecque, pour une façon d'escrire plus aiguë, plus docte et pressée, que claire, polie ou aisée, qui est propre à Plutarque. »

Amyot avait été bien préparé à ce dur, ennuyeux et ingrat travail de la traduction par les rudes années de sa jeunesse.

Né à Melun, d'un pauvre artisan, il se fit, dit-on, le domestique des étudiants du collège de Navarre, pour pouvoir s'instruire lui-même.

A vingt-trois ans, il alla à Bourges, y devint précepteur des enfants de Bouchetel, secrétaire d'État, puis professeur de littérature latine et de littérature grecque à l'Université de cette ville.

Son enseignement le fit connaître: ses traductions le recommandèrent à l'attention de François Ier, et il fut bientôt sur le chemin des honneurs. Après avoir quelque temps séjourné en Italie, à la suite de notre ambassadeur à Venise, puis, dans la maison de l'évêque de Mirepoix, à Rome, il fut agréé, sur la présentation du cardinal de Tournon, comme précepteur des enfants d'Henri II. Enfin, il fut nommé à l'évêché d'Auxerre.

Outre les vies et les œuvres morales de Plutarque, Amyot a traduit l'*Histoire de Theagène et de Chariclée*, par Héliodore, et *Daphnis et Chloé* de Longus, romans grecs assez curieux pour leur date et leur genre, mais fort peu dignes de sa plume sacerdotale.

Il est vrai qu'en ce temps, c'était goutte d'eau, après les *Nouvelles* de la reine Marguerite, et les *Dames galantes* de Brantôme. Brantôme aussi a écrit les Vies des hommes illustres et des grands capitaines, mais ce fut comme historien, s'il est permis de donner le nom d'histoire à ces récits faits à bâtons rompus et de toutes pièces, où Brantôme n'avait aucun plan suivi, aucun but bien déterminé, et qu'il remit vingt fois sur le métier pour élargir son cadre.

Les turpitudes qui remplissent ses divers ouvrages et le titre seul des *Vies des dames illustres* ont plus fait lire Brantôme que l'importance de ses écrits et leur valeur littéraire. C'est un « raconteur cynique, dit Chateaubriand, qui moulait les vices des grands, comme on prend l'empreinte du visage des morts ». Ce réalisme effronté, — car Brantôme ne trouve pas d'accent pour flétrir le vice qu'il dépeint, — réussit à nous donner une triste idée des personnages du XVIe siècle et de leur historien, mais cela ne rachète pas le dégoût qu'il inspire.

Brantôme avait eu une vie fort agitée, il avait servi comme aventurier en Italie, en Espagne, en France et était tout disposé à offrir son épée au plus offrant. Son ambition n'eut d'autre satisfaction que quelques honneurs, et, au commencement de sa vie, la collation du bénéfice de l'abbaye de Brantôme, dont il garda le nom. Brantôme s'appelait, en effet, Pierre de Bourdeille et était né en Périgord. Il n'eut l'idée d'écrire que pendant un repos forcé, gardé cinq ans pour se guérir des suites d'une chute de cheval. Ses ouvrages ne furent publiés qu'au XVIIe siècle, ses héritiers ayant craint le scandale ; mais les copies en circulèrent longtemps auparavant. L'intérêt principal de ces œuvres est dans la connaissance parfaite des hommes de son temps auxquels il avait été mêlé, sans paraître jamais lui-même comme acteur sur aucune grande scène.

Mais ce n'est là qu'une histoire de coulisse.

Le seul historien remarquable du XVIe siècle est le président de Thou, dont l'histoire est écrite en latin.

On fait du cas pourtant de l'*Histoire universelle* de d'Aubigné, Saintongeois calviniste, dont la violence sectaire nuit à l'impartialité et à la rectitude. Son fanatisme farouche ne respecte rien. Aussi lorsque parut le troisième livre de son histoire, l'ouvrage fut condamné à être brûlé par arrêt du parlement, et d'Aubigné lui-même dut s'exiler à Genève, où il mourut.

Il manque d'ordre, d'unité, de méthode. S'il intéresse par le piquant et le nouveau de certains détails, s'il émeut par son exaltation, il fatigue par sa prolixité et le décousu de ses récits.

Ses *Mémoires* lui font plus d'honneur ; il a cela de commun avec tous les annalistes de ce temps. Les Mémoires ne furent pas rares alors. Les événements abondaient pour leur donner naissance ; les préoccupations incessantes et les luttes intestines ne laissaient pas le temps aux hommes d'action de jeter des vues d'ensemble sur la marche générale des faits, et encore moins d'en retracer judicieusement, clairement et loyalement l'exact et fidèle tableau.

La Poppellinière, La Noue, Duplessix-Mornay, surnommé le pape des Huguenots, nous ont fait connaître les idées politiques et religieuses qui inspiraient les réformés dans leurs revendications armées. Blaise de Montluc, gentilhomme gascon, le maréchal de Tavannes, ont raconté, le premier, ses propres exploits dans toute leur nudité barbare, l'autre, les actions de la Ligue.

Mais déjà nous avançons jusque dans le XVIIe siècle.

La guerre civile a détourné un instant les esprits des querelles de linguistique. L'agitation fébrile produite par la Renaissance a cessé en même temps que le bruit des batailles. Le calme s'est fait dans les esprits comme dans les cœurs. Henri IV a mis son génie militaire et politique au service de la nation, Richelieu viendra qui extirpera jusqu'aux racines des troubles extérieurs. Le moment est solennel; le pays se recueille; il fait un retour sur lui-même; il perd l'enthousiasme exagéré qui l'avait exalté au commencement du XVIe siècle pour le paganisme et ses productions; s'il oublie malheureusement, s'il dédaigne même les vieux souvenirs, les antiques et nationales traditions du moyen-âge, il en ressaisit instinctivement le fil perdu; il va profiter de l'antiquité pour racheter le temps dépensé presque en pure perte; le grand siècle va paraître.

Henri IV et Richelieu l'ouvrent dignement en accordant leur protection aux lettres.

Le chef de la maison de Bourbon fut lui-même, non pas un littérateur ni même un lettré, mais un discoureur et un écrivain de grand mérite.

Il se battait à la française, il parlait, il écrivait de même. Sa phrase est nette, vive, simple, précise, et sourit gracieusement dans son allure alerte et spirituelle. Il trouvait moyen, au milieu des occupations les plus variées, de lire Plutarque et voire d'en faire l'éloge.

« Ma mye, écrit-il le 3 septembre 1601 à Marie de Médicis : Ma mye, j'attendois d'heure à heure vostre lettre; je l'ay baisée en la lisant. Je vous responds en mer, où j'ay voulu courre une bordée par le doux temps. Vive Dieu ! vous ne m'auriez rien sceu mander qui me fust plus agréable que la nouvelle du plaisir de lectures qui vous a prins. Plutarque me sourit tousjours d'une fresche nouvauté ; l'aimer c'est m'aimer, car il a esté l'instituteur de mon bas aage. Ma bonne mere, à qui je doibs tout et qui avoit une affection si grande de veiller à mes bons deportemens, et ne vouloit pas, ce disoit elle, voir en son fils un illustre ignorant, me mit ce livre entre les mains encore que je ne feusse à peine plus un enfant de mamelle. Il m'a esté comme ma conscience, et m'a dicté à l'aureille beaucoup de bonnes honnestetés et maximes excellentes pour ma conduite et pour le gouvernement des affaires. Adieu, mon cœur, je vous baise cent mille fois. Ce 3 septembre, à Calais. »

Les petits discours qu'il prononça devant les États ou devant les membres du Parlement sont des chefs-d'œuvre de bon sens et de fine politique. Ce grand prince termine glorieusement l'époque de la Renaissance et de la Réforme. Il en représente le plus parfaitement la fin et il mérite d'ouvrir le grand siècle en finissant le précédent. Protestant et révolté d'abord, il meurt catholique et l'un de nos plus grands rois.

Ainsi, à la fin du XVIe siècle, après les tentatives avortées et les modifications violentes, la langue reprenait peu à peu des assises raisonnables. Beaucoup de vieux mots étaient à jamais perdus, beaucoup d'anciennes tournures démodées ; mais la phrase se débarrassait de son exubérance exotique ; la vivacité française secouait l'imitation servile, le galimatias ; la clarté, le naturel, le bon sens reprenaient leur glorieux empire.

Le vers allait être réglé par l'inflexible goût de Malherbe ; la prose n'était jamais tombée, — sinon pour l'art oratoire, — dans les excès de la poésie ; l'heure approchait où elle aurait son Pascal et son Bossuet et où Vaugelas, l'Académie et le bon ton, les exemples et les encouragements de la cour feraient de notre idiome la plus humaine des langues.

TROISIÈME PÉRIODE CLASSIQUE

XVIIe ET XVIIIe SIÈCLE.

Richelieu. — L'Académie. — L'hôtel de Rambouillet. — Balzac, Benserade, Voiture, Saint-Evremont, etc. — Mademoiselle de Scudéry, Vaugelas.

Il est un homme dont la plupart ont entrevu l'influence sur le XVIIe siècle, mais sans en remarquer assez l'importance au point de vue littéraire, Armand Duplessis de Richelieu. Il concentra toute l'autorité entre les mains du roi ; il donna au royaume une unité formidable dont abusa la monarchie ; il imprima aux lettres le même mouvement d'unité, de concentration et de force ascendante dont Louis XIV sut profiter pour l'éclat de son règne. En politique, en littérature, en philosophie, le XVIIe siècle est un legs de Richelieu, qui l'ouvre à deux battants. Louis XIV n'a plus qu'à entrer dans le temple, à s'y tenir debout et à trôner entouré de ses dieux, les ministres, les capitaines, les poètes, les orateurs du grand siècle.

Ce n'est pas parce que Richelieu eut la faiblesse de se croire poète, de composer une mélo-tragédie et d'esquisser des plans pour les autres ; ce n'est pas parce qu'il se révéla orateur parlementaire dans les états généraux lorsqu'il n'était encore qu'évêque de Luçon : mais il créa proprement le théâtre, bâtissant une salle de spectacle jusque dans son palais (depuis *Palais-Royal*), encourageant de son exemple et de sa bourse les meilleurs poètes qu'il avait à ses gages : Boisrobert, Colletet, de l'Étoile, Rotrou, Corneille lui-même tant que le grand tragique voulut bien obéir ; mais il fonda en 1835 l'*Académie française*, tribunal suprême et autorisé du bon goût et du bon langage.

Jusque là, la règle avait été tracée par des individualités plus ou moins fortes, plus ou moins contestées, Ronsard, du Bellay, Malherbe ; le ton avait été donné par des réunions privées, par des coteries, par une cour dissolue et livrée aux caprices de la mode, et, en dernier lieu, par les habitués de l'hôtel Rambouillet.

L'hôtel de Rambouillet fut le premier salon français. Sa réputation fut considérable dans la première moitié du XVIIe siècle. Tous les beaux esprits du temps, nobles et roturiers, s'y rencontraient autour de la marquise de Rambouillet et de sa fille Julie d'Angennes, qui se refusa longtemps à toute alliance pour jouir dans le salon de l'hôtel de toutes les belles phrases qui y étaient journellement débitées. On y faisait assaut d'esprit et de savoir et les conversations dégénéraient nécessairement en jeux frivoles, en dépenses de bons mots, de pointes, de finesses prétentieuses. Balzac, Benserade, La Rochefoucault, Voiture, Saint-Sorlin, Desmarets, Chapelain, Ménage, Condé, Conti, etc., charmaient les femmes galantes et cultivées qui étaient fières du nom de *précieuses* avant que Molière n'ajoutât l'épithète de *ridicules*.

Cet art de causer qui se développait dans leurs réunions n'aurait produit que de l'afféterie et du pédantisme, si on n'avait tenu à grand honneur de parler toujours avec convenance, politesse et élévation. La langue française dut en partie à ce salon son grand air et la dignité de sa tenue.

Il est à douter toutefois que, sans le génie de Descartes, de Pascal, de Bossuet, de Fénelon, et des hommes illustres qui brillèrent dans la seconde moitié du second siècle, la prose française eût gagné autre chose qu'un peu de brillant et de pompe à ce commerce de galanterie et de bel esprit.

C'est tout ce que lui donna Balzac, le principal écrivain de cette école, surnommé le père de l'éloquence française. C'était beaucoup, sans doute, mais sans le fond qui vint d'ailleurs, ce n'était rien qu'une splendide apparence.

Balzac (1594-1604) travaillait son style avec un soin minutieux ; aussi son éloquence est-elle factice, sa pompe peu naturelle. Ses phrases, pour la première fois périodiques, étaient faites pour séduire ses contemporains, avides de grâce, de majesté et habitués à discuter sur des riens. Il est harmonieux, distingué, toujours noble et recherché ; mais il est vide, boursoufflé, monotone. C'est un faiseur de grandes phrases. On a dit qu'il avait préparé l'instrument dont s'étaient servis Pascal et Bossuet. Si cela est juste, Balzac est le principal artisan de notre langue.

Ses principaux ouvrages sont ses *lettres* et ses traités intitulés : le *Socrate chrétien*, le *Prince* et *Aristippe ou la cour*. Dans le *Socrate chrétien*, il examine la question des rapports entre la raison et la foi, et se prononce pour la supériorité de la foi ; mais il est loin d'étudier à fond la question ; il est surtout occupé du soin d'aligner gentiment les mots. Le *Prince* et *Aristippe* sont, sous l'apparence de traités politiques, des panégyriques outrés de Richelieu et de Louis XIII. Balzac n'était guère en relations avec l'hôtel de Rambouillet que par correspondance. Il n'aimait pas le monde et préférait au séjour de la capitale celui de l'Angoumois où il était né.

On lui a prêté le désir d'entrer dans l'Église et de solliciter un évêché. Mais s'il eût cette ambition, il n'y paraît guère. Il écrivait à ce sujet des paroles qui font honneur à sa vertu comme à son caractère et dont l'élévation lui fait toucher à l'éloquence : « ...Laissons courir les autres et demeurons en repos. N'employons pas l'Évangile ni saint Paul à solliciter notre fortune ; ils méritent un plus digne emploi. Au lieu de servir Dieu, ne nous servons pas de lui. Il vaut mieux être catéchumène toute sa vie et mourir à la porte de l'Église que d'entrer dans le sanctuaire par la brèche qu'y fait naître l'ambition. Que je me trouve bien du village et de la retraite ! Que j'ai pitié de l'inquiétude et de la fièvre des prétendants... »

Toute sa conduite prouvait qu'ici il ne faisait pas de vaines phrases.

En même temps que pieux, il était charitable et dépensait de grosses sommes en bonnes œuvres. Son amour pour la solitude était si connu « qu'on l'appelait l'ermite de Charente. »

L'estime en laquelle fut tenu Balzac par ses contemporains est à peine croyable. A l'époque où il parut, « tout le monde appelait un Malherbe pour la prose. La preuve la plus forte de cette disposition des esprits, c'est que le premier qui parut propre à remplir ce rôle et à réaliser cette théorie fut, à peine barbon, proclamé le plus grand écrivain de la nation. » (Nisard).

L'enthousiasme n'était pas moins grand pour Voiture, l'oracle de l'hôtel Rambouillet. On le regardait comme le premier génie du siècle. Cependant il ne publia de son vivant qu'une pièce latine et quelques stances ; mais il excellait dans les jeux d'esprit ; ses agréments comme homme du monde étaient exceptionnels ; l'à propos de ses réparties, son talent de conteur, le charme de sa conversation se le faisaient disputer par les grands. Il voyagea beaucoup et laissa une correspondance assez volumineuse dont Voltaire a dit qu'on n'y trouvait pas une seule parole qui partît du cœur. L'expression de reproche est peut-être dure ; elle n'est pas loin d'être juste. L'affectation et la recherche puérile des pointes ne vont pas de compagnie avec le naturel épanchement de l'âme. Comme Balzac, Voiture n'a jamais cessé d'écrire avec élégance, distinction et pureté.

Voiture est le représentant le plus complet de l'hôtel de Rambouillet. Il y brilla le plus, parce qu'il avait à un haut degré les qualités d'à propos, de bon ton, de grâce, de finesse, de délicat esprit, qui font les charmes d'un monde bien né et d'intelligences soigneusement cultivées. Les réunions de l'hôtel de Rambouillet n'étaient point faites pour préparer des philosophes, élaborer des systèmes, nourrir des conceptions fortes et méthodiques ; mais l'esprit s'aiguisait, la langue s'épurait, se polissait ; la civilisation la plus exquise entrait dans le langage comme elle avait pénétré dans les mœurs. Tout se raffina à la longue par l'excès de l'engoûment et par les imitations extérieures.

Ces réunions choisies avaient quelque chose de trop superficiel et de trop général pour que l'esprit français n'eût pas besoin de trouver un fondement plus solide avant de produire des chefs-d'œuvre. Le résultat eût même été funeste si d'autres causes n'étaient venues s'ajouter à ce commerce demi galant et demi littéraire ; l'hôtel de Rambouillet n'influa que sur le vêtement, sur l'extérieur ; il transforma la rude écorce du vieux français en une parure délicatement coupée et ajustée par des femmes au contact d'hommes d'esprits.

« Ce fut là que naquit réellement la *conversation*, cet art charmant dont les règles ne peuvent se dire, qui s'apprend à la fois par la tradition et par un sentiment inné de l'exquis et de l'agréable, où la bienveillance, la simplicité, la politesse nuancée, l'étiquette même et la science des usages, la variété de tons et de sujets, le choc des idées différentes, les récits piquants et animés, une certaine façon de dire et de conter, les bons mots qui se répètent, la finesse, la grâce, la malice, l'abandon, l'imprévu, se trouvent sans cesse mêlés et forment un des plaisirs les plus vifs que des esprits délicats puissent goûter. » (1)

(1) De Noailles, hist. de Mme de Maintenon.

On ne peut douter des agréments et des excellents fruits de ces réunions, quand on songe qu'à côté de Sarrazin, de Benserade, de Scarron, de Saint-Evremond, de Scudéry, parurent Corneille, Fléchier, Condé, et Bossuet encore enfant. Le rapprochement qui s'opérait entre les grands et les écrivains donnait aux premiers un plus juste sentiment des choses de ce monde et aux autres plus de souplesse, plus d'usage et de forme. Il se formait une égalité intellectuelle tout au profit du langage et qui devait tourner à sa gloire, s'il se rencontrait parmi ces hommes ou parmi ceux qui devaient prendre d'eux le ton et les manières, des travailleurs sérieux, des penseurs, des poètes, des orateurs. La Providence avait ménagé toutes les gloires à ce siècle prodigieux que n'ont point égalé, ce semble, les siècles de Périclès, d'Auguste et de Léon X. Il eut des poètes qui le disputent à ceux d'Athènes, des penseurs que nous eût enviés l'antiquité, des orateurs dont le plus illustre n'a de rival chez aucun peuple, pour l'élévation de son génie, la diversité et la puissance de ses facultés, la sublimité et la sûreté de sa doctrine.

Avant que ces grands arbres ne produisissent leurs fruits, il y eut un moment de défaillance qui figure dans les lettres ce que la Fronde, auquel il correspond, représente dans la politique. Tout y fut mesquin, froid, guindé.

C'est l'époque des ruelles, des précieuses ridicules et des romans galants. Mademoiselle de Scudéry a remplacé madame de Rambouillet et sa fille ; l'afféterie tient lieu d'esprit, le pédantisme de bon goût. Quiconque a lu les *Femmes savantes* sait ce que ce pouvait être. L'abus avait été poussé à l'excès et les femmes oubliaient le train de leur maison pour « aller chercher ce qu'on fait dans la lune. »

Molière était l'organe du bon sens quand il rappelait ainsi les femmes à leur vrai rôle :

Il n'est pas bien honnête, et pour beaucoup de causes,
Qu'une femme étudie et sache tant de choses.
Former aux bonnes mœurs l'esprit de ses enfants,
Faire aller son ménage, avoir l'œil sur ses gens,
Et régler la dépense avec économie,
Doit être son étude et sa philosophie.
Nos pères, sur ce point, étaient gens bien sensés,
Qui disaient qu'une femme en sait toujours assez,
Quand la capacité de son esprit se hausse
A connaître un pourpoint d'avec un haut-de-chausse.
Les leurs ne lisaient point, mais elles vivaient bien :
Leurs ménages étaient tout leur docte entretien ;
Et leurs livres, un dé, du fil et des aiguilles,
Dont elles travaillaient au trousseau de leurs filles.
Les femmes d'à présent sont bien loin de ces mœurs ;
Elles veulent écrire et devenir auteurs.
Nulle science n'est pour elles trop profonde,
Et céans, beaucoup plus qu'en aucun lieu du monde :
Les secrets les plus hauts s'y laissent concevoir,
Et l'on sait tout chez moi, hors ce qu'il faut savoir.
On y sait comment vont lune, étoile polaire,
Vénus, Saturne et Mars, dont je n'ai point affaire,
Et, dans ce vain savoir, qu'on va chercher si loin,
On ne sait comment va mon pot, dont j'ai besoin.
Mes gens à la science aspirent pour vous plaire,
Et tous ne font rien moins que ce qu'ils ont à faire.
Raisonner est l'emploi de toute ma maison,
Et le raisonnement en bannit la raison.

L'un me brûle mon rôt, en lisant quelque histoire ;
L'autre rêve à des vers, quand je demande à boire :
Enfin, je vois par eux votre exemple suivi,
Et j'ai des serviteurs et ne suis point servi.
Une pauvre servante au moins m'était restée,
Qui de ce mauvais air n'était point infectée,
Et voilà qu'on la chasse avec un grand fracas,
A cause qu'elle manque à parler Vaugelas.

Vaugelas dont parle ici Molière était un habitué de l'hôtel de Rambouillet ; mais il appartenait aussi à l'Académie que Richelieu avait fondée en lui donnant pour mission « d'établir des règles certaines de la langue française, et de rendre le langage français non-seulement élégant, mais capable de traiter tous les arts et toutes les sciences ». Il dut à cette double circonstance autant qu'à ses « *Remarques sur la langue française* » d'être regardé comme l'arbitre de la correction et du bon goût.

Son dessein, en composant les *Remarques*, n'était pas, il le dit lui-même, d'imiter les novateurs du XVIe siècle, *de réformer notre langue*, d'*abolir des mots*, d'*en faire*, « mais seulement de montrer le bon usage de ceux qui sont faits, et, s'il est douteux ou inconnu, de l'éclaircir et de le faire connaître... C'est pourquoi ce petit ouvrage a pris le nom de *Remarques* et ne s'est pas chargé du frontispice fastueux de *Decisions* et de *Lois*, ou de quelque autre semblable; car encore que ce soient, en effet, des lois d'un souverain, qui est l'*usage*, si est-ce qu'outre l'aversion que j'ai à des titres ambitieux, j'ai dû éloigner de moi tout soupçon de vouloir établir ce que je ne fais que rapporter. »

Vaugelas rendit un véritable service aux écrivains de son temps en leur désignant judicieusement les limites où ils avaient à se mouvoir; mais il ne contribua pas peu à faire naître ou à augmenter ce courant de purisme auquel céda l'Académie elle-même et qui devait aller en appauvrissant toujours la langue. Sa réputation attaquée un moment au dix-septième siècle s'est relevée et maintenue jusqu'à nos jours.

« Il se trouva, dans le siècle passé, dit Voltaire, un homme qui donna un bel exemple de la critique la plus judicieuse et la plus sage : c'est Vaugelas. On croit qu'il n'a donné que des leçons de langage : il en a donné de la plus parfaite politesse; il critique trente auteurs, mais il n'en nomme ni n'en désigne aucun : il prend souvent même la peine de changer leurs phrases en y laissant seulement ce qu'il condamne, de peur qu'on ne reconnaisse ceux qu'il censure. »

Il n'appelait donc pas, comme Boileau, « un chat, un chat », et, ménageant les personnes, il se fit moins d'ennemis que le célèbre satirique. Bien qu'il ait été faible théoricien et pâle philosophe, il fut un si habile interprète de l'usage qu'il est regardé comme le premier de nos grammairiens.

Deux qualités entre toutes semblent à Vaugelas nécessaires pour une langue : la pureté et la netteté; la pureté qui tient « aux mots, aux phrases, aux particules, à la syntaxe; la netteté qui dépend de l'arrangement, de la structure, de la situation des mots, de tout ce qui contribue à la clarté de l'expression ». Il eut le mérite de définir ces deux qualités et d'en rendre l'acquisition facile à nos grands écrivains.

Philosophes et moralistes : Descartes, Mallebranche, Nicole. — Port-Royal : Arnaud, Pascal, La Rochefoucault, La Bruyère. — Les lettres. — Madame de Sévigné et madame de Maintenon.

Parmi tous ces grands écrivains, le premier en date est un philosophe et un mathématicien : René Descartes, né à la Haye, en Touraine, en 1596. Il écrivait en latin plus qu'en français ; car il s'adressait le plus souvent aux hommes de science ; mais nul plus que lui n'a contribué à rendre la langue française claire, précise, exacte, presque géométrique. Il atteignit le plus haut degré du style par la seule force du raisonnement et de la conception. Il avait ce qui manquait à Balzac, des idées, et il se passait fort bien des ornements et des parures si chères à celui-ci.

Confié aux Pères Jésuites de la Flèche, il avait terminé ses études à seize ans et s'était livré tantôt aux mathématiques et à la physique, tantôt à la philosophie. Il fut non moins grand géomètre et physicien que philosophe et, sous ces rapports, il fut le premier de son siècle. Quand il se décida à s'adonner complètement au renouvellement de la philosophie, il s'exila volontairement, et alla habiter une terre de liberté, les Pays-Bas. Il avait trente-quatre ans. Il vécut caché, préférant le repos à la gloire. Huit ans après, en 1637, parut le *Discours sur la Méthode*.

Ce traité simple et court, mais nouveau d'idées et d'allures, battait en brèche le péripatéticisme qui méritait d'être renié pour l'abaissement où on l'avait fait descendre.

Descartes semble dans sa méthode indiquer plutôt la route suivie par lui que la route à suivre par tous. Il ne croyait même pas que son exemple serait une loi pour le grand nombre, et il n'entendait ouvrir le chemin qu'il avait parcouru qu'aux esprits d'élite et aux raisons droites et solides. La nouveauté plut aux hommes supérieurs et séduisit les penseurs vulgaires. Le doute méthodique de Descartes démoda la méthode aristotélicienne et prit sa place. Il en résulta que les principes du maître furent outrés, faussés. Le but fut bientôt dépassé. Descartes n'entendait pas étendre son doute *purement idéal, méthodique*, aux vérités révélées, ni même aux premiers principes, innés chez nous, d'après son système, et dont par conséquent nous ne pouvons nous débarrasser ; il ne songeait qu'à la métaphysique, aux conceptions spéculatives : du moins ses écrits postérieurs, ses *Méditations* métaphysiques, en particulier, donnent à l'entendre ainsi.

Si le doute cartésien a donné naissance au scepticisme et à de multiples erreurs, il ne faut point en rendre son auteur tout à fait responsable. Les plus grands enseignements des maîtres ont été travestis par leurs disciples, et l'Évangile lui-même a servi aux fauteurs de l'hérésie pour appuyer leurs sophismes.

Il n'en reste pas moins certain que le doute méthodique est dangereux et qu'il n'est pas rigoureusement scientifique. Bossuet et Fénelon ont tiré parti de la philosophie cartésienne ; mais on ne peut dire qu'ils aient jamais soumis les principes de la foi ni même ceux de la raison à un doute quelconque. Ils ont plutôt pris dans la métaphysique de Descartes ce qui servait leur foi qu'ils ne se sont risqués à soumettre les vérités éternelles aux caprices de la raison humaine.

Si le doute est restreint aux jugements spéculatifs, aux déductions ou aux conclusions métaphysiques, il a peut-être ses avantages pour les esprits droits et sûrs d'eux-mêmes ; s'il est sans limites, il n'est pas seulement périlleux, il est absurde. Descartes a beau dire : « Je pense, donc je suis ! » Il faut au moins qu'il admette la vérité de la déduction syllogistique sur laquelle s'appuie son raisonnement. Son doute n'est donc pas absolu ; il est sous la puissance d'Aristote, alors même qu'il s'arme pour la combattre.

La base du système est donc fausse à mes yeux ; et Descartes ne fut si grand aux yeux de ses comtemporains que parce qu'il rompait ouvertement avec le passé et que cependant il en respectait la croyance, les pratiques, les grandeurs dans un style auquel on n'était pas accoutumé.

La principale gloire de Descartes est d'avoir fait accepter sa philosophie par des hommes tels que Bossuet, Fénelon, les écrivains de Port-Royal, et d'avoir suscité Mallebranche.

Mallebranche (1631-1715) est le métaphysicien le plus illustre du dix-septième siècle et le philosophe le plus éminent de cette époque, après Descartes, dont il préconisa le système. Entré à vingt-deux ans à l'oratoire, il ne sentit son goût pour la philosophie se dessiner complètement qu'à la lecture du *Traité de l'homme* de Descartes qui lui tomba sous la main par hasard. Il fut tellement transporté par ce livre qu'il s'adonna dès lors à l'étude de l'homme. On peut dire de lui, en le comparant à l'auteur de la *Méthode*, qu'il eut autant de brillant que le second avait de solide. « Mais, comme il a su joindre l'imagination au raisonnement, dit d'Aguesseau, ou si l'on veut, le raisonnement à l'imagination qui dominait chez lui, la lecture de ses ouvrages peut être avantageuse à ceux qui se destinent à un genre d'éloquence où l'on a souvent besoin de parler à l'imagination pour faire mieux entendre la raison.

Ce n'est donc pas ce qui est du ressort de la pure métaphysique que l'on doit chercher dans le père Mallebranche; c'est ce qui a plus de rapport à la morale, comme plusieurs chapitres du livre de *la Recherche de la vérité*, où il traite de l'imagination, le livre des *Inclinations* et celui des *Passions*, ou, si l'on veut quelque chose qui soit encore plus travaillé, ses *Entretiens métaphysiques*, qu'on peut regarder comme un chef-d'œuvre, soit pour l'arrangement des idées, soit pour le style et la manière d'écrire. »

Mallebranche combattit avec passion les erreurs de l'ancienne philosophie. Il fut beaucoup plus ardent que Descartes; mais il s'égara beaucoup plus. Il se repaît de chimères et d'abstractions obscures; et, selon l'épigramme décochée contre lui :

« Lui qui voit tout et rien n'y voit pas qu'il est fou ».

Le mot de la fin est trop fort; mais il répond assez à la vérité. Le système de Mallebranche n'est qu'un large pont pour l'erreur, construit par un esprit éminent et une intelligence extrêmement dégagée et pénétrante. Il nie la réalité des substances corporelles, diminue la personnalité humaine jusqu'à l'absorber dans celle de Dieu. C'était du moins la conséquence de ses prémisses. D'autres tirèrent les conclusions : Mallebranche, sans s'en douter, fut le porte-drapeau du scepticisme et du panthéisme.

Au point de vue du style, nul n'a plus adroitement abordé les matières métaphysiques. Dans ces sujets naturellement arides et transcendants, il est clair, lucide, facile, élégant sans recherche, et demeure agréable lors même que ses idées paraissent le plus risquées. Quand il descend aux idées communes, il a des éclairs de bon sens surprenants. Qui a mieux appris que lui l'art de se faire aimer ?

« Pour se faire aimer, il faut se rendre aimable. C'est une prétention injuste et ridicule que d'exiger de l'amitié ; et ceux qui ne se font point aimer ne s'en doivent prendre qu'à eux-mêmes. Si on ne rend pas toujours justice au mérite, à cause qu'on ne le connaît pas et qu'ordinairement on en juge mal, tout le monde est sensible aux qualités aimables, et ceux qui les possèdent ne manquent jamais d'amis.

» Le mérite des autres efface le nôtre; et quand on leur rend justice, il semble qu'on se fasse tort. On ne peut les élever sans se rabaisser soi-même; et, lorsqu'on les met au-dessous de soi, on croit en être plus grand. Mais, quand on aime les gens, on ne se fait aucun tort. Il semble, au contraire, que l'âme s'étende en se répandant dans les cœurs, et qu'elle se revête et se pare de la gloire qui environne ses amis. Ainsi, on se fait toujours aimer, pourvu qu'on se rende aimable, mais on ne se fait pas toujours estimer, quelque mérite qu'on ait.

» Quelles sont donc les qualités qui nous rendent aimables? Rien n'est plus facile que de les découvrir. Ce n'est point d'avoir de l'esprit, de la science, un beau visage, un corps bien droit et bien formé, de la qualité, des richesses, ni même de la vertu; ce n'est pas précisément tout cela, car on peut avoir de l'aversion pour celui qui possède toutes ces qualités estimables. Quoi donc? C'est de paraître tel que les autres se persuadent qu'avec nous ils seront contents.

» Si celui qui a de grands biens est avare; si celui qui a de l'esprit est superbe; si celui qui a de la qualité est fier et brutal; si celui-là même qui a de la vertu et du mérite prétend que tout lui est dû, toutes ces qualités, quelque estimables qu'elles soient, ne rendront point aimables ceux qui les possèdent. Les hommes veulent invinciblement être heureux. Celui-là seul peut donc se faire aimer, je ne dis pas estimer, qui est bon et paraît tel...... »

(*Des devoirs entre personnes égales*).

La philosophie de Descartes eut quelque peine à s'établir en France d'où le dix-huitième siècle devait la repousser, comme trop croyante encore assurément. Elle fut mieux accueillie d'abord à l'étranger. Mais bientôt elle excita un enthousiasme universel: « On avait philosophé trois mille ans, s'écrie le froid Nicole, sur divers principes, et il s'élève dans un coin de la terre, un homme qui change toute la face de la philosophie, et qui prétend faire voir que tous ceux qui sont venus avant lui n'ont rien entendu dans les principes de la nature. Et ce ne sont pas seulement de vaines promesses ; car il faut avouer que ce nouveau venu donne plus de lumière sur la connaissance des choses naturelles, que tous les autres ensemble n'en avaient donné. » (*Essais de morale*).

Nicole appartenait à une école d'où sortit celui qui amena la prose française à sa perfection et contribua le plus avec Descartes à lui donner sa forme définitive, l'école de Port-Royal. Port-Royal était une abbaye de femmes située à six lieues de Paris, près du village de Chevreuse. Henri IV lui avait donné pour abbesse, en 1602, Angélique Arnault, sœur des deux fameux Arnault, Antoine et d'Andilly.

La communauté s'étant considérablement accrue se transporta dans une vaste maison du faubourg Saint-Jacques qui prit le nom de *Port-Royal de Paris*. L'ancien couvent, appelé désormais *Port-Royal des champs*, servit de retraite à des solitaires pieux et savants qui s'adonnèrent à l'étude et à l'instruction de quelques jeunes gens.

De ce nombre étaient Antoine Arnault et Arnault d'Andilly, son frère, Lemaistre de Sacy, Lancelot, Lenain de Tillemont, Nicole dont nous venons de parler et qui collabora particulièrement aux *Essais de morale*, composés, comme beaucoup d'autres ouvrages, en commun par plusieurs des solitaires.

Nicole fut le moins belliqueux des Jansénistes de Port-Royal. Tandis qu'Arnault, leur chef théologien, se reconnaît à l'impétuosité, à l'âpreté de son style, Nicole s'en distingue par le calme et l'onction. Bayle dit qu'il était « l'une des plus belles plumes de l'Europe » ; mais on ne sait trop pourquoi. Sa langue est pure, douce, égale, comme l'écrivain lui-même ; il attire plus qu'il ne convainc et peut-être est-ce là le secret de cet éloge outré. La sérénité plaît, la charité attire les incrédules plus encore que les autres. Leur besoin de croire leur fait aimer la vérité qu'ils repoussent pour la main qui la présente.

Malgré sa douceur, Nicole fut entraîné dans la lutte que dirigeait Arnault ; il prit part non-seulement au grand ouvrage sur la *Perpétuité de la foi*, mais à la plupart des écrits polémiques de son fougueux ami.

L'hérésie avait pénétré sourdement dans la retraite de Port-Royal, sous la forme du Jansénisme.

Le protestantisme avait soulevé les grandes questions de la prédestination et de la grâce. Elles continuèrent à agiter les esprits au sein du catholicisme. Un professeur de Louvain, Michel Baïus, avait prétendu tirer des écrits de saint Augustin une doctrine qui conduisait à une sorte de fatalité religieuse et anéantissait le libre-arbitre. Pie V et Grégoire XIII condamnèrent soixante-dix-neuf propositions extraites des ouvrages de Baïus (1578).

Molina, jésuite espagnol, se jeta quelques années après dans un excès contraire. L'ouvrage de Molina déféré à Rome ne fut pourtant point condamné. Après neuf ans de discussions au sein de la congrégation *de Auxiliis*, instituée par Clément VIII pour l'examiner, le pape Paul V prescrivit le silence aux écoles.

Mais Cornélius Jansénius, originaire de Flandre, avait recueilli à Louvain les traditions de Baïus. Il gagna à ses idées Duvergier de Hauranne, abbé de

Saint-Cyran. Celui-ci, étant devenu le directeur et l'oracle de Port-Royal de Paris, y enseigna les doctrines contenues dans *l'Augustinus*, ouvrage que Jansénius avait achevé à Ypres, dont il était devenu évêque, et qui ne fut publié qu'après sa mort.

La faculté de théologie de l'Université fit extraire de cet ouvrage cinq propositions d'où il résultait que l'homme attiré par deux mobiles, le bien et le mal, cédait nécessairement à l'attrait actuellement dominant.

C'était détruire le mérite, ôter toute raison à la peine ou à la récompense. Quatre-vingt-cinq évêques de France déférèrent les propositions au Saint-Siège qui les condamna par la voix d'Innocent X, en 1653, et par celle d'Alexandre VII, en 1656 et en 1665.

Port-Royal se trouva engagé dans la résistance par Arnault, frère de mère Angélique dont le monastère était, avons-nous dit, dirigé par Duvergier de Hauranne.

Antoine continua à soutenir les propositions après la condamnation d'Innocent X ; mais il resta caché, jusqu'à ce qu'emporté par la discussion, exaspéré par le refus d'absolution fait par un prêtre de Saint-Sulpice à une petite pensionnaire de Port-Royal, la petite-fille du duc de Liancourt, il écrivit une lettre qu'il osa avouer. Il se mit alors à subtiliser et à distinguer entre le *fait et le droit*; c'est-à-dire qu'il admettait la justesse de la condamnation des cinq propositions, mais il prétendait que ces propositions n'existaient pas dans Jansénius.

L'argumentation était bien faible et l'allégation bien mesquine pour « le plus grand mortel qui jamais ait écrit. » Antoine Arnault avait acquis une immense célébrité pour sa science ; ses relations et les élèves de Port-Royal l'accroissaient tous les jours. Il avait une plume féconde, infatigable ; il était l'âme de Port-Royal et la *Perpétuité de la foi*, auquel à tort, dit-on aujourd'hui, on attache plus particulièrement son nom, suffirait à sa gloire ; mais il était plus docte qu'écrivain, plus érudit qu'éloquent. Le Jansénisme eût été étouffé sous les matériaux immenses qu'il accumulait pour lui donner la vie, si un secours inattendu ne lui était venu d'un jeune mathématicien dont nul n'avait pu jusqu'alors soupçonner l'éloquence. Il y avait à Port-Royal « un homme qui à douze ans, avec des barres et des ronds, avait créé les mathématiques ; qui à seize ans avait fait le plus savant traité des coniques qu'on eût vu depuis l'antiquité ; qui à dix-neuf ans réduisit en machine une science qui existe tout entière dans l'entendement ; qui à vingt-trois ans démontra les phénomènes de la pesanteur de l'air, et détruisit une des grandes erreurs de l'ancienne physique ; qui, à cet âge où les autres hommes commencent à peine de naître, avait achevé de parcourir les sciences humaines et tourna ses pensées vers la religion... Cet effrayant génie se nommait Blaise Pascal. » (Génie du christianisme.)

Pascal était né à Clermont, en Auvergne. Il était d'une santé extrêmement délicate. Madame Périer, sa sœur, qui a écrit sa vie, raconte que depuis l'âge de dix-huit ans il ne cessa pas de souffrir. Sa précocité fut prodigieuse. Avant d'entrer à Port-Royal, il s'était uniquement livré aux sciences physiques et mathématiques et il y avait brillé entre les plus illustres.

Doué d'une pénétration d'esprit extraordinaire, il fut immodéré dans le travail et dut renoncer à ses recherches quand il n'avait que vingt-six ans. La maladie tourna son cœur à la mélancolie ; il se replia sur lui-même et s'absorba dans la contemplation de l'homme, dans l'inquisition de son origine et de sa destinée. Étant allé par hasard avec sa sœur Jacqueline dans le couvent de Port-Royal de Paris, il y suivit des sermons de M. Singlin qui firent sur lui une impression profonde. Il se retira bientôt à Port-Royal des Champs et renonça pour toujours au mariage. La querelle entre Jansénistes et Jésuites était alors dans son vif. Une lettre d'Arnault étant sur le point d'être condamnée par la Sorbonne, Arnault sur le conseil de ses amis composa un écrit qui n'eut pas le don de leur plaire. Il s'en aperçut et se tournant vers Pascal : Mais vous qui êtes jeune, vous devriez faire quelque chose. Pascal, qui n'avait encore rien écrit, et qui ne connaissait pas combien il était capable de réussir dans ces sortes d'ouvrages, dit qu'il concevait à la vérité comment on pouvait faire le *factum* dont il s'agissait, mais que tout ce qu'il pouvait promettre était d'en ébaucher un projet, en attendant qu'il se trouvât quelqu'un qui pût le polir et le mettre en état de paraître. Le lendemain, il voulut travailler au projet qu'il avait promis ; mais au lieu d'une ébauche, il fit une lettre. Il la lut à la compagnie. Arnault dit aussitôt : Cela est excellent, cela sera goûté ; il faut l'imprimer. Tous étant du même avis, on le fit. Cette lettre est datée du 23 janvier 1655. C'est la première des *Provinciales*.

Voilà comment naquit ce pamphlet célèbre où Pascal fait jouer tant de rôles à ses adversaires, amenant, selon l'expression de Racine, tantôt « un jésuite bonhomme, tantôt un jésuite méchant, et toujours un jésuite ridicule. »

L'ironie est toute la force de ces lettres du prétendu « Louis de Montalte à un provincial de ses amis et aux RR. PP. jésuites sur la morale et la politique de ces pères. » Quant à la vérité, à la loyauté, elles en sont complétement absentes. L'originalité, la puissance du style y est grande ; l'intérêt n'y est plus, quoi qu'en disent les ennemis de la religion. On ne lit plus les *Provinciales*, même quand on n'aime pas les jésuites. Il n'est pas du goût de tout le monde d'épiloguer, de subtiliser sur la *grâce suffisante*, la grâce *actuelle*, le *pouvoir prochain* et *les péchés d'ignorance*. Si Pascal divertit le XVIIe siècle, avec ces sujets arides, il le dut à son style assurément, mais aussi aux passions excitées alors dans les esprits. Il s'attacha à faire rire quand d'autres se contentaient d'argumenter ; il choisit mieux ses armes, il les mania plus habilement ; il eût vaincu si la justice pouvait jamais être bannie de ce monde, mais son succès de rire ne fut que momentané, excepté, si l'on veut, auprès des érudits.

Les *Lettres provinciales* vivent sur leur réputation. Le sujet en fût-il plus intéressant, elles indigneraient toujours l'homme consciencieux et l'indignation renfoncerait le sourire apparu sur les lèvres. Quelque soit le mérite littéraire de ces dix-huit lettres, on ne peut absoudre Pascal d'exagération, de diffamation, de déloyauté. Un esprit supérieur comme lui n'en était pas à savoir que les opinions de quelques docteurs ne font pas celles d'une société et qu'on ne conclut pas du particulier au général. Autant vaudrait dire que tous les hommes sont fous, ou voleurs ou assassins, parce que quelques-uns l'ont été.

La morale relâchée de quelques Jésuites ne prouve rien contre celle de la Compagnie de Jésus. Aux Pères fictifs de Pascal, il suffit d'opposer Bourdaloue, le moraliste le plus sûr et le plus ferme de son temps.

Il y avait une autre cause de silence pour Pascal : il était chrétien, la soumission aux autorités établies lui était commandée par sa foi. L'esprit de secte fausse les raisons les plus droites, trouble les plus nobles caractères ; l'auteur des *Provinciales* en est la triste preuve.

Les Provinciales furent approuvées ou blâmées à leur apparition selon que l'on était d'un parti ou d'un autre. Chez les lettrés peu rigoureux pour l'exactitude doctrinale ou gagnés d'avance aux Jansénistes, comme Boileau, Mme de Sévigné, Racine, les louanges furent poussées à l'extrême. Ce début d'écrivain était fait véritablement pour étonner ; ces *Petites lettres*, sans être « divines », comme l'écrivait Mme de Sévigné, pouvaient enchanter des esprits délicats attachés à la forme plus qu'à la vérité.

La publication des lettres Provinciales était un grand pas pour la prose. Voltaire a dit « qu'elles étaient un modèle d'éloquence et de plaisanterie » et que « les meilleures comédies de Molière n'ont pas plus de sel que les premières lettres provinciales. Bossuet n'a rien de plus sublime que les dernières. »

Cet enthousiasme est un peu de commande excité par les *Provinciales*. La comparaison avec Bossuet est plus acceptable si on parle des *Pensées* et surtout de ce qu'elles auraient pu devenir sans la mort prématurée de l'auteur.

Les *Pensées* sont un recueil de fragments, les matériaux d'un grand ouvrage que Pascal voulait élever à la gloire du christianisme. Il prétendait renouveler l'apologétique chrétienne en appuyant la certitude religieuse sur la connaissance du cœur humain. Le moraliste se substituait au métaphysicien pour établir la vérité de la religion chrétienne. La santé délabrée de Pascal lui permit à peine d'ébaucher une œuvre pour laquelle il demandait dix années. La Providence ne lui en accorda que quatre ; il mourut en 1662, âgé seulement de trente-neuf ans.

Ses amis « ont pris seulement, parmi le grand nombre des pensées, celles qui ont paru les plus claires et les plus achevées ; au lieu qu'elles étaient sans suite, sans liaison, et dispersées confusément de côté et d'autre, on les a mises dans quelque sorte d'ordre, et réduit sous les mêmes titres celles qui étaient sur les mêmes sujets ; et l'on a supprimé toutes les autres qui étaient trop obscures, ou trop imparfaites. » (1)

De nos jours on a publié le texte intégral des pensées. Notre siècle a mieux saisi que le précédent la grandeur de cet ouvrage qui égale Pascal à ses plus illustres contemporains. On a voulu voir dans ce texte nouveau des signes de scepticisme ; mais il n'est guère admissible qu'écrivant pour prouver sa foi, Pascal eût fait montre de doute. Il est plus naturel de croire que l'objection se présentant à son esprit en même temps que la réfutation, il jetait en un seul

(1) Préf. de l'éd. de Port-Royal.

moule sa double pensée, se proposant plus tard de faire plus logiquement ses déductions.

« Au milieu des douleurs physiques les plus aiguës, il jetait à mesure sur le papier tout ce qui occupait sa tête puissante. Il rêvait d'une apologie générale de la religion chrétienne, et les *Pensées* ne sont que la réunion de ces matériaux épars. Ce n'est pas un livre. D'où vient pourtant que ces pages ont tantôt le caractère d'une philippique, tantôt d'une élégie ou d'une hymne ? d'où vient que cet itinéraire de l'âme vers la foi vous étreint comme un drame ?

« C'est que Pascal a cherché en gémissant, c'est qu'il est lui-même la poésie de son œuvre et que ce qu'il a de méprisant, de souverain, d'emporté, n'est que le cri d'une âme sincère, ne connaissant ni vanité ni amour-propre, et haletant après la certitude. Tout jusqu'à sa hauteur, est impersonnel ». (1)

Les passions qui ont acclamé les *Provinciales* ont changé de forme, elles n'ont pas disparu ; elles faussent le jugement des critiques les plus sûrs. A une époque de rationalisme comme la nôtre, la passion dominante de l'irréligion et de l'indépendance dogmatique empêche de voir que les Jansénistes et Pascal étaient les ennemis les plus directs de la raison. Il y a plus d'affinité entre les Pélagiens, les Molinistes et les rationalistes qu'entre ceux-ci et les voyants de Port-Royal ; mais, par haine des Jésuites et de l'orthodoxie catholique, on aime mieux divaguer et préférer l'esprit des *Provinciales* à celui des *Pensées*. Il est convenu pour un certain milieu que dans les

(1) Disc. de M. Bardoux à l'inauguration de la statue de Pascal à Clermont.

Provinciales Pascal est d'accord avec la raison et que dans les *Pensées* il est en révolte contre elle. C'est le contraire qui est la vérité ; mais, dans les Pensées, Pascal associe la foi à la raison ; dans les Provinciales il détruit l'une et l'autre. Par prévention contre la première, on oublie l'intérêt de la seconde. Il y aurait la même différence de mérite au point de vue littéraire entre ces deux œuvres de Pascal, si les *Petites lettres* n'avaient l'avantage d'être venues les premières. Elles ne sont qu'un réquisitoire violent, haineux, un pamphlet habile, séduisant, amusant quelquefois, quelquefois éloquent, mais inspiré par un mauvais esprit de secte et de malsaine vengeance.

C'est l'homme entier qui respire dans les *Pensées*, aux prises avec lui-même dans toutes les phases de son existence intérieure d'intelligence fière, libre, mais sentante, empêchée dans ses desseins, arrêtée dans ses aspirations, en lutte continuelle avec l'ignorance, la douleur et la misère morale.

« Le premier de ces livres est plus parfait, le second est plus sublime ; l'un est en quelque sorte plus classique, l'autre plus romantique, a dit M. Paul Janet dans un style qui, visant à être contemporain, découvre plutôt la vérité qu'il ne l'exprime avec précision et justesse.

Les *Provinciales* font penser à Molière et à Tartufe ; les *Pensées* à Shakespeare et à Hamlet. Le crâne d Yorick semble « lui-même sortir de dessous terre pour « nous crier : Le dernier acte est sanglant, quelque « belle que soit la comédie en tout le reste. On jette « enfin de la terre sur la tête, et en voilà pour jamais. » (Art. XXIV, 58). Ces deux livres nous représentent un degré de la vérité ; mais les *Provinciales*, ce degré de vérité moyenne qui correspond à la vie pratique, et les *Pensées* cette vérité plus profonde de la vie méditative qui ne sait pas où est son vrai fond.

« Entre les hommes il faut pratiquer la philosophie des *Provinciales*, sans laquelle il n'y a pas de société possible ; mais à part soi, dans la solitude, dans la conversation avec soi-même, ce sont les Pensées qui ont raison. C'est là que nous nous trouvons tout à fait avec ce « monstre incompréhensible » qui est nous-mêmes, qui est « terre et cendres » mais qui est tout autre chose que terre et cendres.

« Les *Provinciales*, plus d'accord avec nous-mêmes, nous laissent paisibles ; les *Pensées* nous font souffrir... » (1)

Voilà bien un coin du voile soulevé : les Provinciales nous laissent en paix, elles nous agréent en flattant nos passions ; les *Pensées* nous attristent en les sondant, en cherchant à découvrir ce que nous sommes.

Telle est la cause des préférences mondaines accordées aux *Provinciales* ; telle est celle de l'admiration donnée plus raisonnablement aux *Pensées* par les esprits justes et sérieux et par ceux qui regardent au fond des choses.

Quoi qu'il en soit, par ces deux œuvres Pascal a pour jamais, après Descartes et avec Bossuet, fixé la prose française. Sa part principale est de lui avoir acquis la justesse et la force avec une mâle et solide beauté.

Dans les *Provinciales*, il y a plus d'ironie et de gaîté,

(1) Disc. à l'inaug. de la statue de Pascal.

dans les *Pensées* plus de mélancolie et de profonde tristesse.

Toutes ses réflexions avaient pris dans ses dernières années un ton d'émotion douloureuse. Il était plus pénétré des abaissements de l'homme et de son obscurité que de sa lumière et de son élévation : la décourageante doctrine des Jansénistes sur la grâce jetait son ombre sur ses pensées les plus orthodoxes. Il ne parle du désir de bonheur et de l'espérance qui nous soutiennent qu'avec des accents qui fendent l'âme. Quant à l'idée qu'il a de l'homme, elle n'est pas faite pour égayer les libertins ou simplement les philosophes; les profonds regards de Pascal sur la misère de l'homme n'ont rien qui puisse démesurément ni les flatter ni les séduire.

La science et l'entêtement d'Arnault, l'esprit de Pascal avaient seuls donné de la vogue au Jansénisme; il périt après eux; mais son esprit leur survécut: c'est à peine s'il est mort.

Bien que Pascal n'ait écrit que sur des sujets théologiques et religieux il n'est pris sérieusement par personne comme un théologien; il fut d'abord la plume qu'inspirait Arnault, puis le penseur qui suivait les mouvements de son âme autant qu'il la contemplait. Tandis qu'il essayait de composer un système de philosophie chrétienne, il en cherchait surtout les appuis, nous l'avons fait entendre, sur le fond de la nature humaine.

Homme d'étude et solitaire, il ne voyait que l'homme général et sa propre individualité. Hommes du monde et moins doués pour les sciences, La Rochefoucault et La Bruyère étudièrent plus l'homme chez les autres que chez eux-mêmes; ils furent plus frappés, chacun selon la tournure de son esprit, des côtés extérieurs de l'homme ou de ses petitesses sociales, que de ses misères naturelles. Cependant La Rochefoucault ne se contentait pas d'apercevoir les dehors, il en voulait connaître les raisons et les causes et pour cela pénétrait jusqu'au fond. L'observateur chez lui était doublé du philosophe.

« La Rochefoucault est certainement le plus fin et peut-être le plus fort des moralistes qui ont fait la guerre à l'orgueil de l'homme. Pascal parle de plus haut que lui et veut nous mener plus loin, puisqu'il ne cherche à ébranler notre confiance en nous-mêmes que pour nous mieux réduire à chercher dans le christianisme l'unique explication et la meilleure consolation de nos misères. Mais si La Rochefoucault n'a point ce grand dessein, s'il s'attache simplement à nous peindre tels qu'il nous voit parce que nos vertus apparentes lui pèsent et qu'il éprouve une sorte de plaisir intellectuel à nous convaincre de leur néant, on ne peut nier qu'il ne soit entré dans le détail de nos intentions secrètes, et de ces mouvements instinctifs qui nous portent à l'action sans se montrer, ou qui, pour nous faire agir, se déguisent à nos propres yeux comme aux yeux des autres.

« Étranger à toute ambition philosophique, n'ayant nullement l'idée de bâtir un système, respecteux envers la religion, simple investigateur de la conscience humaine, il couvre ses mortifiantes conclusions de l'autorité des Pères de l'Église, et nous présente modestement ses maximes comme autant de preuves à l'appui de cette sentence générale qu'a portée le christianisme contre la perversité originelle du genre humain. » (Prévost-Paradol.)

Le respect de La Rochefoucault pour la religion n'allait pas jusqu'à le maintenir toujours dans la juste mesure et dans la vérité. Il avait beau s'appuyer sur les textes des Pères, il outrait leur doctrine sur la méchanceté et la pauvreté de l'homme. On s'en aperçut dès l'apparition de ses *Maximes* et ce fut un cri presque général contre le duc moraliste. En faisant de l'amour-propre le principe de toutes nos actions, il chasse la vertu de ce monde. La Rochefoucault n'était pas assez théologien, il connaissait trop la cour. Il voulait dire vrai; mais il voyait les autres, il ne se voyait lui-même qu'au milieu des courtisans; son modèle égarait son pinceau. En général, il ne se trompe pas, mais il force la note.

On dit qu'il devait quelques-unes de ses *maximes* à ses amis, mais il ne devait son style qu'à lui-même et il sera toujours plus admiré comme écrivain que comme philosophe.

Il recherchait la concision, la force, la sobriété : sa phrase est ferme, pleine, vigoureuse. Peu d'hommes ont employé une langue aussi énergique et des expressions aussi appropriées. Ses défauts, qui sont parfois un peu d'obscurité, de subtilité, tiennent à la fausseté ou à l'incorrection de ses pensées plus qu'à la surprise de son goût.

Il savait aussi bien dire que bien écrire. Dans cette société brillante du XVIIe siècle, il fut à même de saisir toutes les délicatesses de la bonne conversation et d'en retracer admirablement les règles.

Ce secret de la conversation, la Rochefoucault avait

pu l'apprendre à la meilleure école qui fut jamais. L'hôtel de Rambouillet avait créé le genre, s'il ne l'avait pas amené à la perfection. La Rochefoucault en avait été l'un des hôtes les plus distingués. Il se forma bientôt autour de Louis XIV, un cercle plus brillant, plus étendu où le goût fut aussi plus grave et plus élevé.

Toutes les dames spirituelles de cette pléïade brillante n'étaient pas des précieuses ridicules. Entre beaucoup de femmes qui furent admirées pour leurs grâces et leur esprit deux surtout ont mérité de passer à la postérité avec un rang qu'envieraient la plupart des hommes : Madame de Sévigné et madame de Maintenon.

Aussi ne cherchèrent-elles point à cultiver des genres réservés naturellement aux hommes. Elles écrivirent comme des femmes doivent écrire, en jetant leurs pensées intimes sur le papier pour les confier non point au vent de la publicité, mais à l'amitié, à un cercle restreint d'amis, de familiers ou de parents. La correspondance est toute la gloire de madame de Sévigné ; elle est la principale de madame de Maintenon. Si madame de Sévigné n'a été et n'a voulu être qu'une épistolière, elle a cette fortune unique, avec la Fontaine, Bossuet, Molière, de n'avoir d'égale en aucun temps dans aucune langue.

Bien loin sont rejetées les lettres étudiées de Cicéron, les épîtres recherchées de Pline, les mignons petits mots même de François de Sales. Madame de Sévigné est la Lettre comme la Fontaine est la Fable. S'il y avait rivalité à craindre pour elle dans le passé, l'avenir ne lui donnera jamais d'appréhension. La vapeur, le télégraphe ont tué la lettre. Bien qu'il faille en ce genre par dessus tout et avant tout de la simplicité, du naturel, du laisser-aller, un certain négligé même, encore ce négligé veut-il être de bon ton, encore a-t-on besoin de temps pour que l'étourderie ne dépasse point les bornes, que l'incorrection n'échappe pas dans la rapidité du travail, pour que la phrase ne heurte pas trop violemment l'oreille, que la pensée touche juste, que le sentiment soit ménagé dans sa vérité pour porter droit au cœur.

Madame de Sévigné avait le temps, le goût, l'esprit, le cœur ; elle y ajoutait de parler la plus claire et la plus noble des langues, de fréquenter la société la plus choisie qui ait paru dans le monde, de se mouvoir dans une cour ornée de grands hommes, de grands capitaines, de grands orateurs, de grands poètes, présidée par un roi digne d'être leur centre et leur conduite.

Ses lettres ont donc tout à la fois l'attrait d'un sujet relevé, d'une simplicité charmante, d'une verve piquante, d'une diction pure, claire, vive et nette. L'esprit pétille, et si cherché qu'il soit, il ne paraît pas l'être.

Toute cette superbe galerie des grands hommes qu'elle fréquente ou connaît apparaissent tour à tour sous sa baguette enchantée au milieu des causeries les plus intimes de la famille.

C'est principalement, en effet, sa correspondance avec sa fille, madame de Grignan, qui lui donne l'occasion de déployer les ressources vraiment prodigieuses de son remarquable esprit. Histoire, critique, littérature, voire la théologie, la spirituelle marquise aborde tout, mais avec tant de circonspection, de délicatesse, de savoir-faire que rarement elle s'aventure au-delà de sa connaissance, au-dessus de son intelligence, en dehors de son rôle de femme du monde bien que femme supérieure. Nous savons ce qu'on dit et ce qu'elle pense de Bourdaloue et des prédicateurs en renom, des poètes et des littérateurs, comme ce qu'elle pense et ce qu'on dit des courtisans : puis, tout à coup elle nous raconte les larmes aux yeux, d'un ton de sublime sensibilité, la mort soudaine et lamentable de Turenne.

Marie de Rabutin-Chantal, marquise de Sévigné, avait reçu une excellente éducation auprès de son oncle de Coulanges, abbé de Livry; elle avait acquis une solide instruction et fait de bonnes lectures : elle savait l'italien, l'espagnol et quelque peu de latin. Cela lui suffisait pour entendre toutes choses et en parler discrètement. Elle n'abusait pas de ses connaissances; sa principale habileté consistait à voiler sa pédanterie, si elle avait contracté ce vice à l'hôtel Rambouillet. Séparée de sa fille, « la plus jolie fille de France », quand M. de Grignan fut nommé gouverneur de Provence, elle en éprouva une vive douleur dont elle ne se consola que par une correspondance assidue qui nous a valu l'un des chefs-d'œuvre de la langue française.

Sa petite-fille, la marquise de Simiane (1674-1737), a laissé aussi des lettres dont le charme semble emprunté à celles de sa grand-mère, mais la seule femme que sa supériorité incontestée rapproche de la marquise de Sévigné est Mme de Maintenon (1653-1716).

Ses lettres se distinguent par la fermeté, l'élégance, le sérieux des pensées. Mme de Maintenon est moins vive, moins gracieuse, moins spirituelle que Mme de Sévigné ; son ton est plus élevé, elle parle mieux le langage de la raison.

On sent que sa position près de Louis XIV la contraignait à plus de circonspection, que son passé n'était pas sans lui peser autant que son présent.

Elle n'était pas mère de famille comme Mme de Sévigné ; elle ne pouvait pas répandre comme elle les sentiments les plus touchants et les plus vifs qu'il soit donné à une femme de révéler. Elle tâcha de se faire une famille adoptive dans les jeunes filles de St-Cyr. Les écrits qu'elle composa pour elles brillent par la justesse, la simplicité et l'élégance. Son âme était solidement trempée, son caractère droit et noble. Ses entretiens et ses *Lettres sur l'éducation* renferment des enseignements profitables pour tous.

Mais cette affection n'était point aussi naturelle que celle d'une mère ; son style n'est point aussi naturel, aussi jaillissant que celui de la mère illustre de Mme de Grignan.

Il a quelque chose d'imposé dans son élégance, de trop viril dans sa figure féminine.

Mme de Maintenon a été tour à tour louée et calomniée. Sa réputation de femme honnête et droite est sortie intègre de la discussion pour les hommes impartiaux. Ses écrits plaident pour elle.

Heureuses les jeunes filles de notre temps si elles étaient à pareille école !

Telles étaient les femmes de qui La Rochefoucault pouvait apprendre l'art de bien dire les choses ordinaires de la vie dans le courant des affaires quotidiennes. Elles n'étaient pas les seules : on en pourrait citer cent autres qui, pour avoir moins bien écrit, ou n'avoir laissé aucune page, n'en savaient pas moins plaire par le seul charme de la parole. Les femmes d'alors portaient ce privilège jusque dans le cloître où se réfugiaient les La Vallière et les Jacqueline Pascal.

Avant de faire paraître ses *Maximes*, La Rochefoucault avait publié des Mémoires (1662). Bien qu'il évite de juger les événements et qu'il parle à la troisième personne, il s'arrange toujours de manière à se faire valoir et à dénigrer les autres. Mécontent et peu heureux dans ses efforts ambitieux La Rochefoucault fut un calomniateur de l'humanité ; il n'est attrayant que par les charmes de sa diction.

Le style est aussi le principal agrément d'un autre moraliste du XVIIe siècle, La Bruyère.

Celui-ci qui fut loin d'avoir eu une existence continuellement fortunée prit les choses par un meilleur côté. Parti de plus bas, il se contenta d'arriver à mi-chemin et, devenu précepteur du petit-fils de Condé, s'il ne se crut pas sur un haut piédestal, il sut ne pas désirer davantage.

Il profita de cette situation qui le mettait aux premières places pour observer les travers des hommes et s'en moquer. La Bruyère ne rit pas comme Molière, mais il tourne en ridicule comme lui ; c'est un Boileau prosateur. Il a décrit plutôt qu'il n'a analysé nos passions.

Il composait des caractères comme certains peintres font des madones en faisant poser devant eux des modèles vivants. L'individualité de ses contemporains perçait sous ces tableaux.

Il ne copiait cependant point son portrait sur un seul personnage, il ne le faisait point d'un seul jet, il prenait des pièces un peu partout, petit à petit, et les ajustait avec une habileté merveilleuse. Ce rapiéçage produisait quelquefois un habit bigarré, mais avec un air de neuf. On ne peut pas dire que La Bruyère soit profond, mais il voyait clair sur les dehors, peignait au vif et avec un tour si heureux qu'il frappe tout d'un cachet qui n'est qu'à lui. La Bruyère est parmi les écrivains du grand siècle le plus original et le plus pittoresque. Il savait la langue de son temps et il ne la parlait pas comme les autres. Il y perd d'être recherché, embrouillé, embarrassé quelquefois dans sa marche; mais en revanche, nul n'est plus mordant, plus pétillant, plus incisif, nul n'est plus varié sur un même thème, plus familier dans la grandeur, plus élégant dans la simplicité, plus souple avec plus de fermeté, plus saisissant, plus jeune enfin dans son style de deux siècles.

Si La Bruyère est moins profond que la Rochefoucault, il a sur lui l'avantage d'une vie irréprochable qui lui donnait le droit de censurer les mœurs de son époque.

Il n'aimait pas les grands dont la morgue l'avait fait souffrir; son caractère indépendant ne les ménagea point. Aussi ses *Caractères* furent-ils amèrement critiqués à leur apparition. Boileau, par jalousie ou par complicité intéressée, ne rendit pas justice à La Bruyère.

Les éditions des *Caractères* ne s'en multiplièrent pas moins à l'étranger comme en France. Il ne fut bientôt plus possible d'en connaître le mérite. La postérité a confirmé ce jugement si flatteur de Vauvenargues : « Il n'y a presque point de tours dans l'éloquence, qu'on ne trouve dans La Bruyère; et si on y désire quelque chose, ce ne sont pas certainement les expressions, qui sont d'une force infinie et toujours les plus propres et les plus précieuses qu'on puisse employer. »

La Bruyère a fait aussi une satire théologique, les *Dialogues sur le quiétisme* publiés seulement après sa mort.

Ces dialogues peu connus comprennent neuf lettres dont sept sont attribuées à La Bruyère. Il a voulu évidemment composer quelque chose d'analogue aux *Provinciales*. Il se moque agréablement de madame Guyon et de ceux qui partagent ses idées. Il a donc l'avantage de soutenir la vraie doctrine et il se montre fort bon théologien. Mais là, comme dans ses *Caractères*, il reste bien inférieur à Pascal.

Cette question du *Quiétisme* nous amène tout naturellement à parler de Fénelon qui le soutint et de Bossuet qui en dénonça les dangers.

Eloquence ecclésiastique : le P. de Lingendes, le P. Senaud, le P. Lejeune, le P. de la Rue, Mascaron, Bossuet, Fénélon, Bourdaloue, Fléchier, Massillon, l'abbé Poulle, Frey de Neuville, Ségaud, Bridaine.

Bossuet est le plus grand génie du règne de Louis XIV et le plus illustre écrivain de la France. Il est douteux que son éloquence ait jamais été égalée par les plus renommés orateurs.

Destiné à l'Église dès le berceau, il attira assez l'attention sur ses premières années pour être nommé chanoine de Metz à l'âge de treize ans. Après avoir commencé ses études à Dijon, il entra au collège de Navarre, où il fit sa philosophie.

« Ses études, dit l'abbé Ledieu, ne se bornèrent pas à la philosophie du collège ; il apprit le grec à fond ; il lut tous les anciens historiens grecs et latins, les orateurs et les poètes. L'on a vu, par une longue expérience de toute sa vie, combien ses premières études avaient été sérieuses, s'étant toujours trouvé prêt à réciter les plus beaux endroits, non-seulement des poètes, mais encore des orateurs et même des historiens, tant il les avait présents à la mémoire ? »

A seize ans, on lui fit débiter à l'hôtel de Rambouillet un sermon qu'il avait composé sans livres sur un sujet donné.

Ses études achevées, sa thèse de théologie soutenue, Bossuet se retira à Metz et fut ordonné prêtre en 1652. En même temps que chanoine, il était archidiacre de Sarrebourg. Il resta dix-sept ans à Metz, consacrant ses loisirs à l'étude. Il lut particulièrement la Bible et les Saints Pères, saint Chrysostome, saint Augustin, saint Grégoire de Nazianze.

C'est à cette époque qu'il composa la réfutation du *Catéchisme de Paul Ferry*, ministre protestant de Metz, et l'*Exposition de la foi catholique*, livre court, simple, mais d'une clarté, d'une précision et d'une solidité qui frappèrent Turenne au point de le ramener à l'Église catholique.

La réputation que s'acquit bientôt Bossuet par ses discours fit désirer de l'entendre à Paris. Il se résigna à se produire dans la capitale. Sa parole y fit un effet prodigieux. On n'était pas accoutumé à semblable langage. Tandis que le goût se développait, que la langue prenait des proportions larges, nettes et définies, l'éloquence n'avait pas sensiblement progressé. Longtemps les prédicateurs du XVIIe siècle suivirent les traditions fausses et pédantesques de leurs devanciers du siècle précédent.

Il faut arriver jusqu'au Père de Lingendes (1591-1660) pour trouver de la dignité et du bon sens. Mais ce Père écrivait ses sermons en latin avant de les prononcer, et l'édition française qui en reste n'en est qu'une reconstruction pâle et sans vie.

Le Père Senault (1599-1672) et le Père Lejeune, surnommé le *Père l'aveugle* (1592-1672), contribuèrent aussi à faire entrer la chaire dans des voies plus raisonnables et plus chrétiennes. Leur prédication était grave, vraiment évangélique ; ils s'étudiaient à quitter la phraséologie érudite et bizarre si fort à la mode avant eux. Ils osaient parler en ministres de Jésus-Christ à des auditoires de chrétiens.

Leurs discours n'étaient encore que des essais, des tentatives banales, mais ils préparaient les esprits à comprendre la grande et magnifigne éloquence qui allait étonner le monde.

A ne point considérer le génie qui le développa, le système de Bossuet n'avait rien d'extraordinaire. Il revenait à l'Évangile et aux saints Pères, et, bannissant impitoyablement tout étalage d'érudition profane, il retrouva l'éloquence apostolique en la cherchant aux sources de la foi et de la charité.

Bossuet n'écrivait pas ses sermons et c'est ce qui les a fait longtemps négliger après sa mort. Il se contentait de tracer son plan et d'écrire les passages des Pères et des livres saints qu'ils se proposait de commenter. La richesse de son imagination, l'abondance de sa charité, l'impétuosité de son inspiration lui fournissaient les tableaux, le mouvement, la passion, l'éloquence, au moment même de la parole.

Cette manière de prêcher parut nouvelle dans la capitale. Elle eut bientôt conquis tous les esprits. La réputation de Bossuet grandissait chaque jour. Nommé à l'évêché de Condom, il ne le garda qu'une année et s'en démit pour devenir le précepteur du Dauphin. C'est l'époque du *Discours sur l'histoire universelle*, du *Traité de la connaissance de Dieu et de soi-même*, celle où il crée l'*Oraison funèbre*, où il prépare son *Histoire des Variations*. L'éducation du Dauphin terminée en 1681, Bossuet fut nommé à l'évêché de Meaux, dont il resta en possession jusqu'à sa mort. Les leçons données au dauphin furent plus utiles à la postérité et à la gloire du précepteur qu'à son royal élève. Celui-ci ne profita pas à si haute école ; mais, en même temps que Bossuet prenait la peine de composer une grammaire latine et de refaire lui-même ses études, il écrivait le *Discours sur l'histoire universelle*, qui le met au-dessus des premiers écrivains et des plus grands historiens de l'antiquité. Il y pénètre en philosophe les causes générales de l'histoire et il y décrit en peintre les agitations et les pulsations communes de l'humanité. Plus hardi que ses devanciers, il entre avec saint Augustin jusqu'au sein du conseil de Dieu ; mais, tandis que le fils de Monique ne fait qu'y jeter un coup d'œil respectueux et comme furtif, l'aigle de Meaux y arrête ses regards et n'est pas aveuglé.

« C'est dans le *Discours sur l'histoire universelle*

que l'on peut admirer l'influence du génie du christianisme sur le génie de l'histoire. Politique comme Thucydide, moral comme Xénophon, éloquent comme Tite-Live, aussi profond et aussi grand peintre que Tacite, l'évêque de Meaux a de plus une parole grave dont on ne trouve ailleurs aucun exemple, hors dans le début du livre des Machabées. Bossuet est plus qu'un historien, c'est un Père de l'Église, c'est un prêtre inspiré, qui souvent a le rayon de feu sur le front, comme le législateur des Hébreux. Quelle revue il fait de la terre ! Il est en mille lieux à la fois. Patriarche sous le palmier de Taphel, ministre à la cour de Babylone, prêtre à Memphis, législateur à Sparte, citoyen à Athènes et à Rome; il change de temps et de place à son gré, il passe avec la rapidité et la majesté des siècles. La verge de la loi à la main, avec une autorité incroyable, il chasse pêle-mêle devant lui et Juifs et Gentils au tombeau, il vient enfin lui-même à la suite du convoi de tant de générations, et, marchant appuyé sur Isaïe et sur Jérémie, il élève ses lamentations prophétiques à travers la poudre et les débris du genre humain.

« La première partie du discours sur l'*Histoire universelle* est admirable par la narration; la seconde par la sublimité du style et la haute métaphysique des idées; la troisième, par la profondeur des vues morales et politiques. » (*Génie du christianisme*)

Dans le même temps Bossuet composait pour l'éducation du dauphin sa *Politique tirée de l'Écriture sainte* et le *Traité de la connaissance de Dieu et de soi-même*.

Bossuet se plaçant au point de vue de son époque

semble faire l'apologie de la monarchie absolue; mais, en réalité, il prend la société telle qu'elle est et il donne au prince de sûres maximes pour le gouvernement. Cet ouvrage, long tissu de citations empruntées à l'Écriture sainte, est un des moins intéressants à lire, mais il n'est pas un des moins féconds en enseignements pratiques pour la vie civile et l'art de diriger les peuples.

La *Connaissance de Dieu et de soi-même* était destinée à introduire le dauphin dans le domaine de la philosophie. Bossuet, qui n'avait pas la prétention d'inventer un système, et qui trouvait dans le dogme catholique la solution de toutes les questions ténébreuses, adopte pour les principes humainement certains, le système de Descartes. Pour la première fois, il appelle la physiologie au secours de la psychologie et son exposition nette, claire, exacte, rend plus apparente la vérité philosophique.

Les traités composés pour former l'héritier présomptif de la couronne ne sont point les seuls qui aient occupé cet étonnant génie. Il a scruté l'homme dans tous ses replis, Dieu dans ses plus impénétrables profondeurs. Le *Traité de la concupiscence*, les *Élévations sur les mystères*, les *Méditations sur l'Évangile*, le *Discours sur la vie cachée en Dieu*, les *Maximes sur la comédie*, ont été le fruit de ses vastes et profondes méditations.

Au milieu de ces immenses travaux, il n'abandonnait ni la chaire ni l'instruction de son troupeau. *Panégyriques*, *sermons*, *oraisons funèbres*, tous les genres étaient abordés à la fois.

Il avait achevé l'éducation du dauphin et il était devenu l'arbitre écouté de l'Église gallicane. Cette Église était sur le point d'entrer en lutte avec Rome. Dans l'assemblée générale du clergé de 1682, Bossuet qui désirait ménager l'orgueilleuse susceptibilité du roi, respecter la sainte hiérarchie de l'Église catholique, prévenir une rupture imminente, prononça ce fameux *Discours sur l'unité de l'Église* où il s'étudie avec un art qui tient du prodige à conserver un équilibre à peu près impossible. Là, chaque phrase, chaque mot, avait une importance capitale. L'orateur n'eut pas besoin seulement d'une science exacte, complète, d'une doctrine inattaquable, sous quelque face qu'elle se présentât; il avait besoin plus encore d'un vocabulaire souple et varié en même temps que ferme, d'une habileté consommée, d'une prudence des plus rares, d'un artifice de parole inconnus à l'homme. Bossuet montre tout à la fois. On a blâmé quelques-unes de ses opinions ou du moins de ses tendances; il serait plus juste de se mettre à sa place et de blâmer seulement la tendance des mots, tendance qui, peut-être, n'était pas de son temps et dans sa situation ce qu'elle est à notre époque et devant nos idées. L'évêque de Meaux rendit en cette circonstance un immense service à l'Église de France en l'empêchant de se détacher du centre de l'unité catholique. Il nous est permis de ne pas accepter tous ses jugements, il ne nous l'est pas d'oublier la vérité de l'histoire.

Autant Bossuet fut habile en présence de l'assemblée de 1682, autant il fut puissant dans sa controverse avec les Protestants. Ceux-ci ne se relevèrent pas des coups qu'il leur porta. Étonnés eux-mêmes de ces incroyables *Variations* dont Bossuet leur déroulait impitoyablement l'histoire, ils ne surent que balbutier par la bouche de leurs principaux ministres, Claude et Jussieu, des réponses jugées par tous insuffisantes. L'effet produit par la publication des *Variations* fut assez grand pour amener un désir de rapprochement de la part des Protestants d'Allemagne. Des négociations furent entamées entre Leibnitz et Bossuet ; mais elles n'aboutirent pas. L'*Histoire des Variations* n'en reste pas moins comme un monument éternel élevé à la gloire du catholicisme et à la honte de la Réforme.

Bossuet était l'oracle du plus grand siècle littéraire qui fut jamais ; il le dominait comme l'aigle domine la plaine au-dessus de laquelle il étend ses ailes. Tout dans son génie marquait la force, l'élévation et la puissance. Il laissa voir toutefois un côté faible dans sa lutte avec Fénelon. Cette déplorable querelle, qui désunit les deux plus grands esprits dont se glorifiait alors l'Église de France, naquit à propos des doctrines mystiques apportées d'Espagne en France par une femme, Mme Guyon, dont Fénelon eut le tort de partager les utopies théologiques. Le quiétisme de Molinos était une sorte de système spirituel qui « faisait de la vertu, dit Maury, un instinct aveugle plutôt qu'un effort réfléchi. » Innocent XI avait condamné ces absurdités. Mme Guyon avec d'autres visionnaires admettait seulement que l'homme pouvait ici-bas atteindre à un état de si parfait amour que toute sa vie devenait une communication avec Dieu. Cet état habituel est impossible à l'homme. Le sens droit de Bossuet s'aperçut aussitôt des erreurs auxquelles pouvaient conduire l'enthousiasme de Mme Guyon et ces vaines espérances de pur amour, de contemplation passive, d'état pour ainsi dire impeccable, même dans le péché.

Une conférence s'ouvrit à Issy. Fénelon, nommé archevêque de Cambrai, put assister aux dernières réunions. L'accord se fit sur trente propositions. Mais Bossuet ayant voulu commenter la saine doctrine pour éclairer les fidèles, Fénelon s'apercevant que Mme Guyon était personnellemeut attaquée dans l'*Instruction sur les états d'oraison*, refusa de lire cet ouvrage. La lutte commença. Fénelon déploya une habileté merveilleuse ; mais Bossuet se prit sur le tard de sa vie à étudier la mystique, et la force de ses arguments convainquit les juges de Rome où la cause fut appelée. Le livre des *Maximes des saints* de Fénelon fut condamné par un bref d'Innocent XII. Fénelon se soumit avec une humilité qui lui attira l'admiration de tous ; mais il en est resté pour Bossuet victorieux une tache à son caractère à cause du peu de ménagement qu'il met dans cette lutte avec son illustre ami.

Bossuet se montra d'ailleurs dans ces écrits d'un nouveau genre toujours égal à lui-même.

Il complétait ainsi, sans y penser, le corps de sa doctrine théologique développée déjà si magnifiquement dans son *Histoire des Variations*, dans son *Exposition*, dans ses *Elévations sur les mystères*, dans ses *Méditations sur l'Évangile*, dans ses Traités divers, dans ses Sermons. Il est à remarquer que Bossuet, le plus grand de nos écrivains, fut rarement, excepté dans ses *Oraisons funèbres*, dans son *Discours sur l'Histoire universelle*, dans quelques pages des *Variations* ou d'autres ouvrages, préoccupé des ornements du style. La pensée jaillissait de son cerveau armée de pied en cap, avec la vêture qui lui convenait.

Ce n'est pas que Bossuet ne retouchât pas ses œuvres : au contraire, ses manuscrits sont couverts de ratures ; mais il ne changeait le mot que pour changer la pensée, pour la mieux faire répondre à son idée et à son but. Cette recherche d'une correspondance parfaite entre le mot et la pensée, entre le fruit de l'âme et l'âme elle-même, est, en effet, la perfection du style ; et voilà pourquoi le style de Bossuet était si ferme, si plein, si noble, si majestueux, si souvent sublime, sans qu'il cherchât à lui donner ces qualités qui étaient celles de sa pensée et de son prodigieux esprit.

Jusqu'à l'âge de quarante ans, il ne publia rien. Il n'écrivit même jamais entièrement ses sermons qui ne furent publiés, nous l'avons dit, qu'assez longtemps après sa mort. Il se contentait d'écrire ses principales idées ou simplement son plan ; puis, tout cela roulait dans sa tête jusqu'au moment de l'explosion devant son auditoire.

Dans ces ébauches de sermons que nous possédons, il y a certainement des incorrections, des négligences, mais des esprits légers ou prévenus peuvent seuls s'arrêter à ces défectuosités passagères qui ne portent que sur des détails... «.. Une critique éclairée et impartiale ne s'arrêtera pas à cet examen superficiel ; elle tiendra compte du choix des sujets, de l'abondance, de la force, de l'enchaînement des preuves, de la profondeur des pensées, de la marche du discours, des mouvements et de la vérité du style ; et alors elle verra encore des chefs-d'œuvre là où d'autres n'ont vu que des compositions informes ; elle proclamera les sermons de Bossuet la meilleure *rhétorique* des prédicateurs. Ce qui a pu faire illusion à la Harpe, c'est que cette éloquence des *Sermons* n'est pas une éloquence ordinaire ; Bossuet a une méthode à lui qui n'est pas celle de tous. Ses plans sont vastes ; encore son génie souvent ne s'y peut-il renfermer et en sort-il tout à coup comme par bonds ; mais c'est presque toujours dans ces écarts qu'il est sublime. Suivons-le pourtant dans cette marche irrégulière, dans « ces vives et impétueuses saillies : » dès son exorde, dès sa première phrase, vous voyez son génie en action vous ne rencontrez ni formules triviales, ni commentaires des pensées d'autrui, ni lenteurs, ni stérilités, ni redondance ; il ne marche pas, il court, il vole dans un sentier nouveau que lui ouvre son imagination ; il se précipite vers son but et vous emporte avec lui. Lorsqu'une soudaine véhémence entraîne ce grand homme, on se sent transporté dans une région inconnue, on ne sait plus où il prend ses expressions et ses pensées : son style, toujours original et toujours naturel, se passionne et s'enflamme ; son enthousiasme répand de toutes parts la lumière et la terreur. » (Maury).

La pensée de Bossuet toujours profonde est toujours vivante et agissante. Il est poète dans son discours, philosophe dans ses plus saisissantes images. Il est à la fois dans la chaire chrétienne un Homère, un Démosthène et un Platon. S'il interroge le cœur humain, ce cœur ne se réserve aucun secret ; s'il évoque les fantômes des passions qui nous séduisent, ils se pressent à sa voix, muets et condamnés d'avance ; l'auditoire remué, bouleversé va de l'étonnement à l'épouvante, de l'espérance à la consternation. Il n'est pas une de ses plaies qui n'ait été labourée par le tranchant de la parole sacrée.

Bossuet, qui fut un des prélats des plus vertueux de son siècle, avait puisé dans l'Écriture et dans le soin des âmes la connaissance la plus extraordinaire des vices et des faiblesses de l'humanité. Il fut en même temps un théologien des plus exacts, un métaphysicien des plus pénétrants ; il a sur Bourdaloue cet avantage de faire marcher de front le dogme et la morale, de révéler les grandeurs mystérieuses de la religion et de la Providence en instruisant l'homme sur ses voies, en l'éclairant sur ses besoins, en le mettant en garde contre les misères de sa nature déchue.

Bossuet n'est pas seulement véhément comme Chrysostome, nerveux, pressé, concis comme Démosthènes, logicien comme Bourdaloue, il est toujours élevé, grandiose, constamment aux prises avec le sublime. Dans ses oraisons funèbres, il ajoute à toutes ces qualités d'atteindre et de surpasser même le prince des orateurs romains, pour la pompe, la plénitude et la majesté de la période.

On ne peut pas affirmer que les maîtres de l'antiquité fussent de moins grands orateurs ; peut-être avaient-ils plus de puissance dans l'action et non moins de force ou d'étendue dans le génie ; mais ils n'unissaient pas dans un même homme leurs qualités diverses ; ils n'étaient pas aidés par ce secours incommensurable que l'orateur chrétien puisait dans la connaissance de la vérité religieuse. De là, l'auréole incomparable qui brille sur le front du grand évêque de Meaux. On ne cite pas ses discours, on les lit, on les récite, on se laisse emporter à leur courant irrésistible. Il n'est permis à personne de ne pas posséder ces chefs-d'œuvre de la langue française et de l'esprit humain.

Tout est petit, ce semble, devant un si grand homme. Et cependant, telle fut la fécondité du siècle de Louis XIV, que si nul écrivain n'eut tant de qualités ensemble et à si haut degré, il en est que, pour la prédication, ou pour la science et la littérature on peut comparer à l'illustre évêque de Meaux.

Bourdaloue fut son rival dans la chaire, Fénelon dans les lettres.

Rien d'aussi tranché que le génie de ces trois hommes :

Bossuet, grand, majestueux, un pied sur la terre et le front dans le ciel : Bourdaloue, calme, froid, sévère mais juste ; inflexible logicien, moraliste implacable mais d'un sens droit, incapable d'aucun excès dans la parole, la direction des âmes ou sa propre conduite : Fénelon, affable, onctueux, d'une gravité qui n'était pas sans une majesté douce, d'une grâce qui pénétrait les cœurs comme elle coulait dans ses écrits; prélat des plus vertueux et en même temps le plus humain, le plus séculier; le plus amoureux de l'antiquité païenne et cependant le plus dévoué à Rome, au pontife suprême, parmi les évêques de l'Église gallicane, un revenant du siècle de Léon X, un précurseur du dix-neuvième.

L'archevêque de Cambrai eut ce bonheur d'être

plus aimable que les autres; il eut ce malheur d'errer au moins une fois dans la doctrine, d'être prôné par les impies du siècle de Voltaire pour son engoûment mythologique ou ses utopies sociales, et de l'être aujourd'hui pour quelques mots hasardés, une vue indulgente ou trop confiante de l'avenir par les sectaires de la libre-pensée. Bonheur et malheur qui font aimer l'homme, admirer l'écrivain, et qui peut-être auraient déplu à l'évêque.

Bourdaloue, né dans la capitale du Berry, d'une famille bourgeoise avait été discipliné par la règle de Jésus; Fénelon, issu d'une noble famille du Périgord, comme Montaigne, avait hanté la cour, connu et admiré Bossuet dont il se fit longtemps gloire d'être l'élève; mais, il avait été en vieillissant éloigné de cette cour, mécontenté par sa dispute avec son illustre ami; la philosophie de pure raison, l'esprit d'indépendance se mêlèrent plus dans ses pensées que dans celles des Jésuites, ou du grand évêque courtisan.

C'est là qu'il faut chercher la cause intime de ses aspirations prétendues de liberté, de fraternité philosophique. Fénelon comprenait moins l'avenir que Bossuet qui était effrayé de l'esprit d'impiété et d'incrédulité qu'il voyait poindre. Pour être amis de la justice, ils l'étaient tous les deux: pour saisir l'esprit du catholicisme, Bossuet le saisissait mieux; pour être imbu des doctrines du paganisme, Fénelon l'était plus, comme il s'y versait davantage. Les utopies répandues dans le *Télémaque* ne sont point faites pour donner à croire à la science économique et sociale de l'archevêque de Cambrai. Si la *politique sacrée* ne répond point à nos idées, elle avait ce mérite d'être de son temps tout en étant de tous les temps pour sa doctrine générale, et de répondre, en réalité, à la pensée vraie d'un évêque du XVIIe siècle, ancien courtisan, ancien précepteur des enfants des rois.

Le *Télémaque*, dans lequel on admirait tout au XVIIIe siècle, dans lequel on n'admire aujourd'hui que le moins admirable, avait été composé pour le duc de Bourgogne, comme le discours sur l'*histoire universelle* pour le dauphin. On voit déjà la différence qui existait entre les deux précepteurs. Les enseignements de l'un se revêtent d'une splendeur qui les met au-dessus du royal élève, ceux de l'autre ont une forme païenne qui ne convenait guère mieux au représentant de la monarchie très chrétienne. Quoi qu'on en ait dit, nous doutons que la méthode de Fénelon eût mieux produit un prince que celle de Bossuet. On a dit que l'élève du premier promettait beaucoup; il me semble qu'on ne l'a pas assez vu à l'œuvre, que la nature apporte un bien puissant contingent dans la formation d'un homme, ou que le caractère et les manières aimables de Fénelon avaient plus d'effet que sa théorie et ses livres dans son système d'éducation.

Pour la politesse du style, le *Télémaque* est inimitable, quoiqu'il manque de mouvement et d'animation; pour les pensées, il est le plus souvent élevé, toujours honnête, quoique en certains endroits dangereux; pour les théories, il sonne quelquefois creux. Admirateur passionné des anciens, nourri du plus pur lait des Hellènes, Fénelon s'était imprégné de leur délicatesse, de leur amour du beau parfait, de leur science d'harmonie; il avait introduit leur génie dans sa langue maternelle. Il est plus grec que français. Il le fut même à ce point qu'il ne se débarrasse pas comme Bossuet de ce bagage mythologique devenu si ridicule à nos yeux et qu'on ne comprend plus chez un évêque du grand siècle. On ne saurait s'empêcher de sourire en le voyant faire caresser par Vénus la barbe de Jupiter. La simplicité d'âme de Fénelon lui cachait ce qu'il y avait de grotesque dans cette mise en scène d'un autre âge : Le sage Mentor se mentait ainsi à lui-même.

Le but du *Télémaque* était d'offrir aux élèves de Fénelon un traité d'éducation et de morale. L'idée ou plutôt le cadre en fut emprunté aux poëmes d'Homère. Il est lui-même un poëme en prose ou, si l'on veut, un roman pédagogique brodé sur un canevas chrétien avec les fils de l'épopée mythologique des anciens.

Télémaque est le fils d'Ulysse et de Pénélope : il est conduit à la recherche de son père par Minerve, déesse de la sagesse, déguisée sous les traits du vénérable Mentor, et parcourt pendant dix ans les mers, les royaumes, les républiques de l'antiquité, soumis à une multitude d'aventures, exposé à tous les dangers de la part des hommes, des éléments et des passions, tirant de tout des leçons, apprenant partout la science des hommes et des événements.

Malgré les préceptes sensés, les excellents exemples que renferme ce livre, on est assez porté à croire que Fénelon ne le mit point tel qu'il est entre les mains de son élève. Il renferme des pages sur l'amour profane qu'il ne convient pas de lire dans le jeune âge. On se demande même si Fénelon ne devait pas à son caractère sacerdotal de ne pas peindre de semblables tableaux et s'il n'est pas d'autres moyens de combattre la volupté même chez les princes.

Il faut dire pour l'excuse de Fénelon qu'il ne mit pas au jour cet ouvrage publié par un indiscret et infidèle serviteur. Il eut même la mauvaise chance qu'il fût imprimé à son insu au moment où les *maximes des saints* venaient d'être condamnées. Cette publication fit d'autant plus scandale que les premières éditions fondées ainsi sur le vol étaient fautives et que des esprits malins voulaient voir dans le roman de l'archevêque disgracié une critique de l'administration du grand roi.

Mais, comme l'écrivait Fénelon lui-même dans une lettre au P. le Tellier : « Pour *Télémaque*, c'est une narration fabuleuse en forme de poëme héroïque, comme ceux d'Homère et de Virgile, où j'ai mis les principales instructions qui conviennent à un prince que sa naissance destine à régner. Je l'ai fait dans un temps où j'étais charmé des marques de bonté et de confiance dont le roi me comblait... » Et, en vérité, Fénelon n'avait aucune disposition à la révolte, bien qu'il soit permis de croire que la disgrâce, en modifiant ses impressions, ait modifié ses idées et par une conséquence fort naturelle ses manuscrits eux-mêmes.

Télémaque est son ouvrage le plus célèbre et celui qui lui attira le plus de réputation comme écrivain. Voltaire l'a peut-être le mieux jugé au point de vue de la forme, en disant : *Télémaque* est écrit dans cette prose poétique que personne ne doit imiter, et qui n'est convenable que dans cette suite de l'*Odyssée*, laquelle a l'air d'un poëme grec traduit en prose française ».

Quand il n'était que simple abbé, supérieur des Nouvelles catholiques, Fénelon s'était déjà fait connaître par ses doctrines pédagogiques en publiant son traité sur l'*éducation des filles*, un des meilleurs composés sur cette matière et qui sera toujours lu pour la beauté du style et l'excellence de son esprit. Il paraît aux pédagogues de nos jours se rapprocher plus que tous les ouvrages des ecclésiastiques de leur méthode exclusivement rationelle et ils le tiennent pour ce motif en assez grande estime. Fénelon s'élève contre l'usage de son temps où on se contentait trop souvent de n'apprendre aux jeunes filles que des choses d'agrément. Il veut qu'on leur donne une instruction qui leur aide à remplir les devoirs que la nature et la société leur imposent. Il recommande qu'on leur enseigne la lecture, l'écriture, les opérations fondamentales de l'arithmétique, la tenue des livres, et les principales règles de la justice et de l'administration civile ; puis, avec de petites industries pour diminuer la misère, l'histoire grecque, romaine, et l'histoire de France. Il permet aussi la lecture des ouvrages d'éloquence et de poésie, mais avec discrétion, l'étude du latin, mais non celle de l'Italien et de l'Espagnol, et pour les personnes seulement d'une position supérieure. Il demande, en effet, que l'instruction soit proportionnée aux conditions ; il veut faire des femmes fortes, économes, chrétiennes, et ne craint rien tant chez la femme que sa vanité et sa frivolité. En général, ces principes sont sages et les théoriciens modernes n'ont point encore égalé l'archevêque de Cambrai, bien qu'ils aient trop souvent dépassé sa mesure.

Outre le *Télémaque,* Fénelon a aussi composé pour l'éducation du duc de Bourgogne plusieurs ouvrages qui sont demeurés classiques.

Ses *fables* en prose récréent encore nos enfants et sont mises entre leurs mains au même titre que les *fables* en vers de la Fontaine. Ces narrations claires, faciles, élégantes renferment des allégories toujours pleines d'à-propos et capables de corriger et d'instruire la jeunesse en l'égayant.

Les *Dialogues des morts* sont plus sérieux et conviennent à un âge plus avancé. Fénelon y passe en revue les personnages principaux de l'histoire ancienne et moderne, et se donne l'occasion d'exposer ses opinions sur la politique, l'art, la littérature, la philosophie, avec un esprit et une finesse dignes de Lucien qu'il a pris pour modèle. Mais il ne crut pas que les aperçus philosophiques semés dans ces dialogues suffisaient à son royal élève. Il composa pour lui, et, on peut le dire, pour la postérité, son *traité de l'existence et des attributs* de Dieu, ouvrage où le théologien complète le philosophe et excitait l'admiration de Leibnitz.

Fénelon y présente toutes les preuves de l'existence de Dieu sans négliger les preuves fournies par le monde physique. Il suit à la fois Cicéron et Descartes, empruntant au premier ses riches tableaux et la magie de sa phrase, au second sa méthode et ses idées psychologiques et métaphysiques.

Ce sont là les principales œuvres de Fénelon, génie

facile, ayant des aptitudes pour tous les genres, écrivain le plus brillant, le plus classique et le plus élégant qu'ait eu la France. Il ne manque à sa gloire, pour balancer tout à fait celle de Bossuet auquel toujours on le compare, que d'avoir été comme l'évêque de Meaux un maître dans la chaire.

Fénelon avait étudié profondément l'art oratoire. Ses *Dialogues sur l'éloquence* sont sous une forme séduisante le meilleur traité de la parole que renferme notre langue. Mais il avait pour principe et pour habitude d'improviser ses sermons ou du moins de ne pas les écrire. Il n'est resté de lui que deux ou trois sermons vantés par Maury avec une affectation ampoulée et qui sont, en effet, écrits d'une plume aussi brillante que légère, féconde, harmonieuse et variée.

Mais, malgré les éloges enthousiastes de Maury, je n'y veux pas voir des modèles d'éloquence de la chaire, mais plutôt des modèles d'éloquence académique et fleurie au service de la vérité religieuse. Ces sermons sur la vocation des gentils sont trop élégamment, trop joliment écrits pour avoir été dits avec force et chaleur, et cela explique que Fénelon n'ait pas eu la réputation de prédicateur parmi les hommes de son temps.

Il n'en fut pas de même de Bourdaloue qui personnifiait à leurs yeux toute la chaire et quelques-uns comme Mme de Sévigné, semblaient préférer à Bossuet pour ses sermons, Bossuet lui-même.

Bourdaloue fut tout le contraire de Fénelon, il ne fut ni brillant, ni styliste, ni même strictement littérateur. Il ne cherchait pas le mot, mais la chose. Il n'a pas les éclairs de génie de Bossuet ; il ne s'envole pas sur les cimes du sublime, on dirait qu'il a cassé les ailes à son imagination. Il reste sur la terre et se met aux prises avec l'homme ; mais il n'est pas une force humaine qui puisse résister à la rigueur de sa dialectique, pas de passión dont ce penseur tout pétri de bon sens ne dissèque le cadavre avec une sûreté effrayante. « Voilà l'ennemi » s'écriait le grand Condé en le voyant monter en chaire; et cet ennemi, il faut l'avouer, avait des armes offensives contre lesquelles il était impossible de résister. Tout son art est dans sa logique ; toute sa puissance dans les palpitations du cœur humain dont il scrute les secrets les plus impénétrables.

Il fut le prédicateur le plus goûté de Louis XIV à la cour duquel il parut dix fois. Mme de Sévigné ne tarit pas sur son éloge. Il est vrai qu'elle avait aussi de l'engoûment pour Mascaron (1634-1703), Père de l'oratoire et puis évêque d'Angers, qui a laissé une bonne *oraison funèbre de Turenne* et quelques sermons où l'on trouve de beaux mouvements, mais qui ne s'est pas déshabitué complétement des citations païennes et dont les premières œuvres surtout pèchent par la recherche et l'enflure.

« Je dis un peu de bien de moi en passant, j'en demande pardon au *Bourdaloue* et au *Mascaron* ; j'entends tous les matins ou l'un ou l'autre : un demi-quart d'heure des merveilles qu'ils disent devrait faire une sainte. »

La spirituelle marquise ne jugeait pas les différences en variant ses plaisirs et en les faisant ainsi durer ; il est difficile toutefois de prendre cette réflexion comme son dernier mot. L'opinion dominante et les relations sociales étaient pour quelque chose dans cette appréciation qui tendait à surfaire Mascaron où à rabaisser Bourdaloue, ce qu'elle ne voulait pas assurément.

Il y avait loin de la prétention de Mascaron à la simplicité de Bourdaloue. Le célèbre Jésuite ne songeait nullement à poser et à se mettre en scène. « Ce qui me ravit, ce qu'on ne saurait assez préconiser dans les sermons de l'éloquent Bourdaloue, c'est qu'en exerçant le ministère apostolique, cet orateur plein de génie se fait presque toujours oublier lui-même, pour ne s'occuper que de l'instruction et des intérêts de ses auditeurs ; c'est que, dans un genre trop souvent livré à la déclamation, il ne se permet pas une phrase inutile à son sujet, n'exagère jamais aucun des devoirs du christianisme, ne change point en préceptes les simples conseils évangéliques ; et que sa morale, constamment réglée par la sagesse, éclairée de ses principes, peut et doit toujours être réduite et pratique... » (Maury).

Bourdaloue était si peu occupé de lui-même et si peu soucieux des fleurs de la rhétorique, qu'il est quelquefois sec et risquerait d'être monotone si la suite mathématique de son raisonnement n'entraînait à le suivre jusqu'au bout. Son éloquence n'est pas une éloquence de passage, d'inspiration ; c'est l'éloquence de l'ensemble, de la déduction. Lui seul peut-être a rendu la logique éloquente par elle-même sans le secours d'aucune grâce étrangère. On ne lit pas Bourdaloue par pages, par passages, on ne le lit que d'une pièce, et on ne commence pas un de ses sermons sans le finir. A ce prix seul est le charme et ce charme a l'attrait d'un aimant pour qui l'approche ; une fois qu'on a le fil, on le déroule fatalement jusqu'au bout. La précision de ses plans, la rigueur de sa méthode ont même quelque chose d'exagéré, au moins dans la façon dont il expose son sujet et son plan. Autant ses plans sont variés et féconds, autant sa manière de les présenter est uniforme et sèche.

Quand Bourdaloue nous donne la division de son discours et qu'il énumère ses différents points, il ressemble à un professeur énonçant un problème d'algèbre.

Mais l'énoncé fait, la solution prend une ampleur inattendue sans que l'orateur abandonne son éloquence géométrique. Et quand on songe que ce prédicateur logicien était en même temps un prêtre d'une austérité sans excès, mais d'une vertu sans défaillance, qu'il mettait toute sa foi et tout son cœur au service des vérités qu'il enseignait, de la morale qu'il recommandait, on comprend quel effet il produisait sur cette cour fastueuse et légère à la fois pleine de grandeurs et de vices qui formait l'entourage du grand roi. « On voyait son cœur parler plutôt que sa voix » dit encore Mme de Sévigné.

Après un tel prédicateur et après Bossuet, il n'y avait plus de place dans la chaire chrétienne. Cependant c'est la comparaison plutôt que l'insuffisance de leurs talents qui accable des contemporains comme Mascaron, le Père de la Rue (1643-1715), et l'illustre évêque de Nîmes, Fléchier. Celui-ci cependant qui visait à l'éclat et à la pompe, dont la phrase étudiée avait toujours quelque chose de solennel et de majestueux, orateur des plus relevés qui semble avoir imité Balzac pour le style et Bossuet pour la direction méthodique sut dans l'oraison funèbre se faire un nom même à côté de Bossuet. Mais, dit Thomas avec raison : « Fléchier possède bien plus l'art et le mécanisme de l'éloquence qu'il n'en a le génie. Il ne s'abandonne jamais; il n'a aucun de ces mouvements qui annoncent que l'orateur s'oublie, et prend partie dans ce qu'il raconte. Son défaut est de toujours écrire et de ne jamais parler... En général, l'éloquence de Fléchier paraît être formée de l'harmonie et de l'art d'Isocrate, de la tournure ingénieuse de Pline, de la brillante imagination d'un poète, et d'une certaine lenteur imposante qui ne messied peut-être pas à la gravité de la chaire, et qui était assortie à l'organe de l'orateur. »

Fléchier, né en 1659, avait professé la rhétorique à Narbonne. Il devint successivement évêque de Lavaur et de Nîmes, et mourut en 1710. Ses nombreuses qualités lui ont conservé un rang distingué parmi les illustrations de son siècle. Toutefois, il ne brille qu'au second plan. Le seul capable de balancer la gloire de Bourdaloue, le Racine de la chaire, c'est Massillon (1663-1742).

« Massillon, le plus digne rival de Bourdaloue dans l'ensemble des stations soutenues et complètes de la chaire, est toujours intéressant, quoiqu'il ait rarement des traits sublimes. Mais s'il paraît trop souvent inférieur à sa renommée comme orateur, il est du moins incontestablement au premier rang comme écrivain; et nul de nos auteurs les plus célèbres n'a porté l'élégance et la beauté contenues du style à un plus haut degré de perfection » (Maury).

Avec Massillon, la prédication commence à décliner. L'évêque de Clermont est sur le seuil de la décadence. Il appartient au XVIIIe siècle au moins autant qu'au siècle de Bossuet et de Pascal. L'art a remplacé l'inspiration, la forme l'emporte sur la pensée. Ce n'est pas la nature qui mène la voix de Massillon; son ton est cherché, son effet est préparé, sa période ne jaillit pas avec les flots de la pensée; celle-ci devient la servante du mot qui est placé, replacé, combiné avec d'autres pour former une pensée. La force et l'élévation manquent à Massillon : s'il n'est pas tout à fait rhéteur, il n'est déjà plus prédicateur. Il ravit, il enchante, mais il flatte plus les sens et l'imagination qu'il ne convainc l'esprit et n'abat la raison. On voit trop l'homme en lui pour monter à sa voix jusqu'à Dieu. Cependant telle est la prodigieuse perfection de son art qu'elle lui tient lieu de génie; telle est sa connaissance du cœur humain et son don de manier les passions qui l'émeuvent qu'insensiblement on est touché avec l'orateur, on se laisse pénétrer par la chaleur habilement graduée de sa parole, par l'onction sacerdotale qui lui reste encore, qui le domine parfois pour son bonheur, malgré son entier asservissement à l'art. Mais le lettré est plus satisfait de cette lecture que le chrétien. Nous ne sommes plus au temps de l'Évangile et de l'apostolat. L'académie a remplacé saint Paul.

Pour produire ces effets dont la rhétorique lui indiquait les secrets, l'orateur n'hésitait pas à forcer la note théologique, à donner au dogme une enveloppe d'images qui l'obscurcissaient en le rendant plus éclatant.

On sait quelle est la sévérité — sévérité toute janséniste et fictive, il est vrai — de sa doctrine sur le petit nombre des élus. Elle lui valut son plus beau succès devant un auditoire déjà presque incrédule.

« La première fois, dit Voltaire, que Massillon prêcha son fameux sermon du *Petit nombre des Élus*, il y eut un endroit où un transport de saisissement s'empara de tout l'auditoire : presque tout le monde se leva à moitié, par un mouvement involontaire; le murmure d'acclamation et de surprise fut si fort, qu'il troubla l'orateur, et ce trouble ne servit qu'à augmenter le pathétique de ce morceau ; le voici : *Je suppose que c'est ici votre dernière heure....* Cette figure, la plus hardie qu'on ait jamais employée, et en même temps la plus à sa place, est un des plus beaux traits d'éloquence qu'on puisse lire chez les nations anciennes et modernes; et le reste du discours n'est pas indigne de cet endroit si saillant ; de pareils chefs-d'œuvre sont très rares. »

Massillon était d'ailleurs autant philosophe que prédicateur, plus moraliste que théologien. Ses considérations sont du domaine psychologique ; il n'insiste pas sur les principes chrétiens, il s'attache plutôt aux vérités générales communes à toutes les religions, à toute l'humanité ; il se complaît à faire l'analyse de nos sentiments et de nos pensées purement humaines; et là, plus que tout autre, il excelle. Dans ces analyses fines et développées, il trouve un écueil : la simplicité, la sobriété commencent à lui manquer. Dans ce qu'il cultive davantage, le style, il n'est déjà plus à la hauteur du grand siècle. Cependant nul autre orateur n'eut un tour de phrase aussi achevé, une période aussi harmonieuse et dont le nombre fût aussi habilement combiné.

Entré à l'oratoire d'Aix, après avoir fait ses premières études avec les prêtres de la même congrégation à Marseille, Massillon débuta dans la prédication par des oraisons funèbres, puis, fut appelé à prêcher au château de Versailles, où il excita une admiration universelle. Outre le *Grand* et le *Petit carême* devenus classiques, on distingue particulièrement dans ses discours ses sermons sur la *mort*, sur la *mort du juste et du pécheur*, et le sermon sur le *petit nombre des élus*. Le *petit carême*, qu'on regarde comme son chef-d'œuvre, est composé de dix sermons prêchés devant Louis XV, encore enfant, en 1718, alors qu'il venait d'être nommé évêque de Clermont-Ferrand, par le régent Philippe d'Orléans.

Voltaire était grand admirateur de Massillon et de son *petit carême*, qu'il avait toujours sur sa table avec l'*Athalie* de Racine. Il trouvait avec raison des ressemblances très grandes entre ces deux génies. « Plusieurs fois, dit la Harpe, il emprunta lui-même à l'orateur sacré ses idées et les fit passer dans des poésies dont elles ne sont pas les moindres ornements. »

Gouverné par Voltaire, le dix-huitième siècle partagea son enthousiasme pour le *petit carême*. Il en eut d'autant plus le sujet que la grande éloquence descendit avec Massillon dans la tombe.

Malgré des beautés passagères, avec des qualités diverses, les sermons de l'abbé Poulle (1703-1781), du Père Frey de Neuville (1693-1774), du Père Ségaud (1674-1748), du prédicateur populaire Brydaine (1701-1767), ne sont que des œuvres de second ordre.

Éloquence profane. — Éloquence judiciaire : Lemaître, Patru, Pellisson, d'Aguesseau, Cochin, Lally-Tolendal, Beaumarchais. — Éloquence académique : Buffon, Thomas, Chamfort.

L'éloquence judiciaire ne dépassa jamais ce niveau. Elle ne s'était qu'incomplétement débarrassée de son fardeau d'érudition et de ses allures pédantesques pendant la plus grande partie du règne de Louis XIV.

Antoine Lemaître (1608-1658) était un savant jurisconsulte plutôt qu'un orateur de goût.

Olivier Patru (1604-1681) fit beaucoup pour le perfectionnement de la langue française, mais nous avons peine de nos jours à comprendre la réputation d'orateur qu'il s'acquit parmi ses contemporains. S'il est correct et méthodique, il est sec et sans animation.

Pellisson (1624-1693), si célèbre par sa captivité, s'est fait un titre de gloire par ses *mémoires* pour la défense de Fouquet. L'amitié lui a ouvert le chemin de l'éloquence, mais il était réservé à d'Aguesseau de comprendre que la clarté et la simplicité sont les principaux mérites des plaidoyers. Ce grand homme (1668-1751) réforma le palais. Avocat général à vingt-deux ans, il débuta aux applaudissements de tout le monde. Il était instruit et possédait plusieurs langues, mais n'abusait nullement de son érudition. Il avait été en relations intimes dans sa jeunesse avec Boileau et Racine. Leurs conseils contribuèrent beaucoup à lui former le goût. On a à lui reprocher un soin excessif plus que de la négligence.

Les mercuriales de l'illustre chancelier sont harmonieuses et fermes.

Cochin, l'une des gloires du barreau français, remuait plus puissamment son auditoire ; mais il eut le tort pour la postérité de ne pas écrire la plupart de ses plaidoyers. On ne retrouve plus l'homme dans les extraits qui nous en restent.

Les monuments de l'éloquence judiciaire les plus connus, les seuls goûtés du commun des lecteurs, sont des Mémoires qui ne furent point composés par des avocats.

Les uns sont un modèle de verve, d'esprit, de raillerie mordante ; les autres sortent du cœur d'un fils outragé par l'injuste condamnation de son père et arrachent les larmes du lecteur comme ils portèrent trop tard, hélas ! dans tous les esprits la conviction de l'innocence de Lally-Tolendal.

Les premiers avaient été composés sur un mince sujet, sur un incident de corruption d'un magistrat, tenté et réussi par Beaumarchais dans un procès où il était impliqué. Il s'agissait de quinze louis ; mais en réalité Beaumarchais s'attaquait au Parlement Meaupou qu'il déconsidéra, comme il déconsidéra la noblesse par son *Barbier de Séville*. « Ces singuliers écrits, dit la Harpe, sont tout à la fois une plaidoierie, une satire, un drame, une comédie, une galerie de tableaux, enfin une espèce d'arène ouverte pour la première fois, où il semblait que Beaumarchais s'amusât à mener en laisse tous ses personnages, comme des animaux de combat faits pour les spectateurs. »

A côté de cette éloquence moitié sérieuse, moitié

bouffonne, s'élevait depuis un siècle un autre genre oratoire, l'éloquence académique. Mais il semble que ces deux mots jurent ensemble. La correction même, la perfection artistique et littéraire que les académiciens sont obligés de mettre dans leurs éloges, leur enlève tout souffle et toute inspiration. A part quelques discours dûs à des hommes célèbres par ailleurs, comme le fameux *discours sur le style* de Buffon, ce genre n'a pas produit d'orateur. On ne cite que par habitude les éloges du roide, monotone et emphatique Thomas (1732-1785), qui montra plus de goût et de maturité dans son *essai sur les éloges* donnés dans tous les temps aux grands hommes, ou les rares discours de Chamfort (1741-1794), plus connu de nos jours pour ses maximes et ses réflexions morales que pour des éloges qu'on ne lit plus.

L'éloquence laïque ne devait prendre un essor véritable qu'à la fin du siècle, à la tribune.

On n'en était pas encore à cette révolution qui ébranla la terre et faillit ruiner la France pour la sauver. Mais elle se préparait lentement et sourdement. Un observateur éclairé et sans prévention eût pu sentir déjà le frémissement précurseur de la tempête. Tous les écrits du dix-huitième siècle enlevaient une pierre à l'édifice social. Le gouvernement d'alors était sans force et sans autorité : la cour corrompue ne pensait plus qu'à jouir. Ce monde frivole ne voyait pas le danger qui effrayait Bossuet à la naissance du siècle. La société courait gaiement à sa perte. On s'avisa bien d'avoir peur avant le dernier moment, mais il était trop tard pour arrêter le torrent.

École du dix-huitième siècle : Voltaire, Buffon, Fontenelle, Montesquieu.

Le principal fauteur de cette orgie parmi les écrivains, le guide et l'inspirateur de la philosophie et des lettres au dix-huitième siècle qu'il couvre tout de son ombre, fut François-Marie Arouet, surnommé si justement le roi Voltaire.

Il naquit le 20 février 1694 dans le village de Châtenay, près de Sceaux, d'un ancien notaire au Châtelet. Sa précocité d'esprit fut aussi grande que la faiblesse de sa complexion. On prétend qu'à trois ans il savait déjà par cœur le *Moïse*, livre impie où son parrain, l'abbé de Chateauneuf, lui apprenait à lire. De 1704 à 1710, il étudia chez les Jésuites. Il y perfectionna ses talents, mais n'y corrigea pas son cœur. Le fruit était déjà attaqué par le ver de l'incrédulité. On doit reconnaître à la louange de Voltaire, qu'il garda bon souvenir de ses maîtres et qu'il en rendit bon témoignage, du Père Porée, en particulier, son ancien professeur de rhétorique.

Ninon de Lenclos, à qui il fut présenté fort jeune, admira ses reparties et sa gaieté caustique et lui laissa deux mille francs par son testament pour acheter des livres. Sur la fin de la vie du grand roi, la cour était déjà secrètement, ce qu'elle fut avec effronterie sous le Régent, impie et dissolue.

Le jeune Voltaire respira le plus mauvais air de cette triste société.

Il ne profita que trop des leçons pour lesquelles il était mûr. Son ardeur pour la poésie alarma son père qui l'envoya en Hollande à la suite du marquis de Chateauneuf, ambassadeur de France, puis chez un procureur qu'il quitta bien vite. Déjà il méditait des plans de tragédie et d'épopée.

Sa réputation d'esprit était faite. Il fut renfermé à la Bastille pour de mauvais vers sur Louis XIV qu'on lui attribuait faussement. Il fut délivré par le Régent. Il fit alors paraître son *Œdipe* qu'il avait achevé dans la prison ; mais nous avons parlé ailleurs suffisamment du poète et montré que, s'il fut fécond, inépuisable, il fut une preuve de cette vérité qu' « un esprit corrompu ne fut jamais sublime. »

La prose était le grand instrument que Voltaire mania mieux que nul autre. Non point que là encore il s'élevât jamais au-dessus des hauteurs mortelles. Le châtiment de sa perversion le suivit partout. Mais la France n'a pas eu de prosateur aussi varié, aussi abondant, aussi facile, aussi spirituel et en même temps aussi lucide, aussi précis, aussi sensé. Excepté quand il touche à la religion où il devient homme de passion, Voltaire est l'homme du bon sens par excellence.

Quant à sa philosophie, il n'en a point. Jusqu'à son voyage en Angleterre où il fut obligé de s'exiler pour une nouvelle incartade de poète, il ne s'était attaqué aux doctrines religieuses que par des épigrammes et des plaisanteries légères. Chez les Anglais, son incrédulité devint systématique à l'école des Tindal, des Collins, des Bolingbrocke dont tous les écrits tendaient à appuyer sur le raisonnement l'incrédulité de leur âme. Il esquissa à ce moment ses *lettres philosophiques* et son histoire de *Charles XII*. Il ne revint point politique de son voyage d'Angleterre, mais il en revint sectaire forcené, tout en demeurant disposé à faire encore le dévot aux bonnes heures. Ce singulier homme qui prêchait l'écrasement de l'infâme se prêtait volontiers à communier publiquement quand il le croyait utile à sa tranquillité ou même pour rester en faveur.

De la même plume qui déversait la bile et le sarcasme sur tout ce que la religion a de plus respectable, il écrivait un épître dédicatoire au pape Benoît XIV, comme il se moquait des Français en écrivant à Frédéric le Grand, et ensuite acceptait d'être espion auprès de ce prince pour faire le courtisan et entrer à l'Académie. *Son Epître à Uranie* ayant été maladroitement publiée, il ne se gêna pas pour l'attribuer à Chaulieu. On ne s'y trompa pas et on cria à l'impudence. Ses *lettres philosophiques* avaient d'ailleurs soulevé les esprits restés droits. Son *temple du goût* avait froissé la plupart des hommes de lettres qu'il attaquait hardiment ; il fut un moment détesté de tout le monde. Mais ce caractère petit, plat, sans dignité aucune comme sans vergogne se pliait à toutes les exigences. Impie, dévot, satirique, flatteur, critique des grands, puis courtisan, à force de verve, d'esprit, de hardiesse et de souplesse en même temps, grâce aussi aux circonstances, au misérable entourage de Louis XV, à l'impiété, à la corruption toujours croissante du royaume, à la légèreté française, à la faiblesse des hommes de son temps, il finit par gouverner complètement l'opinion et à être plus roi que le roi sur les esprits cultivés. Le peuple ne comptait pas pour lui : il ne le trouvait bon qu'à tenir l'aiguillon et à pousser les bœufs; il méprisait la multitude, ne voulait pas qu'on l'instruise, ne connaissait que la monarchie, voire même un certain absolutisme à la manière occidentale, et ce fut peut-être le seul point où il fut conséquent avec lui-même. Car, nous l'avons dit, il était écrivain avant tout, homme de goût plus qu'aucun autre; il touchait à tout, tantôt pour son plaisir, tantôt pour celui de ses amis, de ses complaisants, tantôt pour satisfaire sa malignité.

Pour plaire à madame du Châtelet, il étudia les sciences, ce qui le mena à publier ses « éléments de la philosophie de Newton ».

Mais, il ne tenait à aucune doctrine et il n'en avait point de bien arrêtée sinon celle de n'en pas avoir, de se moquer, de chercher à détruire. De la reconstruction il ne s'occupait pas. Je crois fort qu'il n'avait pas la vue assez longue pour voir au-delà de lui-même et de son temps. C'était l'esprit de tout le dix-huitième siècle comme de Voltaire on ne se souciait nullement de l'avenir. Louis XV ne prévoyait qu'une chose, c'est que cela durerait autant que lui. Je ne sais pas si Voltaire se souciait même de cela. Dans ses romans, dans ses contes, genre frivole où il atteignit la perfection du récit, il n'avait pas abordé les questions sociales ou politiques. Mais dans ses livres historiques qui sont ses meilleurs titres de gloire : dans son *Essai sur les mœurs et l'esprit des nations*, ouvrage de longue haleine et de valeur incontestable, bien qu'il y manque de justice, d'impartialité et qu'il n'ait pas assez étudié son sujet ; dans son *Siècle de Louis XIV*, qu'on regarde comme son chef-d'œuvre, Voltaire ne voit que le passé assez peu clairement, le présent avec ses préjugés et ses petitesses ; il ne déroule pas les conséquences des événements, il ne tire aucune conclusion pour l'avenir.

Le *Siècle de Louis XIV*, plein de mouvement et d'éclat, œuvre remarquable de goût et de précision dans les jugements, est plutôt une série de tableaux de petite dimension, qu'une histoire approfondie et suivie. Si cet ouvrage a un plan, il n'est que celui de la convenance contemporaine. Écrivant pour des esprits superficiels, légers comme lui, Voltaire leur divise la matière à digérer en petites particules ; il va, il vient d'un sujet à l'autre, parlant un jour des événements politiques, le lendemain des lettres, des arts, puis de la religion et même des querelles liturgiques des missionnaires de Chine. Cette dernière question est réservée pour la fin; on se demande pourquoi.

Les écrits de Voltaire furent innombrables, sa correspondance prodigieuse. Cette correspondance révèle le cœur le plus abject, l'être le plus cynique; elles sont l'histoire au naturel de son âme vile et de son époque misérable. Voltaire y apparaît avec tout son esprit, mais avec toutes ses misères. Il ne recule devant aucune peinture, devant aucun moyen, pour assouvir sa nature corrompue et haineuse. Voltaire s'était retiré vingt ans avant sa mort à Ferney, petite terre qu'il avait achetée dans le pays de Gex et où il ne craignait plus rien. Aussi s'y livra-t-il à une débauche d'esprit inimaginable.

Ses passions ne connaissant plus de frein, il versa à profusion les pamphlets impies et les écrits licencieux. Alors, il avoua son but de destruction religieuse; il ne resta pas moins faux et imposteur. Il ne signait aucun de ses libelles et les désavouait quand ils lui attiraient des reproches. A Ferney, il devint un fétiche pour tout ce que l'Europe comptait de lettrés. On se rendit dans sa terre comme à un pèlerinage. Lui-même fut si ardemment désiré à Paris, qu'il se décida à s'y rendre à l'âge de quatre-vingt-trois ans, en 1778.

A son arrivée, l'académie et le théâtre lui envoyèrent une députation ; le peuple suivit sa voiture en l'acclamant. Au théâtre l'attendait un triomphe qu'il n'eut pas la force de supporter. « Vous voulez m'étouffer sous les roses » s'écriait l'affreux bonhomme.

Et en effet, ce triomphe l'étouffa : il mourut d'épuisement ou d'enivrement orgueilleux quelques mois après, le 30 mai 1778. Il n'avait que trop vécu pour le bonheur de sa patrie qui oubliait en l'acclamant ainsi qu'elle n'avait jamais enfanté de plus lâche insulteur de sa grandeur et de sa gloire.

La verge du châtiment était déjà levée.

Comme prosateur, Voltaire est admiré de tout le monde. Comme homme, il a été jugé diversement par les deux Frances qu'il a faites en voulant condamner notre pays à n'être plus qu'un cloaque d'impiété. La France voltairienne oublie même son infâme conduite, son honteux mépris de l'honneur, ses attaques contre la patrie, ses attaches prussiennes, son dédain du peuple, ses préférences pour la forme monarchique; elle le met au-dessus de tous nos écrivains. C'est là le langage de la passion, ce ne peut être celui de la vérité. Facile, pur, élégant,

Voltaire fut un écrivain pâle et sans élévation ; sa prose fut plus vive, plus brève, plus acérée que celle du dix-septième siècle, elle fut moins ample, moins majestueuse, moins colorée, moins digne. Elle gagna par les petits côtés, perdit par les grands, tout comme le siècle dont elle fut l'âme et la vive image.

Buffon est le seul écrivain du dix-huitième siècle qui ait hérité de la noblesse et de la majesté qui distinguèrent les écrivains du règne de Louis XIV. Il n'a manqué à son talent que plus de souplesse, de variété, pour le mettre à leur hauteur. Il n'en est pas moins un de nos prosateurs les plus remarquables. Sa période est habilement rhythmée, ses expressions ont de la force, son élévation est continuellement soutenue.

Avant lui, Fontenelle, (1657-1707) avec beaucoup d'esprit et de grâce, avait su appliquer la littérature aux sciences, en publiant sa *Pluralité des mondes* et ses Mémoires sur l'académie des inscriptions et belles lettres ; mais le petit-fils du grand Corneille, avec beaucoup d'artifice, manque d'éclat, de force, de naturel ; il est entre les premiers parmi les seconds, mais il n'est que parmi ces seconds.

Buffon a plus d'imagination, de couleur, de vie ; il a enrichi la langue d'un chef-d'œuvre d'un nouveau genre ; il a augmenté ses trésors et a développé ses richesses avec autant de bonheur que de hardiesse. Aucun écrivain scientifique ne l'a encore égalé. Son célèbre *discours sur le style*, prononcé pour sa réception à l'académie française, est un remarquable morceau de critique ; cependant sa théorie est celle de la décadence. Buffon distingue la pensée du style : il croit qu'on doit d'abord concevoir ses idées, les coordonner avant de s'occuper du langage et de sa couleur. C'est la méthode de la rhétorique et du talent, ce n'est pas celle de la nature et du génie. Buffon met sa méthode en pratique, on s'en aperçoit à le lire : son ampleur sent l'artifice, sa majesté la composition. Il fit recopier jusqu'à onze fois, dit-on, ses *Époques de la nature*. Buffon fut aidé dans son *Histoire naturelle*, d'abord pour la théorie de la terre, l'histoire de l'homme et celle des quadrupèdes vivipares, par Daubenton ; puis, par Guéneau de Montbelliard et l'abbé Bexan ; il travaille seul pour les volumes qui traitent des minéraux. On a remarqué qu'il était plus faible dans cette partie que dans les autres. Les savants lui reprochent partout des inexactitudes et un vice de classification ; on ne discute même plus sérieusement son système d'explication du monde où il entre plus d'imagination et de hardiesse que de vérité et de science. Buffon y déploie toutes les richesses de son langage, et ce poëme des révolutions accomplies dans la nature renferme des pages éblouissantes, des scènes prestigieuses et grandioses.

Buffon mourut en 1788, à l'âge de quatre-vingt-un ans. Il fut parmi les hommes de son temps un des plus honorables et des moins attaqués. Sans être exempt des préjugés qui dominaient les autres, il n'était pas systématiquement impie, il n'affichait pas une hostilité contre la religion nationale, et rendait parfois à la grandeur de Dieu de superbes témoignages.

Ce n'était pas cependant un chrétien ; il l'était

moins encore que Montesquieu, l'auteur des *Lettres Persanes* et de l'*Esprit des lois* qui avait conçu lui aussi une histoire naturelle dont le travail immense l'effraya.

Montesquieu, qui s'était armé du ridicule dans ses *Lettres Persanes* pour dénigrer et railler toutes les institutions de la nation et la patrie elle-même, eut regret d'avoir été léger, injuste dans ses critiques, immoral et licencieux dans ses peintures des mœurs orientales ; il voulut dans sa maturité écrire en magistrat ; mais il ne fut pas, quoiqu'on en ait dit et malgré de la retenue, de la modération, un bel éloge de la religion chrétienne, un philosophe chrétien. Sa doctrine sur l'influence des climats qui est le principe fondamental de l'*Esprit des lois* conduit tout droit au sensualisme. Les philosophes ont trop vanté son indifférence religieuse pour qu'on puisse en douter. La mode fit la fortune d'un livre bien grave, bien érudit pour la masse. On en fit douze éditions en six mois, on le traduisit dans toutes les langues. Les Anglais flattés d'être regardés comme le premier des peuples firent frapper la médaille de l'auteur. Voltaire piqué par une critique de Montesquieu ne mêla pas sa voix aux applaudissements universels : « Ce livre, dit-il, est un labyrinthe sans fil, un édifice mal fondé et construit irrégulièrement, dans lequel il y a de beaux appartements vernis et dorés ; un cabinet mal rangé, avec de beaux lustres en cristal de roche. Après l'avoir lu, on ne sait guère ce qu'on a lu. Je désirais connaître l'histoire des lois, les motifs qui les ont établies, négligées, détruites, renouvelées ; je n'ai malheureusement rencontré souvent que de l'esprit, des railleries, de l'imagination et des erreurs.... L'auteur sautille plus qu'il ne marche, il brille plus qu'il n'éclaire ; il lisait spirituellement, et jugeait trop vite. »

Il ne manque à ce tableau pour être complet que de mettre la lumière à côté des ombres. Voltaire ne fait ressortir méchamment que les défauts d'un ouvrage où les qualités sont réelles et nombreuses. Le plan est imparfait ; mais la conception est grande. Il fallait un esprit puissant et vif pour avoir l'idée de grouper les mœurs et les coutumes des nations et de les rattacher ensemble par des principes généraux et communs. Moins brillant, moins fécond, moins varié que Voltaire, Montesquieu eut sur lui l'avantage de creuser son sujet et d'avoir caractérisé les révolutions et les hommes avec une touche de pinceau vigoureuse et une véritable profondeur. Il juge de haut, quoique dans son *esprit des lois* comme dans son *essai sur la grandeur et la décadence des Romains* son regard manque d'étendue et d'une boussole certaine. Ce petit livre, développement d'un chapitre de l'histoire nouvelle de Bossuet, n'est pas moral comme l'*Esprit des lois* ; l'ensemble en est plus régulier, l'ordre plus lumineux ; le style d'une concision, d'une élégance qui en font un chef-d'œuvre ; mais l'historien n'est ni sûr, ni exact ; il imagine des théories, plus qu'il ne respecte la vérité des faits ; l'esprit des systèmes le conduit plus que la suite des choses.

Montesquieu qui manifesta dans l'*Esprit des lois* ses préférences pour les gouvernements constitutionnels laisse percer ici le peu de cas qu'il fait du peuple. Il est partial en faveur du Sénat. Il se prive ici comme ailleurs de la grande source de la beauté, du grand foyer de la lumière. Il n'est jamais qu'un brillant commentateur de Bossuet à qui le génie de celui-ci est inconnu dans sa cause. « Bossuet, dit la Harpe, en traçant l'origine, les progrès et la chute des empires, a toujours suivi de l'œil et montré du doigt le dessein d'une Providence qui tenait les rênes; et l'on se tromperait beaucoup si l'on ne voyait là d'autre avantage que celui de la foi chrétienne ».

Les erreurs religieuses de Montesquieu lui furent vivement reprochées à l'apparition de ses ouvrages. Il eut l'adresse d'éviter la censure ; il écrivit même au pape Benoit XIV pour éviter la condamnation de *l'esprit des lois*. Au fond, homme sérieux et réfléchi, il avait trop étudié la vie des peuples pour ne pas comprendre que la religion est un de leurs organes les plus nécessaires.

Il mourut chrétiennement en prononçant cette belle parole devant le prêtre qui lui avait dit : « Monsieur, vous comprenez combien Dieu est grand ! — Oui, répondit-il, et combien les hommes sont petits ! » Cette parole, nous aimons à le croire, lui valut devant Dieu plus que tous ses ouvrages et elle rachètera pour la postérité croyante, ce qu'ils ont d'inexact, de douteux ou même de blessant pour la foi. — Car, ils sont rares les hommes d'esprit qui au dix-huitième siècle osèrent ainsi reconnaître publiquement le Dieu de l'Eucharistie. L'observation des pratiques du culte paraissait une honte.

Les beaux esprits qui faisaient antichambre chez la Pompadour et la du Barry auraient cru se déshonorer en proclamant la beauté du culte et la gloire de la foi.

Le mépris de l'autorité et de la religion s'était répandu partout. La direction littéraire imprimée par Voltaire était suivie de tous, par les historiens, par les critiques, par les femmes des salons, les courtisans, les philosophes, les érudits et les physiciens qui commençaient à dominer.

Les encyclopédistes : Diderot, d'Alembert.

L'encyclopédie de Diderot et de d'Alembert fut comme le miroir où le voltairainisme put se contempler et d'où sa fausse lumière rejaillit en rayons multicolores sur toute la surface de la France et jusqu'en Angleterre, en Allemagne, dans toute l'Europe. Les dictionnaires encyclopédiques ne sont pas rares aujourd'hui, on sait qu'ils sont plus commodes que consciencieusement et savamment édifiés. Au XVIIIe siècle, la conception de d'Alembert et de Diderot était une nouveauté; elle parut un prodige. Les hommes qui étaient à la tête de l'entreprise ne manquaient pas de talents. Diderot était une âme ardente, un esprit puissant, mais faux avec une imagination désordonnée; d'Alembert, un mathématicien distingué; mais tous les deux, ainsi qu'Helvétius qu'ils s'adjoignirent, n'avaient aucune conviction arrêtée, aucun principe; ou plutôt Helvétius avait enseigné dans son livre de l'*Esprit* le plus grossier matérialisme. Ils recrutèrent vite les principaux écrivains. Tout le monde, Voltaire comme les autres, apportait sa pierre à l'édifice gigantesque qui ne fut, une fois élevé, qu'un bazar satanique. Les idées audacieuses, aventurées, les idées appelées neuves y eurent un large champ. On en fit une œuvre d'irréligion plus que de science. Elle demeura incomplète et ne fut utile que pour le mal.

Le seul morceau qui soit resté et dont une partie mérite même de vivre est le discours préliminaire dû à la plume de d'Alembert. La partie qui traite des sciences exactes montre que d'Alembert connaissait parfaitement son sujet, et qu'il possédait une remarquable qualité d'analyse. Celle où il traite des autres connaissances humaines ne fait voir en lui qu'un philosophe de l'école sensualiste. Comme Condillac, il ramène toutes les opérations de l'âme à la sensation. L'homme n'est plus qu'un être physique; il n'y a plus, par voie de conséquence, de distinction entre le bien et le mal.

Cette doctrine finit par prévaloir dans la génération qui vit 89. Elle était une résultante des idées générales répandues dans tous les écrits et dont le roman commençait à étendre le rayon d'influence pernicieuse.

Les romanciers: Marivaux, Prevost, Lesage, Terrasson, Mmes de la Fayette, de Villedieu, de Fontaine, etc.

Le roman prit au XVIIIe siècle une autre direction qu'au XVIIe siècle. On négligea les longues intrigues pour les petites, les héros de grand apparat pour les héros de coulisses, les personnages du petit monde ou du monde inavouable. On eut le mérite d'être plus naturel, mais ce naturalisme tourna à la grossièreté et, dans Diderot, dans quelques autres, au cynisme le plus éhonté.

Marivaux et l'abbé Prévost doivent à peu près

toute leur réputation à ce genre d'ouvrages. On prétend que le *Manon Lescaut* de ce dernier est un chef-d'œuvre ; mais je n'admets de cette opinion que le mot de Voltaire : On y voit que l'abbé Prévost « n'était pas seulement un auteur, mais un homme ayant connu et senti les passions », et ajoutons, les passions sensuelles.

On en pourrait dire autant de Marivaux qui, après quelques succès dans la comédie se fit mieux goûter par ses deux Romans de *Marianne* et du *Paysan parvenu*. Spirituel et délicat, il met du raffinement dans sa délicatesse et du brun-clair dans son esprit. Le seul roman qui mérite une sérieuse attention est le *Gil Blas* de Le Sage (1688-1747). Auteur d'une bonne comédie, le *Turcaret*, Le Sage créa le roman de mœurs. Son *Gil Blas* ne parut qu'après le *Diable Boîteux*, satire fine et curieuse empruntée pour le fond à l'Espagne; *Gil Blas* aussi est un héros espagnol et il ne sort pas de son pays qu'il parcourt comme un homme qui le connaît à merveille. Mais, sous l'apparence des mœurs espagnoles, Le Sage décrit les mœurs générales et communes de l'humanité dans toutes les conditions. La censure qu'il fait du vice et du ridicule, étincelle de verve, de bon sens, de naturel. Il n'y a pas de roman plus instructif, plus intéressant et dont la lecture soit plus facile à rendre, par quelques retranchements, inoffensive et profitable à tous les âges.

Terrasson, Mmes de la Fayette, de Villedieu, de Fontaine, de Tencin, Rucoboni, Crébillon fils, écrivent dans le goût de la Régence des romans de plus en plus libres et qui atteignent dans le dernier, l'expression la plus scandaleuse.

Marmontel (1728-1799) lui-même, tout en croyant

être moral, a suivi la voie commune. Il n'est pas grossier, ses tableaux même ont une certaine retenue, mais la morale de ses contes *moraux* et de son *Bélisaire*, roman d'histoire et de théologie fort ennuyeux, ne sauve même pas les apparences. C'est la prédication de la mesure dans le plaisir, le *modus in rebus* d'Horace et des Epicuriens raffinés.

La critique : Marmontel, Fréron, La Harpe.

Marmontel a laissé un ouvrage plus utile et moins dangereux, ses « éléments de littérature ».

Il le composa d'articles publiés dans l'Encyclopédie et qu'il réunit sous forme de dictionnaire par ordre alphabétique. Ses théories littéraires ne sont pas également sûres ni ses jugements tous acceptables, mais il a des aperçus nouveaux et ingénieux, de l'élévation et de la hardiesse dans les idées critiques. Écrivain fécond, il avait produit beaucoup en prose et en vers, il subissait plutôt qu'il n'acceptait l'ascendant des doctrines irréligieuses. Après avoir vu et déploré les excès de la Révolution, il mourut dans de bons sentiments, frappé d'apoplexie, le 31 décembre 1799.

Les excès révolutionnaires eurent aussi la vertu de ramener à la religion catholique le plus célèbre critique du dix-huitième siècle, la Harpe. Poète dramatique assez goûté, il se lia d'amitié avec Voltaire dont il écrivit l'*Apothéose*, comédie allégorique où il apprécie les talents universels de son ami.

Il était moins aimé de Marmontel et de Fréron, critique redouté de Voltaire et qui montrait souvent plus de goût et de raison que ce dernier.

Marmontel osa faire la leçon à la Harpe, le jour de sa réception à l'Académie, sur la trop bonne estime qu'il avait de lui-même et la vivacité avec laquelle il censurait les écrits des autres.

Il paraît, qu'en effet, le critique ne se lassait pas d'admirer ses œuvres et de dénigrer celles qui n'avaient pas l'heur de lui plaire. Il mit plus de mesure dans son *lycée* ou *cours de Littérature* publié seulement après les tristes événements qui lui avaient ouvert les yeux. Il se servit pour le composer de ses anciens écrits, mais le temps ayant passé sur les querelles auxquelles il avait été mêlé, il put être plus sûr de lui-même et moins passionné dans ses appréciations.

Il n'a pu achever cet ouvrage et aborder les littératures étrangères. La façon dont il le forma, d'une agglomération de morceaux détachés, y apporta nécessairement du décousu. Les parties sont mal liées, la proportion manque. De plus, il ne connaissait qu'imparfaitement l'antiquité ; aussi, quand ils ont un cachet personnel, ses jugements ne sont pas souvent fondés. Il suit un idéal et bafoue impitoyablement ce qui n'y répond pas. La même ignorance le rend injuste et incomplet pour les écrivains les plus anciens de notre littérature. Il comprend mieux le dix-septième siècle et le dix-huitième; mais là encore, il est bon de se défier de ses rancunes contre ses contemporains. Elles percent indépendamment de sa volonté.

La Harpe a été beaucoup déprécié depuis quelques années. La nouvelle école a prétendu enterrer sa puissance, mais malgré ses défauts, « son cours de littérature » est supérieur à tous les autres. Les systèmes qui prévalent aujourd'hui ne prévaudront pas toujours. Le silence aussi se fera sur beaucoup de nos contemporains. On nous trouvera de la passion, de la partialité, du parti pris, du dévergondage d'imagination ; les jugements se referont et ce ne sera pas souvent à notre avantage.

La Harpe ne songe guère, comme on fait de nos jours, à la synthèse, aux aperçus généraux et ingénieux ; c'est une lacune ; mais avouons qu'il risque moins de s'égarer ; que s'il n'essaie pas un voyage Icarien, il est sûr de ne pas voir fondre ses ailes. Il analyse mieux qu'aucun autre ; il revêt généralement le caractère des écrivains qu'il examine, il varie son style avec une facilité bien extraordinaire dans des sujets qui ne varient eux-mêmes que pour le temps et pour la forme.

Incarcéré pendant la Terreur, il ouvrit le livre de l'Imitation et tomba sur ces paroles : « Me voici, mon fils, je viens à vous, parce que vous m'avez invoqué. » Ces paroles jointes à sa captivité et aux événements qui se déroulaient sous ses yeux firent une telle impression sur lui qu'il se convertit. Il traduisit dans sa prison le livre des « Psaumes » qu'il fit précéder d'un excellent « discours *sur l'esprit des livres saints* et le *style des Prophètes*. » Il ne tarit pas d'éloges sur la beauté du style biblique ; il se moque des moqueries de son ancien ami, Voltaire, sur les grandes figures employées par David.

Il était trop tard pour son talent qu'une meilleure éducation, un milieu plus moral, des amitiés moins dangereuses eussent développé, ennobli, comme celui de tant d'autres esprits distingués de son temps, comme celui de Voltaire lui-même à qui échappa cet aveu que son orgueil dut regretter : « Je suis comme les petits ruisseaux, ils sont transparents parce qu'ils sont peu profonds. »

Qu'importent, en effet, et l'esprit, et la science, et la culture intellectuelle où il n'y a ni croyance, ni honneur, ni conduite ?

Moralistes : Vauvenargues, Duclos, Mably. L'histoire au XVIIe et au XVIIIe siècle : Mézeray, le P. Daniel, Mably, Saint-Simon, Fleury, Rollin.

« Les grandes pensées viennent du cœur » selon le mot de Vauvenargues, moraliste qui tranche par son ton modéré, ses pensées raisonnables sur son ami Voltaire et sur les autres, et à qui il ne manqua que d'être chrétien pour être toujours voisin de la vérité. Vauvenargues mourut à trente-deux ans.

Ce fut le destin de Gilbert, d'André Chénier, de mourir jeunes aussi. Il semble que tout ce qui fut honnête dans ce siècle n'en put supporter l'air empesté.

Deux autres moralistes sont moins remarqués de nos jours que Vauvenargues, bien qu'ils aient fourni une plus longue carrière et publié des écrits plus considérables.

Duclos (1704-1772), est réputé pour « ses considérations sur les mœurs », peinture spirituelle et exacte de la société, dont Louis XV a dit que c'était « l'ouvrage d'un honnête homme ». L'éloge venu d'une telle bouche ne suffirait pas plus que « son histoire de Louis XI » à confirmer la réputation de Duclos, si elle n'avait des appuis plus solides.

L'abbé de Mably (1709-1785), frère de Condillac, a soutenu des thèses aventurées sur la politique et l'histoire. Après avoir été partisan de la monarchie dans le *Parallèle des Romains et des Français* il tomba en disgrâce et devint partisan des anciennes républiques dans ses *observations sur l'histoire de la Grèce*, et dans ses *observations sur les Romains*. Ses *observations sur l'histoire de France* ne doivent pas être acceptées avec plus de confiance. Peu ami dés philosophes, Mably tomba par dépit dans leurs idées. Mais il montre notre histoire sous un nouveau jour et, tout en se prémunissant contre ses fantaisies, on ne peut s'empêcher de reconnaître que ses recherches ont été sérieuses, ses vues profondes, et qu'en de meilleurs temps, dans de meilleures circonstances, il eût pu créer notre histoire.

L'antiquité n'a pas eu le *discours sur l'histoire universelle*, mais la France n'a pas encore rencontré son Tacite ou son Tite-Live.

L'étendue encyclopédique avec laquelle nous comprenons aujourd'hui l'histoire empêchera aucun écrivain de conduire ce genre à sa perfection. Au dix-septième et au dix-huitième siècles, on n'atteignit ni notre idéal ni même celui auquel on aspirait alors par l'imitation des anciens.

Mézeray (1610-1683), fort admiré de son temps, est aujourd'hui complétement négligé. Son style lui-même paraît dur et peu soigné. Cependant « on sent, dit le chancelier d'Aguesseau, de la force, du nerf et de la supériorité dans sa manière. Si sa diction n'est pas pure, il sait du moins penser noblement. Ses réflexions sont courtes et sensées ; ses expressions quelquefois grossières, mais énergiques, et son histoire est semée de traits qui pourraient faire honneur aux meilleurs historiens de l'antiquité ».

Mézeray, comme tous ses successeurs, peignit les hommes des premières races avec les couleurs de son temps. Il ne fut même pas un érudit ; il était presque un vulgarisateur, au sens moderne de ce mot.

Le Père Daniel (1649-1728), s'est attaché surtout à la partie militaire, dans son *Histoire de France*. Plus animé, plus exact que son devancier pour les deux premières races de la monarchie, il s'embrouille à mesure qu'il s'avance, et n'est point assez exempt de préjugés.

Saint-Simon, qui appartient au siècle de Voltaire autant qu'à celui de Louis XIV (1675-1755), est le plus grand peintre d'histoire que nous ayons, s'il est permis de donner le titre d'histoire à des *Mémoires* où respire trop souvent l'air du pamphlet et de la satire à grand orchestre. Saint-Simon était un grand seigneur, fier de son titre, de sa personne et mécontent des autres.

On l'a comparé à Tacite, on le comparerait plus justement à Suétone ; il burine des portraits non pas seulement de princes, mais de courtisans, de capitaines, de magistrats, d'évêques, et, s'il est sincère jusqu'au scrupule, il est trop entier, trop âpre, trop amateur d'intrigues et d'anecdotes pour qu'on s'y puisse fier avec sécurité. Il poussait la fierté aristocratique jusqu'à déverser son fiel dans ses écrits sans vouloir passer pour écrivain. Il eût cru déroger. Il fuit donc le style, mais le style le cherche et court après sa pensée : de sorte que c'est un maître de la bonne école malgré ses incorrections et ses longueurs. « Il écrit à la diable pour l'immortalité » pour parler comme Chateaubriant. Ses Mémoires ont complétement éclipsé ceux du cardinal de Retz (1614-1779), malgré leur allure originale et le vif intérêt qu'ils inspirent. Mais ce n'est pas là notre histoire; il faut aller jusqu'à Mably pour trouver un historien qui sache en saisir et en entrevoir la marche.

« Dans ses *observations sur l'histoire de France,* dit M. Villemain, Mably (1709-1785), a fait ce que ni Mézeray ni Daniel n'avaient su ou osé faire ; il a commencé les vraies annales de notre pays, indiquant avec justesse ce perpétuel anachronisme par lequel nos historiens, en racontant le passé, n'avaient jamais peint que les mœurs, les préjugés et les usages de leur temps. Ce n'est pas sans doute que Mably ait évité lui-même ce défaut, et que parfois il ne façonne, d'après les théories modernes, les institutions et les hommes des vieux temps de la monarchie..... Mais les recherches de Mably n'en sont pas moins curieuses et profondes.... malheureusement le style est faible et diffus, et je ne m'étonnerais pas qu'on préférât au texte de Mably les notes et les citations qui terminent chacun de ses volumes. »

Ajoutons que Mably poussant l'esprit de système à l'excès voit ses idées partout où elles ne sont pas. Il tombe dans le défaut contraire à celui de ses devanciers. Ceux-ci dévoués à la monarchie absolue voyaient tout dans son rayon ; Mably voit tout à la clarté de la philosophie et de l'esprit d'indépendance qui déjà commence à souffler.

Voilà pourtant, avec *l'abrégé chronologique de l'histoire de France* du président Hénaut (1685-1770), sommaire bref, étudié, trop exalté à son apparition, tout ce qu'ont produit nos deux siècles littéraires sur l'histoire générale de la France.

Ils ne furent guère plus riches sur les *annales des autres* peuples. L'histoire ecclésiastique fut un peu mieux partagée.

« Il est honorable pour le christianisme que ce soit un prêtre qui ait fait *l'histoire de l'Église*, et qu'il l'ait fait en vrai philosophe et en vrai chrétien. » (*La Harpe*). Fleury n'a ni grandeur, ni éclat, ni profondeur ; il est simple, clair, naturel et exhale un tel parfum d'honnêteté qu'il a gagné l'estime des incrédules.

Il a suppléé aux qualités brillantes « par un ton de vérité scrupuleuse et naïve qui lui concilie et lui attache son lecteur. On dirait que l'abbé Fleury s'est proposé pour modèle la simplicité des livres saints, et qu'il a tracé la propagation du christianisme de la même plume dont les écrivains sacrés en ont tracé la naissance. » (D'Alembert)

Il a malheureusement partagé les erreurs et les préjugés de son temps, son histoire est entachée de gallicanisme. Il mit trente ans à la composer et la poursuivit l'espace de quatorze siècles, depuis l'établissement du christianisme jusqu'à l'ouverture du concile, de Constance. Si son auteur n'a pu profiter des découvertes de la science et de l'érudition contemporaine au point de vue du style, elle est encore la meilleure.

Ce mérite littéraire est le seul qu'on puisse donner à *l'histoire de Malte* de l'abbé Vertot. Elle tient plus du roman que de l'histoire et son fameux mot « mon siège est fait » est connu de tout le monde. Plus consciencieuses, bien que fort infidèles, encore sont ses *révolutions Romaines* et ses *révolutions de Portugal*. Il a plus affaibli les auteurs anciens qu'il traduit, qu'il n'en rend la physionomie originale, mais il écrit avec élégance et raconte avec art.

L'histoire de l'antiquité fut abordée avec plus d'exactitude et de scrupule par le vertueux Rollin (1661-1741).

Chateaubriant a dit avec trop d'emphase : « Rollin est le Fénelon de l'histoire, et, comme lui, il a embelli l'Egypte et la Grèce ». Le Recteur de l'Université ne supporte pas la comparaison avec l'archevêque de Cambrai. Sa narration est simple et tranquille ; il y règne une onction pénétrante, une bonne foi qui saisit ; mais on ne peut s'empêcher de reconnaître de nombreuses imperfections dans ses Histoires. « Toutefois son *histoire ancienne* et ce qu'il a composé de *l'histoire romaine* donnent une idée généralement vraie de l'antiquité, à peu près comme Mme Dacier fait mieux sentir Homère que ne le font des traducteurs plus exacts et plus éloquents. Conseillez donc à la jeunesse de lire les longues histoires de M. Rollin ; ne les abrégez pas ; les détails avivent le souvenir et sont la poésie en même temps que la vérité de l'histoire. » (Villemain). Crevier (1693-1765), que Voltaire traite de « lourd », continua *l'histoire romaine* de Rollin, en y ajoutant *l'histoire des Empereurs*.

La réputation de Rollin est principalement assise

sur son *Traité des Etudes*, le meilleur ouvrage de pédagogie que nous possédions encore. Rollin n'y charge pas l'esprit des enfants, comme on le fait aujourd'hui, de toute espèce de choses qu'ils n'ont pas le temps de digérer ou qui faussent leurs tendres facultés : son livre même n'est pas sans quelques lacunes véritables : mais tout ce qui regarde les études littéraires et l'éducation y est excellemment traité.

Il y a une grande différence entre les principes qui animent le pieux Recteur et ceux qui ont inspiré *l'Emile* de Rousseau si fort estimé des pédagogues contemporains.

Jean-Jacques Rousseau. — Bernardin de Saint-Pierre.

Cet utopiste dangereux, rival de Voltaire et avec lui le mauvais génie de son siècle, naquit à Genève en 1712. A sept ans, il lisait déjà des romans. Sa mère était morte en le mettant au monde et l'éducation de l'enfant fut abandonnée. Il reconnaît lui-même dans ses *confessions* que cette lecture lui fut funeste. Il lut ensuite Ovide, Fontenelle, la Bruyère, Plutarque et Bossuet Ces lectures incohérentes et sans ordre ne firent qu'augmenter les contradictions naturelles de son caractère. Après une enfance très agitée, il abjura le protestantisme à Turin à l'âge de seize ans. A vingt ans, il revint chez Mme de Warens qui l'avait recueilli une première fois. Cette dame, d'après lui, acheva de le corrompre d'esprit et de cœur. Il consacra son long séjour chez elle à l'étude ; puis, après avoir essayé du métier de précepteur, il partit pour

Paris en 1741. Il comptait pour faire fortune sur l'invention d'une méthode de musique chiffrée. Il écrivit plus tard un *dictionnaire de musique* pour l'encyclopédie.

Toute sa vie ne fut qu'un long scandale et il finit, après avoir abjuré le catholicisme à Genève en 1654, par se tuer lui-même à Ermenonville, à l'âge de soixante-six ans.

Avant de mourir, il avait écrit ses *confessions,* non point pour s'humilier devant Dieu, comme saint Augustin, mais pour s'exalter devant les hommes. Jamais l'orgueil n'eut tant d'audace. Rousseau a beaucoup écrit, il s'est surtout occupé des questions sociales. Il se fit connaître en remportant le prix sur un sujet mis au concours en 1759, par l'académie de Dijon. Il s'agissait de savoir « si le rétablissement des sciences et des arts avait contribué à épurer les mœurs ». Rousseau conclut à la négative. Cette thèse paradoxale traitée avec une originalité incontestable fit sa fortune littéraire. Rousseau s'y montre déjà ce qu'il fut toujours, imagination riche, plume brillante, colorée, avec une éloquence vive et déclamatoire, une pompe prétentieuse, une recherche étudiée du paradoxe.

« Dieu tout-puissant, s'écrie-t-il, délivre-nous de la civilisation et des arts corrupteurs de nos pères, et rends-nous l'ignorance, la pauvreté et l'innocence, ces seuls biens qui peuvent nous rendre heureux ! » Voilà déjà la première formule de son système philosophique qui n'était qu'une haine aveugle contre la vie sociale et un culte ridicule pour l'état de nature.

Il rejetait sur la société ce qui est la faute de

l'homme : le mal vient du cœur et des mauvais penchants de chacun ; si le milieu social influe sur lui, il appartient à l'éducation de choisir sévèrement ce milieu ; mais ce n'est pas l'état social qui développe par son essence une imperfection morale qui se trouve aussi dans les familles et dans les individus isolés. Mais Rousseau ne cherchait pas le remède où il était, dans la religion ; pour combattre le fléau du cœur humain, il en était réduit à désirer le retour à la barbarie.

C'est la philosophie qu'il soutient dans tous ses écrits, dans sa *nouvelle Héloïse* qui est un roman fort dangereux, dans *son Emile*, où il cherche à rattacher l'éducation aux instincts primitifs de la nature, dans son *contrat social*, où il veut rattacher aux mêmes instincts les institutions politiques. Dans aucun de ces ouvrages, Rousseau ne tient compte de la chute de l'homme, du vice de notre origine; il n'a aucun souci ni de rédemption, ni de christianisme ; aussi son système rallie-t-il aujourd'hui tous les ennemis de la religion. La pédagogie surtout s'est emparée de ses préceptes. Sous prétexte d'éducation naturelle, on prône l'éducation naturelle sans religion et sans Dieu.

Rousseau fait autant de mal à notre époque par ses doctrines pédagogiques qu'il en a fait au dix-huitième siècle, par son *contrat social*. Il faut voir dans ce dernier traité une des causes actives de la Révolution. La génération contemporaine déjà imbue des sentiments de l'impiété railleuse, mise à la mode par Voltaire et son école, aventurée dans les expériences économiques, se mit à secouer à la suite de

Rousseau, les bases de la société elle-même. L'effondrement ne se fit pas attendre.

A la veille de la grande secousse, en 1788, un disciple de Rousseau pour le style, en même temps qu'un précurseur de Chateaubriant et de l'école romantique, Bernardin de Saint-Pierre, publiait un petit chef-d'œuvre de grâce, de simplicité, de fraîcheur naïve et de vraie sensibilité, le roman ou plutôt l'idylle de *Paul et Virginie.*

Bernardin de Saint-Pierre, quittant les sentiers usés de l'imitation classique, avait pris le pinceau de Jean-Jacques pour reproduire tous les tableaux de la nature. Il avait moins d'audace, moins d'ampleur d'esprit que ce grand utopiste, mais il avait plus de simplicité, plus de vérité, plus de mœurs Il ne voyait pas seulement la nature, il la sentait, parce qu'il en sentait le Créateur, comme il l'avait admirablement montré en publiant quatre ans avant *Paul et Virginie*, ses splendides *Études de la nature.* « Il ne décrivit pas comme Delille, pour décrire, remarque un juge éminent ; il avait vu la nature puissante des tropiques, il la rendit avec d'éblouissantes couleurs ; mais surtout il en anima le tableau par des impressions morales ; dans cette nature qu'il sentait si bien, il ne vit, il ne conçut rien d'aussi grand que la beauté de l'âme et le spectacle de l'innocence et de la vertu sous le regard de Dieu. Voilà sa puissance et son originalité, qui ne passera pas. Un soin minutieux des détails, une exactitude, une belle imagination l'ont fait peintre ; mais le sentiment religieux dont il est rempli l'a fait poète, gagnant les hommes à l'attrait de sa parole — . » (Villemain).

Bernardin de Saint-Pierre n'appartient déjà plus au dix-huitième siècle. Ses *Harmonies de la nature*, continuation de ses *Études* auxquelles elles sont inférieures, ne parurent qu'en 1815.

Fin de l'école classique. — L'abbé Barthélemy et le *Voyage d'Anacharsis*.

L'année même (1788) où il éditait son roman de *Paul et Virginie*, un autre roman critique, historique et littéraire à la fois, le *Voyage d'Anacharsis* de l'abbé de Barthélemy, produisait une sensation bien autrement considérable, quoique la postérité ait accordé plus d'attention à l'œuvre modeste de Bernardin de Saint-Pierre

Le *voyage d'Anacharsis* tranchait moins que *Paul et Virginie* avec le goût de l'époque. Il était grec, païen, classique sans fuir le bel esprit à la mode dans les salons de Paris.

C'était du reste une façon ingénieuse de présenter l'histoire littéraire, voire même l'histoire politique et anecdotique d'un peuple aussi célèbre que les Grecs, mais dont la frivolité du dix-huitième siècle ne se prêtait déjà plus à étudier sérieusement les annales et les mœurs. Le *voyage d'Anacharsis* est une compilation habile, un pillage voilé, une infusion continuelle de la plus belle et plus pure littérature de la Grèce dans un roman de voyage en langue française. Barthélemy a peu mis du sien dans cet ouvrage, ou ce qu'il y a mis sent trop son dix-huitième siècle ; mais il s'est assimilé la quintessence de l'art grec avec un bonheur incroyable.

Il n'est pas toujours suffisamment exact, pas toujours complet ; il juge trop les anciens par les anciens, mais il fournit de précieux et innombrables détails d'histoire, de mœurs, de géographie, d'histoire littéraire ; il analyse les chefs-d'œuvre, les critique judicieusement, en enchâsse finement les perles dans son tissu ; donne enfin une idée générale bien suffisante de la Grèce, comme la voyaient les anciens. Pour peu qu'on ajoute à ces jugements, à cette claire vue, les opinions des modernes, qu'on corrige l'engoûment des anciens pour eux-mêmes par notre critique plus désintéressée, on connaîtra, après avoir voyagé avec Anacharsis, nettement et complétement l'antiquité.

Cet ouvrage fut comme le *chant du cygne* de notre littérature classique. Il reposa un peu des émotions politiques qui grandissaient. Elles allaient prendre une telle intensité qu'il n'y eut bientôt plus de place pour les émotions plus tendres, plus douces et ordinairement plus saines. Les Etats généraux avaient été assemblés. Le Tiers-Etat avait secoué le joug des autres ordres ; la nation allait secouer celui de la royauté. La Révolution commençait son œuvre de réforme pour la poursuivre par la destruction.

Epoque contemporaine depuis la Révolution jusqu'à nos jours. — La tribune. — Eloquence Révolutionnaire. — Mirabeau, Maury, Cazalès, Barnave, Vergniaud, etc.

L'histoire littéraire de cette époque tourmentée, c'est l'histoire de la Révolution elle-même. Au milieu de la terreur générale, il n'y a plus de place pour les lettres. L'éloquence seule ose se montrer à la tribune et, trop souvent, quelle éloquence !

En 1789, au milieu de l'illusion générale, avant la débauche de sang des années suivantes, quelques grands esprits firent entendre de remarquables paroles. La Constituante comptait des orateurs qui ne mettaient encore la folie ni dans leurs phrases ni dans leurs actes. Le plus célèbre d'entre eux, celui qui est encore regardé comme le maître de l'éloquence politique, est le comte Riquette de Mirabeau (1749-1791). Sa famille était originaire de Florence. Sa conduite privée ne fut rien moins qu'élogieuse. Il était perdu de mœurs, criblé de dettes. Ses désordres l'ayant fait repousser par la noblesse il se présenta au peuple et fut élu député du tiers-état. Il se mit à la tête de la Révolution, dans le dessein de s'en servir jusqu'à ce que, craignant qu'elle lui manquât, il fut pris du désir de se mettre à la tête du parti de la cour. Il mourut après avoir fait beaucoup de mal et avant de pouvoir faire le bien auquel il rêvait. Son corps fut porté en triomphe au Panthéon, mais quand le peuple connut, deux ans après, le traité de Mirabeau avec la cour, il jeta ses restes aux gémonies.

Mirabeau avait une tête affreuse, mais puissante ; sa voix était forte, vibrante, son geste dominateur. Plus improvisateur qu'écrivain, il se remuait comme un lion et imposait de même. Quand il s'était débrouillé après les premières paroles, l'inspiration l'emportait ; il s'animait, s'échauffait par degrés, et puis lançait des foudres. Il était plus remarquable, dit un de ses admirateurs, « par l'élévation, la hardiesse et l'originalité du raisonnement, que par les grâces de la forme ; verbeux, même lâché, incorrect, inégal, mais entraînant et coloré dans son style, style parlé plutôt qu'écrit ainsi que font les orateurs »...

Sa manière oratoire est celle des grands maîtres de l'antiquité, avec une admirable puissance de geste et une véhémence de diction que peut-être ils n'eurent jamais... Qu'y a-t-il dans l'histoire et dans les mouvements de l'éloquence antique de plus libre, de plus fier, de plus héroïque, de plus insolent, de plus inattendu, de plus victorieux, de plus étourdissant, de plus atterrant, de plus écrasant, que la répartie de Mirabeau au grand maître des cérémonies de la cour : « Les communes de France ont résolu de délibérer ; et vous, Monsieur, qui ne sauriez être l'organe du roi auprès de l'Assemblée nationale ; vous qui n'avez ici ni place, ni voix, ni droit de parler, allez dire à votre maître que nous sommes ici par la volonté du peuple, et que nous n'en sortirons que par la force des baïonnettes ! » (de Cormenin).

Cette audace n'eut qu'un malheur, ce fut d'être un exemple aux autres jusqu'à Danton qui en fit le fond de sa politique, jusqu'à tous les hommes de la Terreur, jusqu'à bien d'autres depuis Mirabeau. Chaque fois que l'audace s'est trouvée devant la faiblesse, elle a été forte contre cette faiblesse, mais elle n'a pas su se dominer elle-même.

Le plus redoutable adversaire de Mirabeau à la tribune fut l'abbé Maury (1746-1817), qui fut depuis cardinal archevêque de Paris et qui perdit, dans les grandeurs, cette énergie qu'il montra pour résister à la Revolution et à son chef. Orateur abondant, maniant la parole avec autant d'habileté à la barre de l'Assemblée que dans la chaire chrétienne, écrivain distingué quoique un peu trop rhéteur, l'abbé Maury, défenseur de la monarchie et du clergé tint tête avec succès et sans peur au puissant et redoutable tribun.

Mais non plus que l'abbé Cazalès, Lally-Tollendal, dont nous avons déjà parlé, il n'était assez soutenu dans sa lutte pour résister au flot qui montait toujours. L'avantage était à Mirabeau tant qu'il fut contre la monarchie ; il fut à Barnave, à des orateurs de peu de valeur, quand le tribun se rangea du côté du trône et mourut à propos pour sa popularité.

Barnave lui-même (1761-1793), âme généreuse et illusionnée, succomba dans la lutte, en cédant à un bon mouvement pour se dévouer trop tard à la cause du roi. Il fut conduit à l'échafaud à trente-deux ans. Nul n'échappait alors à cette fin commune. Le talent ne préservait personne.

Le chef des Girondins et le meilleur de leurs orateurs, le seul parmi les harangueurs de l'Assemblée nationale et de la Convention qui ait gardé assez de dignité, de simplicité et de forme pour que nous ayons à nous en occuper, Vergniaud, monta à son tour sur l'échafaud, avec *Guadet, Gensonné* et les autres Girondins que ne sauva pas la faiblesse criminelle avec laquelle ils avaient voté la mort du roi. L'éloquence violente et tribunitienne de Danton, les insinuations perfides de Robespierre prévalurent contre une honnêteté plus théâtrale que foncière.

Vergniaud avait commis la même faute que ses collègues et avait sacrifié le roi. Il était mou, indolent, incapable de diriger un parti. Il n'était grand qu'à la tribune. « Cependant il n'était point indifférent, dit M. Thiers. Il avait un cœur noble, une belle et lucide intelligence, et le feu oisif de son être, s'y portant par intervalle, l'échauffait, l'élevait jusqu'à la plus sublime énergie. Il n'avait pas la vivacité des reparties de Guadet, mais il s'animait à la tribune, il y répandait une éloquence abondante, et, grâce à une souplesse d'organe extraordinaire, il rendait ses pensées avec une facilité, une fécondité d'expression qu'aucun homme n'a égalées. L'élocution de Mirabeau était, comme son caractère, inégale et forte ; celle de Vergniaud, toujours élégante et noble, devenait, avec les circonstances, grande et énergique. Mais toutes les exhortations de l'épouse de Rolland ne réussissaient pas toujours à éveiller cet athlète, souvent dégoûté des hommes, souvent opposé aux imprudences de ses amis, et peu convaincu surtout de l'utilité des paroles contre la force. »

Mme Rolland, dont il est parlé ici, joua un certain rôle parmi les Girondins, et eût bien voulu en jouer un plus grand. Elle était l'hégérie de ce parti que l'imagination et le rêve gouvernaient plus que la saine raison. Quant à la foi, il n'en était plus question. On était républicain, grec, romain, païen, tout excepté chrétien. Mme Roland pensait et vivait comme les autres. Cette demi-philosophe avait ses admirateurs ; il lui en reste encore, quoique bien peu. Son homme était un esprit indécis et étroit ; elle le remplaçait ; sa cour était suivie plus que celle de la reine. Elle n'y gagna que de monter comme l'infortunée Marie-Antoinette à l'échafaud. Alors elle flétrit ses contemporains ; il était trop tard. Toutes ses paroles étaient oiseuses. Elle eût vécu, les Girondins eussent vécu, il n'y aurait pas eu plus de remède. Les *Mémoires* de Mme Rolland ne la sauveront pas de l'oubli ; l'épouse de Rolland inspirera plus de pitié que de regret ou d'admiration.

Napoléon et l'éloquence militaire

La révolution avait sombré dans le sang; elle finissait dans la décrépitude. Le sabre lui donna le coup de mort. Elle ne méritait que cela. Napoléon Bonaparte, qui fut l'exécuteur des hautes-œuvres de Dieu dans cette opération, attirait seul les regards de l'Europe à la fin du siècle précédent. Il les absorba complètement au commencement du dix-neuvième siècle. Au milieu du bruit de la guerre, on ne prêtait guère l'attention aux productions froides, pâles, d'une élégance trop correcte et trop assujettie, des prosateurs de l'époque impériale.

Les harangues seules du capitaine extraordinaire qui était le cauchemar effrayant de l'Europe avaient le don de l'émouvoir. Elles avaient l'éloquence du fait ajouté à celui de la parole. Elles ne paraissaient qu'avant ou après une victoire C'étaient des cris d'alarme ou des chants de triomphe. Et, en vérité, elles allaient à l'âme des vaincus comme des vainqueurs ; elle exaltait ceux-ci et terrifiait ceux-là.

Jamais il n'y eut d'éloquence militaire pareille à celle-là. Les harangues consignées dans Tacite, Tite-live, Salluste ou les historiens Grecs, avaient du nerf, de la concision, de la vigueur et de la véhémence. Mais nous savons trop qu'elles étaient apprêtées par l'écrivain, qu'elles n'ont pas été prononcées. La part de l'étude enfin y est trop grande. Dans les proclamations de Napoléon rien de semblable. Le général est en face de ses soldats; il leur dit sa pensée, il ouvre leur cœur, il y enfonce sa confiance, il y met le sceau de son inspiration et de son génie; en deux ou trois mots il les enflamme, il les transforme, et leur prédit l'histoire en attendant qu'il la trace à grands coups d'épée.

Nouvelle école : Mme de Staël. Chateaubriant et son influence sur notre siècle. — Le Romantisme. — Caractères de la littérature au XIXe siècle.

L'Europe haletante était soumise; la littérature manquait de temps, de servants, ou, tout au moins, d'indépendance.

Deux écrivains cependant, un homme et une femme, ne craignaient pas d'élever leur voix discordante dans le concert Européen. Peut-être fut-ce le principal mérite et la cause première du renom de madame de Staël (1766-1817), que cette discordance retentissante.

Elle eut une influence considérable alors; les tracasseries que lui suscita la police Impériale, son humeur critique et brouillonne, et, pour dire vrai, sa vanité de précieuse philosophe firent du frou frou autour d'elle. Elle était fille de Necker et représentait l'école révolutionnaire.

Son séjour et son mariage en Allemagne l'initièrent à la littérature de ce pays ; son livre sur l'*Allemagne* réussit à faire connaître à la France les mœurs, la société, la philosophie et la littérature de ce pays. Du moins, on le prétend. Car, je m'imagine que les guerres de la République et de l'Empire, les conquêtes de Napoléon firent plus que cet ouvrage assez mince et déjà très oublié. Il y avait longtemps que l'Allemagne était en relations littéraires avec la France, que le roi de Prusse correspondait avec nos écrivains, que la Convention avait décerné le titre de citoyen français à Schiller, que Goethe s'était mis à s'occuper de nous. L'*Allemagne* ne parut qu'en 1813. — Quoiqu'il en soit, la philosophie allemande s'est introduite parmi nous et c'est un immense malheur ; sa littérature s'y est infiltrée, et pour beaucoup ce n'est pas un bien.

Madame de Staël, auteur de *Corinne* où elle dépeignait l'Italie, de *Delphine* où elle avait essayé d'analyser le sentiment, n'était absolument, comme le disait Napoléon, qu'une idéologue. L'Empereur avait au moins raison en cela, s'il avait tort de se montrer despote et de trop donner d'importance à une femme intrigante dont la persécution faisait la plus grande valeur.

On comprend mieux l'attention qu'il donnait aux ouvrages de Chateaubriant.

A l'entrée de ce siècle nous retrouvons toujours cet homme illustre, il en orne brillamment les portiques. Son style fut à celui de l'époque classique, ce que l'architecture flamboyante fut à l'architecture ogivale du XIIIe siècle. Plus d'ornements, plus de brillant, plus d'apparence, plus de détails; moins de sobriété, moins de simplicité, moins de solidité, moins d'élévation et au total plus de vide, moins de pureté, de vieille élégance, de grandeur et de force.

On eût dit qu'il cherchait à éblouir. Il y réussit de longues années. Maintenant son auréole a perdu des rayons; elle est encore une des plus brillantes du siècle qu'il a presque fait naître aux lettres de son souffle rénovateur.

Nous avons touché un mot de Chateaubriand dans notre histoire de la poésie, car il préluda aux plus merveilleux accents de la lyre française; il donna peut-être un plus superbe essor à la poésie qu'à la prose; l'une lui dut plus que l'autre. Il fut un modèle dangereux pour ceux qui tentèrent d'imiter sa phrase libre; il rendit plus de services à ceux qui s'inspirèrent de son esprit, de son élan, de sa poétique, de sa magique imagination, à ceux qui remontèrent avec lui aux sources du Jourdain pour y ramasser la harpe muette de David et de ses prophètes.

Mais il n'écrivit que peu de vers et ces vers n'ajoutèrent pas à sa gloire. Chateaubriant fut un grand poète, mais il n'était pas né pour manier habilement l'instrument des poètes. Libre dans ses théories littéraires, il avait besoin d'être libre dans sa phrase. En dehors d'un essai de tragédie et de quelques pièces courantes, il écrivit un long poëme, une épopée, *les Martyrs* ; il l'écrivit en prose. Aussi n'atteignit-il qu'imparfaitement son but. Il montra comment il était possible dans le christianisme de mener à bonne fin un long poëme; mais il montra en même temps que, s'il pouvait être un excellent guide, il n'était pas l'homme prédestiné à accomplir la grande œuvre d'une épopée française.

Cet homme ne nous est pas encore venu. En éclairant sa route à l'avance Chateaubriand n'a pas eu la vertu de le produire. Sa mission fut de rappeler la France chrétienne à ses origines, à sa foi nationale.

Boileau, versificateur fort correct, écrivain de beaucoup de bon sens et de raison, avait eu ce singulier malheur pour un critique d'un goût si sûr, si délicat dans la pratique courante de l'art, de ne pas comprendre l'essence de la poésie chrétienne, de n'en pas découvrir les sources, de n'en pas suivre la tradition, de voir le mot sans voir la chose. L'arrêt qu'il avait rendu fut le coup de mort de la littérature chrétienne. On a dit qu'il avait produit Racine; cela n'est vrai que du versificateur; le poète était sorti de l'étude des livres saints, comme de l'étude des Grecs, de l'école de Port-Royal plus que de celle de Boileau. Boileau lui-même était chrétien de raison, de naissance et de vie; il doit à sa foi sa morale saine, son respect du lecteur, ses pensées les plus hautes.

Les imitateurs, ne s'attachant plus qu'à la lettre de la loi, tombèrent de plus en plus dans la stérilité. Les discussions, les sciences, un certain reste de philosophie raisonnable au milieu des sophismes les plus contradictoires, un champ plus large, plus varié, plus commun, une liberté plus grande, le génie de quelques hommes maintinrent plus longtemps la prose sur un niveau élevé.

Mais à la fin du siècle dernier, elle était tombée comme la poésie dans le plagiat, la nullité, la fadeur, le mauvais goût sous tous ses travestissements.

L'idée révolutionnaire était trop excentrique, elle fut poussée trop vite aux excès pour enfanter des écrivains. La révolution ne fut qu'une période de désolation, où l'esprit n'était pas assez rassis pour produire. Elle ne produisit rien.

Chateaubriant se servit des idées nouvelles, il profita de l'exaltation des imaginations, de l'effroi des cœurs, de la surexcitation des passions pour reprendre l'idée chrétienne en l'habillant non plus avec la toge grave et sévère, en même temps que majestueuse, du dix-septième siècle, mais avec des vêtements voyants, parlant aux sens au moins autant qu'à la raison.

Il captiva ses contemporains par l'extérieur. Il voulut les attirer par la pompe des cérémonies du culte catholique; il composa le *Génie du Christianisme* pour montrer la poésie que recélaient nos dogmes, notre morale, notre histoire, notre culte; il prit tout le monde à l'appât de sa phrase. Cette phrase était pompeuse, sonore, richement vêtue.

Elle séduisit un peuple avide de nouveautés, une génération séparée du passé par un siècle de dix années, une société qui n'avait plus d'assises; les ornements du frontispice firent entrer dans le temple. Quelque distance qu'il y ait entre Bossuet et Chateaubriant, entre les pensées de tous deux, entre les deux siècles sur lesquels planent leurs ombres, Chateaubriant, pour n'être que sur un plan inférieur à celui de Bossuet parmi les grands génies, n'en appartient pas moins à cet ordre de rares écrivains qui éclairent les destinées d'une nation.

On ne peut oublier la renaissance vraiment chrétienne et nationale dont il donna le signal; on ne peut pas regarder sans être fier de son pays cette longue galerie d'hommes éminents dans tous les genres qui illustrèrent la première moitié du dix-neuvième siècle et dont l'auteur du *Génie du Christianisme* peut avec un légitime orgueil revendiquer la paternité littéraire.

Sauf deux ou trois philosophes, comme MM. de Maistre et de Bonald qui partagèrent en même temps que lui, chacun à leur manière, son admiration pour le Christianisme et dont le premier eut une influence marquée quoique bien circonscrite, presque tous les écrivains de la Restauration et de 1830 descendent de Chateaubriant en ligne directe ou collatérale.

L'influence de M. Joseph de Maistre fut grande parmi les hommes politiques et les philosophes; il a laissé après lui une école forte, agissante et vaillante dans le combat. Mais son attitude militante contre le siècle n'a laissé qu'une influence bornée et restreinte à cette école. Ses disciples adoptèrent d'ailleurs les armes de l'école purement littéraire, plus générale, plus populaire, toute pacifique dans ses éléments primitifs; beaucoup parmi eux furent des plus ardents parmi les romantiques.

Le Romantisme naquit d'un excès, il en produisit d'autres. Mais peu à peu, il resta de la théorie inspirée par les écrits de Chateaubriant ce qui devait en rester : le retour à l'idée chrétienne, à l'idée nationale, une conception plus large, plus libre de la poétique et de l'art d'écrire, une forme moins étriquée, moins compassée, une notion plus juste des sources de l'éloquence et de la poésie qu'on n'alla plus chercher seulement dans les eaux de l'Hélicon ou au sommet du Parnasse, mais partout où le beau a été exprimé par une langue humaine, rendu par un pinceau d'artiste, et principalement aux sources primordiales toujours vives, claires, communes de la nature et de son Créateur. Voilà les résultats précieux et qu'il faut conserver de l'œuvre de Chateaubriant.

Il fut loin d'être sans défauts. En reconnaissant l'importance de son action sur notre époque, il serait imprudent de faire pour lui ce que le dix-huitième siècle a fait pour Racine. Le danger serait d'autant plus grand que le maître est moins grand, moins égal, et que ses défauts brillent autant que ses qualités. C'est de cette imprudence que sont nées les aberrations de certains romantiques.

Il y a un vague excessif, une rêverie indigne de la virilité dans *Attala* et dans *René*. La pompe de la phrase est exagérée un peu partout, mais surtout dans les *Etudes historiques* et dans les *Mémoires d'outre-tombe*. Chateaubriant finit par trop savoir son génie et par trop l'admirer. Il posa, chercha l'effet et le manqua en forçant la note.

Cette ostentation de la phrase choque autant l'homme que le bon goût.

Toute une pléiade de jeunes et féconds écrivains se laissa pourtant séduire par ce clinquant. De là dans le romantisme un double courant, l'un qui fut modéré, suivi par des hommes qui furent entraînés par la vogue, mais qui avaient des retours sur eux-mêmes ou que la force de leur talent dominait par instants plus que la tyrannie de l'école ; l'autre formé d'exaltés qui se jetèrent à corps perdu à l'avant-garde, devancèrent leur chef de file, Victor Hugo, pour être à la fin devancés par lui et poussés jusqu'à l'abîme où sombra ce romantisme effréné.

Les prosateurs se gardèrent mieux que les poètes de cet écueil ; il était moins dans leur rôle de s'abandonner à l'enthousiasme ; et puis, la vie pratique les rappelait à la réalité.

C'est, en effet, le principal caractère de la prose à notre époque que tout s'y rattache, excepté dans les questions de pure érudition, à la vie du jour, vie d'action et de combat. Tout tourne à la polémique en religion, en littérature, en politique ; tout le monde se mêle à tout, s'occupe de tout, devise de tout, écrit sur tout. Le journal commence avec le siècle à prendre une grande place au soleil, jusqu'à ce qu'il absorbe la vitalité de tous les autres genres et les précipite ensemble dans la ruine en donnant le coup de grâce à la langue elle-même.

Aussi le glaive de la pensée étincelle partout après la Révolution. Cette vie nouvelle enfante les écrivains à chaque pas ; et, comme au commencement, ils ont encore le culte du bien dire, avec ce culte traditionnel et avec cette sève jeune, vigoureuse, avec ces armes sorties resplendissantes des arsenaux du moyen-âge et de la Bible où elles dormaient, la lutte est aussi noble qu'animée ; les écrivains ont une plume qui ne reluit pas moins qu'elle ne s'agite.

De tous ces brillants lutteurs nous ne dirons qu'un mot ; ils sont trop près de nous, leurs noms sont dans toutes les bouches ; sujets d'éloges pour les uns, de blâme pour les autres, ils ont cette infortune que la passion politique se mêle pour les juger tous aux passions ordinaires de la vie. Comment en parler sagement, sûrement, avec assez de mesure, de critique et de prudence ?

Un mot exprimant les tendances, les opinions, nous suffira pour les classer.

On peut les ranger en quatre groupes : les philosophes et les historiens politiques ou littéraires ; les orateurs de la chaire ou de la tribune ; les polémistes ; et enfin les suivants de la littérature courante : auteurs dramatiques, romanciers, conteurs, critiques de seconde main, érudits visant au style, les uns et les autres queue de l'école qui se poursuit jusqu'à nos jours en diminuant progressivement de valeur.

La philosophie fut représentée par des écrivains comme Joseph de Maistre, de Bonald, Lamennais, par des professeurs comme Cousin, Jouffroy, Jules Simon.

La philosophie rationaliste, ne trouvant guère à glaner sur le passé, prit le parti de piller partout ; elle fut éclectique, elle fut allemande, en attendant qu'elle se niât elle-même par le positivisme. De son côté l'histoire eut la prétention de découvrir la philosophie des événements ; la critique se haussant d'un étage, comprenant que l'importance littéraire des âges futurs ne pouvait plus venir que d'elle et de l'érudition, chercha à confondre son domaine avec celui de la philosophie et de l'histoire. Elle crut avec raison que le mouvement des lettres suit celui de la civilisation. Ce n'est pas sa moindre gloire d'avoir ainsi donné à l'esprit son véritable rôle dans les annales de l'humanité. Si la postérité nous tient compte de ce mérite, M. Villemain en revendiquera la plus grande part.

La politique elle-même, à cause du roulement perpétuel de nos constitutions et de nos gouvernements, trouva ses points d'appui les plus solides dans l'histoire ou dans la philosophie. La tribune et la presse furent l'écho des écoles diverses. Il y eut donc un échange incessant entre la philosophie, l'érudition et l'éloquence.

Ecrivains catholiques : J. de Maistre, son frère, de Bonald, Ballanche, Lamennais, Gerbet, Frayssinous, Lacordaire, le P. de Ravignan : les PP. Félix, Monsabré : NN. SS. Pie, Cœur, Dupanloup : Louis Veuillot, le P. Gratry, Montalembert.

Du fond de la Russie, où il était ambassadeur du roi de Piémont, Joseph de Maistre (1754-1821), suivait avec inquiétude les progrès de la Révolution : il écrivait alors ses *Considérations* sur la France, ses *Soirées de Saint-Pétersbourg*, son livre *du Pape* où il défend un système politique et philosophique dont la religion est la base et le couronnement. Il combat avec passion l'Église gallicane et la Révolution. La main de la Providence se fait sentir pour lui dans tous les événements ; la Papauté est la plus belle institution politique qui ait jamais existé ; il serait à désirer que la primauté du Pape fût reconnue des souverains pour le bonheur de l'Europe. Hardi, vigoureux, d'un tempérament entier dans la défense de ses idées, il mit au service de la foi une verve forte, mordante et originale. Après sa mort, on a été tout étonné en dépouillant sa correspondance d'apprendre que cet esprit rigide, inflexible dans ses doctrines, était un père aimant, un épistolier des plus aimables, des plus charmants. Ses lettres de famille sont ravissantes.

Son frère Xavier (1764-1852), l'élégant auteur du *Voyage autour de ma chambre*, n'a ni son esprit ni sa tendresse. Sa phrase si fine est plus apprêtée, sa sensibilité moins naturelle.

Joseph de Maistre avait pour contemporain et pour émule dans la philosophie monarchique et religieuse le vicomte de Bonald (1754-1840), esprit moins original que lui, mais non moins élevé, non moins honnête, non moins fermement attaché aux mêmes principes, non moins ardent à les défendre. Sa *Législation primitive* est la réfutation du *contrat social* : la souveraineté ne réside pas dans l'homme, mais en Dieu ; la révélation est le pivot de notre vie politique et morale ; le corps est l'esclave de l'âme, « car l'homme est une intelligence servie par des organes ».

Aussi, d'après M. de Bonald, d'accord ici avec Rousseau, l'homme a-t-il été incapable d'inventer le langage : Il pense sa parole avant de parler sa pensée. Cette doctrine vraiment chrétienne, mais exagérée parfois par l'expression, le fut encore plus par les disciples de ces philosophes et conduirent aux erreurs du traditionalisme.

Les idées de Joseph de Maistre et de Bonald ont fourni un puissant aliment à l'abbé de Lamennais ; elles ont exclusivement inspiré Louis Veuillot et la rédaction de l'Univers. Elles avaient formé Ballanche (1776-1847), écrivain mélodieux, mais philosophe rêveur et idéologue.

L'abbé de Lamennais semblait destiné à parachever l'œuvre de Joseph de Maistre et de Chateaubriant. Celui-là avait appelé l'attention de la philosophie et des gouvernements sur le catholicisme et la constitution de l'Église ; celui-ci avait gagné les cœurs, conquis les imaginations à la religion chrétienne en montrant les trésors de beauté qu'elle recélait pour les arts et les lettres. Restait à convaincre les esprits, à ramener la raison au foyer de la lumière. L'apologiste se leva tout à coup dans la personne de Lamennais. *L'essai sur l'indifférence en matière de religion* fut comme un coup de foudre. On crut que le rationalisme avait trouvé son Bossuet comme le Protestantisme. Lamennais dans son premier volume s'était servi des armes de l'impiété ellemême. Sa dialectique vigoureuse, son ironie, ses invectives contre l'incrédulité pratique ou théorique lui assuraient la victoire, s'il savait étayer le dogme catholique après avoir détruit le sophisme. L'impression que produisit ce livre en 1818 faisait augurer une apologie sans réplique.

Malheureusement, dès les volumes suivants, Lamennais, qui déjà peut-être avait forcé la note pour le style et pour la doctrine dès le premier volume, accentua ses erreurs dans ceux qui suivirent. Il n'admit comme principe de certitude que le témoignage du genre humain, l'autorité universelle, supprimant ainsi l'évidence, le sens intime, la vérité de la perception des sens.

Il y avait là une étrange inconséquence ; il y avait une tendance à l'absolutisme théocratique, aux dépens de la société civile, inspirée par le désir de placer l'Église au-dessus de tout, mais qui était trop déraisonnable, trop excessive pour plaire à Rome à qui ne plaît que la vérité.

Irrespectueux pour ses supérieurs ecclésiastiques, en hostilité ouverte contre le gouvernement dans son livre du *Progrès de la Révolution* et dans son journal *l'Avenir*, en révolté contre Rome après sa condamnation, Lamennais rompit difinitivement avec l'Église en publiant ses *Paroles d'un croyant*. Dès lors, il s'enfonça de plus en plus dans la démagogie. De défenseur de la religion par les armes de la logique, il devint le démolisseur de toute société par des affirmations de faux principes jetées entre des pages de poésie biblique, de mystique et mélancolique rêverie.

Ses jeunes disciples, l'abbé Gerbet, Lacordaire et Montalembert ne le suivirent pas dans la voie de la perdition.

Ils travaillèrent jusqu'à la fin pour l'Église, le premier dans des écrits d'une pureté, d'une splendeur admirable ; le second, dans la chaire chrétienne ; le troisième, à la tribune de nos Assemblées.

L'abbé de Frayssinous (1765-1842), plus tard évêque d'Hermopolis, avait inauguré sous l'Empire un nouveau genre de prédication où la dissertation philosophique prenait la place de l'exposition dogmatique ou morale. On appela les nouveaux discours, des *conférences;* car ils ressemblaient assez à des dissertations sur la religion. L'instruction religieuse manquait complétement à la génération de l'Empire; les démonstrations solides et élégantes de l'abbé de Frayssinous répondaient parfaitement aux besoins de l'époque. Les conférences arrêtées par la police impériale furent reprises avec éclat sous la Restauration. Frayssinous parlait à Saint-Sulpice. Lacordaire et le Père de Ravignan illustrèrent la chaire de Notre-Dame.

Lacordaire (1809-1861), apportait à la fois le romantisme et l'éloquence dans la chaire. Il ne pouvait venir à meilleure heure. La Révolution de juillet avait détruit l'hérédité monarchique; Victor Hugo était dans le plein de sa gloire; l'enthousiasme littéraire ne connaissait plus de bornes ; mais le rationalisme avait complétement fait dévoyer les esprits.

Lacordaire se mit à la portée de la jeunesse contemporaine. Il fut ardent, frémissant, ami de l'éclat, du nouveau, de la liberté, comme elle ; il la prit à la naissance du doute, par où il avait passé, et la conduisit jusqu'à l'entrée de l'Église où les poussa l'éloquence émue, l'onction pénétrante du Père de Ravignan.

En se présentant dans la chaire de Notre-Dame avec l'habit de saint Dominique, Lacordaire s'y présentait en même temps avec l'accent, le geste, la passion des plus illustres prédicateurs de cet ordre. Son éloquence n'était pas sans déclamation, sa parole sans écart et sans exubérance, mais il était l'homme de la situation, le prédicateur de la Révolution romantique et bourgeoise. Il força le respect et l'admiration ; le Père de Ravignan n'eut qu'à se baisser pour recueillir les fruits de leurs mutuels efforts.

Lacordaire eut pour successeurs dans la chaire de Notre-Dame, le Père Félix, orateur froid, mais méthodique et lumineux, et aujourd'hui le Père Monsabré dont la conviction profonde et la parole ardente attirent la foule dans la vieille cathédrale.

D'autres prédicateurs faisaient retentir les églises de la capitale ou de nos grandes villes d'accents qui avaient la vertu de remuer les contemporains et dont les souvenirs ne sont pas encore éteints. Le Père Mac Carthy, Mgr Cœur, évêque de Troyes, l'abbé Combalot, vrai tribun de la chaire, témoignaient que la renaissance littéraire se manifestait dans l'Église comme dans le monde laïque.

Les plus célèbres écrivains ecclésiastiques sont assurément Mgr Parisis, évêque d'Arras, Mgr Gerbet, évêque de Perpignan, Mgr Plantier, évêque de Nîmes, Mgr Pie, évêque de Poitiers et par dessus tous l'illustre évêque d'Orléans, Mgr Dupanloup.

Le premier fut un controversiste nerveux, pressé, toujours en alerte; Mgr Gerbet et Mgr Plantier apparaissaient de temps en temps dans la lutte avec éclat, chacun avec son individualité particulière; mais ils étaient des hommes de plume plutôt que de parole. Leurs écrits sont étudiés, élégants, brillants même et non sans une légère teinture du goût de l'époque pour les images vives et la sentimentalité individuelle.

Mgr Dupanloup, prédicateur éloquent, pédagogue éminent, controversiste mêlé à toutes les luttes qui intéressaient la religion, orateur remarquable à la tribune, évêque d'une activité infatigable. fut à la fin de sa vie considéré par le monde des lettres comme le plus grand de nos évêques.

Son ouvrage *de la haute éducation intellectuelle* le range parmi les premiers éducateurs de notre pays. Les questions d'enseignement ne le trouvèrent jamais insensible : après avoir largement contribué au gain de la liberté de l'enseignement secondaire, il mena la campagne qui amena la liberté de l'enseignement supérieur. Ardent, véhément, fougueux parfois dans la controverse, il y manque un peu de variété. Flamme toujours brûlante, il ignore l'ironie, la souplesse, le mélange des tons ; il procède infailliblement par citations multipliées des paroles ou des écrits de ses adversaires. Il puise de l'art d'arranger les textes une grande force; mais l'intérêt languirait, si la passion contemporaine n'animait le lecteur.

Il eut pour émule dans l'oraison funèbre Mgr Pie, évêque de Poitiers, théologien plus ferme, plus concis, mais aussi plus étudié, moins inspiré, et, pour qui l'entendait, orateur médiocre, c'est-à-dire écrivain éloquent plus que prédicateur.

Il eut pour rival dans la polémique catholique Louis Veuillot qui n'eut qu'une seule tribune, le journal, un seul talent, celui de polémiste ; mais qui usa du journal et gouverna la polémique avec une puissance à nulle autre pareille. Dans le journal Louis Veuillot est chez lui. Il défendit dans l'*Univers* la cause de l'Église et, dans les opinions libres, les idées de Joseph de Maistre de préférence aux autres. C'est là qu'il se rencontra quelquefois en adversaire avec Mgr Dupanloup. Il attaqua contre lui l'étude des classiques de l'antiquité païenne, il défendit contre lui et contre les derniers champions du gallicanisme l'infaillibilité du souverain Pontife. Dans les ardeurs de la lutte, il y eut des dards mal lancés, des passes d'armes déplorables qui firent tort tantôt à l'un, tantôt à l'autre.

La supériorité de Louis Veuillot comme polémiste éclatait bien mieux dans les agressions vives, les sarcasmes moqueurs, les morsures envenimées, la satire impitoyable par laquelle il lacérait les sectaires de la libre-pensée. Là, nul n'était de taille à lutter avec lui : on trouvait quelquefois son bâton un peu vert, son langage un peu trop roturier : on le disait, et c'était vrai, et c'était un défaut de style; néanmoins ce bâton touchait, il assommait; après deux ou trois coups bien assénés, il n'y avait plus à y revenir.

Ces heurts violents, ces éreintements par le sarcasme, la virulence et le ridicule n'empêchaient point Louis Veuillot d'avoir des pensées hautes, une langue vieille et nationale dans sa jeunesse et son à-propos, d'exposer aux regards de grands et majestueux tableaux où brillait comme un éclair lointain du dix-septième siècle.

Il s'est étudié sur ses vieux jours à corriger ses écarts de langage, à mesurer sa prose, à lui donner plus d'ampleur, de sérénité, d'élégante régularité. Il y a réussi; mais l'âge a eu trop tôt raison de ce robuste athlète, le prosateur peut-être le plus français du dix-neuvième siècle. Louis Veuillot procède de Molière qu'il a trop critiqué dans son livre de *Molière et Bourdaloue*, autant que de Joseph de Maistre qu'il a trop admiré.

Il eut le malheur, en même temps qu'il entrait en lutte avec Mgr Dupanloup, de rencontrer sur son chemin, un vieil ami de tous deux, un ancien compagnon d'armes, le généreux comte de Montalembert, et d'engager avec lui le même combat, avec ce même emportement qui fut alors commun aux deux champions. Nous doutons que Louis Veuillot se soit consolé de cette guerre civile; car elle amena bien près de l'abîme un philosophe catholique des plus éminents, le Père Gratry, de l'Oratoire (1805-1872), l'auteur justement admiré de la *connaissance de Dieu*, de la *connaissance de l'âme*, et le vaillant comte de Montalembert lui-même. La fin de ce dernier fut assez mystérieuse pour faire trembler les catholiques; il poussa au lit de mort un cri déchirant où quelques-uns auraient cru entendre un cri de révolte, si la douleur n'avait aidé à le pousser, et si la charité chrétienne pouvait penser mal des derniers moments d'un héros dont toute la vie avait été consacrée au service de la foi catholique et de l'Église romaine.

Écrivain à la plume trempée dans la foi du moyen-âge, orateur dont la parole chaude et convaincue pénétrait comme l'épée flamboyante d'un chevalier, souffle impétueux, flamme ardente, le Bayard de la tribune, le comte de Montalembert combattait seul contre trois cents, au nom seul de la foi catholique, pour la liberté de l'enseignement et l'indépendance de l'Église. La victoire fut longtemps indécise, mais les libertés catholiques conquises pas à pas depuis un demi-siècle sont là pour attester la gloire du valeureux champion.

Disciple de Lamennais, dont il n'imita pas la révolte, il collabora à *l'Avenir;* lié d'amitié avec Lacordaire, il fonda avec lui une *école libre* qui fut fermée par la police. Mais le signal des revendications catholiques était donné. La mort du père de Montalembert lui ouvrait soudainement la Chambre des Pairs; il y révéla du premier coup son éloquence. Avec lui l'école catholique s'emparait hardiment et glorieusement de la tribune. Elle ne devait plus en être chassée.

Ainsi se relevait plus magnifique, soutenue par de jeunes et vigoureux défenseurs que n'avait point étiolés l'air infect du philosophisme voltairien, cette doctrine catholique qu'on croyait à jamais disparue. Elle relevait la tête avec une vie nouvelle autrement féconde, autrement épanouie aux rayons de l'avenir, que celle des doctrines qui naissaient et mouraient les unes comme les autres dans les livres, les journaux, dans les chaires de l'Université.

Derniers représentants du XVIIIe siècle : Tracy, Volney, Cabanis et Broussais. — Universitaires : Maine de Biron, Royer Collard, Cousin, Jouffroy. — Philosophes divers : Lerminier, Leroux, Achille Comte et le positivisme, Littré, Jules Simon.

L'école sceptique et matérialiste de l'Encyclopédie avait laissé une queue qu'on apercevait encore dans les premières années du siècle. Tracy (1754-1836) suivait le système de Condillac. Volney, l'auteur des *Ruines* (1757-1820), prétendait montrer comment finissent les religions qu'il attaquait toutes. *Cabanis et Broussais* organisaient la philosophie des médecins, matérialisme abject et grossier qui ne voit dans l'homme qu'un système nerveux perfectionné et dans lequel la pensée n'est qu'une sécrétion du cerveau.

Avec Maine de Biron le spiritualisme revient au premier plan. Royer Collard (1763-1845), son disciple et le maître de Cousin, emprunta sa doctrine aux philosophes écossais, Reid et Dugald-Stewart. Il s'éloigna plus encore de Condillac et des sensualistes.

Victor Cousin lui-même (1792-1866) dut beaucoup à son maître et à ses imitateurs d'Ecosse; mais il changea de direction dès ses premiers pas et se laissa pénétrer par les vagues théories des Allemands. Deux voyages qu'il fit en Allemagne le mirent en présence des systèmes de Kant, de Fichte, de Shelling et de Hégel. Leurs conceptions nuageuses étendirent ses horizons, mais elles les assombrirent. Il prétendit, il est vrai, n'adopter aucun système. Il enseignait que le vrai et le faux se rencontrent un peu partout et il choisissait après examen. Cette doctrine se prêtait parfaitement à son cours d'histoire de la philosophie qui lui permettait de passer en revue tous les systèmes et de composer ce qu'on appela son *éclectisme*. L'influence germanique ne s'en faisait pas moins sentir, sinon dans ses affirmations, au moins dans ses aspirations qui n'étaient pas assez voilées.

Avec l'âge, ces tendances se modifièrent; son rationalisme fut moins exclusif; il commença à comprendre la nécessité du sentiment religieux pour fonder sa morale. Peut-être aperçut-il le vide de la raison humaine. Toujours est-il que sur la fin de sa vie il abandonna la philosophie pour écrire des études à la fois historiques et littéraires sur les *Pensées de*

Pascal, Jacqueline Pascal, Madame de Longueville, etc., sur les femmes du dix-septième siècle qui lui offraient le moyen de peindre cette époque mémorable.

Dans ces monographies écrites avec soin et amour, Cousin fait revivre avec passion cette brillante société avec laquelle il oubliait les tristesses de la nôtre. Sa phrase polie, limpide, d'une harmonie presque molle, le consolait, sans doute, du néant de ce monde. Ce qui survivra de Cousin, c'est son style et non pas sa doctrine qui n'offre rien de stable et d'arrêté, sauf quelquefois dans son *traité du vrai*, du *beau et du bien*, où il rattache à l'infini, comme Platon, les grandes manifestations de l'intelligence. Ce qui fit sa réputation et son influence sur la jeunesse, ce fut l'éclat de sa parole, ample, claire et puissante.

Cette influence ne dura qu'un instant. La philosophie séparée de la religion n'a jamais arrêté les pas de l'humanité depuis surtout que le Christ est venu sur la terre pour en accentuer le vide. Les plus fidèles disciples de Cousin ne furent pas satisfaits. Le plus célèbre d'entre eux, son suppléant dans la chaire de la Sorbonne, Théodore Jouffroy (1796-1842), après avoir vainement essayé d'établir quelque chose sur ces bases branlantes, tomba dans un découragement complet, dans un scepticisme mélancolique qui ne contribua pas peu à avancer ses jours, comme à donner à ses œuvres une teinte douloureuse qui le rend sympathique.

Après avoir abandonné l'éclectisme il reprit pour son compte les travaux de l'école écossaise et finit par ne plus s'occuper que de psychologie. Il ne résolut jamais le problème de nos destinées et ce fut avec un vrai bonheur qu'au moment de mourir il entrevit de nouveau la foi de ses jeunes années. « Un bon acte de foi chrétienne vaut mieux, dit-il à ses derniers instants, que tous les systèmes qui ne mènent à rien. »

Jouffroy était un esprit sincère, une âme droite ; il cherchait consciencieusement, préférait souffrir plutôt que de se mentir à lui-même. Mais le siècle marchait, la grande efflorescence de la Restauration avait fait son temps ; le paganisme allait renaître dans les théories et dans les mœurs.

Des philosophes moins consciencieux que Jouffroy ne voulurent pas s'avouer l'inutilité de leurs recherches, le vague de leurs conceptions ; ils s'enfoncèrent dans le panthéisme comme Lerminier (1809-1857), dans une idéologie insaisissable comme Pierre Leroux (1798-1871), qui alla jusqu'à admettre la métempsycose ainsi que Jean Reynaud qui collabora avec lui à l'*encyclopédie nouvelle ;* ou bien jetant tout masque religieux proclamèrent comme Proudhon que « Dieu était le mal », que l'athéisme pratique était la seule loi ; pour finir par rejeter la philosophie elle-même avec Auguste Comte et les positivistes. La raison se reconnaissant incapable de trouver Dieu par ses propres forces, juge plus simple de s'en passer. C'est là toute l'économie du positivisme, système qui consiste à rejeter la métaphysique, à ne plus lever les regards au-delà de ce monde, à se contenter des recherches physiques et matérielles. La nature et les causes secondes, voilà son domaine. C'est nier la raison et la foi, l'humanité ; car, comme l'a dit Shakespeare par la bouche d'Hamlet :

« Être ou n'être pas, voilà la question ». Tout homme se la pose malgré lui, s'il n'est pas complètement abruti, entièrement asservi à ses passions, s'il n'est pas un monstre dans la nature.

Ce système est trouvé fort commode par les jouisseurs, par les chauffeurs de cornue incapables de s'élever au-dessus du goulot de leurs bouteilles de verre; il n'a jamais satisfait un esprit sérieux et cultivé, il ne fera jamais une école véritable, une école de penseurs.

M. Littré est le seul homme de valeur qui ait adopté ce système et qui ait contribué à le faire connaître par ses écrits; car Auguste Comte était un écrivain lourd et empêtré qu'on ne pourra jamais lire.

M. Littré lui-même n'est pas un très fort écrivain. Philologue remarquable, auteur d'un dictionnaire de la langue française, qui est peut-être le plus complet que nous possédions, il était digne de l'Institut comme savant. Pour être de l'académie française, il n'a vraiment pas une assez jolie prose. Sa nomination poussa Mgr Dupanloup à donner sa démission. Il ne voulait pas avoir pour collègue le vulgarisateur du positivisme. Cette démission fit éclat. Elle était et fut bien inutile.

L'académie n'était pas et n'est pas encore peuplée de croyants sincères et de grands fervents. Généralement en vieillissant, en montant aux honneurs, les plus aventurés font un pas en arrière, un retour sur eux-mêmes. Pourquoi M. Littré plus égaré que les autres ne serait-il pas revenu de plus loin? On dit qu'il en revient au moins pour la pratique sociale, suivant en cela l'exemple de beaucoup d'autres. En tout cas, il semblait qu'avec lui et son système, la philosophie matérialiste avait dit son dernier mot et que l'humanité raisonnante ne descendrait pas plus bas. Hélas! il n'y a pas de fond aux abîmes.

On avait beau dire qu'on dédaignait de rechercher les causes finales ; on se privait seulement de les poursuivre par-dessus nos têtes. On était poussé fatalement à les rechercher par en bas. On est donc descendu dans la recherche de l'origine qui est celle de la fin, l'une s'expliquant par l'autre, de l'homme à l'animal, de l'animal à la plante, de la vie à l'inertie. On a fouillé dans la boue pour y trouver le premier germe humain.

Les doctrines positivistes ne méritent pas le nom de philosohie. Mais ce sont les doctrines à la mode parmi les physiciens et dans cette demi-science infatuée d'elle-même.

C'est à peine si en dehors du catholicisme, il est resté quelques adhérents du spiritualisme, comme Jules Simon, successeur de Cousin à la Sorbonne. Jules Simon, il est vrai, borna presque son enseignement à la morale. Or, sa morale, bien qu'il se pose en rationaliste, est tout imprégnée de la moelle de l'Évangile. Honnête homme, esprit fin et ouvert, élevé dans une famille pauvre et un pays croyant, Jules Simon perdit sa foi aux épines de l'Université à laquelle il dut son instruction et sa fortune ; mais il ne se détacha ni de ses souvenirs d'enfance, ni de ce milieu chrétien où tout homme de nos jours est obligé de vivre. S'il était question de l Évangile et du Dieu des chrétiens comme sources de la morale, dans ses leçons et dans ses livres du *Devoir, de l'Ouvrier*, il y aurait peu à retoucher à ses œuvres. Jules Simon a abordé également les questions de pédagogie et les questions sociales avec une compétence particulière. Il s'est fait le défenseur de l'ouvrier et a essayé noblement de le moraliser. En pédagogie, il a été l'un des chefs des réformateurs. Plus modéré que ses plagiaires dans la réforme, il alla cependant un peu loin et un peu vite.

Un moment sur le point de mettre à exécution lui-même ses projets, comme ministre de l'Instruction publique, il n'occupa pas assez longtemps ce haut poste; d'autres reprirent ses idées qui n'avaient ni ses talents, ni la justesse de son esprit. Ils exagérèrent encore des projets qui déjà dépassaient la mesure.

La tribune : Jules Simon, Cousin, Villemain, Guizot, de Bonald, de Villèle, de Martignac, de Sèze, général Foy, Chaix-d'Est-Ange, Baroche, Rouher, Berryer, Hugo, Lamartine, Thiers, Lainé, de Serre, Casimir Périer, Fitz-James, Royer-Collard, Benjamin Constant, de Broglie, Dufour, Favre, Picard, Marie. etc.

Jules Simon ne se distingua pas moins à la tribune qu'à l'Université. Il fut un des orateurs le plus écoutés du parti républicain, et celui qui sut le mieux user des procédés de la rhétorique, apporter le plus d'art et d'habileté dans les discussions politiques. En opposition longtemps avec l'opinion conservatrice, il s'est rapproché d'elle quand les excès de ses anciens amis les eurent fait sortir du droit chemin de l'honnêteté politique, et des sentiers vantés par eux de la liberté républicaine.

Il ne fut pas le seul des Universitaires éloquents

qui s'acquirent une juste renommée à la tribune. Avant lui les Cousin, les Villemain, les Guizot avaient porté dans les débats parlementaires l'éloquence qui avait fait leur fortune dans les chaires de l'Université.

La politique était alors comme aujourd'hui le fond des préoccupations de chacun, les Chambres, le but de l'ambition de tous.

Après la chute de Napoléon, la tribune un instant endormie se réveilla comme par enchantement. Les opinions diverses s'y donnèrent rendez-vous. On y remua toutes les idées qui étaient agitées dans les journaux et qui excitaient l'émotion publique. Tandis que M. de Bonald, le philosophe du droit divin, MM. de Villèle, de Martignac, Lainé, de Serre, de Fitz-James, se faisaient les champions de la vieille monarchie; Royer-Collard, Benjamin-Constant, romancier et politique idéologue, Casimir Périer que sa fermeté comme ministre de Louis-Philippe a rendu célèbre, le général Foy, dont l'éloquence grave, simple et toute militaire excitait l'admiration, le duc de Broglie, Dupin, plus parlementaire et plus bourgeois que moderne, célèbre par ses réparties spirituelles, y défendaient des principes libéraux plus ou moins avancés. Ces derniers eurent pour successeurs les républicains de 1848, Jules Favre, Dufaure, Picard, Marie; les impérialistes de 1852, Baroche, Rouher, Chaix-d'Est-Ange; mais déjà les professeurs avaient cédé la place aux avocats. Le barreau envahissait l'Assemblée. Les orateurs nouveaux s'étaient élevés à la barre des tribunaux.

Quelques-uns cependant avaient été fournis par la presse et la littérature. Parmi ces derniers, on ne peut oublier, à cause de leur éclat dans tous les genres, Lamartine et Victor Hugo. Plus poètes que prosateurs, moins solides qu'inspirés, ils portèrent à la tribune leurs défauts plus que leurs qualités. Lamartine eut toutefois de beaux moments et en particulier le mouvement célèbre par lequel il arrêta la foule ameutée devant l'Hôtel de Ville pour y planter le drapeau rouge en lui criant : « que le drapeau tricolore avait fait le tour du monde. » Plus orateur que Victor Hugo, plus respectueux du bon goût dans ses plus grands écarts, il fut moins éclatant; il eut moins de brillants éclairs, de pages lumineuses que ce poète au style inconstant et dévergondé, dans ses écrits en prose.

Lamartine se noie dans les détails en prose comme en vers ; or ce qui lasse ici rend là tout à fait illisible. Mais il séduit, quand son cœur si sensible fait simplement ses confidences, quand il oublie sa phrase pour se laisser sentir. Il est surtout naturel quand il parle de son bas âge, heureux temps où il ne connaissait que la simplicité et la vertu, où il apprenait sa religion et sa science dans cette Bible de Royaumont que lui commentait sa mère :

« Ma mère avait reçu de sa mère au lit de mort une belle Bible de Royaumont, dans laquelle elle m'apprenait à lire quand j'étais petit enfant. Cette Bible avait des gravures de sujets sacrés à toutes les pages. C'était Sara, c'était Tobie et son ange, c'était Joseph ou Samuel, c'étaient surtout ces belles scènes patriarcales où la nature solennelle et primitive de l'Orient était mêlée à tous les actes de cette vie simple et merveilleuse des premiers hommes. Quand j'avais bien récité ma leçon et lu à peu près sans faute la demi-page de l'histoire sainte, ma mère découvrait la gravure, et, tenant le livre ouvert sur ses genoux, me la faisait contempler en me l'expliquant pour ma récompense. Elle était douée par la nature d'une âme aussi pieuse que tendre et de l'imagination la plus sensible et la plus colorée ; toutes ses pensées étaient sentiments, tous ses sentiments étaient images ; sa belle, noble et suave figure réfléchissait dans sa physionomie rayonnante tout ce qui brûlait dans son cœur, tout ce qui se peignait dans sa pensée ; et le son argentin, affectueux, solennel et passionné de sa voix ajoutait à tout ce qu'elle disait un accent de force, de charme et d'amour, qui retentit encore en ce moment dans mon oreille, hélas ! après plusieurs années de silence ! La vue de ces gravures, les explications et les commentaires poétiques de ma mère, m'inspiraient dès la plus tendre enfance des goûts et des inclinations bibliques. De l'amour des choses au désir de voir les lieux où ces choses s'étaient passées, il n'y avait qu'un pas. Je brûlais donc, dès l'âge de huit ans, du désir d'aller visiter ces montagnes où Dieu descendait ; ces déserts où les anges venaient montrer à Agar la source cachée, pour ranimer son pauvre enfant banni et mourant de soif ; ces fleuves qui sortaient du paradis terrestre ; ce ciel où l'on voyait descendre et monter les anges sur l'échelle de Jacob. Ce désir ne s'était jamais éteint en moi. »

Nos deux grands poètes ont eu le bonheur commun d'avoir été élevé par deux mères chrétiennes et de les avoir également aimées. Tous deux en ont parlé avec un amour communicatif. Victor Hugo en a gardé la connaissance la plus intime de l'enfant ; nul n'a mieux que lui connu la correspondance amoureuse qui est entre l'enfant et la mère :

« Savez-vous ce que c'est que d'avoir une mère ? En avez-vous une, vous ? Savez-vous ce que c'est que d'être enfant ? pauvre enfant, faible, nu, misérable, affamé, seul au monde, et de sentir que vous avez auprès de vous, autour de vous, au-dessus de vous, marchant quand vous marchez, s'arrêtant quand vous vous arrêtez, souriant quand vous pleurez, une femme... — non, on ne sait pas encore que c'est une femme, — un ange qui est là, qui vous regarde, qui vous apprend à parler, qui vous apprend à lire, qui vous apprend à aimer ! qui réchauffe vos doigts dans ses mains, votre corps dans ses genoux, votre âme dans son cœur ! qui vous donne son lait quand vous êtes petit, son pain quand vous êtes grand, sa vie toujours ! à qui vous dites : « Ma mère ! » et qui vous dit : « Mon enfant ! » d'une manière si douce, que ces deux mots-là réjouissent Dieu ! »

Ce rapprochement, cette unité de sentiments de deux grands hommes, nous montre quel était le secret de leur génie en prose comme en vers, et pourquoi plus ils se sont éloignés de leur enfance et de leur mère, plus ils se sont éloignés de leur propre grandeur.

Ces deux grands poètes, ainsi que les autres, étaient effacés à la tribune par le grand avocat de la monarchie, Berryer (1790-1868). Comme Mirabeau, c'était l'homme de la parole, non celui de la plume. Il avait de plus que le tribun de la Constituante une physionomie noble et sympathique. Comme lui il était doué des avantages extérieurs qui contribuent tant au succès du discours : son geste était grand et impérieux, sa voix sonore et retentissante. Il n'écrivait pas ses discours, il les pensait et, lorsque l'heure de la lutte arrivait, il s'y engageait avec une ardeur irrésistible. Hardi, véhément, impétueux, il savait arrêter sa fougue, changer de ton, se prêter aux habiletés de la rhétorique, devenir simple et familier. Il valait à lui seul une armée pour la monarchie ; il fut longtemps seul, après sa chute, à lutter pour elle.

La puissance de tels hommes est immense, mais elle n'est que momentanée. Leur nom reste, leurs œuvres tombent peu à peu dans l'oubli.

Il n'en est pas de même de ceux qui furent écrivains en étant orateurs. Si leur influence est moindre sur le siècle dans lequel ils vivent, elle s'étend sur les générations qui les suivent.

Nous n'assistons plus que par l'imagination aux luttes parlementaires soutenues par Berryer et Mirabeau. Encore un peu, et l'imagination elle-même restera froide à leur souvenir.

Mais nous assistons encore aux leçons que donnaient dans leur chaire Cousin et Guizot. Nous connaissons le premier. Le second fut le rénovateur de l'histoire. Il appartenait en politique à l'école des doctrinaires et ne se distingua pas moins comme homme d'État que comme historien. Durant son long ministère, comme lorsqu'il était dans l'opposition, il eut pour principal adversaire à la tribune et dans le gouvernement un historien comme lui, à qui la longueur de sa carrière permit plus de fortunes diverses dans la politique, M. Thiers, l'historien du Consulat et de l'Empire, le président du gouvernement provisoire de 1871.

Les Historiens : Sismondi, Amyot, les deux Thierry, Lavallée, Michelet, Louis Blanc, Lacretelle, Thiers, Mignet, de Barante.

Un génevois, Sismonde de Sismondi (1773-1841), avait déjà essayé d'introduire dans l'histoire le système qui fut celui de François Guizot. Il consiste à mettre les faits au second plan, à dégager de l'histoire le développement moral, politique et social. C'est une histoire d'idées et de faits moraux plus que d'événements publics, militaires ou civils.

Guizot intitula bien son travail « histoire de la civilisation ».

Sismonde de Sismondi qui n'avait ni son érudition ni sa puissance philosophique a composé une *histoire des Français* et une *histoire des Républiques italiennes*, qui prouvent des recherches immenses et cependant insuffisantes ou peu éclairées. Protestant et étranger, il est injuste pour le moyen-âge et le catholicisme : son style manque d'élégance et de pureté.

La conception de M. Guizot était plus grande ; il délaya moins ses idées et même il leur donna une forme nette, claire, mais quelque peu froide et compassée.

Il était protestant aussi, mais avec un fond d'honnêteté indiscutable. Il erra dans les faits et les appréciations ; ce ne fut jamais avec une intention déloyale.

Il n'avait que vingt-cinq ans quand on lui confia la chaire d'histoire à la Sorbonne. C'était le beau temps de la nouvelle Université. On accourait aux pieds de jeunes professeurs qui joignaient à une vive éloquence une ardeur enthousiaste, une vue intuitive sur le passé. Guizot a laissé de nombreux ouvrages historiques « *l'histoire du gouvernement représentatif, l'Essai sur l'histoire de France, l'histoire d'Angleterre, l'histoire de la Révolution d'Angleterre*, etc.

C'est aussi sur l'histoire d'Angleterre et sur le mouvement des idées politiques de la France qu'un autre historien non moins grand que Guizot, plus sympathique encore, quoique de talents moins divers, a concentré ses principaux efforts. Le principal ouvrage d'Augustin Thierry est son *histoire de la conquête des Normands*. Il avait commencé par publier *dix ans d'Études historiques, lettres sur l'histoire de France, Récits des temps Mérovingiens* ; il termina par un *Essai sur l'histoire du Tiers-Etat.* Ses opinions étaient bourgeoises comme celles de Guizot ; mais sa manière d'envisager le rôle de l'histoire est toute différente.

Comme Guizot aussi il a fouillé, mais avec plus de patience et d'opiniâtreté que lui, — car il se borna à ses chères études qui lui coûtèrent la vue, et le ramenèrent lentement à Dieu et à son Église, — dans les vieilles chartes du passé. Non content de nous raconter les gestes de nos aïeux ou de tirer des théories plus ou moins sûres de la suite des événements et du changement des institutions, il a entrepris de faire revivre à nos yeux nos ancêtres et leurs coutumes par la magie du pinceau, la fidélité et la vivacité des images. Il s'est mis à vivre avec ses personnages de leur vie particulière et il a représenté cette vie, comme il l'entrevoyait, à ses contemporains. Avec sa riche imagination, ses recherches sérieuses, son amour pur de la vérité, il erra quelquefois, mais de bonne foi, en avançant quelques faits douteux, en se plaçant à un faux point de vue pour apprécier ; il ne s'est apparemment jamais trompé, pour donner ce qu'on appelle la couleur locale à ses récits dramatiques, à ses tableaux animés.

Il y a du romantisme dans sa manière, mais un romantisme qui ne s'est pas encore exagéré lui-même. Augustin Thierry procède directement de Chateaubriand ; il a introduit dans l'histoire le coloris que celui-ci répandait dans ses romans ; mais il n'est pas descendu comme le maître jusqu'à la boursouflure.

S'il a plus de richesse qu'il n'est d'usage chez les historiens, si par recherche de la couleur locale, il a des attentions quelquefois puériles comme cet emploi des K au lieu des C, dont s'est moqué si spirituellement Charles Nodier, la prétention ne paraît pas dans l'écrivain, l'homme semble toujours simple et naturel, lors même que son style a l'air de ne plus l'être.

Son frère Amédée se consacra comme lui à l'histoire ; il s'attacha principalement à l'étude de nos origines et tenta l'histoire des Gaulois et la reconstitution de la vieille Gaule. Son pinceau fut beaucoup moins brillant que celui d'Augustin; lui-même s'approche plus de l'érudit que du littérateur.

L'auteur de *l'Histoire populaire des Français*, Théophile Lavallée, ne fit au contraire que rendre accessible au commun des lecteurs, par les grâces de l'élocution, des faits connus de tous.

Il y a eu après Augustin Thierry un autre écrivain de valeur, qui s'est étudié lui aussi à être un peintre d'histoire; mais il n'a point tant cherché à rendre les temps tels qu'ils étaient, qu'à faire briller la richesse de sa palette ; il a plutôt accolé des couleurs poétiques toutes modernes sur les figures des temps passés, qu'il n'a réussi à les ressusciter dans leur costume antique. Peu à peu son romantisme est devenu effréné ; il a perdu le sens de l'histoire elle-même pour ne plus songer qu'à satisfaire sa passion d'irréligion qui croissait tous les jours ainsi qu'une maladie mortelle. Forcé dans le ton, faux en couleur, romancier en écrivant l'histoire, tel a été Jules Michelet (1798-1874), principalement dans ses vieux jours.

Son *histoire de France* ce commencée avec soin se termine en queue de poisson avec écailles à nuances bizarres et de toutes formes. Michelet interrompait de temps en temps ses travaux historiques pour s'abandonner à son penchant pour les écrits d'imagination et il produisait quelques écrits flamboyants comme *la Mer*, *l'Oiseau*, etc.; mais aussi des livres haineux et dévergondés comme *la Sorcière*. C'est ainsi qu'il appelle l'Église. Le tout sent l'afféterie, la prétention à l'effet.

L'influence pernicieuse de Michelet est due à son éloquence comme professeur. Sa pompe et son exaltation enthousiasmaient ses élèves.

Il termina son *histoire de France* par une *histoire de la Révolution française* qui n'est qu'un long dithyrambe en l'honneur de cette époque souillée de crimes.

Louis Blanc (1813....) exaltait aussi la Révolution avec une emphase dont il ne s'est pas débarrassé, en composant son *Histoire de dix ans* (les dix premières années du gouvernement de Juillet), à laquelle il doit sa réputation.

Dans son histoire, dans son livre de *l'organisation du travail*, à la tribune, Louis Blanc posa en socialiste.

Lacretelle (1766-1855), au contraire, est dévoué à nos traditions nationales. Il a fait l'*Histoire de la Révolution française*, en haine de cette Révolution, l'*Histoire de France pendant le dix huitième siècle* et *pendant les guerres de religion*, dans un sens monarchique et catholique. « Il a pris, dit Chateaubriand, le noble parti de la vertu contre le crime ; il déteste de la Révolution tout ce qui n'est pas la liberté ». Il écrivait avec élégance ; mais son esprit n'avait pas une grande portée. On en peut dire autant malheureusement de beaucoup d'autres historiens de cette école qu'il serait inutile d'énumérer.

L'histoire de la Révolution exerça plus le talent de ses admirateurs que celui de ses adversaires.

En même temps que la démagogie, le jacobinisme trouvaient des cerveaux détraqués pour célébrer leurs excès avec emphase et bruyant apparat, les principes modérés de la Révolution dans ses commencements avaient des louangeurs outrés encore et trop entichés de leur idole, mais qui n'allaient pas jusqu'à approuver les égarements manifestes, les crimes épouvantables. Ils tâchaient de garder un juste milieu entre les révolutionnaires et les réactionnaires, de tenir l'équilibre entre les exagérations des uns et des autres. Ils penchaient le plus souvent pour les novateurs ; ils tendaient toujours à les excuser. Ils étaient des révolutionnaires bourgeois, les précurseurs de 1830. Les deux chefs de cette école auxquels on a reproché un fatalisme historique qui était plutôt dans la conséquence des excuses qu'ils cherchaient aux égarements, que dans leurs intentions et dans leur système, furent deux compagnons d'étude, deux méridionaux, François Mignet, né à Aix en 1796, et Adolphe Thiers, enfant de Marseille. (1797-1879).

Tous deux menèrent de front la polémique et l'histoire. Ils débutèrent dans le journal et furent les ardents ennemis de la Restauration. Thiers seul profita de sa guerre au gouvernement établi pour arriver aux honneurs. Mignet ne prit aucune part aux affaires. Après avoir écrit son histoire de la Révolution française, d'après la méthode didactique de M. Guizot et dans l'esprit que nous avons dit, il publia une Histoire de *Marie Stuart*, qui ne rend pas justice à cette princesse, une étude plus équitable et mieux étayée sur *Charles-Quint*, son abdication, son séjour et sa mort au monastère de Saint-Just, et de nombreux travaux exclusivement historiques.

M. Thiers était plus remuant, plus intrigant. Son ambition était insatiable. D'une nature sans cesse agitée et brouillonne, il faisait opposition quand il n'avait pas le pouvoir. S'il montra comme président de la République une habileté vraiment extraordinaire, mais toujours fidèle à son propre intérêt, préférablement à celui de la patrie, il avait toujours paru auparavant plus puissant dans l'attaque que dans le gouvernement. Son esprit était excessivement délié. Doué d'une mémoire prodigieuse, d'une souplesse surprenante, d'une lucidité d'intelligence merveilleuse, il causait et faisait causer tous les hommes spéciaux, chacun dans son genre, retenait tout, s'assimilait tout, savait écrire et parler de tout comme si toute science avait été infuse en lui.

Voilà ce qui fait la supériorité non pas tant de son histoire de la *Révolution française* qu'il composa, avant d'avoir acquis son expérience, avec plus d'ampleurs et de détails que Mignet, dans le genre narratif plutôt que dans le genre philosophique, mais de sa magnifique *Histoire du Consulat et de l'Empire*.

Cette grande composition aura pour la postérité et elle a déjà pour nous contemporains le défaut d'être trop longue. L'historien n'a rien voulu laisser échapper. Peu d'hommes dans les siècles futurs auront assez de patience ou d'enthousiasme pour dévorer tant de pages consacrées à la gloire d'un seul homme. C'est bien à la gloire de Napoléon, en effet, que M. Thiers écrit, quoiqu'il ne soit rien moins que bonapartiste. En face de son héros, il s'est laissé éblouir par sa grandeur épique; il n'a qu'entrevu ses faiblesses. Sa narration entraînante, son style simple, clair, joints à la grandeur du sujet, au prestige du grand capitaine, à l'orgueil passionné du patriotisme, dominent et captivent complétement le lecteur.

M. Thiers portait à la tribune les qualités de son style. Il y causait plus qu'il n'y haranguait; mais aucune question ne le trouvait emprunté. Il était si clair, si net, si incisif, bien que rarement élevé, qu'il savait plaire et se faire écouter même de ses plus obstinés adversaires. Avec un peu plus d'esprit, ce dont il ne manquait pas pourtant, il eût été le Voltaire de la tribune.

Après avoir contribué à la chute de la Restauration et du Gouvernement de Juillet, il devint conservateur avec la République de 1848. Exilé après le coup d'État, il fut bientôt amnistié et reprit à la Chambre un rôle qui ne fut pas sans contribuer encore à la chute du second empire.

Depuis la fin de la guerre jusqu'à peu de temps avant sa mort, il joua le principal rôle dans nos affaires publiques. Ce rôle est jugé diversement par les partis : les temps ne sont pas mûrs encore pour l'exactitude et l'impartialité.

Tels furent, si nous y ajoutons le baron de Barante (1782-1806), célèbre surtout par son *Histoire des ducs de Bourgogne*, les principaux historiens de la Révolution française, sous la Restauration et sous le Gouvernement de Juillet.

Malgré leurs erreurs, les défectuosités de leurs systèmes, les inégalités de leur style, ils ont laissé bien loin derrière eux ceux qui les ont suivis.

Aujourd'hui l'ardeur n'est pas moins égale pour les recherches historiques. Jamais peut-être l'esprit humain ne s'est porté avec plus de concert et d'entrain vers l'étude du passé. Mais le souffle manque, on n'a foi ni dans le passé ni dans l'avenir; l'enthousiasme qui vivifie, la conviction qui enflamme le zèle qui dévore, la générosité, l'esprit d'honneur et de dévouement qui relèvent et alimentent les œuvres sont des sentiments tellement vieillis qu'ils sont passés de mode. Aussi la pâleur ou la froideur du cadavre, la sécheresse de ce qui s'éteint de consomption sont-elles les marques indélébiles des productions finales de notre siècle.

En vain décore-t-on du nom prétentieux de science et d'érudition les nouvelles méthodes, les nouvelles productions ; ces mots cachent mal notre médiocrité. Il y a toujours du mérite à travailler, à fouiller dans les archives, à chauffer les cornues ; mais le talent n'est pas nécessaire à cette besogne. Pour faire vivre les œuvres, pour leur donner entrée dans la postérité, il faut leur communiquer une âme qui échappe à un siècle matérialiste, et donner à leur forme un soin que nous n'avons plus le temps de leur consacrer.

Journalistes et critiques : Armand Carrel, Armand Marrast, Émile de Girardin, de Barante, Fauriel, Ozanam, Villemain, S. Marc Girardin, Ste Beuve, Jules Janin.

A défaut de foi religieuse, les hommes de la Révolution avaient dans les idées modernes des illusions que n'ont plus ceux qui les vantent encore. Même dans la polémique journalière ils avaient souci de la dignité de leur style.

Quelques-uns durent toute leur réputation d'écrivains à des articles de journal, comme Armand Carrel (1806-1836), tué en duel à trente-six ans par le journaliste idéologue et caméléon, Émile de Girardin, l'un des rares survivants de cette époque agitée et féconde. Armand Marrast qui devint président de la constituante en 48 succéda à Carrel dans la direction du journal *la Tribune*. Il eut moins de force et de grandeur comme polémiste, mais brilla par l'éclat et la verve. La plupart des publicistes se délassaient de leurs luttes politiques ou de leurs travaux favoris en composant des ouvrages de pure littérature, en faisant de la critique littéraire quand ils n'avaient pas commencé par là.

De Barante que nous avons nommé le dernier débuta par un *tableau de la littérature française au XVIIIe siècle* plein d'idées excellentes et de jugements sains. Il a laissé aussi des *études littéraires*, et une traduction estimée du Théâtre de Schiller.

D'autres, comme Fauriel (1772-1844) et Ozanam (1823-1833), joignaient ensemble l'histoire et la critique, l'érudition et la littérature, donnant ainsi à leurs successeurs un exemple que l'indolence ou l'impuissance les ont empêchés de suivre.

Fauriel, qui s'appliqua principalement aux langues et aux littératures étrangères, agrandit dans son *histoire de la Poésie Provençale* la voie ouverte par Raynouard. Ses *Chants populaires de la Grèce* lui firent encore plus d'honneur sans valoir mieux.

Fauriel fut remplacé à la Sorbonne, dans la chaire créée exprès pour lui, par Frédéric Ozanam, dont le souvenir est resté si cher aux catholiques. Ozanam avait entrepris de rattacher notre civilisation à la civilisation antique; il voulait à la fois éclairer à la lumière du catholicisme l'histoire de notre civilisation, esquissée par le protestant Guizot, et remplir le vide des temps barbares. Il mourut à la peine, à l'âge de quarante ans, n'ayant mené son travail d'une façon complète qu'à l'endroit où il devenait le plus difficile, et n'ayant, pour le reste, laissé que des ébauches.

Son étude sur Dante et la Renaissance italienne à laquelle il devait s'arrêter, comme au point culminant entre les deux versants des civilisations antique et moderne, renferme des pages de belle et bonne critique, des pensées grandes et nobles qui, ainsi que le commencement de l'ouvrage, font amèrement regretter que l'auteur n'y ait pu mettre la dernière main.

La critique, qui est en même temps que le roman à peu près le seul genre littéraire cultivé encore aujourd'hui avec quelque souci du style, avait pris au commencement du siècle un développement non moins considérable que les autres branches de la littérature.

On prétend même que, sous ce rapport, nous avons dépassé l'antiquité et les grands siècles des temps modernes.

Il est certain que nous avons donné à la critique une forme inconnue jusque-là et que son domaine s'est étendu autant que celui de l'histoire dont elle a emprunté les récits, les tableaux, la philosophie, la vue sur les mœurs et les institutions. Le champ aussi s'est démesurément élargi. A l'étude autrefois exclusive des grands hommes de l'antiquité et de leurs œuvres s'est ajoutée celle des littératures étrangères et celle des origines de toutes ces littératures. Là même a été un des écueils qui ont fait verser la critique contemporaine dans une érudition mathématique et froide.

Le premier qui entra dans la voie tracée par les aspirations nouvelles fut François Villemain (1790-1870). Exalté de bonne heure, maître de conférences à l'École normale au sortir du collège, à trente et un ans membre de l'Académie dont il fut le plus brillant secrétaire, il eut tous les bonheurs. Ses leçons se ressentirent de cette heureuse entrée dans la vie. Il n'attaque directement aucune opinion reçue, il est l'homme du ménagement et de la conciliation. Il est plus historien que critique littéraire. Mais son exposition est large, claire, nette, son goût pur, sa diction châtiée et abondante ; il embrasse d'un même coup d'œil tous les horizons, compare ensemble les peuples et les littératures de l'Europe, fait suivre sa marche à l'auditeur sans aucune autre fatigue que celle d'une émotion de plaisir.

Il a généralement publié ses cours dans la forme oratoire, ce qui, pour les contemporains, leur donne un attrait de plus, mais ce qui leur ôte une chance de succès pour l'avenir. La forme oratoire qui se prête aux larges développements et aux effets de style nuit à la concision, à la fermeté qui burinent les jugements dans l'histoire.

Son art, son habileté, son désir de plaire rendirent Villemain agréable au plus grand nombre. Rares furent les voix qui s'élevèrent discordantes au milieu du concours universel. Le soin qu'il avait pris à nager entre deux eaux le garantit des reproches acerbes. Les uns avaient plus de penchant pour son *Tableau de la littérature au moyen-âge* qui leur révélait tout un monde inconnu pour eux ou devenu leur idole.

D'autres, fidèles aux traditions classiques, préféraient son *Tableau de la littérature au dix-huitième siècle*, plus retouché après le cours et mieux approprié à leurs habitudes et à leur goût.

« On voudrait bien » dit, à propos de ce dernier ouvrage, un autre critique qui a emprunté les vues d'ensemble et la forme historique à la nouvelle école dans son *histoire de la littérature française*, mais qui, classique aussi entêté qu'écrivain pur et correct, n'a pas démordu un instant des jugements de Boileau et ne s'est pas écarté de la ligne universitaire, M. Désiré Nisard, « on voudrait bien, même au prix des manèges, souvent trop visibles de l'auteur, entre le plaire et le déplaire, qu'il eût écrit sur ce plan toute l'histoire de notre littérature. Quel dommage pour les lettres françaises, que, pour s'être mêlé, sans y être appelé, à la politique, où le rôle qu'il joua fut toujours au-dessous de ce qu'on attendait de lui, il ait perdu le temps de laisser à la France un tableau complet de ce qu'elle a écrit de durable pour l'instruction des hommes et pour la gloire de l'esprit humain ! »

« Le même entraînement vers la politique, le même attrait pour le péril singulier de rester au-dessous de soi-même, a empêché un autre brillant esprit, Saint-Marc Girardin d'achever le meilleur de ses ouvrages, le *Cours de littérature dramatique*. Rechercher dans tous les auteurs dramatiques, sans se renfermer dans le cercle des seuls excellents, les diverses manières dont ils ont mis en scène les mêmes passions, associer ainsi la morale à la critique littéraire, et faire sortir de cette union des leçons de goût et des conseils de conduite, c'est une idée des plus heureuses qui a inspiré un des livres les plus agréables. » Son cours était autant une lecture qu'une conférence ; mais le professeur excitait l'attention par l'emploi des contrastes, des allusions piquantes, et s'abandonnant de temps en temps à l'improvisation déployait une verve qui confinait à l'éloquence.

Il était aussi fidèle à la tradition classique, mais avec plus de largeur que Nisard qui le constate avec une certaine malignité : « Grand lecteur de toutes sortes de livres, jusqu'à n'avoir pas peur des plus ignorés, s'il lui tombe sous les yeux quelque trait de vérité échappé à un auteur oublié, il nous en fait les honneurs, en homme persuadé qu'il n'y a pas de hiérarchie dans les beautés des lettres, et que l'auteur qui a eu la chance d'en trouver une, a eu, ce jour-là, du génie. »

Dans les jugements plus sévères mais trop exclusifs de Nisard, il y a toujours cette amertume mal déguisée contre ceux qui comme critiques ou comme écrivains n'appartiennent pas à la lignée directe des classiques. Sa roideur un peu pédante le préserve du faux goût, mais ne rend pas suffisamment justice aux hommes et l'expose à violer les droits de la vérité. Son histoire est précieuse pour la jeunesse, son cercle n'est pas assez complet pour les lettrés. Aussi y a-t-il de nombreuses lacunes entre ses chapitres qui sont rarement liés par la chronologie. Son ton est d'ailleurs constamment un ton classique et universitaire; il prisait peu les hommes nouveaux et les critiques du feuilleton.

Leur prince, Sainte-Beuve, a cependant trouvé

grâce devant lui; il en parle en d'excellents termes. Sainte-Beuve acquit, en effet, sur le tard de sa vie, des mérites divers et tout nouveaux : une adresse singulière à se remuer sur tous les plans, à prendre tous les tons, en particulier à nuancer ses tableaux, à les enrichir des couleurs diverses empruntées à autrui, en s'appropriant sur-le-champ les manières de chacun. Avec cela, un goût étendu, une sensibilité exquise, une passion pour son art auquel il se consacrait de plus en plus.

Il n'avait de rival dans le feuilleton que Jules Janin, surnommé par ses amis le « prince des critiques » et dont il a dit : « Janin s'est fait une manière à part; obligé de parler de milles choses qui le plus souvent n'en valent pas la peine, il s'est dit de bonne heure qu'il n'y avait qu'une manière de ne point tomber dans le dégoût et l'insipidité; c'était de parler le plus qu'il pourrait, à côté, au-dessus, à l'entour de son sujet; il a beaucoup demandé à la fantaisie, aux hasards de la rencontre, à tous les buissons du chemin. »

La plume de Jules Janin était, en effet, primesautière. Elle brillait comme un feu follet; il est probable que son éclat n'aura pas plus de durée. Mais il y a toujours à faire la part de l'intérêt des rivalités dans les jugements contemporains. Sainte-Beuve pourrait bien s'appliquer un peu ce qu'il dit de Janin : il a beaucoup aussi « demandé à la fantaisie, aux hasards de la rencontre, à tous les buissons du chemin » quoiqu'il parlât souvent de choses qui avaient *leur valeur*. Poète terre-à-terre, tout en étant délicat et aimable, sa critique qui fit sa gloire parce qu'elle affecta une forme nouvelle et piquante est souvent exprimée dans une prose subtile, vague et tourmentée à l'excès.

Indépendamment de ses *Portraits* et de ses *Causeries du lundi* où il a passé en revue les productions contemporaines, il a laissé une histoire de Port-Royal, apologie outrée de cette maison célèbre, des poésies et des préfaces en tête de tous les livres qui avaient besoin d'un passe-port.

Il ne tenait déjà plus à la dignité de l'écrivain; il participait aux époques de la littérature de commerce. Mort en libre-penseur et enterré de même, après avoir fait scandale en affichant cyniquement son athéisme, il avait débuté par des poésies où on aurait pu entrevoir les défectuosités de sa nature, mais où respiraient encore les illusions d'une époque meilleure.

Le roman, le drame et le pamphlet. — Jules Janin, Chateaubriand, Georges Sand, Alexandre Dumas, Eugène Sue, Frédéric Soulier, P.-Louis Courier, Charles Nodier, de Cormenin. — L'érudition littéraire. — État actuel de la littérature.

Jules Janin au contraire avait débuté par le roman; c'est le genre qui mène le plus vite aujourd'hui à la renommée et à la fortune.

Aussi les romanciers ont-ils pullulé, allant comme les autres écrivains en descendant toujours de la prose aux proportions grandioses, aux fortes et nobles images, aux mélodies voulues et trouvées, aux sentiments élevés, aux idées chrétiennes de Chateaubriant, des analyses psychologiques de Balzac, des descriptions vives et gracieuses, de la plume légère, pure et limpide encore, quoique mise au service de théories extravagantes, de Georges Sand, pour arriver aux œuvres malsaines, grossières de style et d'esprit qu'on produit aujourd'hui à tant la ligne, en passant par les drames vigoureux mais forcés et bizarres d'Alexandre Dumas, et les productions socialistes et irréligieuses ou immorales d'Eugène Sue, de Frédéric Soulié et de mille autres.

La critique trouvait à s'exercer plus qu'elle ne le faisait, vendue elle-même qu'elle commençait à être, non pas tant à cause de la valeur des œuvres qu'à cause de leur nombre incalculable. Il lui eût fallu, il est vrai, n'être plus qu'une satire, comme la polémique n'était plus qu'une usine à pamphlets.

Plus on avance d'ailleurs, plus les genres se mêlent, plus les écrivains traitent tous les sujets dans toutes les formes.

Tour à tour nouvellistes, conteurs, poètes, romanciers, ils finissaient par le théâtre ou par la politique. Rares étaient ceux qui, comme le spirituel conteur Charles Nodier, ou le célèbre pamphlétaire Paul-Louis Courier, faisaient de la littérature sans aborder la politique, ou se mêlaient aux luttes du jour sans abandonner leur passion littéraire.

Ces deux écrivains méritent une mention spéciale, malgré le peu de portée de leurs ouvrages, car ils furent de fins lettrés, des chercheurs infatigables, des amoureux de style :

Charles Nodier (1781-1844), s'est distingué comme philologue, critique et romancier. Ses nouvelles et ses contes sont ce qu'il a produit de mieux ; on y trouve de la sensibilité, du brillant, de la souplesse, mais on y sent trop le travail.

Le même reproche peut être adressé aux pamphlets de Paul-Louis (1772-1825). Assez triste personnage, il combattit la Restauration et l'Église par de petits opuscules sous forme de lettres. Il a mis un soin tout particulier à composer ces petits écrits où son fiel se montre autant que son esprit. Ses attaques sont venimeuses, ses idées paradoxales; mais il a de la saillie, une verve humoristique : la coupe hellénique, le fini de ses phrases, le mordant de son encre en font un des écrivains les plus rares et les plus originaux. Il aimait les Grecs et affectait l'atticisme. Outre ses pamphlets il a laissé une traduction de *Daphnis et Chloé*, roman grec de la décadence déjà traduit par Amyot.

Le vicomte de Cormenin (1788-1868), qui recueillit sous le Gouvernement de Juillet la plume tombée des mains du pamphlétaire Courrier, n'eut pas un moindre succès que lui. Il était plus fécond, plus varié, plus incisif que Paul-Louis; il n'était nullement entiché des Grecs auxquels il préférait les Français. Cependant son style vif, saccadé, taillé à l'emporte-pièce est moins pur et moins soigné que celui de l'auteur du *Pamphlet des Pamphlets*. Son ouvrage le plus sérieux et le plus goûté est son livre critique et politique à la fois des *Orateurs parlementaires;* il y fait défiler sous nos yeux tous les maîtres de la tribune; mais il les fouette autant qu'il les crayonne. Curieux et instructif, cet ouvrage manque de partialité.

La critique arrivait à une époque où elle n'allait

plus être qu'un article de négoce. Déjà elle trouvait plus à s'exercer qu'elle ne le faisait, vendue elle-même qu'elle commençait à être. Les productions de la plume devenaient innombrables; le mérite littéraire en baissait à proportion ; on n'en avait souci ni parmi les écrivains, ni parmi les critiques. Tout devenait affaire d'argent ou de passion.

Une seule école faisait exception, peut-être, à la commune vénalité, celle des érudits, inaugurée dans la critique par Raynouard, Fauriel, continuée littérairement par Ampère (1800-1864), auteur d'une remarquable histoire littéraire de la France jusqu'au XIIe siècle, à laquelle on reproche de n'être qu'un élégant pillage, et poursuivie de nos jours par une foule de chercheurs sortant de l'école des Chartes, appartenant à l'Université, au clergé, aux sociétés savantes.

L'histoire de nos origines politiques et littéraires, de nos monuments est cultivée avec ardeur, intelligence et succès. Le passé sort des ruines. Ceux qui ont l'amour de la vérité pour elle-même, qui mettent l'intelligence humaine au-dessus des appétits matériels sentent que dans le passé, dans les vieux monuments de la France, avec des empires disparus de l'Europe et de l'Asie est la seule source qui n'ait pas été épuisée, si même jusqu'à présent on goûtait à ses eaux.

Mais ces travaux sont plus savants que littéraires. L'archéologie, la philologie, comme les sciences physiques et mathématiques prêtent peu aux effets de style et ne laissent guère à la variété. Le sent-on? se décourage-t-on? ou n'est-ce pas une loi du temps, une conséquence des mœurs et des usages nouveaux? Mais les mieux doués abandonnent le culte du bien dire ou ne prennent pas le temps qu'il leur faudrait pour sacrifier aux lettres.

Celui-là même qui veut arriver pur et désintéressé, celui-là veut arriver vite.

Notre siècle est pressé ; il est avide de découvertes; il mène la science à la vapeur comme tout le reste. Plaise à Dieu qu'il ne déraille pas; et qu'au lieu d'arriver au but de ses désirs, il ne roule pas au précipice.

Quant à la masse de ceux qui tiennent la plume (et qui ne la prend pas aujourd'hui ?) le journal est leur école et leur arène. C'est là que se donnent rendez-vous toutes les opinions, que se vident toutes les querelles, que s'agitent les ambitieux, que végètent les engourdis. Là est le monde.

Le romancier, le nouvelliste, le critique, le savant et l'érudit ont le feuilleton; les autres, la foule houleuse et grouillante se presse dans les colonnes communes. On ne comprend plus ce temps où Boileau pouvait dire avec confiance :

« Avant donc que d'écrire apprenez à penser. »

On écrit selon le prix de la ligne, on combat à coups d'articles; l'attaque appelle la réponse : la réponse provoque l'attaque, le même jour, à la même heure. Comment avoir le temps de penser? La plume gouverne l'écrivain au lieu de demeurer son instrument; et, comme elle est trempée dans le milieu social, que chacun n'a plus d'opinion, que l'opinion courante est faite le plus souvent au hasard, c'est un tohu-bohu indéfinissable de théories indécises, de doctrines mal digérées, mal amalgamées, la confusion renouvelée de la tour de Babel. La grammaire ne compte plus ; le dictionnaire se gonfle d'hôtes étrangers, de nourrissons barbares ; une véritable avalanche de mots grinçants, soi-disant scientifiques, ou tout simplement faubouriens et effrontés s'est jetée sur la langue ; et la langue est en pièces.

La démocratie a envahi les mœurs, elle a détruit la politesse de la langue comme celle du ton et des manières. La démagogie est venue à son tour apporter son tribut avec morgue, les guenilles grammaticales de la populace. Au milieu du désarroi universel, du bouleversement quotidien des rangs et des conditions, nul ne lui en a contesté le droit ou ne s'est aperçu de son usurpation. Il est impossible de dire quelle langue est celle des brasseurs de phrases de notre époque, car ils ne méritent pas d'autre nom. Et écrivant comme ils parlent, ils parlent comme ils écrivent. Le style de la tribune, celui du théâtre, celui de l'école, celui de la conversation, trop souvent celui des académies et de la chaire est du style de journal. Il n'y en a plus d'autre : nul n'y pense à mal.

La pauvreté de la littérature dans la seconde moitié de ce siècle est désolante. La France contemporaine ne montre pas un grand orateur, pas un grand écrivain, pas un grand philosophe, pas un grand historien. Le seul survivant de ces grands poètes est tombé dans un effarement intellectuel pire que la folie, car il laisse rarement place à des lueurs de raison. Jamais pourtant on n'eut autant d'outrecuidance, on ne se donna plus volontiers acte de satisfaction, on ne se consola mieux de sa médiocrité en se proclamant enfants de lumière et de progrès. Faute de grandeur morale et de génie, on s'adjuge l'attribut de la science et on lance gratuitement non-seulement à nos pères, mais à ceux qui en conservent le respect et cherchent à en retenir religieusement les traditions, l'injure d'ignorance et de superstition.

L'infatuation de soi et le dédain d'autrui n'ayant jamais été la preuve de l'intelligence et du savoir vivre, force est d'avouer qu'avec la politesse nous avons perdu l'esprit et le savoir véritable.

Notre décadence est plus irrémédiable que celle du dix-huitième siècle ; nous avons eu la floraison d'automne, et la corruption de l'esprit et du cœur a été accompagnée de la corruption du langage. Celui-ci est devenu un amalgame de mots de toutes les origines que le développement de la presse quotidienne, la diffusion de l'instruction populaire rendront de plus en plus composite et impur.

Les mots eux-mêmes effraieront ceux qui n'ont déjà plus d'autres ressources pour se distinguer que de créer des genres, d'imaginer des formes dont la bizarrerie sinon l'extravagance fait la seule originalité. L'avenir est peut-être à la science, il n'est certainement *pas à la littérature*. Elle a vécu.

§ IV

LITTÉRATURES ÉTRANGÈRES.

ITALIE

Boccace.—Laurent de Médicis et le quinzième siècle.—L'histoire : les Villani, Guichardin, Machiavel, Pierre Sarpi, Pallavicino. — L'éloquence et Jérôme Savonarole.—L'imitation française au XVIIIe siècle. — Philosophes et érudits : Gramone, Filangieri, Beccaria, Firmian, les Verri, etc. ; le P. Tiraboschi, Muratori.— Le XIXe siècle.

L'histoire de la prose est bien moins brillante que celle de la poésie pour les races latines de l'Europe ; elle n'est guère que celle de l'érudition pour les races germaniques. Le protestantisme n'a pas été favorable à l'éloquence de la chaire. Excepté pour la libre Angleterre, l'éloquence de la tribune ne date que de ce siècle où la décadence des langues permet à peine aux orateurs de parler pour l'avenir.

L'Italie et l'Espagne ont une descendance latine plus marquée. Ce sont les seuls pays avec la France où ait fleuri le grand art oratoire, ceux où apparaissent les premiers prosateurs en langue vulgaire.

L'Italie s'honore du premier grand prosateur comme elle s'honore du premier grand poète. Dante n'a pas devancé Boccace d'un demi-siècle.

Disciple et ami de Pétrarque, Boccace naquit sur le sol de la France, à Paris, l'an 1313. Il était le fils naturel d'un marchand florentin et dut peut-être à son illégitimité de naissance cette propension aux peintures immorales qui sont l'un des principaux caractères et la tache indélébile de son talent.

Il fit connaissance avec Pétrarque dans la ville de Naples. Avide de savoir, il écrivit d'abord en latin des ouvrages d'histoire et d'érudition dont la postérité n'a pas tenu plus de compte que de ceux de Pétrarque.

Sa réputation est due à un ouvrage d'une licence extrême le *Décaméron*, recueil de cent nouvelles, composé en prose italienne. Boccace avait appris l'art d'écrire en prose en écrivant des vers. Il brûla ses essais poétiques en voyant les sonnets et les canzoni de Pétrarque qu'il n'espéra pas égaler ; mais il retint des vers le nombre, l'harmonie, l'élégance et les transporta dans la prose à laquelle il donna tout son soin.

Dans le *Décaméron*, il met en scène des femmes de bon monde qui se racontent pour s'égayer et se distraire des craintes qu'inspirait la terrible peste de 1348, des histoires saugrenues et tout à fait invraisemblables dans la bouche de femmes bien élevées. Pour qu'un tel ouvrage ait été non seulement accepté, mais goûté, admiré, dans toute l'Italie, à l'époque de son apparition, il fallait qu'il y eût dans les âmes une peste autrement épouvantable que celle qui ravageait les corps.

Boccace mourut à Cestaldo en 1375. Il contribua comme Pétrarque à préparer la Renaissance en recherchant avec ardeur les manuscrits anciens. Comme lui, aussi, tout en créant la littérature nationale, il ouvrit une voie qui devait, en jetant les esprits dans les sentiers de l'érudition antique, les détourner du but auquel ils devaient tendre.

Le quinzième siècle produisit peu d'ouvrages en langue vulgaire; aucune ne fut remarquable. Laurent de Médicis essaya de lutter contre le courant étranger; mais lui et ses imitateurs ne s'adonnèrent qu'à la poésie, quand ils jugèrent à propos d'employer l'Italien. Le XVe siècle fut pour l'Italie, avec plus de stérilité encore, ce que fut le XVIe pour nous; le VIe siècle fut pour cette contrée le XVIIe siècle de la France.

Le siècle de Léon X est l'âge d'or de la littérature italienne. La poésie s'éleva aux plus hauts sonnets. Moins courtisée ou plus difficile, la prose eut une fécondité moins surprenante; elle produisit cependant des chefs-d'œuvre. Machiavel la porta à la perfection dans l'histoire.

L'histoire nationale de l'Italie avait été créée au XIVe siècle, par la famille des Villani. C'étaient des chroniqueurs plus que des historiens; cependant, ils sont en progrès sur leurs devanciers. Le premier d'entre eux, riche négociant, qui fut un jour à la tête de la République, avait été fort mêlé à ses affaires comme magistrat suprême ou comme ambassadeur. Il raconta les événements dont il avait été témoin en cherchant à en débrouiller les causes et les résultats. Il n'a pas de grandes considérations ou de larges tableaux, mais il est net, précis et exact. « La naïveté, dit Villemain, la candeur de diction qui se mêlent à cette fermeté du bon sens, lui donnent, sans génie, une sorte d'originalité. Les mots dont il se sert sont simples et naïfs, la pensée est forte et pénétrante. Dans une guerre, dans une sédition, il raconte simplement les faits, mais en même temps, il nous fait connaître les ressources de commerce et d'impôt et toute la situation de chaque peuple ou de chaque parti. » Tabl. de la litt. au moy. âge XIXe leçon.

Son frère et son neveu continuèrent son « *Histoire de Florence depuis sa fondation* », donnant scrupuleusement comme lui des détails qu'on est heureux de retrouver aujourd'hui dans les vieilles chroniques, mais ne compensant plus leurs imperfections par le mérite de l'originalité.

L'Italie n'eut pas d'historien digne de ce nom avant Guichardin qui naquit, à la fin du XIVe siècle, d'une famille distinguée de Florence.

Il enseigna le droit à l'âge de vingt-trois ans et fut ensuite choisi comme ambassadeur en Espagne, puis chargé de plusieurs missions par les souverains pontifes et nommé par ses compatriotes commandant des *bandes noires*, à la mort de Jean de Médicis. C'est au milieu de ces occupations multiples et différentes qu'il trouva le moyen de composer en vingt livres une *Histoire d'Italie*, qui va de l'an 1490 au mois d'octobre 1534.

Guichardin n'a raconté que des événements dont il avait été témoin; mais il laisse éclater partout son horreur pour le vice. La variété de son style tantôt vif et rapide, tantôt ferme et élevé, toujours clair, jamais bas, admirablement approprié aux circonstances, attache, subjugue ou entraîne. On a loué beaucoup ses portraits, sa vue claire des intentions des politiques; on lui reproche la longueur de ses harangues et quelque prévention contre les Français.

Il mourut en 1540, à l'âge de cinquante-huit ans, dix-neuf ans seulement, mois pour mois, avant la naissance de Machiavel, dont le nom plus célèbre l'est aussi plus tristement.

Guichardin fut un historien probe avant tout ; Machiavel fut le type du penseur fourbe et astucieux. Les théories qu'il expose plus qu'il ne les soutient ont été appelées de son nom Machiavéliques. Cette triste réputation lui fut acquise surtout par son livre du *Prince*.

Machiavel mécontent et devenu presque misanthrope composa cet ouvrage en prenant pour type du *Prince* l'infâme César Borgia dont il avait été à même d'étudier la politique. Il apprit de ce modèle comment la perfidie et la cruauté peuvent servir l'ambition et la tyrannie. Il dévoila donc les ruses des tyrans, leur révéla les ressources dont ils disposaient dans un autre dessein sans doute que de faire une école de fraude et d'iniquité pour les politiques, puisqu'il appelle les peuples à renverser les oppresseurs; mais sa tendance à généraliser, à réduire en théorie les pratiques abominables de quelques tyrans a rendu son ouvrage dangereux et nuisible.

Il employa mieux les loisirs que lui faisait l'exil, et usa mieux de la profonde pénétration de son esprit, en écrivant ses *discours sur Tite-Live*, ses livres *sur l'art de la guerre*, son *histoire de Florence* et diverses poésies.

Les *discours sur Tite-Live* sont composés sur le même thème qu'a traité chez nous Montesquieu dans ses *considérations sur la Grandeur et la décadence des Romains*. Machiavel a approfondi avant l'écrivain français les institutions, les lois et les mœurs des Romains. Ses livres *sur l'art de la guerre* témoignent qu'il connaissait aussi leur tactique militaire sans ignorer celle de son temps. Son *histoire de Florence* n'est pas moins admirable. Il unit l'énergie, la profondeur de Tacite, à la rapidité, à la netteté de Tite-Live, souvent même à l'élévation, à l'ampleur de vues qui distinguent le *Discours sur l'histoire Universelle*.

Cet ouvrage historique est un des plus parfaits qui existent; l'exposition des événements et leur critique, le récit du narrateur et le raisonnement du penseur et du juge y sont fondus avec un art supérieur et une rare habileté.

Comme Guichardin, Machiavel mourut à cinquante-huit ans. Il était né le 3 mai 1469 d'une noble famille de Toscane et avait été près de quinze ans secrétaire de la République Florentine. La fortune des Médicis auxquels son parti était opposé fut cause de son bannissement, de ses malheurs et de sa gloire, car c'est son exil qui lui permit d'écrire.

Après lui, la prose italienne alla toujours en déclinant. Sur la fin du XVIe siècle, Fra Paolo ou Pierre Sarpi, né à Venise et devenu servite, écrivit avec talent mais avec une mauvaise foi évidente et une hostilité systématique contre l'Eglise, *l'histoire du Concile de Trente*.

Les faussetés répandues dans cet ouvrage engagèrent au siècle suivant le cardinal Pallavicino à le réfuter. Il le fit solidement et victorieusement, dans un langage ferme et élevé, mais trop souvent coupé par des discussions qui nuisent à l'ensemble et finissent par fatiguer l'attention. Pallavicino mourut en 1667.

Le mauvais goût était alors dominant. Marini avais mis le faux brillant à la mode. Les avocats et les prédicateurs imitaient le style ampoulé et prétentieux des poètes : l'Italie qui avait donné le jour à Jérôme Savonarole, ne produisit dans sa maturité aucun maître de la parole. L'influence du moine tribun fut immense dans la république Florentine; ses malheurs sont demeurés célèbres, sa réputation fut et est demeurée européenne, mais les paroles brûlantes sorties de sa bouche ne nous sont parvenues que par tronçons arrangés; il est probable que son éloquence était toute du moment et de l'action; la prose d'ailleurs n'avait pas encore produit ses chefs-d'œuvre. La fécondité et la grandeur des poètes au temps de Léon X semblaient avoir épuisé la sève de l'Italie.

Les poètes et les écrivains des siècles suivants se traînèrent sans inspiration sur les traces de leurs devanciers.

Au dix-huitième l'imitation française remplaça l'émulation italienne; mais on n'importa pas seulement de France nos auteurs classiques, on se pénétra de la philosophie qui régnait alors et les idées en passèrent dans les ouvrages des Italiens.

Giamone, plus érudit que littérateur comme les prosateurs contemporains, écrivit dans cet esprit son *Histoire du Royaume de Naples*; le philosophe Filangieri à Naples, Beccaria, Visconte, Firmian, les Verri, etc., membres d'une académie fondée à Milan par le comte de Firmian, ne respiraient que par la philosophie française. Les écrivains ecclésiastiques ne se rendaient célèbres que par leur érudition, comme le Père Tiraboschi, auteur d'une *histoire de la littérature italienne*, en forme de biographie, et Muratori, dont les travaux ne sont pas sans analogie avec ceux des Bénédictins de Saint-Maur.

Après les idées françaises les armes de la Révolution pénétrèrent dans la péninsule qui eut peut-être à se repentir de son engoûment pour les doctrines des encyclopédistes. Toute l'énergie des Italiens a été consacrée depuis ce temps à des luttes pour la défense de la patrie et son unification. La littérature n'a guère trouvé de pl: ce dans ce chaos de révolutions et d'aspirations sans fin.

La littérature contemporaine a été une littérature de combat. Quelques-uns des noms qui la représentent sont devenus glorieux dans toute l'Europe. L'Italie de ces derniers temps a produit les œuvres les plus remarquables dans le roman, l'histoire, la philosophie et l'éloquence chrétienne. Il n'est personne qui ne connaisse les *fiancés* de Manzoni ou les noms de l'historien Cantu, du P. Ventura, de Manini, etc. Leur réputation universelle est due autant à la valeur intrinsèque de leurs œuvres qu'à leur nouveauté et à l'attention plus grande prêtée de nos jours à l'Italie devenue royaume-uni.

L'ESPAGNE ET LE PORTUGAL.

Le philosophisme amena la ruine de la littérature Espagnole, comme il consomma celle de l'Italie.

L'Espagne avait suivi le mouvement des lettres italiennes au temps de la Renaissance. Les relations continuelles de l'Italie et de l'Espagne, des sujets et des souverains à cette époque, appelaient nécessairement un échange d'idées.

Cependant, les meilleurs littérateurs de l'Espagne n'atteignirent jamais la hauteur des écrivains classiques de l'Italie, et encore moins la perfection de goût qui distingua les nôtres pendant le siècle Louis XIV. Les Espagnols affectèrent toujours une pompe qui plaît peu aux Européens et qui leur vint sans doute du voisinage des Maures.

Leur poésie née sous la tente et dans la guerre célébra la guerre et les exploits. Leur prose se distingua d'abord en donnant des instructions politiques et morales. Le prince Jean Manuel créa pour ainsi dire la prose castillane dans les cinquante nouvelles qu'il publia sous le titre de *El Conde Lucanor* (XIVe siècle). Lopez de Ayala, que nous avons nommé ailleurs comme poète, composa une histoire de Castille, depuis Pierre le Cruel jusqu'à Henri III, où il s'efforce d'imiter Tite-Live sans trop d'insuccès.

Les chroniqueurs du siècle suivant ne produisirent rien qui approchât de cet ouvrage certainement supérieur au XIVe siècle qui le vit naître; eux aussi ont lu les écrivains de l'antiquité, mais pour n'en retirer que les défauts ou pour habiller à l'antique les personnages contemporains.

Fernand Martinez de Burgos et Perez de Guzman, assez célèbres en leurs pays sous Charles-Quint, ne manquèrent ni d'éclat ni d'indépendance.

Ocampo, historiographe de Charles-Quint, commença une *Chronique générale de l'Espagne* qui fut continuée par Moralès sous Philippe II. Gomara écrivit une *Histoire générale des Indes* que réfuta dans son Histoire de la conquête de la Nouvelle-Espagne, un compagnon de Fernand Cortez, Castillo. Barthélemy de las Casas protesta avec une généreuse indignation contre les odieux traitements exercés contre les Indiens par les Espagnols. On ne lit pas sans émotion sa « brevissima relacion de la destruction de las Indias ». D'autres racontèrent la conquête du Pérou, celle de la Floride; Geronimo Zurita composa les Annales de la *Couronne d'Aragon;* mais ces écrivains et quelques autres du même temps, quelque soin qu'ils aient apporté à leurs travaux, ne sont encore que des chroniqueurs plus ou moins élégants.

La prose n'eut pas d'ailleurs de destinées brillantes en Espagne ; elle dut toute sa gloire à un poète, dont nous avons déjà fait connaître l'œuvre principale, Michel Cervantès de Saavedra.

Michel Cervantès avait pu suivre la voie tracée par un autre poète, plus célèbre aussi comme prosateur et comme historien, Hurlado de Mendoza, l'auteur du roman comique de *Lazarille de Tormès* et de l'histoire de la *Guerre de Grenade*.

Lazarille de Tormès fut traduit dans toutes les langues et fut imité partout ; mais l'*Histoire de la guerre de Grenade*, moins lue par les étrangers, est un titre de gloire plus sérieux pour Hurlado de Mendoza. Il marcha sur les traces des grands historiens de Rome et présenta un tableau historique frappant de concision et de vérité. Hurlado de Mendoza, né à Grenade, d'une noble famille, était non moins distingué comme homme d'État que comme historien et poète ; il fut une des plus grandes illustrations du XVIe siècle.

Moins favorisé de la fortune fut Miguel Cervantès. Il mourut accablé d'infirmités et dans la misère à Madrid, sans que personne semblât songer à son génie.

Il a pourtant amusé l'Europe entière et sa fable de l'*ingénieux chevalier de la Manche* est toujours assez jeune pour dérider encore.

Né en 1547, à Alcala de Hénarès, dans la Nouvelle-Castille, Michel Cervantès cultiva dès sa jeunesse la poésie avec passion. Cependant, il se fit soldat et assista à la bataille de Lépante, où il fut blessé au bras gauche, fut pris ensuite par des pirates et resta six ans captif en Algérie.

Les Pères de la Trinité le rachetèrent ; il reprit la plume et n'en fut pas plus heureux. Il composa des romans, des nouvelles, des poésies diverses et plusieurs pièces de théâtre. Son don Quichotte l'a rendu immortel et en a fait le poète d'Espagne le plus populaire et le seul véritablement Européen.

Son but principal était de se moquer des idées chevaleresques qui tournaient la tête à ses compatriotes ; il manqua même de mesure en poursuivant ce but et serait répréhensible si le temps des exploits de la chevalerie n'eut été complètement passé alors qu'il écrivait. Mais il avait d'autres desseins secondaires, et il atteignit admirablement ses fins, en dépeignant les mœurs de l'Espagne, en ridiculisant ses défauts et ses vices, en faisant ingénieusement la satire des travers de la société et du mauvais goût de ses contemporains.

L'effet qu'il produisit fut instantané; on eut peur de tomber sous le ridicule en continuant à lire et à apprécier les romans de chevalerie qui avaient causé la folie de don Quichotte; mais on ne tint pas compte à Cervantès des services qu'il rendait à son pays, ou on ne le comprit pas. Le grand écrivain fut tout aussi délaissé qu'avant la composition de son chef-d'œuvre.

L'Espagne en fut punie et ne produisit que fort peu de prosateurs remarquables. Ses meilleurs poètes comme Lope de Véga écrivirent parfois en prose, mais ils ne laissèrent aucun souvenir sous ce rapport. La réputation de Lope de Véga comme de ses successeurs et de ses imitateurs est plutôt due à leur génie dramatique, à la multitude de leurs productions, qu'au mérite d'un style trop peu soigné, trop spontané pour approcher de la perfection.

Don Diego Hurtado de Mendoza (1503-1575), que nous avons admiré comme poète et dont nous avons rappelé le célèbre roman picaresque *Lazarille de Tormès*, est comparable à Mariana, s'il ne lui est supérieur. Son histoire de la *Guerre de Grenade*, à laquelle il doit le meilleur et le plus solide de sa réputation, a un cadre moins grand que celle du jésuite de Tolède ; elle n'embrasse que la période des trois années pendant lesquels les Mores révoltés soutinrent une lutte désespérée contre Philippe II. Ce cadre restreint permet à l'historien plus d'exactitude et de fidélité ; son impartialité n'en reste pas moins grande et son indépendance entière. Aussi l'ouvrage ne put-il être imprimé que fort longtemps après. Mendoza avait pris pour modèles Salluste et Tacite; il était lui-même poète et un des érudits les plus extraordinaires de son temps. Il avait joué un grand rôle politique sous Charles-Quint, mais n'avait pas tardé à être disgracié sous Philippe II.

Le Portugal, pays de Mélo, avait eu un instant de splendeur inouïe qui se refléta dans les lettres. La conquête des Indes avait enflammé l'imagination des Lusitaniens et inspiré les historiens et les poètes. Cette gloire fut de courte durée. La réunion des deux couronnes d'Espagne et de Portugal, sous Philippe II, fut le signal de la décadence.

La langue portugaise et la langue espagnole sont sœurs.

« Le portugais, dit Sismondi, est du castillan contracté, mais la contraction a été si forte qu'elle a fait souvent disparaître des mots les sons les plus caractéristiques. D'ailleurs la langue est adoucie, comme le sont le plus souvent les dialectes des côtes, par opposition aux langues rudes et sonores des montagnes. »

Cette conquête merveilleuse des Indes, qui inspira le poëme immortel de Camoëns, avait auparavant fait naître une histoire qui ne fut pas sans influence sur le poète, les *décades*, ou *Asie Portugaise* de Barros (1496-1570). L'œuvre de Jean de Barros est divisée en quatre décades ou quarante livres. Elle a inauguré l'histoire en Portugal, d'une façon neuve, imitée de la manière des anciens cependant, avec un éclat qui n'a pas été revu dans ce pays.

Avant Barros, la Lusitanie n'avait eu que des chroniqueurs. Diego de Couto (1542-1616) qui le continua, n'atteignit ni sa puissance de conception, ni l'élégeance et la pureté de son style. On compte ensuite beaucoup d'auteurs de mémoires, d'histoires, de récits de voyages, de romans. etc; aucun ne put remonter un courant qui descendait lorsqu'à peine il avait jailli de la source.

L'éloquence n'offre qu'un nom, célébré chez nous dans ces derniers temps, celui du jésuite Vieïra (1608-1697). Ses œuvres, longtemps négligées, viennent d'être l'objet de sérieuses études.

Missionnaire et apôtre avant d'être écrivain, il passa la plus grande partie de sa vie à parcourir l'Amérique Portugaise et, s'il vint en Europe au milieu de ses courses, ce fut pour y voyager et s'instruire. Il se fixa cependant dans sa patrie sur la fin de ses jours et y mourut chargé d'ans et de mérites. Ses œuvres furent nombreuses malgré ses travaux apostoliques. Son éloquence est une éloquence d'apôtre, mâle, hardie, énergique et vigoureuse.

Ces deux écrivains furent les grands historiens de l'Espagne. Après eux, l'histoire alla en déclinant. On cite cependant avec de grands éloges depuis le commencement de ce siècle, l'*Histoire de la Révolte de Catalogne* de don François-Manuel de Mélo (1611-1667) Cette guerre dura 13 ans; Mélo a fait le récit de la première année seulement. Portugais de naissance, il dut peut-être à cette circonstance d'être disgracié et persécuté toute sa vie. Ce fut peut-être une des causes qui amenèrent l'oubli de son œuvre, malgré l'énergie de son style et la sûreté de ses jugements.

L'Espagne ne peut lui opposer que Louis de Grenade (1504-1588), qui fut le meilleur prédicateur du seizième siècle. Ses sermons ont été traduits de nos jours en français avec toutes ses œuvres, par les soins de M. l'abbé Bareille. Jusqu'ici on ne connaissait guère que ses écrits mystiques, son *guide des pécheurs* en particulier, qui le mettaient à coté de Ste Thérèse, cette femme auguste qui a porté le sublime dans le style ascétique, et du père Rodriguez venu beaucoup plus tard et si goûté des âmes pieuses pour son traité de la *Perfection chrétienne.*

L'éloquence religieuse en Espagne ne s'est élevée au-dessus du commun que dans les ouvrages mystiques. Les orateurs ne dédaignaient pourtant point les ressources de l'art et n'ignoraient pas les anciens; ils abusaient plutôt de leur érudition classique. Le Père Louis de Grenade, dont le style se distingue par l'énergie et une certaine grandeur, prodiguait les citations des païens et affectait la période cicéronienne.

Depuis ce célèbre dominicain la chaire alla toujours déclinant jusqu'à la fin du dix-huitième siècle.

L'Espagne avait à peine eu son âge d'or qu'un prince français, en prenant possession du trône, y introduisait les écrivains et le goût de notre nation. Certes, ce n'est pas sans besoin que les Espagnols allaient à l'école pure, correcte, sensée toujours au milieu des plus sublimes élans de nos grands écrivains du XVIIe siècle.

Son goût monstrueux qui mêlait partout, même dans la chaire, le bouffon et le sérieux, le burlesque et le sacré, pouvait trouver des excuses au théâtre; il n'en trouvait ni dans l'éloquence ni dans l'histoire, ni même ailleurs. Le père Jésuite Jean de l'Isla (1714-1783), entreprit de corriger le mauvais goût des prédicateurs infectés par le cultisme de Gongora. Sur le modèle du *don Quichotte* il composa l'*Histoire de Fray Gerundio de Bampazas* où il fit habilement la satire de l'éloquence verbeuse, emphatique, mignarde ou grotesque, si fort à la mode parmi les moines.

Son bon sens et son esprit accablèrent le mauvais goût, mais n'eurent pas le pouvoir de ranimer le génie éteint de la nation. L'influence française domina complètement au dix-huitième siècle; le goût s'épura, mais les idées philosophiques s'infiltrèrent partout et ne guérirent pas une stérilité qui désolait la France elle-même. L'érudition progressait; l'histoire littéraire produisait d'immenses monuments, mais l'originalité avait tout à fait disparu.

Vincent de la Huerta se mit à la tête d'un mouvement de réaction contre l'influence étrangère; on se remit à étudier, à imiter les poètes Espagnols; mais l'inspiration faisait défaut, la Révolution française allait bientôt apporter le trouble et le désordre en Espagne comme dans toute l'Europe. Le calme et la paix manquèrent à leur tour.

L'Espagne, envahie au commencement de ce siècle par les armées impériales, ne retrouva de sa grandeur passée qu'un reste d'énergie patriotique pour chasser l'étranger, la guerre civile vint après la victoire ajouter à ses malheurs.

Elle a recommencé tant de fois dans ce malheureux pays que tout le temps de ses hommes politiques se passe à soigner ses plaies intérieures. Quelques-uns cependant ont répandu une lumière éclatante au milieu de ces fureurs civiles. Balmès, Donoso Cortès sont des noms grands dans la philosophie et les lettres. Avec des érudits et des historiens de talent l'Espagne peut opposer aujourd'hui aux orateurs parlementaires des autres pays de l'Europe des hommes qui ne sont pas indignes de leur être comparés, pour la vigueur de la pensée, l'éclat de l'imagination et la puissance de la parole. Toutefois la renaissance littéraire de l'Espagne datant à peine d'un demi siècle, on ne saurait sans témérité en préjuger la portée.

L'ANGLETERRE.

Caractère de sa puissance. Les philosophes : Bacon, Hobbes, Locke; ses historiens : Hume, Robertson; ses critiques et ses romanciers : Addison; ses orateurs politiques.

De toutes les nations où la race latine a mis le sceau de sa domination, la nation Anglaise est la plus mêlée de sang Teuton ; c'est aussi celle qui s'est conservée la plus verte et la plus vigoureuse.

L'Italie, divisée en une multitude de petits États a été continuellement en lutte avec elle-même, quand elle n'était pas foulée par le pied de l'étranger : elle se range trop tard et avec des circonstances peu favorables dans le grand concert des peuples Européens. L'Espagne et le Portugal ont dû leur puissance éclatante à la découverte du chemin maritime des Indes et de l'Amérique ; cette puissance à été aussi éphémère que leurs empires coloniaux. L'Angleterre est redevable de sa force à elle-même, à sa constitution, à ses mœurs ; elle a dû l'éclat de son pouvoir et l'immensité de ses possessions à ses marins et à ses flottes ; mais, assise par Dieu au milieu des mers, elle était née pour profiter des découvertes et des travaux des autres peuples, pour porter la civilisation Européenne à travers tous les Océans. Sa puissance n'a pas faibli, sa constitution n'a pas changé, ses mœurs sont restées traditionnelles en profitant de la marche de la civilisation ; son génie littéraire a perdu en originalité, en jeunesse, en pureté, comme celui des autres nations, mais il a gardé sa fécondité et sa vigueur.

Les premiers monuments de sa langue apparaissent vers le XIIe siècle; depuis le XIVe elle a de nombreux chroniqueurs, un historien déjà remarquable, dès le règne de Henri VIII, dans le chancelier Thomas Morus, auteur d'une *Histoire d'Edouard V* excellemment écrite. Le XVIe siècle fut presque rempli par la grande poésie de Shakespeare et des auteurs dramatiques. La prose cependant commence à s'élever avec Raleigh, dans son *Histoire du monde* et avec les philosophes qui illustrèrent la fin de ce siècle et le siècle suivant : Bacon, Hobbes et Locke.

Au milieu de la confusion des doctrines religieuses causée

par la Réforme, ces philosophes furent naturellement conduits au scepticisme et leur influence fut néfaste sur nos écrivains du dix-huitième siècle qu'ils ne contribuèrent pas peu à corrompre en commençant par Voltaire. Les écrivains de l'Angleterre à cette époque furent principalement des philosophes. Milton, le poète du *Paradis perdu*, ne valait pas mieux au point de vue philosophique que ses contemporains, Bacon, Hobbes, Locke.

Le premier lui fut même de beaucoup supérieur. Son doute ne fut qu'apparent, il avait une ferme croyance en Dieu. Si de ses affirmations il était facile de conclure à l'incrédulité, son dessein n'était pas d'arriver à ce résultat. Il est, en un certain sens, le père de la philosophie moderne, parce qu'il est regardé comme ayant créé la méthode expérimentale. Il ne la créa pas du tout; elle était dans la nature des choses et employée avant lui; mais il la mit à la mode et lui donna le pas sur la méthode syllogistique. Il fit plus, il la posa comme base de toutes les connaissances humaines, et ce fut l'erreur d'un système qui avait l'avantage de secouer le joug trop étroit d'Aristote.

Bacon remplaça un exclusivisme par un autre; il amena inconsciemment le sensualisme. Il fut peut-être cause de l'essor que prirent aux siècles suivants les sciences physiques et naturelles; il le fut peut-être aussi de l'abaissement soudain de la métaphysique. Le monde surnaturel absorbait le moyen-âge; le monde matériel absorbe notre époque. Pour connaître mieux les lois de la nature et moins connaître son auteur, en valons-nous beaucoup mieux? Cette question n'a pas deux réponses pour nous.

Bacon était né en 1561; il mourut en 1626.

Hobbes, qui conclut, en s'appuyant sur les mêmes bases, au matérialisme, était né à Malmesbury quelques années après Bacon, en 1588. La force fut pour lui le moteur du monde politique et social; il nia la liberté humaine et prôna le gouvernement absolu.

Locke (1632-1704), philosophe et écrivain politique comme lui, est regardé comme l'un des plus grands métaphysiciens anglais. Son *Essai sur l'entendement humain*, son *Essai sur le gouvernement civil*, ses *pensées sur l'Education*, son *Christianisme raisonnable* ont exercé une grande influence sur l'école française du dix-huitième siècle.

Il peut être regardé comme le chef des matérialistes et sensualistes de cette époque. Le matérialisme et le scepticisme découlent forcément de ses écrits. Les sens et la réflexion sont, à ses yeux, les seules sources de nos connaissances. Les incrédules du XVIIe siècle lui empruntèrent la plupart de ses principes et en tirèrent crûment les conséquences. En politique, il défendit la révolution d'Angleterre. Il composa son *Essai sur le gouvernement civil* afin de la justifier. Comme toutes les révolutions, celle de 1688 n'a pas une origine sans tache ; mais elle donna naissance à l'éloquence parlementaire qui prit au XVIIIe siècle tout son essor. Si les doctrines de Locke et de Bacon avaient influé sur les idées de la France, les écrivains français à leur tour trouvèrent des admirateurs en Angleterre. Parmi ces derniers, David Hume, né à Edimbourg en 1711, fut un des plus choyés par nos philosophes. Après avoir passé quelques années en France, il avait composé un *Traité de la nature humaine* passé inaperçu. Il ne se laissa pas abattre par cet insuccès et publia plusieurs ouvrages où il attaquait les croyances les plus sacrées, les principes les plus respectés comme l'existence de Dieu et l'immortalité de l'âme. Il s'éleva contre lui une clameur universelle qui le poussa à retourner en France où il fut l'objet d'ovations continuelles pendant trois ans. Hume continua en France, avec l'esprit sceptique et insensible des encyclopédistes, son histoire d'Angleterre qui est son meilleur titre à la gloire.

Il ne faut point chercher dans l'histoire de David Hume de saines émotions, de salutaires pensées ; il ne faut même lui demander ni l'exacte vérité, ni l'impartialité. Sa méthode elle-même est défectueuse et son érudition suspecte, mais son style est pur, noble, élégant, quoique froid et monotone. David Hume était lié étroitement avec un autre écossais, historien comme lui, mais qui ne lui ressemble guère, Robertson.

Celui-ci (1721-1793) était entré dans les ordres et fut toujours modéré dans ses opinions religieuses au milieu de la multiplicité de ces opinions religieuses en Ecosse. Chapelain du roi et historiographe d'Ecosse, il profita de cette situation pour écrire une *Histoire d'Ecosse pendant les règnes de la reine Marie* et du *roi Jacques VI jusqu'à son avènement au trône*. Il y joignit une *Histoire* de *Charles-Quint*, une *Histoire d'Amérique* et quelques autres ouvrages, tous écrits avec élégance, animation et chaleur, en même temps que mesurés dans les appréciations. On lui reproche d'être plus élégant que savant et de n'avoir pas suffisamment étudié les sources.

Gibbon (1737-1794) fut plus profond, plus érudit, mieux doué, plus philosophe en histoire ; il est regardé comme le plus grand historien de l'Angleterre, mais son hostilité systématique contre l'église romaine le rend injuste à son égard. Il fut très variable dans ses opinions religieuses, passant du protestantisme au catholicisme, du catholicisme à la Réforme, et ne restant en fin de compte qu'un voltairien ou un sceptique. Il connaissait le français aussi bien que sa langue maternelle et ce fut dans notre langue qu'il débuta, en publiant un *Essai sur l'étude de la littérature* qui attira l'attention sur lui. Il avait pris à Lausanne et en France l'esprit des encyclopédistes ; il conçut à Rome le plan de son célèbre ouvrage sur la *décadence et la chute de l'Empire Romain (The history of the decline an fall of Roman Empire).*

Cette histoire débute par une large et rapide esquisse des premiers temps de l'Empire et se continue, depuis Marc-Aurèle, par l'histoire complète et approfondie du monde romain jusqu'à sa chute, et des invasions des barbares, Goths, Lombards, Francs, Huns, Bulgares, Hongrois, Tartares et Turcs qui se partagent tour à tour les lambeaux du mourant. Doué d'une imagination ferme, d'un jugement froid, Gibbon assiste ironiquement à la décadence de l'empire, comme à l'établissement du christianisme ; il a plus de complaisance pour les barbares qui représentent l'avenir, il est trop indulgent pour eux, trop sévère pour l'ancienne civilisation, malveillant pour le catholicisme. Son style élégant affecte la période cadencée de nos orateurs ; il pèche par trop de pompe et d'ostentation ; mais la puissance avec laquelle il a saisi son sujet en fait une œuvre magistrale, supérieure à celles du même genre qu'a produites l'Angleterre.

Gibbon n'était pas le seul qui imitât nos écrivains pour le ton et pour le style. Depuis la fin du dix-septième siècle, la splendeur du règne de Louis XIV, la magnificence de nos écrivains, l'éclat incomparable de nos orateurs sacrés avait attiré les regards de toute l'Europe. Au dix-huitième siècle, malgré la décadence croissante de notre littérature, elle avait un prestige dont profitaient Voltaire et les encyclopédistes pour semer en Europe le doute, l'ironie, en même temps que la critique étroite qui distingue cette époque, aussi froide et aussi sèche que railleuse et légère. Mais le siècle de la reine Anne fut dû d'abord à l'étude de notre grand siècle.

Addison (1679-1719) qui, en Angleterre, gouvernait le domaine des lettres par son *Spectator*, journal de morale, de religion, de littérature, où le sérieux s'unissait à une fine ironie, à une raillerie contenue, s'était formé en France où il avait vu le beau temps de notre littérature, connu Boileau, qu'il imita moins bien comme poète que son contemporain Alexandre Pope, mais dont il transporta par delà les mers, le bon sens, le goût sûr, le tact littéraire. Addison n'enflamma pas son pays par une imagination enthousiaste, par un caractère ardent ; il fit mieux, il lui inspira des pensées justes et honnêtes, il redressa son goût, il le moralisa, à l'encontre des philosophes qui le pervertissaient et devaient rendre à la France en utopie le bon sens qu'elle avait commencé par lui prêter. Addison mourut en honnête homme, en chrétien. Sa critique mesurée était bien différente de celle du pamphlétaire Swift que son *Gulliver* a rendu si populaire dans toute l'Europe.

Jonathan Swift (1667-1745) était plus original, plus anglais ; mais, frustré dans son ambition démesurée, ce chapelain anglican versait à flots le fiel et la bile dont son âme était pleine. Acerbe, haineux, il se répandit en invectives, en âpres sarcasmes, et fut à la fois craint et détesté de tout le monde. Aussi mourut-il ennuyé et misanthrope après avoir perdu la mémoire. Ses nombreux pamphlets ont tous le même caractère.

Son *Gulliver* est une satire amère de notre pauvre humanité qu'il montre par ses côtés opposés, tous mauvais, chez les microscopiques Liliputiens et chez les géants de Brobdinghah, puis chez les philosophes de l'île volante de Laputa, chez les utopistes de Balmbarbi, et dans le pays des Houjhnhums où les chevaux sont maîtres et les hommes esclaves.

La satire de Swift dépasse souvent le but, elle est outrée ; la méchanceté rageuse de l'auteur n'est pas assez voilée.

Si le talent d'Addison était moins personnel et moins puissant, il était plus serein et plus moralisateur. Les œuvres de Swift font plus de mal que de bien. Addison, au contraire, ouvrit à ses compatriotes une voie plane et où la plupart le suivirent pour l'honneur de son siècle.

Samuel Johnson (1700-1704), poète critique et philologue, ne lui fut pas inférieur comme écrivain et moraliste. Son journal le *Rambler* (Rôdeur) n'acquit pas la vogue de *Spectator :* il ne la méritait pas ; mais Johnson a laissé un *Dictionnaire de la langue française* qui est un chef-d'œuvre qu'on ne peut assez admirer, quand on songe qu'il est l'ouvrage d'un seul homme et que les Anglais le préfèrent sans trop de forfanterie à notre *Dictionnaire de l'Académie.*

En même temps que la critique et l'érudition les Anglais commençaient à cultiver le roman, et leurs romanciers ont eu cet avantage sur ceux des autres nations qu'ils ont laissé des ouvrages devenus classiques, populaires et dont quelques-uns comme le *Robinson Crusoé* de Daniel Defoë ! (1663-1773), font la joie de notre enfance, tout comme les fables de La Fontaine.

Le roman anglais du dix-huitième siècle est grave, sérieux, pondéré, il se complaît à l'analyse plus qu'à l'action. Ceux-mêmes de Richardson (1689-1761), bien qu'ils soient loin d'être aussi innocents, que le *Robinson*, témoignent des mêmes préoccupations. *Clarisse Harlowe* fit grand bruit à son apparition. Son héros Lovelace est demeuré célèbre comme type de la perversion et de la débauche.

Sterne (1713-1758), l'humoristique, mais paradoxal et précieux auteur du *Tristram Shandy* et du *Voyage sentimental en France*, ouvrages malsains et immoraux plus encore qu'amusants ; Goldsmith (1718-1774), poète remarquable, historien littéraire distingué, et auteur du roman *le Vicaire de Wakefield*, ne sont ni moins lus ni moins célèbres que Richardson.

L'idylle douce et tendre d'Olivier Glodsmith tranche avec les œuvres des auteurs précédents. Elle est morale sans être rigide et puritaine.

Le roman subit un changement complet à la fin du dix-huitième siècle et au commencement du nôtre avec l'écossais Walter Scott (1771-1832). Cet écrivain porta l'observation dans l'histoire et fit passer sous les yeux de toute l'Europe qui dévorait ses romans les pittoresques paysages de l'Ecosse, les scènes frappantes de l'histoire, les mœurs chevaleresques du moyen-âge, mêlant à cette représentation imagée des événements et des choses le mouvement qui naît de la passion humaine. Ecrivain fécond, possédant une facilité de travail extraordinaire, il a varié admirablement ses sujets, ses caractères, a abordé non sans succès l'histoire de la France et celle de l'Ecosse, mais ne mûrit pas assez ses œuvres qui se sentent généralement de la rapidité avec laquelle il les a composées.

On peut citer parmi ses meilleurs romans *Ivanhoé* et *Quentin Durward*.

Il mourut épuisé par le travail, le 21 septembre 1832. Il avait abusé de sa force et de sa santé dans le but noble et honnête de ne pas faillir à l'honneur de sa fortune.

La période pendant laquelle il vécut fut surtout illustrée par l'éloquence parlementaire, née en Angleterre, où elle a fleuri plus belle qu'en aucun autre pays du monde, comme en son propre terrain.

Déjà, sous la reine Anne, Bolingbroke avait déployé de brillantes qualités oratoires; Walpole, qui lui succéda au ministère, mit au service de sa politique de corruption une habileté de parole consommée. Mais William Pitt, depuis lord Chatam, fit le premier retentir les accents de la grande éloquence. Il réussit par son talent et l'ascendant de la vertu à rendre Walpole plus méprisable encore et à amener sa chute. Il recueillit sa succession.

Au pouvoir ou dans l'opposition, Pitt toujours populaire fut toujours aussi l'ennemi de la France.

« M. Pitt, grand et maigre, dit Chateaubriand, en parlant de son second fils, avait un air triste et moqueur. Sa parole était froide; son intonation monotone : son geste insensible : toutefois la lucidité et la fluidité de ses pensées, la logique de ses raisonnements subitement illuminés d'éclairs d'éloquence, faisaient de son talent quelque chose hors de ligne. (*Essai de la littér. anglaise...*)

Plus grand homme d'Etat que son père, non moins éloquent que lui, William Pitt (1759-1806), dirigea pendant vingt ans les destinées de l'Angleterre et fut l'ennemi le plus redoutable de Napoléon Ier.

Il avait pour rival Fox, admirateur de la Révolution française et qui fut longtemps le maître de la majorité dans la Chambre des communes. Fox ne put venir à bout de le supplanter. Pitt avait pour lui le roi, la Chambre des pairs et une confiance dans la force et dans l'ancienneté de la Constitution qui ne fut point trompée.

« En 1796, dit encore Chateaubriand, j'assistai à la mémorable séance de la Chambre des Communes où M. Burke se sépara de M. Fox. Il s'agissait de la Révolution française, que M. Burke attaquait et que M. Fox défendait. Jamais les deux orateurs, qui jusqu'alors avaient été amis ne déployèrent autant d'éloquence. Toute la Chambre fut émue et des larmes remplirent les yeux de M. Fox quand M. Burke termina sa réplique.... M. Fox ayant dit qu'il ne s'agissait pas de perdre des amis, M. Burke s'écria : « Oui il s'agit de perdre des amis ! je connais le résultat de ma conduite, j'ai fait mon devoir auprès de mon ami, notre amitié est finie. Pitt, Fox, Burke ne sont plus, et la constitution anglaise a subi l'influence des *nouvelles théories*. Il faudrait avoir vu la gravité des débats parlementaires à cette époque, il faut avoir entendu ces orateurs dont la voix prophétique semblait annoncer une révolution prochaine pour se faire une idée de la scène que je viens de rappeler (*id-ibid.*) ».

Edmond Burke (1730-1797), irlandais et catholique, élève des Jésuites de Saint-Omer, était moins distingué comme écrivain que comme orateur. Son amour pour l'Irlande et ses sympathies pour la France ne lui firent pas oublier, comme nous l'avons vu, le langage de la vérité et de la vertu qu'il n'abandonna jamais. Il fut en cela le précurseur du fameux O'Connell à qui l'Irlande doit le peu de liberté qu'elle a conquise en ce siècle. Les accents chevaleresques de ce vaillant preux d'Erin retentissent encore aujourd'hui dans nos âmes, et si ses successeurs n'ont retrouvé ni son éloquente parole, ni la générosité de ses convictions patriotiques, ils montrent par leur zèle à défendre leur vieille patrie qu'ils ont au cœur un même amour et peut-être une même foi. L'Angleterre a encore aujourd'hui des orateurs qui brillent parmi tous ceux de l'Europe ; mais aucun n'atteint la hauteur où s'élevèrent ces grands esprits qui défendirent le trône des quatre Georges. Le dix-huitième siècle fut l'époque resplendissante de la littérature anglaise.

Roman, histoire, philosophie, critique, éloquence, tout s'y développe avec une fécondité peu commune et une merveilleuse splendeur. Le style épistolaire lui-même eut en lady Montague, une émule de madame de Sévigné. Cependant le dix-huitième siècle de l'Angleterre, s'il fut plus varié que notre siècle de Louis XIV, fut loin d'être à sa hauteur. Il y a loin encore entre l'éloquence des Pitt, des Chatam, des Fox et celle de Bossuet et de Bourdaloue; entre les meilleurs romans anglais et les productions achevées de Fénelon; il y a loin aussi, quoi qu'en disent les anglais, entre les lettres de lady Montague et celles de notre spirituelle et incomparable marquise.

« Au surplus, en laissant à part les lettres fictives des romans et ne considérant que la langue épistolaire, les Anglais n'ont rien à comparer aux lettres de madame de Sévigné : les lettres de Pope, de Swift, d'Arbutnot, de Bolingbroke, de lady Montague, et enfin celles de Junius, que l'on croit être de sir Philip Francis, sont des ouvrages et non des lettres; elles ont plus ou moins de rapport avec les lettres de Pline le Jeune et de Voiture. Je préférerais, pour mon goût, quelques lettres de l'infortuné lord Russel, de lady Russel, de miss Anne Seward, et le peu que l'on connaît de lord Byron. » (*Chateaubriand*, ibid.).

Cette brillante littérature a décliné comme les autres. Cependant la vie est plus rassise, plus solide, plus intense en Angleterre que dans les autres pays de l'Occident Européen. Elle a eu dans Walter Scott le représentant le plus original du roman contemporain, dans l'école philosophique écossaise, une école spiritualiste dont Thomas Reid, le chef, fut un des meilleurs penseurs des derniers temps. Aujourd'hui deux courants se dessinent dans la grande île : l'un religieux et conservateur qui paraît se rapprocher de plus en plus du catholicisme dont les développements sont surprenants et qui a vu briller l'érudit et éloquent cardinal Wiseman, entre beaucoup; un autre matérialiste, positiviste, prétendu scientifique dont Stuard Mill (1806-1873). Spencer et le naturaliste Darwin ont été ou sont les personnalités les plus en vue. Les mêmes courants se dessinent en politique. La vieille constitution de l'Angleterre est attaquée, le peuple ouvrier des villes a ouvert l'oreille aux déclamations d'outre-mer : l'Angleterre se laisse attaquer par le ver de l'incrédulité, les agitations révolutionnaires la troubleront à son tour.

LITTÉRATURE GERMANIQUE.

ALLEMAGNE.

Le nom allemand est devenu le symbole de la science et de l'érudition. On ne demande pas à ce peuple de montrer de l'éloquence dans la parole ou dans les livres. Ses poètes brillent par l'exubérance des images, ses prosateurs par leur sécheresse ; les premiers exagèrent l'imagination, les seconds exagèrent la raison ; la clarté du langage, la simplicité limpide du bon sens, la juste pondération des diverses facultés de l'esprit sont inconnues et aux uns et aux autres.

Orientalistes, hellénistes, latinistes, philologues de premier ordre, même pour les langues modernes, physiciens et mathématiciens remarquables, ils ont une patience à toute épreuve pour fouiller les ruines, rechercher, déchiffrer les manuscrits, pénétrer les secrets de la nature matérielle, recomposer, sur des documents sérieux et inconnus jusque-là, les annales de tous les peuples de l'ancien et du nouveau monde ; mais leur philosophie manque d'assises et se perd dans les nuages ; leur manière d'agencer leurs trouvailles historiques, est sèche, mathématique, ordonnée à l'excès, méthodique jusqu'à la manie ; leur parole est froide ou embrouillée, obscure, incomplète. Les allemands savent apprendre pour eux-mêmes, ils ne savent ni parler, ni écrire pour les autres. Savants incomparables, ils sont des professeurs insuffisants, des orateurs médiocres, de mauvais écrivains. La poésie réveilla leur âme pendant un siècle et lui fit trouver des accents sublimes au milieu des plus étranges rêveries ; l'érudition et la science ont alourdi leurs ailes sans leur ôter tout à fait leur apparence fantasmagorique.

La science est le premier génie de l'Allemagne. Elle le manifesta dès le XVIe siècle. Elle eut alors comme la France, sa renaissance classique dont Erasme fut le principal inspirateur, avec Reuchlin et Melanhton. Les manuscrits grecs et latins furent recherchés avec un empressement presque fanatique ; les écoles furent réorganisées et multipliées par les soins des hommes distingués que nous venons de nommer, l'Allemagne fut bientôt couverte de savants, comme les géographes Peutinger, le médecin Paracelse, les philologues Camérarius et Sturm, l'astronome Copernic, le naturaliste Gessner, Juste-Lipse, etc. Ce fut alors qu'en levant l'étendard de la Révolte contre l'Église catholique, Luther, pour avoir une influence plus directe sur la foule, traduisit la Bible dans une langue vulgaire qu'il forma par la combinaison des dialectes de la haute et de la basse Allemagne, et créa de cette manière la prose allemande.

Ulrich de Hutten poursuivit cette réforme littéraire. Luther avait enrichi la langue par de vives images, des tournures véhémentes, il lui donna l'ironie et le sarcasme. Mais Ulrich de Hutten, avait plus écrit en latin qu'en allemand ; il ne fit usage du langage populaire que pour donner plus de retentissement à ses pamphlets contre l'Église catholique. La science continua à dédaigner l'idiome vulgaire qui ne fut employé que par de mauvais romanciers et de froids chroniqueurs, jusqu'à ce que les grands poètes du dix-huitième siècle eurent eu raison, par leurs exemples, de cette manie étrange qui faisait préférer aux princes et aux littérateurs d'Allemagne l'usage de la langue française.

L'Allemagne ne commença à être elle-même que vers la fin du siècle dernier. L'invasion française la sépara définitivement de nous. L'école de Leypsig, avec son fondateur Christian Gottsched (1700-1766), énonça une théorie critique qui n'était que l'exagération de celle de Boileau. Le génie manquait encore aux poètes pour rompre avec les préjugés.

Le professeur Bodmer (1698-1783) s'éleva le premier contre les théories de Gottsched, pour se pâmer devant les poètes anglais. Il sortit des luttes des deux écoles la théorie de l'enthousiasme, de l'imitation de la nature. On ne dit plus comme Boileau :

> Aimez donc la raison : que toujours vos écrits
> Empruntent d'elle seul et leur lustre et leur prix.

On lâcha les rênes à l'imagination. Sous prétexte de représenter la nature, on s'octroya toutes les licences.

La nation allemande fut au moins débarrassée de sa servilité à l'égard de nos écrivains du dix-huitième siècle. Plus libre de ses mouvements, moins attiédie par le philosophisme voltairien, maîtresse aussi d'un idiome enrichi et assoupli, elle eut à son tour son siècle littéraire. Ce siècle dut sa grandeur principale aux poètes, qui dotèrent l'Allemagne de ses meilleurs ouvrages de prose.

Wieland, par son esprit, sa grâce, ses vastes connaissances, rendit à la langue et à la littérature allemande d'immenses services. Lessing qui n'était pas, comme lui, admirateur de notre littérature, qui dépréciait même, de parti pris, nos poètes et notre théâtre, créa la critique allemande. Assez médiocre dans ses *fables en prose*, faux et outré, quoique armé d'une éloquence venimeuse et d'une ironie puissante, dans ses pamphlets théologiques contre le pasteur Gœthe, il se montra toujours supérieur dans ses ouvrages de critique qui ne furent pas sans influence sur le genie de Gœthe et de Schiller. Dans ses *lettres sur la littérature*, dans les articles périodiques collectionnés sous le titre de *Dramaturgie*, il voit tout au travers de Shakespeare et de sa haine contre l'école française. Sa théorie est exclusive et exagérée. Son *Laocoon* est une fine analyse où il observe plus de mesure et de vérité.

Il y présente l'art sous une couleur nouvelle. Il n'admet qu'avec une très grande restriction la parole d'Horace « ut pictura poesis erit ». Car, remarque-t-il avec raison, l'art ne saisit qu'une pensée, une expression, un moment de la durée; la poésie, au contraire, n'est limitée ni dans la durée ni dans l'expression.

Lessing avait composé le *Laocoon* pour l'opposer au *Traité sur le sentiment du beau dans les ouvrages de l'art* du savant archéologue Vinckelmann. Il ne s'en tint pas à établir les *limites de la poésie et de la peinture*. Vinckelmann prétendait que le calme était la condition essentielle de la beauté; à une affirmation trop absolue, Lessing répondit par une autre qui ne l'était pas moins ; au calme, il opposa l'action; à la sculpture, l'art dramatique. Ses théories inspirèrent-elles Gœthe; on peut le croire, car bien qu'avec moins de passion que Lessing et Schiller, Gœthe fut d'abord un Shakespearien. Il fut plus tard éclectiste et voulut paraître universel. Son roman de Werther qui fit tant de bruit est un ouvrage de poète et de rêveur. Les belles pages y ont pour cadres des idées fausses et des théories funestes.

Wieland, Lessing avaient été des incrédules actifs ; Gœthe ne valait pas mieux qu'eux pour être moins agressif contre les religions. L'école allemande reçut le baptême au siècle de Voltaire, elle en garda toujours le caractère. Pour ne plus imiter les auteurs français, ses prosateurs comme ses poètes n'en furent pas plus religieux et furent souvent plus ridicules.

Après avoir été lyrique, romancier, poète dramatique et épique, Gœthe visa sur ses vieux jours à passer pour philosophe et pour savant; il aborda l'histoire, étudia les sciences positives et traita tout avec art, mais à la manière allemande et avec un scepticisme froid.

La science et l'érudition n'avaient jamais été négligées en Allemagne ; l'histoire en langue vulgaire y était presque inconnue avant le dix-huitième siècle. Les chercheurs ne savaient pas ou ne prenaient pas le temps d'écrire de manière à faire lire.

Un prêtre catholique, Michel-Ignace Schmidt (1736-1794), conçut le premier une *Histoire des allemands*. Il ne produisit pas un chef-d'œuvre; il n'a ni élégance, ni profondeur;

mais il ouvrit les yeux à ses compatriotes et leur montra par son essai de synthèse la voie qu'ils avaient à suivre. Son récit clair et simple, qui s'arrêtait en 1686, fut continué par Milbiller jusqu'en 1806.

Matthias Schrœckh (1733-1808) donna une forme agréable à son *Histoire ecclésiastique* et à son *Histoire universelle* pour les enfants : mais le vrai créateur de l'histoire en Allemagne fut Jean de Muller (1752-1809), né à Shaffhouse en Suisse. Son principal ouvrage est l'*Histoire de la Confédération suisse* depuis les origines de la nation jusqu'au deuxième siècle. On sent en lui un écrivain maître de son sujet et découvrant justement les causes des événements et comprenant parfaitement les lois du langage historique. « Son érudition sans bornes, dit madame de Staël, loin de nuire à sa vivacité naturelle, était comme la base d'où son imagination prenait l'essor, et la vérité vivante de ses tableaux tenait à leur fidélité scrupuleuse; mais s'il savait admirablement se servir de l'érudition, il ignorait l'art de s'en dégager quand il le fallait. Son histoire est beaucoup trop longue ; il n'en a pas assez resserré l'ensemble... » Son *Histoire universelle*, œuvre posthume et inachevée est plus précieuse comme monument d'érudition que comme ouvrage de style. On en peut dire autant de la plupart des travaux historiques publiés en Allemagne après Muller et parmi lesquels nous ne citerons que l'*Histoire de la littérature depuis ses origines jusqu'aux temps modernes*, due à la plume du savant orientaliste Eichhorn.

Il faut excepter cependant la *Guerre de Trente ans* de Schiller où tout le mérite est dans la vivacité et l'intérêt de la narration. Schiller a écrit l'histoire en poète dramatique qui fait poser ces héros où il faut et quand il le faut pour le coup d'œil et l'effet, sans trop de souci de la vérité historique. Dans notre siècle, Niébuhr a entrepris avec une multitude d'érudits de révolutionner l'histoire en interrogeant les vieux manuscrits. La philologie s'est frayée une voie plus large où elle s'égare souvent sans s'en apercevoir.

Léopold Ranke, Mommsen, Gervinus, Raumer, etc. sont les historiens les plus estimés de l'Allemagne.

En ce pays, comme partout, le roman a pris la place dominante dans la littérature. Il avait été cultivé déjà par les poètes du dix-huitième siècle, il est devenu une passion absorbante. On commença par imiter les anglais ; puis, on s'efforça de faire neuf.

Les romanciers les plus originaux furent Jean-Paul Richter (1763-1825) et Hoffmann (1776-1822), tous deux pleins d'humeur et de verve et dont le second est si connu pour ses *Contes fantastiques*.

Ces écrivains étaient en somme d'assez pauvres cervelles,

douées d'une imagination puissante, mais de peu de raison.

La plupart des écrivains allemands ont été gâtés par leur philosophie panthéiste ou athée venue directement du hollandais Spinoza, en passant par Kant, Fichte, Schelling, pour aboutir à Hégel et aux nombreuses branches de son école.

Kant, le plus célèbre philosophe allemand du XVIIIe siècle (1724-1804), fondateur du criticisme, système qui commence par critiquer la faculté même de connaître, a développé sa pensée avec tant d'obscurité que nul autre que madame de Staël n'a la prétention d'y voir clair. On devine cependant qu'il a des velléités spiritualistes à un scepticisme spéculatif auquel il n'échappe pas en admettant la conscience du devoir. Le *moi* joue le grand rôle dans le jargon de la philosophie allemande. Kant ne reconnaissait que l'autorité du *moi;* pour lui les objets extérieurs n'existaient que par l'affirmation du *moi.*

Son disciple Fichte (1762-1814) accentue la théorie du *moi*, en tire des conséquences spiritualistes, mais n'est au fond qu'un athée panthéiste. Schelling (1775-1895), allant plus loin, proclame l'identité du *moi* et du *non moi;* c'est le panthéisme le plus absolu. Hégel (1770-1831) trouve moyen d'ajouter à ces absurdités. Selon lui, il n'y a plus ni science philosophique, ni science théologique autre que la logique. Tout part de *l'idée* pour aboutir dans le *grand tout.*

C'est cette théorie bizarre, rendue d'une manière apparemment logique en style obscur et embarrassé, qui fait loi aujourd'hui en Allemagne. Chacun l'habille à sa façon ; il n'y a à proprement parler qu'une école, mais elle est si divisée qu'il reste à peine un point commun autre qu'une vague idée panthéistique à ses divers sectateurs. Comme nous l'avons vu ailleurs, cette philosophie nuageuse eut son contre-coup en France. Victor Cousin lui emprunta le premier quelque chose après un voyage en Allemagne, et son bon sens français ne se débarrassa qu'avec peine des nuages teutoniques.

Mais l'influence de la philosophie allemande n'a été qu'indirecte et peu profonde. Plus considérable a été celle de la critique. C'est cette critique qui a fait en prose quelque supériorité littéraire à la race germanique. Après Lessing et Winckelmann dont les idées furent si puissantes sur les grands poètes du dix-huitième siècle, les deux Schlegel et beaucoup d'autres étendirent les horizons de la critique sous toutes ses faces.

Frédéric Schlegel (1772-1829) cultiva la poésie, l'histoire littéraire des anciens et des Hindous, la philosophie de l'art et l'histoire et développa ses idées d'un ton noble et avec un accent profondément religieux. Il mourut catholique.

Auguste-Guillaume Schlegel suivit les mêmes voies que son frère : il révéla l'Allemagne littéraire à madame de Staël, et la France méridionale à la France elle-même, par son *essai sur la langue et la littérature provençale.* Il avait cependant peu de sympathie pour nos écrivains français, ses tendances étaient romantiques; ni lui ni son frère n'étaient exempts, malgré leurs qualités, des rêveries allemandes.

En somme, point d'entraînement généreux, pas de passions chevaleresques, des idées ternes ou perdues dans le vague de leur élévation douteuse, une poésie à large envergure plutôt qu'à grand vol, une inspiration mal dirigée, peu suivie et entrecoupée de lourdes chutes, une philosophie nuageuse, insaisissable, incomprise de ses auteurs eux-mêmes, un goût mêlé, un sens douteux ; mais un acharnement opiniâtre au travail, une grande tendance à l'absorption et à l'assimilation, une patience à toute épreuve, une aptitude particulière pour les recherches philologiques, comme pour les élucubrations de systèmes, tel est le génie de la savante Allemagne.

PEUPLES DU NORD.

La Hollande. — Le Danemark et la Suède.

Des peuples qui naissent à peine à la littérature peuvent avoir quelques poètes, ils en sont à espérer des historiens et des orateurs. Nous n'avons donc qu'à dire un mot d'ensemble sur le mouvement littéraire des peuples du Nord.

Si nous avions à nous occuper de l'érudition pure et surtout de l'érudition latine nous aurions à mettre la Hollande au premier rang des nations Européennes pour le nombre et la qualité des savants qu'elle a produits : Erasme, Grotius; Juste, Lipse, le Jésuiste Bolland qui commença l'immense recueil des *acta sanctorum*, etc. Mais cette nation si active, après avoir produit quelques poètes de talent, dépense aujourd'hui toutes ses forces dans l'érudition littéraire, le journal ou le roman. Elle n'a même pu susciter un orateur remarquable.

Le Danemark n'est guère plus heureux. Holberg (1634-1754) cependant, qui est regardé comme le père de la littérature scandinave, fut prosateur avant de devenir poète. Il débuta par une *Introduction à l'histoire de l'Europe* et montra dans ses *Lettres à un grand seigneur* que son esprit le suivait dans la prose comme dans les vers. Rien de plus piquant comme le récit qu'il fait dans ces lettres de sa vie tourmentée et aventureuse. Il laissa aussi une *Histoire du Danemark*, une *Histoire générale de l'Église* et une *Histoire des Juifs* qui montrèrent au moins à ses compatriotes la voie qu'ils avaient à suivre. Holberg avait été puiser ses dernières idées à Paris. Tous les Danois après lui et à l'exemple des Allemands, des Anglais et des Espagnols, se modelèrent sur les Français. A la fin du dernier siècle seulement le génie national se retrouva lui-même : Pram (1765-1821) fonda son journal, la *Minerve*, Rabhek (1760-1830) le *Spectateur Danois* qui joua le même rôle en Danemark que le spectateur d'Addison en Angleterre. Rabhek fut regardé comme l'arbitre du goût. De nombreux écrivains se formèrent d'après ses théories catholiques. L'érudition en profita plus que l'éloquence.

Nyerup (1759-1830) recueillit les souvenirs du passé ; Sthœnning écrivit l'*Histoire ancienne de la Norvège*. Langebek (1710-1775) rassembla la *Collection des écrivains Danois du moyen-âge*. Siehm fit une *Histoire du Danemark*. Tous ces livres étaient plus utiles qu'agréables.

Le Danemark ne se lasse pas de remonter aux origines poétiques des Scandinaves ; ses poètes les chantent, ses historiens sont plutôt des érudits et des philologues que des écrivains. Quand ils quittent leurs sentiers arides, s'ils n'écrivent en vers, ils composent des romans. Le roman est en Danemark, comme en Suède et en Norvège, comme en Russie, le genre à la mode, et dans ces pays où la liberté politique n'existe pas, ou ne fait que de naître, il tient lieu de tous les autres.

La Suède s'occupe ainsi que le Danemark de leurs origines communes. La science y est cultivée non sans honneur. Il suffit de nommer le naturaliste Linné pour s'en convaincre.

Au dix-huitième siècle, Lagerbring et Celsius ont essayé de reconstituer son histoire ; Fant commença la collection de ses annales qui ont été continuées dans notre siècle par Geüer, né en 1783 et auteur de *Chroniques de la Suède* et d'une remarquable *Histoire du peuple Suédois*.

Une grande activité intellectuelle se manifeste depuis quelque temps chez ce peuple jeune encore. L'avenir n'est pas fermé devant lui.

LITTÉRATURE SLAVE.

POLOGNE.

Pologne : L'éloquence politique. — L'éloquence de la chaire. — Pierre Skarga.
Russie : Le roman russe, l'histoire, l'école contemporaine.

Il n'en est plus ainsi pour la Pologne. Cette noble nation paraît bien à jamais écartée du nombre des nations. Sa poésie fut un instant féconde ; elle s'est ranimée de nos jours avec de nouvelles formes et un élan désespéré ; mais la langue nationale n'est plus destinée à inspirer les historiens et les orateurs.

L'éloquence politique florissait cependant en Pologne alors qu'elle était ignorée dans toute l'Europe. La constitution Polonaise se prêtait aux discussions et ce peuple fier et noble avait naturellement le don de la parole. La langue latine avait d'abord accaparé l'érudition et la science. Mais à la fin du seizième siècle, et au commencement du dix-septième, on se mit à écrire, comme on parlait, en Polonais.

La chaire fournit alors un prédicateur qui n'est pas assez connu en France, Pierre Skarga. Cet orateur illustre ne séparait pas dans ses préférences sa patrie de son Dieu. Son patriotisme était aussi ardent que sa foi était vive. L'amour de Dieu et l'amour du pays échauffaient ses accents ; il s'élevait aux plus hautes considérations, s'abandonnait aux élans les plus impétueux, sans cesser d'être clair et mesuré. On cite principalement ses *Sermons sur les sept sacrements* et son ouvrage sur l'*Unité de l'Église*, qu'il termine par une prédiction des malheurs de la Pologne :

« Qui me donnera assez de larmes pour pleurer jour et nuit le malheur des enfants de ma patrie ? Ainsi, tu es devenue veuve, belle terre, mère de tant d'enfants ! Je te vois dans la captivité, ô royaume orgueilleux ! et tu pleures tes fils, et tu ne trouves personne qui veuille te consoler. Tes anciens amis te trahissent et te repoussent ; tes chefs, tes guerriers, chassés comme un troupeau, traversent la terre sans s'arrêter et sans trouver de bercail. Nos églises et nos autels sont livrés à l'ennemi ; le glaive se dresse devant nous ; la misère nous attend au dehors, et cependant le Seigneur dit : « Allez, allez toujours ! » — « Mais où irons-nous, Seigneur ? » — « Allez mourir, ceux qui doivent mourir ; allez souffrir, ceux qui doivent souffrir ! »

Cette chute si tristement annoncée n'était pas éloignée. Ce fut à ses derniers moments que la Pologne, un instant recueillie, se livra à une plus grande activité littéraire, à une sorte de renouveau qui fut pour elle le chant du cygne. Alors parurent ses historiens et ses philosophes Konarski, Naruszewicz et Czacki.

Konarski (1700-1775), fut le principal instigateur de la résurrection littéraire. Il s'occupa de l'instruction populaire, fonda le *Collège des nobles*, composa un traité d'éloquence et s'efforça d'amener ses concitoyens à une réforme de leur dangereuse Constitution, dans le livre sur la « *Manière d'organiser les consuls de la République* ».

Adam-Stanislas Naruszewicz (1733-1795), évêque de Luck, commença, sous l'inspiration du roi Poniatowski, une *Histoire de la nation Polonaise*, qu'il ne mena que jusqu'en 1386, une *Histoire du palatin de Vilna Chodkiewicz* et une *Histoire de la Crimée*. Il était en même temps poète et composa des fables, des épîtres, des tragédies, etc.. Comme historien, son style est élégant, sa narration facile. Son *Histoire de la nation polonaise* fut un peu continuée par Thaddée Czacki (1764-1813), qui n'eut pas le temps d'achever ce travail, mais qui composa un *Essai historique et philosophique sur les lois de la Lithuanie et de la Pologne*, œuvre d'érudition colossale où l'on trouve les notions les plus complètes sur l'histoire et les coutumes de la Pologne. Thaddée Czacki eut un autre mérite devant ses compatriotes et devant la postérité. Il continua avec un zèle infatigable l'œuvre de Konarski, créa un *Gymnase*, plus de deux cents écoles primaires, et des établissements scientifiques de toutes sortes. Alexandre l'avait créé inspecteur des écoles et la reconnaissance l'a fait surnommer le *Franklin polonais*.

A la même époque, les trois Potocki, Ignace, Stanislas et Jean, prenaient aussi plaisir à encourager les sciences et à favoriser l'instruction. Le premier traduisait la *Logique* de Condillac; le second composait un *Traité de l'éloquence et du style*; et Jean Polocki se distinguait par des récits de voyages, un essai d'*Histoire universelle* et une *Histoire primitive des peuples de la Russie*.

Le niveau de ces derniers ouvrages n'était pas bien élevé. La période contemporaine n'a produit que des romanciers, des savants et des publicistes.

— On a dit que le roman contemporain était la voie propre au génie Russe. Si cette critique était juste, elle ne serait pas en faveur de ce peuple; mais la vérité est que cette nation, jeune et nombreuse, met plus de vie et de variété dans un genre devenu universel et qu'elle cultive, avant d'avoir atteint une apogée littéraire qu'il lui sera peut-être difficile d'atteindre à présent.

Les anciens monuments littéraires nous montrent les premiers essais d'histoire, dès le XIIe siècle, avec la *Chronique* de

Nestor et l'histoire de l'invasion des Tartares par le prêtre Sophronii.

Dans les siècles suivants, les dissensions des Moskovites relèguent les lettres dans les couvents, où le moine George pousse la *Chronique* russe jusqu'à l'an 1535.

La littérature se ranima après l'expulsion des Tartares; mais ce fut seulement en 1689 que fut imprimée à Amsterdam, pour la première fois, un livre en langue russe.

Depuis Catherine II, l'activité des littérateurs s'est déployée avec plus de vigueur. La fondation, en 1783, d'une académie pour le perfectionnement de l'idiome national ne contribua pas peu à ce soudain développement.

Il n'y a en Russie ni orateurs ni philosophes.

Le génie de ce peuple n'est pas encore tourné vers la philosophie ; sa constitution politique ne lui permet pas les discussions de la tribune ; la religion grecque tombée dans l'affadissement et la décrépitude est incapable d'inspirer l'éloquence. Les sermons de Théophone Propocavitch, qu'on a surnommé le *père de l'éloquence sacrée* en Russie, n'ont d'autre but que de faire ressortir les avantages des règlements canoniques imposés par le czar.

Le poète Lomonossoff (1711-1765), qui possédait une immense érudition et contribua si puissamment à développer les lettres Russes, composa des *Panégyriques* où se révèlent des instincts oratoires; mais cette éloquence académique sent trop l'apprêt et l'imitation.

L'érudition, l'histoire et surtout le roman ont depuis un siècle des représentants plus remarquables. Le roman Russe commence à pénétrer en Europe où déjà quelques-uns le prennent pour modèle.

Les plus célèbres romanciers russes sont le poète Gogol, Boulgarine, le vulgarisateur du genre, Zagoskine, Polewoï, Tourgueneff, Hertzen, etc... Les romanciers Russes mêlent d'ailleurs l'érudition, la critique et l'histoire à leurs œuvres ; les uns et les autres font aisément invasion sur tous les domaines.

Ce sont des romanciers et des poètes qui sont les meilleurs historiens de la Russie.

Après les premiers essais sur l'histoire de la Russie, Karamzine, disciple de Novikoff, publiciste renommé dans le milieu du XVIIIe siècle, se prépara par une série de traductions, de contes, de nouvelles, de romans, de poésies à composer sa grande *Histoire de l'Empire de Russie* qu'il conduisit seulement jusqu'en 1560. La critique et l'érudition contemporaine ont beaucoup diminué la valeur de cet ouvrage ; mais il fut l'inspirateur des romanciers et des poètes Russes auxquels il apprit la gloire de leur nation. Il est écrit dans un style élégant et étudié. Oustrialoff en a fait un abrégé fort estimé en Russie. Un autre romancier, Polévoï, a composé aussi une *Histoire du peuple Russe* où il cherche à découvrir les lois du développement de l'Empire.

Ces historiens et romanciers étaient en même temps des critiques de mérite. Leur action trouvait largement à s'exercer chez un peuple néuf sur la plupart des questions littéraires et que l'influence étrangère tendait toujours à détourner de ses instincts nationaux. La querelle entre les classiques et les romantiques agita bruyamment les esprits; le romantisme finit par prédominer : mais la littérature russe a gardé un caractère militant ; on sent un peuple qui cherche des voies nouvelles et qui combat autant contre lui même que contre les idées de l'étranger. La Russie est un vaste champ tout neuf pour les expériences politiques. Aussi cet empire à peine formé est-il en proie à des déchirements secrets, agité par de sourdes secousses qui font redouter pour lui les plus terribles catastrophes.

Le roman, le théâtre, le journal et l'histoire sont des armes pour les partis politiques. Le roman n'est pas la moins dangeureuse ; elle pénètre au cœur du peuple. Les grandes questions sociales et politiques sont débattues partout et ceux qui ne trouvent pas la liberté assez grande en Russie vont la chercher ailleurs.

C'est ainsi qu'Hertzen, que nous avons nommé comme romancier, exerça de Londres une immense influence sur son pays. Il y dirigea le journal la *Cloche* qui pénétrait en Russie, malgré la défense du souverain, publia des lettres philosophiques où il prêcha les idées les plus subversives, et se montra partisan des doctrines d'Hégel. D'autres ont attaqué les nihilistes dans leurs romans, comme il y en a qui les défendent avec la même arme.

L'érudition, encouragée par les académies et les sociétés spéciales, se traduit par des livres historiques en même temps que par les romans. Pogodine est un des meilleurs historiens Russes de ce temps. Il a continué, en le corrigeant avec les méthodes nouvelles, l'œuvre de Karamzine, et a poussé son *Histoire de Russie* jusqu'à l'*Invasion* Mongole. Oustrioloff a fait, en bon style, un tableau exact et impartial du règne de Pierre-le-Grand.

L'*Histoire de Russie depuis les temps les plus reculés* par Solokvieff passe pour l'œuvre historique la plus vivante, la plus colorée de ce siècle. Il faut aussi citer Kostomareff, auteur de diverses publications, et Koudriavtzeff qui écrivit un livre sur les *Destinées de l'Italie*, et quelques historiens littéraires ou philologues parmi lesquels Sakaroff, Pletnéeff, Bouslaïeff, etc.

La plupart de ces écrivains vivent encore. Ils ne sont que vaguement connus de la France. Ce n'est pas connaître une littérature que d'en avoir vu de rares ouvrages, ou parcouru quelques romans.

La Russie a en ce moment à résoudre un double problème ; celui de son extension territoriale qui paraît ne devoir rencontrer aucun obstacle invincible, celui de sa reconstitution sociale qui lui présente des périls plus redoutables.

Si cet immense empire ne succombe pas dans la lutte effroyable qu'il aura à soutenir contre lui-même, on peut lui dire que sa littérature ne fait que commencer, et que l'avenir s'ouvre brillant devant elle.

FIN.

Tours. — Imp. Mazereau.

www.ingramcontent.com/pod-product-compliance
Lightning Source LLC
Chambersburg PA
CBHW050742030726
47505CB00002B/358